ナイトランド叢書 3-4

紫の雲

M・P・シール

南條竹則 訳

アトリエサード

THE PURPLE CLOUD

M.P.Shiel

1901

装画：中野緑

紫の雲

M・P・シール

南條竹則 訳

サモスは砂となり、デロス島は消え去るべし。

シビュラの予言

前言

三月程前――すなわち、今年一九〇〇年の五月末――題扉にその名を記した筆者は、いまだかつて閲《けみ》したことがないほど特異な手紙と原稿の束を受け取った。差出し人は私の親友で、今はその名を匿《かく》すべき理由もない――オックスフォード大学文学修士、英国医師会特別会員アーサー・リスター・ブラウン博士である。私はたまたまここ二年間フランスで過ごしている時が長かったし、ブラウンはノーフォークで開業していたため、ロンドンに来ても彼に会うことはなかった。その上、私達は大そう親しい友達だったが、二人共恐るべき筆不精だったため、その二年間は短い手紙をたった二通やりとりしただけだったのである。

ところが、この五月にくだんの手紙――と原稿――が来た。原稿は四冊のノートブックからなり、ピットマン式速記の目眩《めまい》がするような字がみっしりと書き込んであって、その字は全体として見ると、物に驚いた蜂の群が宙に舞い上がって突飛な格好をしているかのようである。鉛筆で殴り書きしてあり、太い線と細い線の区別はほとんどなく、母音もほとんど書いていなかったから、読者に請け合っても良いが、それをゆっくり解読してゆくのはなまなかの苦労ではなかった。手紙も速記で、鉛筆で書いてあった。私は今この手紙を、解読したノートブックの第二冊目（「三」と印がしてある）と共に公表する。

［しかし、この中には五個所程、私の当て推量で補った文章があり、二つの個所では文字があまりにも不可思議であるため、頭痛がしてその章句を割愛しなければならなかった。それでも物語全体にさしたる影響を与えるものではあるまい。］

以下がブラウンの手紙である――

「親愛なるシール――僕は今寝ながら君のことを考えている。君がここにいて、最後にもう一度、僕が――『行ってしまう』前に、握手をしてくれたらと思っている。というのも、僕はどうやら『あの世へ行き』そうなのだ。四日前、喉が痛くなってきたので、ちょうどセルブリッジのジョンソンの医院の前を通りかかったから、入って診《み》てもらった。彼は膜迷路がどうとかとつぶやいたので、僕は微笑っていたが、家に着く頃には喉がすっかり枯れて、もう微笑ってはいられなかった。晩までに呼吸困難になり、喉頭喘鳴《こうとうぜんめい》の症状を呈していた。僕はすぐロンドンに電話してモーガンを呼び、彼とジョンソンとで相談した上、僕の気管を切開し、クロム酸と電気焼灼器で内部を焼いている。呼吸困難は収まったし、苦しみは驚くほど少ない。だが、僕も年季の入った医者だから、病気が何かはわかっている。気管支がやられている――あまりにもひどくやられている――ので、間違いない事実として、望みはない。それでも、モーガンは彼の気管切開成功例の数に僕を加える可能性を考えているようだが、昔から予後の見立ては僕の得意とするところで、その僕が駄目だというのだ。死ぬにあたって、僕の唯一のささやかな慰めは、専門家を彼の分野で負かしてやることになるだろう。きっと、そうなるから、見ていたまえ。

僕は今朝、身辺整理をしているうちに、これらのノートブックのことを思い出した。本当は何カ月も前に君にあげるつもりだったのだが、物事を先送りにする癖と、僕が書き留めた言葉を語った御婦人がまだ生きていたことから、それが出来なかった。その人はもう亡くなったし、文学者であり人生の研究者である君は、この原稿の字がもし読めたら、興味を持つだろう。貴重な記録だとさえ思うかもしれない。

僕は今モルヒネを少し打って、身体を起こし、心地良くぐったりしている。さして苦労せずに字は書けるから、ピットマン式で彼女のことを少し教えてやろう。彼女の名はメアリー・ウィルソン嬢といい、僕が会った時は三十歳くらい、死んだ時は四十五歳だった。その間の十五年間、僕は彼女を親しく知っていた。君は催眠術のトランス状態の原理について、何か知っているかね？　うむ、それが僕達の関係だったんだ――催眠術師と被験者という。彼女は僕の前にべつの医者にかかっていたが、僕ほど彼女を良く治した医者はいなかった。彼女は三叉神経痛をわずらっていた。僕と会う前にほとんどの歯を抜いてしまい、外部切断によって左側の神経を取り出す試みもなされていたが、何の効き目もなかった。あの気の毒な婦人の顎の中では、地獄のすべての時計がチクタクいっていて、彼女が僕と出会ったのは天の恵みだった。僕の身体組織は彼女をほぼ完全に、たやすくコントロールすることができて、二、三回手を動かすだけで、彼女を悩ます悪魔を追い払うことができた。

たぶん、君はあのウィルソン嬢のように異様な外見の人を見たことがないだろう。僕は医師だけれども、彼女をいきなり見ると、いつもショックを受けたものだ。彼女は決まって我々が『あちらの世界』と呼ぶものを連想させた。彼女のまわりには何か蛆虫の臭いがして、生身の女ではなく幽霊がいるような気がした。しかし、その理由はどうも言い表わせない。ただ彼女の高い額の輪郭や、薄い唇、尖った顎、青白い頬といった細かいことを言えるだけだ。彼女は背が高く、痛々しいほど痩せ衰えていて、大腿骨以外は全身の骨格がはっきり見えた。眼は煙草の煙のような青みがかった色で、何とも奇妙な、弱々しい、この世離れした目つきだった。三十五歳にして、わずかな髪の毛は真っ白だった。

彼女は裕福で、アッシュ・トマスから五マイル離れた古いウッディング・マナーハウスに一人きりで住んでいた。君も知る通り、僕は当時、この地方で『始めたばかり』で、まもなくこの屋敷に住み込んだ。自分にかかりきりで治療して欲しいと彼女が言ったからだが、そのたった一人の患者の面倒を見ることが、僕にはいまだかつてないほど収入《みいり》の多い仕事になった。

さて、僕はすぐに気づいたのだが、ウィルソン嬢はトランス状態にある時、じつに特異な能力を有していた。特異と言うのは、もちろん、その能力の性質が彼女独特のものだったというのではなく、その程度がじつに安定していて、信頼でき、正確で、遠くに及ぶものだったということだ。近頃は心霊科学のほんの駆け出しでも、トランス状態にある精神が物事を報ずる能力についてくどくどしく語るだろう――まるで、それが何か新しいことであるかのように！　心霊研究協会は果てしない調査の結果、この単純な事実を科学的と認めているが、請け合っても良い、中世以来、いや、それよりもずっと遠い昔から、こんなことは世界中のしわくちゃ婆さんが完全に知っていたのだ。それをさも発見のように言い立てる必要が、どこにあろう！　マンチェスターでトランス状態にある誰かが、ロンドンや北京で起こっている出来事を言えるという、この現象がたしかかどうかは、べつにフリート街の慧眼な新聞社に判断してもらうまでもなかった。それに彼《か》の協会も、一般人にとってその事実を疑いのないものにしたとはいえ、その説明に向かっては一歩も進んでいない。実際、連中が明らかにしたことは、我々の多くがとうの昔に、絶対の確信をもって知っていたことばかりだ。

しかし、話を気の毒なウィルソン嬢のことに戻そう。彼女の能力がじつに特異だったというのは、類型に於いては例外的ではなかったが、量に於いて特別で――実に『安定して』おり、『遠くまで及ぶ』ものだったからだ。一般に、トランス状態の能力は時間ではなく空間に関して、よりはっきりと発現することを僕は事実だと信じている。精神は現在をさまよう――平野を越えて行くが――通常は、大きく上昇したり下降したりして観察者の興味を引くことはない。僕はそうだと思っている。ところが、ウィルソン嬢の天賦の能力は特殊で、彼女はあらゆる方向に、しかも、一方向を除いては楽々と旅したのだ――北へ南へ、上へ下へ、過去へ、現在へ、未来へ。

僕はこのことにすぐにではなく、だんだんと気づいた。彼女はトランス状態にある時、次々と音を発するのだった――あれを言葉とは呼べない。つぶやくような、しかし喉から出る声で、物憂げな唇でフッフッという息の音と混ざっていた。この状態にある時はいつも瞳孔が強く収縮し、膝反射がなくなり、身体がかなり硬直して、うっとりした、取りとめのない表情が浮かんだ。僕はすっかり彼女に魅せられ、枕元に何時間も坐って、彼女の唇からゆったりと一本調子に、喘《あえ》ぐごとく、羽ばたくごとく出て来る、あの麻薬的な、幻のような言語の意味をとらえようと試みるようになった。何ヶ月か経つと、僕の耳は次第に単語を聞き取れるようになって来た。僕にも『帷が裂かれた』(マタイ伝二七章五一参照)のだ。そして僕は思いに耽り、彷徨う彼女の精神の行く道に多少ついてゆけるようになった。

半年が過ぎて、ある日、彼女が聞きおぼえのある言葉を繰り返した。それはこういう言葉だった――『ローマ人はかかる術策によって征服地を広げ、勝利を手にしたのである。そして、異なる著述家達の一致する証言から、かれらを正確に描写することが出来る……』僕は愕然とした。これはギボンの『ローマ帝国衰亡史』の一節なのだが、彼女がその本を読んでいないことは容易に推量できた。

僕は厳しい声で言った。『あなたはどこにいるんです?』

彼女は答えた。『私達《アス》は八一一マイル上の、ある部屋にいます。一人の男が字を書いています。私達《アス》は読んでいます。』

ここで二つのことを申し上げておこう。第一に、トランス状態にある彼女は自分のことを『私《アイ》』とも『私達《ウイ》』とさえ言わず、理由はわからないが、目的格で『us《アス》』と言うのだった。『us are《アス アー》』とか――『us will《アス ウィル》』『us went《アス ウエント》』などと。だが、もちろん彼女は教育を受けた淑女であり、『us《アス》』という言葉をこんな風に使うイングランド西部に住んでいたこともないと思う。第二に、過去を彷徨っている時、彼女は常に自分が(地球の?)『上』にいると表現し、時間を遡れば遡るほど、高いところにいるように言う。現在の出来事を語る際には、(地球の)表面にいると感じていたようで、一方、未来について言うと、『私達《アス》』は(地球の)何マイル『内側』

にいるといつも言った。

　しかしながら、この最後の方向へ旅する場合には、一定の限界があるようだった。『ようだった』と言うのは僕にも確信がないからで、色々やってみたが、彼女はこの方向へはけして遠くへ行けなかったことを意味する。『上』への距離を語る際には、三、四千『マイル』という数字が彼女の口に上ることも珍しくなかったが、『内側』への距離はけして六十三マイルを超えることはなかった。通常は二十とか二十五マイルとか言うのだった。未来に関していうと、彼女は深海にもぐる潜水夫に似ていた。潜水夫は深くもぐるにつれて、いっそう強い抵抗力を感じ、さほど深くもないところで水の抵抗のためにそれ以上行けなくなるのである。

　もうこのへんで止《よ》さねばならないが、この婦人については話したいことが色々ある。僕は十五年間、折々に薄暗い枕元に坐って、彼女がトランス状態でつぶやく言葉を聴いていたのだ！　しまいに僕の熟練した耳は、彼女のかすかな嘆息《ためいき》の意味さえも理解できるようになった。僕は『ローマ帝国衰亡史』を初めから終わりまで聞いた。彼女の語ることのあるものは他愛もないでたらめだったが、あるものを僕は恐ろしい興味を持って聴き入った。友よ、僕はたしかに、メアリー・ウィルソン嬢の青ざめた唇から驚くべき言葉が出て来るのを耳にしたんだ。時には、僕の思うままに、彼女を僕が選んだ場面や話題に何度も立ち帰らせることができた。時には、彼女の精神のうわついた気まぐれさが手に負えず、困らされることもあった。彼女は抵抗した――叛《そむ》いた。さもなければ、君に四冊ではなく二十冊、四十冊のノートブックを送ったかもしれない。五年目になって、僕は速記を知っていたから、彼女の言葉の脈絡のある部分を書き留めておいた方が良いと思いついたのだ。『一』(原註1)と印をつけたノートブックは、僕には一番興味深く思われるが、これは七年目に書きとめたものだ。これを書いたいきさつは、他の三冊と同様で――ある日の午後、彼女は物を読む時の口調で何かつぶやいていた。その内容に興味を持った僕は、今どこにいるのかと訊いてみた。彼女は答えた。『私達《アス》は四十五マイル内側にいます。私達《アス》が読み、もう一人が書いています。』この言葉から、彼女は今より十五年から三十年先の未来にいて、まだ発表されていない著作を読んでいるのだと僕は結論した。そのあとの数週間、僕は何とか彼女を同じ主題に引きとめることができて、ついに、著作全体をかなり上手に書き写したと思うのだ。君が読んだら、きっと目覚ましい作品だと思うにちがいないから、僕のこの原稿を読めると良いのだが。

しかし、メアリー・ウィルソンの話はもう終わりにしよう。それより、A・L・ブラウンという人間のことを少し考えよう――気管に呼吸のためのチューブを入れて、枕の下には〝永遠〟が待ちうけている男のことを……」〔ブラウン医師の手紙はさらに続くが、ここから先の話題は我々には関心のないものである〕

〔筆者は付言しておくが、ブラウン医師の見立ては正しかった。彼は右の手紙を書いてから二日後に死亡したのである。筆者はこれより、「三」と印をつけた速記帳の転写を論評なしにここに載せるが、ただ読者に忘れないでいただきたいのは、これらの言葉があの未来に書かれる、あるいは（ウィルソン嬢によれば）発動される書物ないし記録の内容だということである。未来は過去と同じく、現在のうちに実在する――ただし、過去と同様、我々には見えないが。なお題名や章立てなどは、形式と便宜のために筆者が勝手につけたことを申し添えておく。〕

原註1　私はこれを『最後の奇蹟』という題名で出版するつもりである。「二」には『海の主』という題をつける。本書には「三」の印がしてある。私はまだ「四」を読み終えていないが、今のところ公表には適さないように思われる。

紫の雲

（「三」と印されたノートブックはこれより始まる）

今は記憶が損われ、いささか薄れてきたようだ。たとえば、「北風号」が出帆する直前に、北極点へ到達しようとこれ以上試みるのは悪であると説教した、あの牧師の名は何といったろう。忘れてしまった。しかし、つい四年前には、私にとって自分の名と同じくらい親しみ深い名前だったのだ。

航海の前に起こった事の記憶は、もう少し曖昧になって来ているようだ。私はここに、このコーンウォールの家の涼み《ロ》の《ジ》間《ア》に腰かけて、出来事の顛末《てんまつ》を書きとめている――それを読める人間はもういないというのに、なぜそんなことをするのかは神のみぞ知る――ところが、初っ端《しょぱな》からあの牧師の名前を思い出せないのだ。

彼はたしかに風変わりな男だった。エアシャー出身のスコットランド人で、大柄だが痩せており、髪の毛は朽葉色だった。地の粗い服を着て、片方の肩に格子縞の羅紗《らしゃ》の肩掛けを引っかけて、ロンドンの街々を歩きまわっていた。一度、彼をホーボーンで見たことがある。いささか乱暴に闊歩して、眉をひそめ、ぶつぶつ独り言を言っていた。彼がロンドンに来て、（たしかフェッター通りに）礼拝堂を開くと、小さな部屋はたちまち人で一杯になった。数年後、ケンジントンの大きな建物に移った時は、種々雑多な人間が、アメリカやオーストラリアからも、彼の語る雷鳴のような説教を聞きに押し寄せた――もうあの手の説教壇の預言者や預言に人々が熱狂する時代ではなかったにもかかわらず。だが、この男は疑いなく、人々の心に眠っている強烈な暗い感情を目醒ませたのだ。彼の眼はじつに特異で、力強かった。声は初めはささやき声だが、雪球のようにだんだん大きくなって、轟々《ごうごう》と大音響を発した。私は北極で、はるか彼方に揺れ動く叢氷《そうひょう》がそんな風に鳴り響くのを聞いたことがある。一方、身ぶり手ぶりはぎこちなく不器用で、原始時代の素朴な人間のようだった。

さて、この男――名前は何だったろう？　――マッキントッシュか？　マッケイか？　――そう、それだ！　マッケイだ。マッケイは「北風号」で極地へ到達しようという新たな試みに憤るべきだと思い、探検の準備が整いかけた頃、ケンジントンで反対演説をしたのだ。

北極に関する世間の興奮はこの頃とみに高まって、熱狂と言うしかなかった。といっても、この言葉では、一世を蔽《おお》っていたあの奇妙な恍惚と不安はとても言い表わせない。というのも、人類が単なる知識欲から、この未知の領域に対してつねに抱いていた抽象的な関心が、今や突然新たな具体的関心――途方もない金銭的関心によって、数千倍も強化されたのである。

そしてこの新しい情熱は、以前の情熱とは違い、もはや健全な調子のものではなくなった。金銭の神という兇暴な魔物がこの件で声を上げていたからである。

「北風号」の探検に先立つ十年間に二十七回以上も探検が行われ、失敗していた。

この新たなる熱狂の秘密は、シカゴのチャールズ・P・スティックニー氏の遺志と遺言にあった。氏は流行かぶれの王様で、古今未曾有の金持ちと言われていた。「北風号」の企てよりもちょうど十年前に亡くなったが、国籍を問わず北極点へ最初に着いた人間に、一億七千五百万ドルの財産を譲るという遺言を残した。

遺言状の文言はまさにそうだった――「最初に着いた人間」。この表現では誰のことを指しているのかが曖昧なため、ヨーロッパでもアメリカでも、さっそく長きにわたる激しい論争が持ち上がった。遺言者の言う人間が、北極に到達した最初の探検隊の隊長を意味していたかどうかが争われたのであるが、法律の最高権威によって、最終的に次のような決着をみた――すなわち、何にしても、遺言書の実際の文言が有効であり、探検隊に於ける身分がどうであろうと、北緯九十度の地点に最初に足を踏み入れた個人に遺産を相続する資格があるのだと。

ともあれ、大衆の興奮は、前にも言った通り、熱狂というほどに高まっており、特に「北風号」についていえば、日々に進むその準備を新聞各紙が詳細に論じ、誰もがその装備に関する権威であり、誰も彼もがこの船のことを賭けたり、希望を述べたり、冗談の種にしたり、嘲笑したりした。今度はとうとう成功するかもしれないと感じたからである。されば、このマッケイ牧師の聴衆は、少し面喰らい、少し冷笑的だったかもしれないが、深い関心を持って聴いていたのだった。

この男はやはり、真に獅子の如く勇敢な男だったに違いない。なにしろ、時代精神とまったく敵対する意見を堂々と叫んだのだから。一対四億の勝負で、向こうが一方に傾き、彼はその反対に傾き、おまえたちは間違っている、みんな間違っていると言っているのだ！　人々は彼を「洗礼者ヨハネの再来」と呼んでいたが、たしかに彼はそんな印象を与えた。彼が大胆にも「北風号」を非難した時、ヨーロッパのいかなる国の君主も、体面さえなければ喜んで、この船の下級乗組員として乗せてもらいたかっただろうと思う。

マッケイが三度目に弾劾をした日曜の夜、私はあのケンジントンの礼拝所で、彼の説教を聞いた。彼は何と奔放に話をしたことだろう！　まるで霊感のために錯乱した人間のようだった。

人々は席についたまま、まるで魔法にかけられ、マッケイの予言する声は、早口のつぶやきから鳴り響くショックとクライマックスまで、上へ下へ、雷鳴のあらゆる転調を経て千変万化した。冷やかしに来た連中もそこにとどまり、驚嘆した。

簡単に言うと、彼の話した内容はこうだった――疑いなく地球の両極は、人類のある種の運命ないし破滅に関わっている。人間が不断の努力にもかかわらず、そこへ到達することにいつも失敗して来たことが、十分に、いや十分以上にこれを証明している。そして、この失敗は一つの教訓――そして警告――であり、それを無視すれば人類は危険に曝される。

彼が言うには、北極はさほど遠くないし、そこへ到達する上での困難も、見たところさほど大きくはない。人間の創意はこれより千倍も難しいことを、千もやり遂げて来た。しかるに、十九世紀には六回以上、二十世紀には三十回以上も、周到に計画を練って試みながら、人間はけしてそこへ辿り着けなかった。つねに何かしら偶然と見えるものに――ある抑える〝手〟に邪魔されて来た。ここに教訓がある――ここに警告があるのだ。不思議なほどに――実際、不思議なほどに――あの極地はエデンの園の知恵の木に似ている、と彼は言った。地球の他の部分はすべて人間に向かって開かれ、差し出されている――しかし、それだけが執念《しゅうね》く帷《とばり》を掛けられ、「禁じられて」いる。あたかも父親が息子の肩に手を置き、「ここは不可《いけ》ない、わが子よ。よそはどこでも良いが――ここは不可ない」と言っているかのようだ。

しかし、人間は――と彼は言った――自由行為者であって、天のささやきや警告に耳をふさぎ、何とも思わぬ能力を持っている。そして彼が信ずるには、北緯九十度の地点に立って、地球の頭に不遜な右足をのせる能力を完全に身につけたと人間が考える時が、今訪れたのだ――ちょうどアダムに、不遜な右手を伸ばして知恵の木の実をもぎ取る完全な能力が与えられた時のように。しかし、とマッケイは言った――その声は今や恐るべき占いの結果を告げる一つの長い宣言となって、わんわんと鳴り響いていた――かつて彼《か》の能力の濫用《らんよう》のあと、大災害がたちどころに全世界をおおったように、今回神が与えるものは、天が低くなり、雷が荒れ狂うことに他ならぬと全人類が用心しなければならぬ、と。

この男の気狂いじみた真剣さ、高圧的な声、そして野蛮な身ぶりは、聞く者皆に効果を及ぼさずにはいなかった。私はどうかと言うと、まるで天からの使いに話しかけられたかのように、じっと謹聴していた。しかし、家にまだ帰り着かないうちに、あの講話の印象は、水が家鴨の背を伝い落ちるように、すっかり消えてしまったと思う。二十世紀の預言者は成功しなかった。駱駝の革を着た洗礼者ヨハネその人が演説しても、聞く者はやれやれと肩をすくめるだけだったろう。私はこう考えて、マッケイのことを念頭から追いやった。「あいつは時代遅れのようだな」

だが、その後、私のマッケイに対する考えは変わったではありませんか、神よ……？

あの日曜の夜の講話より三週間前——大体その頃だった——今度の探検隊の隊長クラークが私を訪ねて来た——友達として遊びに来ただけだった。当時私はハーリー街十一番地に居を構えてから一年程で、まだ二十五歳にもなっていなかったが、ヨーロッパのどんな医者にもひけをとらない一流の開業医として仕事をしていたと思う。

一流の——しかし、患者は少なかった。威厳を保って、お歴々の間を動きまわってはいられたが、時々、金詰まりの苦しさをひそかに感じたものだ。実際、ちょうどその頃、『芸術への科学の応用』という著書が当たったおかげで、相当の財政逼迫からかろうじて救われたのだった。

その日の午後おしゃべりをしている時、クラークが気楽な調子で、だしぬけに言った。

「昨夜、君の夢を見たよ、アダム・ジェフソン。どんな夢だったと思う？　君が僕らと探検に行く夢を見たんだ」

私が思わずハッとしたのに彼も気づいたにちがいない。同じ夜、私も同じ夢を見たのだ。しかし、私はそれについて一言も言わなかった。返事をした時、舌がもつれていた。

「誰が？　僕が？　——探検に？　——頼まれても行くものか」

「いや、君は行くよ」

「行かないよ。僕がもうじき結婚するのを忘れてるね」

「そうだな。その話はやめよう。ピーターズは死にやしないからな」と彼は言った。「でも、もし彼に何かあったら、真っ先に君のところへ来るよ、アダム・ジェフソン」

「クラーク、冗談だろう」と私は言った。「僕は天文学や磁気的現象のことなんか、なんにも知らない。それに、もうじき結婚する……」

「しかし、植物学はどうだ？　その方面では君に教えてもらえることがあるだろう。それに航海天文学なら、ふん、君みたいに科学者の習性がしみついた男なら、そんなものはすぐに修得できるよ」

「まるでそんな可能性があるみたいに真剣じゃないか、クラーク」私は微笑んで言った。「そんなこと、言われなければ思ってもみなかっただろう。何より、婚約者がいるからね――」

「ああ、大切な大切な伯爵夫人だろ？　――でも、僕の知っているあの人の人となりからすると、彼女こそまっ先に君に行けって言うぜ。北極点を足で踏むチャンスなんて、毎日あるものじゃないからな」

「他の話をしよう」と私は言った。「ピーターズがいるんだ……」

「もちろん、そうだとも。でも、信じてくれ、僕が見た夢はじつにまざまざとしていて――」

「夢の話はもうやめてくれ、それから北極の話も！」私は笑った。

そうだ、今でも憶えている。私は大声で笑うふりをした！　だが、その時ですら、心の奥深くではわかっていた――若い頃から、私の人生を世にも異常なものにして来たあの危機の一つが訪れつつあるのだということが。私がそれを知った理由は、第一に二人の見た夢であり、第二に、クラークが帰ったあとで、婚約者に会いに行くため手袋をはめているとあの二つの〝声〟が私の心の中で話し合うのをはっきりと聞いたからだった。一つの声は「今、彼女に会いに行くな」と言い、もう一つの声は「いや、行け、行け」と言った。

わが人生の二つの〝声〟！　普通の人がこれを読めば、私が言うのはありきたりな、相反する二つの衝動にすぎないと思うに違いない――でなければ、私が譫言《うわごと》を言っているのだと。というのも、現代人の誰に理解できよう――あれらの声がいかに生々しく、いかに大きな声で、折にふれ、私の中で言い争うのが聞こえて来たかを。それも彼《か》の詩（テニソン「高等なる汎神論」）に言うように、「息吹きよりも近く」「手と足よりもすぐそばに」聞こえたことを。

それは七歳の頃に、初めて起こった。私はある夏の晩、父の松林で遊んでいた。半マイル離れたところに石切り場の崖があった。遊んでいると、突然私の中で誰かがこう言ったような気がした。「崖の方へ歩いて行け」そして別の誰かが言ったようだった。「そっちへは絶対に行くな！」――その時はただのささやき声だったが、私が成長するにつれて次第に大きくなり、怒って言い争う叫びとなるようだった。私は崖の方へ行った。そこは切り立った高さ三十フィートの絶壁で、私は落ちた。数週間後、口が利けるようになった私は、崖の縁から「誰かが突き落とした」けれど、別の誰かが下で「受けとめてくれた」と言って、母を驚かせた。

十一歳の誕生日を迎えて間もないある夜のこと、ベッドに寝ながら、ふとこんなことを考えた――私の人生は、私には見えない何物か、あるいは何物か達にとって重要なのだ。憎み合う二つの〝力〟がいつも私につきまとって、一方は何らかの理由で私を殺したがっており、一方は何らかの理由で生かしておきたがっている。一方が私にこれこれの事をさせようと思えば、もう一方はそれと反対のことをさせたがる。私は他の子供達とは違う独立した、特別な、何かのために印をつけられた存在なのだ、と。私はすでに初めてこの大地を踏んだ人間と同じような――とそう信じているが――隠秘で原始的な考えや、気分や、たまゆらの直感を持っていたので、「主はかくかくと語り給へり」といった聖書の表現を読む時、その〝声〟がどのように聞こえたかということに関して、心に何の疑問も浮かんだことがない。人間にはもともと二つより多くの耳があったことを理解するのに、私はさして困難を感じなかったし、自分がこの末の世に生まれながら、多少原始人に似ていることを知っても、驚かなかっただろう。

しかし、おそらく母以外の誰も、私が今語っているような人間だとは夢にも思わなかった。私は大学のボート・チームでは前オールを漕ぎ、試験の詰め込み勉強をし、クラブでのらくらする、当時の普通の青年に見えた。職業を選ばなければならなかった時、私の頭はその件に無関心だったにもかかわらず、私の魂のうちに生じた葛藤《かっとう》を一体誰が察し得ただろう──怒鳴り合う二つの声が争って叫ぶ苦しさを。一方は「科学者に──医者になれ」と言い、他方は「法律家に、技師に、画家になれ──何でも良いから医者以外のものになれ」と叫ぶのだ。

私は医者になり、当時最大の医学校となっていたところへ──ケンブリッジ大学へ行った。そこでスコットランドという名の男と出会ったのだが、この男は少し風変わりな世界観を有していた。彼はトリニティー学寮のニュー・コートに部屋を借りていて、我々の仲間はたいていそこに屯《たむろ》した。彼はいつもある種の「黒」と「白」の〝力〟について話していたので、しまいにはからかわれ、みんなは彼を「黒と白の謎の男」と呼んでいた。なぜかというと、ある日誰かが「宇宙の黒い謎」について何か言ったところ、スコットランドはそれを遮《さえぎ》り、「黒と白の謎だ」と言ったからである。

スコットランドのことは今でも良く憶えている──じつに優しい、穏やかな男で、猫とサッポーと『ギリシア詞華集』を愛し、背はたいそう低く、ローマ鼻で、首筋をしゃんと伸ばし、お腹を引っ込めるようにいつも努力していた。彼は常々言っていた──〝白〟と〝黒〟の二つの〝力〟がこの宇宙を求めて、狂おしく争っている。〝白〟の方が強いけれども、この我々の惑星の状態は彼の成功にあまり有利ではない。ヨーロッパでは中世まで彼が優勢を占めて来たが、それ以降は次第に、また厳然として〝黒〟の前に屈して来た。最後には〝黒〟

が——どこでもそうとは限るまいが、ここでは——勝ち——他の地球はともかく、少なくともこの地球を戦利品として持ち去るだろう、と。

これがスコットランドの説で、彼は倦《う》むことなくこれを繰り返した。他の仲間は我慢して聞いているだけだったが、かれらには知る由もなかった——私が表面では冷やかに微笑いながら、内心ではどれほどの苦しい興味をもって彼の言葉を聞いていたか。彼の言葉は、それがいとも深遠なものだという印象を与えたのだ。

しかし、話をもとに戻そう。クラークが帰って、婚約者のクローダ伯爵夫人に会うため手袋をはめている時、あの二つの声がはっきり聞こえて来たのだ。

時として一方の衝動があまりにも強いため、抵抗できないことがある。私に行けと命じたあの声も、そうだった。

私はハーリー街からハノーヴァー広場まで行かなければならなかったが、その間ずっと何物かが耳元で叫んでいるようだった。「行くなら、『北風号』のことも、クラークが来たことも一言も言うな」もう一つの声は叫んだ。「言え、言え、何も隠すな」

それは一ヵ月も続いているかに思われたが、実際はほんの数分でハノーヴァー広場に着き、クローダをわが腕に抱いたのだった。

彼女は、私の思うに、世にも素晴らしい女だった。クローダは——あの高慢な頸はいつも左の肩のうしろにある何かを蔑《さげす》んでいるかのようだった。素晴らしい、しかし、ああ——今は知っている——神なき女、クローダは苛烈な心の持主だった。

クローダはある時私に告白したことがある。歴史上の人物で好きなのはルクレツィア・ボルジアだと。私がおそれをなすのを見ると、すぐに言い添えた。「あら、冗談を言ってるだけよ」彼女にはこのように裏表があった。今は知っているが、凶悪な心を私から隠そうと不断に努めて生きていたのである。だが、今にして思うと、クローダは何と見事に私を虜《とりこ》にしたことだろう！

私達の結婚には双方の家族が反対した。私の家族が反対したのは、彼女の父親も祖父も癲狂院《てんきょういん》で亡くなったからであり、彼女の家族が反対したのは、私が金持ちでも、身分の高い相手でもなかったからだ。彼女よりずっと年上の姉が、平凡な田舎者、トーントンのピーターズと結婚していた。このいわゆる身分違いの結婚が、私とのいわゆる身分違いの結婚を、親族の目には二重に忌まわしいものとしていた。しかし、クローダの私に対する並外れた情熱は、親族が脅しても懇願しても抑えることができなかった。まったく、クローダは何という焔のような女だったろう！　私は時に彼女が怖くなることもあった。

彼女はあの時、もう若くなかった。私より五歳年上で、姉とトーントンのピーターズの結婚によって生まれた甥よりも、やはり五歳年上だった。この甥はピーター・ピーターズといって、医師、植物学者、気象学助手として「北風号」の探検に同行する予定だった。

クラークが訪ねて来たあの日、私はクローダと席に着いて五分もしないうちに、こう言った――

「クラーク博士がね――ハ、ハ、ハ！　――探検のことを話していたよ。もしピーターズに何かあったら、まっさきに僕のところへ来るって言うんだ。馬鹿馬鹿しい夢を見たんだよ……」

この言葉をしゃべっていた時、私を満たしていた意識は邪悪さ――ひねくれた邪悪さだった。だが、私にはそれをどうすることも出来なかった。

クローダは窓辺に立ち、薔薇の花を一輪、顔の前にかざしていた。たっぷり一分間、返事をしなかった。彼女の彫りの深い華やかな顔が横を向いて、じっとうつ向き、花の香りを嗅いでいるのが見えた。やがて彼女は冷淡な調子で早口に言った。

「初めて北極点に足を踏み入れた人は、きっと貴族になれるわね。遺産のことはともかくとして……私が男だったらと思うばかりだわ」

「僕にはべつにそんな野心はないな」と私はこたえた。「僕のクローダと暖かいエデンの園にいられるだけで、すごく幸せだ。外の寒さは好きじゃない」

「あなたを小さい人間に思わせるようなことを言わないで」彼女は苛立たしげに答えた。

「どうしてだい、クローダ？　北極へ行きたいって思わなければいけないのかい？」

「でも、もし行けるとしたら、行きたいでしょう？」

「そうだね——でも——どうかな。結婚のこともあるし……」

「結婚ですって！　私達の結婚をこっそり片づけたい難題から、十倍も誇らしい出来事に変えるものは、それしかないじゃないの」

「君が言うのは、もしも僕個人が最初に北極に立ったら、という意味だろう。でも、探検には大勢で行くんだ。僕個人が、なんてことはありそうにないよ——」

「私のためなら、やってくれるでしょう、アダム——」と彼女は言い出した。

『やる』だって、クローダ」と私は声を上げた。「『やれ』って言うのか？　そんな可能性はこれっぽっちもないよ——」

「どうして？　出発まで、まだ三週間もあるわ。噂じゃ……」

彼女は言いかけて、やめた。

「噂じゃ何だって？」

彼女は声をひそめた。

「ピーターはアトロピン（ベラドンナからつくる薬品。心臓を刺激するのに用いられるが、興奮剤として用いることもできる）を常用《やっ》てるんですって」

ああ、私はその時、ハッとしてたじろいだ。彼女は窓からこちらへ来て、揺り椅子に腰かけ、読みもしないのに本のページをめくった。私達二人は沈黙した。私は立って彼女を見、彼女は本のページの縁を親指で撫で、思案に耽るように、またその仕草を繰り返した。それから、冷たくフフンと笑った——冷淡な、狂った笑いだった。

「私があぁ言った時、どうしてびっくりしたの？」彼女は本を出鱈目にめくって読みながら、たずねた。

「僕がかい！　びっくりしてやしないよ、クローダ。どうしてそう思ったんだ？　びっくりしてやしない！　クローダ、ピーターズがアトロピンを常用してるって、誰に聞いたんだい？」

「あの人は私の甥よ。知っていて当然でしょ。でも、そんな風に馬鹿みたいに唖然としないでちょうだい。あなたが億万長者になって、英国の貴族になるのを見たいために、あの人に毒を盛るつもりなんかないんだから……」

「おいおい、クローダ！」

「でも、そうするのは簡単ね。彼はもうじきここへ来るわ。晩にウィルソンさんを連れて来るの」（ウィルソンは探検隊の電気技師として行くことになっていた）

「クローダ」と私は言った。「いいかい。そういう冗談は好きじゃない」

「本当？」彼女はいつもの癖で、喉を強張らせて、高慢そうに少しねじって答えた。「それなら、もっと優雅に言わなければいけないわね。でも、ありがたいことに、これはただの冗談よ。近頃じゃ女がそういうことを言っても、もう讃めてもらえないのね」

「ハ、ハ、ハ！　――もう――もう讃めてもらえないだって、クローダ！　ああ、何てことだ！　話題を変えようじゃないか……」

だが、彼女はもう他の話をしなかった。彼女はその日の午後、私から近年のあらゆる極地探検隊の歴史を聞き出した――かれらがどこまで辿り着いたか、いかなる支援があったか、なぜ失敗したかを。彼女の眼は輝き、熱心に聴き入った。彼女は実際、これ以前から「北極号」に興味を抱いていて、装備の詳細も知っていたし、探検隊のメンバーの何人かとも知り合いだった。しかし、今になって突然夢中になったように見えたのは、クラークがやって来た話をしたため、北極熱に燃え上がったらしい。

その日、彼女の抱擁をふりほどいて別れた時の、彼女の熱い接吻を忘れることはないだろう。私は重苦しい気持ちで家に帰った。

ピーター・ピーターズ博士の家は私の家から三軒先の、通りの向かい側にあった。その夜一時頃、彼の従僕が走って来て私を叩き起こし、ピーターズの具合がひどく悪いと知らせた。私は枕元に駆けつけたが、譫妄状態で瞳孔が開いていることから、アトロピン中毒と一目でわかった。

ハノーヴァー広場のクローダの家で彼と晩を共に過ごした、電気技師のウィルソンもそこにいた。

「一体どうしたんだ？」とウィルソンは私に言った。

「中毒だよ」と私は答えた。

「何てことだ！　何に中毒したんだ？」

「アトロピンだ」

「何だって！」

「心配するな。治るだろう」

「たしかかね？」

「うん、そう思う——あの薬を使うのをやめればだがね、ウィルソン」

「何だって！　自分で自分に毒を盛ったのか？」

私はためらった。ためらったが、言った。

「彼はアトロピンを常用していたんだ、ウィルソン」

私はそこに三時間とどまり、彼の命を救うために必死で頑張った。そして朝もまだ暗いうちに彼のもとを去った時は、安心していた。ピーターズは回復するだろう。

私は午前十一時まで眠って、ふたたびピーターズの家へ急いだ。部屋には私の二人の看護婦とクローダがいた。

私の恋人は唇に人差し指をあてて、ささやいた。

「しっ！　眠っているの……」

彼女は私の耳元に寄って、言った。

「朝早く報せを聞いたの。この人に付き添うために来たのよ——最後まで……」

私達はしばらく見つめ合った——目と目を、じっと、彼女と私は。しかし、私はクローダの視線の前に視線を落とした。ある言葉が口から出かかっていたが、何も言わなかった。

ピーターの回復は私が期待したほど順調ではなかった。最初の一週間が経っても、まだ寝たきりだった。その時、私はクローダに言った。

「クローダ、君が枕元にいるのはどうも気に入らないんだ。不必要だからね」

「たしかに不必要ね」と彼女はこたえた。「でも、私は昔から看病の才能があるの。それに肉体の闘いを見ているのが好きなのよ。誰も反対しないのに、どうして駄目だと言うの？」

「ああ！　……わからない。この患者は気に入らないんだ。半分放り出したい気がするんだよ」

「ならば、そうしなさいよ」

「そして君も――帰りたまえ、帰りたまえ、クローダ！」

「でも、なぜ？　――何も悪いことはしないのに。『上流階級が腐敗』して、あらゆるものがローマ的頽廃にある当節では、時流に抵抗しようとしているあなた方高潔な人々は、あらゆる罪のない気まぐれを奨励すべきなのではなくて？　気まぐれは犯罪の歯止めです。そして、これが私の気まぐれなの。私は繊細な薬品をいじくることに感覚的な、ほとんど官能的な快楽をおぼえるの――その点で言えばヘレネーや、メデアや、カリュプソーや、みんな優れた化学者だった昔の偉大な女達と同じよ。大風に遭った人間という船と、その沈没の緩慢な劇を研究すること――これはほんとにワクワクする気晴らしじゃない？　だから、私の好きにさせてくれる習慣を今すぐつけて欲しいの――」

彼女は高慢な、ふざけるような態度で私の髪に触った。私はそれに慰められたが、その時ですら、皺くちゃのベッドを見、そこにいる男の具合が非常に悪いことを知った。

このことを書こうとすると、今でも胸が悪くなる！　ルクレツィア・ボルジアも彼女の時代には英雄的な女性だったかもしれない。しかし、この現代にルクレツィアとは！　心臓まで吐き出してしまいそうだ……

男はあのベッドの上で具合が悪くなったのだ。二週目が過ぎ、探検隊の出発まで、もう十日しか残っていなかった。

その二週目も終わる頃、ある晩私が部屋に入ると、電気技師のウィルソンがピーターの枕元に坐っていた。

その時、ちょうどクローダはピーターズに薬を飲ませようとしていたのだが、私を見ると、薬の入ったグラスを小卓に置いて、こちらへ近づいて来た。その時、私は胸を突き刺すような光景を見た。ウィルソンは薬の入ったグラスを取り上げると、高く差し上げて、それを見て、匂いを嗅いだのだ。彼は手早く、こっそりとそれをやった。うしろめたそうに、意味ありげな表情を顔に浮かべていたが、それは不信を示していると私は思った……

一方、クラークは毎日やって来た。彼自身も医学の学位を持っていて、この頃、私はキャヴェンディッシュ広場のアレインと共に医者として彼を呼び、ピーターズの治療について相談していた。患者は半ば昏睡状態にあって、時折激しく嘔吐するのだったが、その容態は我々みんなを困惑させた。私は彼がアトロピンを常用したこと——最初はアトロピン中毒だったことを医師として述べた。しかし、現在呈している症状はアトロピンの症状ではなく、何か別の植物性の毒による症状のように思われた。何の毒かははっきりと言えなかった。

「謎だな」二人きりになると、クラークは私に言った。

「僕には理解できない」と私は言った。

「あの二人の看護婦は、どういう人間なんだね？」

「ああ、僕の親戚で、折紙つきの人達だよ」

「ともかく、僕が見た夢は実現するな、ジェフソン。ピーターズが競争から脱落したことは、もうはっきりしてる」

私は肩をすくめた。

「僕は今正式に、君が探検隊に加わることを要請する」とクラークは言った。「承知してくれるか？」

私はまた肩をすくめた。

「よし、それが承諾のしるしなら、言っておくが、もう八日しかない。その間にやることが山程あるぞ」

この話をしたのは、ピーターズの家の食堂でだった。二人が扉を通り抜けると、クローダが外の廊下を——足早に——去って行くのが見えた。

私はその日、クラークの誘いについて一言も彼女に言わなかった。だが、何度も自分に問いかけていた——彼女はあのことを知っているんだろうか？　立ち聴きしていたのではなく、耳に入ったのだろうか？

いずれにせよ、真夜中頃、驚いたことにピーターズは目を開けて、ニッコリ微笑った。翌日《あくるひ》の昼頃には、彼の素晴らしい生命力——それ故に極地探検に適していたのだが——が戻って来た。その時、彼はベッドに片肘を突いて、ウィルソンと話していた。顔色が悪く、ひどい胃痛がする以外は、つい昨日まで死にかけていたのが嘘のようだった。私は痛み止めに硫酸モルヒネの四分の一グレインの錠剤を処方して、立ち去った。

ところで、ディヴィド・ウィルソンと私は前々からあまり仲が良くなかったが、他でもないその日、彼はピーターズと私の間に厄介な状況を引き起こした——私が彼の代わりに探検に行くことになったとピーターズに言ったのだ。

気の短いピーターズは、ただちにクラーク宛の抗議状を口述筆記させた。クラークはピーターズの手紙に青鉛筆で質問を大きく書き込んで、私のもとへ送って来た。

さて、ピーターズの準備はすっかり整っていたが、私の方は出来ていなかった。それにあと六日あるから、彼もその間に元気になるだろう。そこで私はクラークに手紙を書いて、言った——状況が変わったからには、私が申し出を受けたことはもちろん無効である。ただ、私はすでに不在中の代理の医師を頼んでしまったので、その点は都合が悪いと。

それで事は決まった——ピーターズは去り、私がとどまることに決まったのだ。出発五日前の夜が明けた。六月十五日の金曜日だった。ピーターズはもう肘掛椅子に坐っていた。元気だったが、発熱と不整脈があり、胃痛はまだ治らなかった。私は一日四分の三グレインのモルヒネを投与した。その金曜の夜十一時に彼のもとを訪れると、クローダがいて、彼と話していた。ピーターズは葉巻をふかしていた。

「ああ」とクローダは言った。「あなたを待っていたのよ、アダム。今夜は薬を注射しても良いかどうかわからなかったの。良いの？　悪いの？」

「君はどう思う、ピーターズ？」と私は言った。「まだ痛みがあるかね？」

「うん、あと四分の一グレイン打ってもらった方が良さそうだ」と彼は答えた。「お腹がまだ時々しくしくするんだ」

「それじゃ、四分の一グレイン打ってくれ、クローダ」と私は言った。

注射器の容れ物を開けた時、彼女は口をとがらして言った。

「この患者さんは悪い子なのよ。またアトロピンを使ったの」

私はたちまち腹を立てた。

「ピーターズ。僕に相談もせずに、そんなことをしちゃいけないのはわかってるだろう！　もう一度やってみろ。僕はもう君のことは知らんぞ！」

「馬鹿馬鹿しい」とピーターズは言った。「どうして、そんなに不必要に騒ぐんだ？　ほんのちょっぴりだったんだよ。あれが必要だと感じたんだ」

「この人、自分の手で注射したのよ……」クローダが言った。

彼女は今、暖炉の棚の前に立っていた。小卓から注射器の容れ物を取り上げて、天鵞絨《びろうど》の裏張りから注射器とモルヒネの錠剤が入った小壜を取り、炉棚へ行って錠剤を一つ、蒸留水に溶かしているのだった。こちらに背中を向け、作業に時間がかかった。私は立っていた。ピーターズは肘掛椅子で葉巻を吸っていた。やがてクローダは、その日の午後に行った慈善バザーの話をはじめた。

彼女は遅かった、遅かった。どこか私の魂の薄暗い領域を、狂った考えが通り過ぎた。「なぜ、あんなに時間がかかるんだ?」

「それは御苦労様だったね」とピーターズが言った。「バザーなんかどうでもいいから、叔母さん——モルヒネのことを考えて下さい」

突然、抗し難い衝動が私を襲った——彼女にとびかかって、注射器も、錠剤も、何もかもその手から奪いたいという衝動が。私はそれに従っていたに違いない——今にもそうしそうだった——すでに身をのり出していた。ところが、その瞬間扉が開いて、背後から声がした。

「やあ、具合はどうだね?」

そこに立っていたのは電気技師のウィルソンだった。私はたちまち以前彼の顔に浮かんだ不信の表情を思い出した。ああ、駄目だ、私には出来なかった——彼女は私の恋人なのだ——私は大理石の彫像のように立ち尽くした……

クローダは左手に注射液の入った脆いグラスを持ったまま、ウィルソンに近寄って、親しげに右手を差し出した。私の目は彼女の顔に釘づけになった。その顔は人を安心させる、屈託のない無邪気さに溢れていた。私は思った——「俺は気が狂っているにちがいない」

平凡なおしゃべりが始まり、その間にクローダはピーターズの袖をめくって、そこに跪きながら、彼の前腕に注射した。彼女が何かウィルソンの言った言葉に笑いながら立ち上がった時、薬のグラスが手から落ちて、彼女は見たところ偶然に、踝《かかと》でそれを踏みつけた。注射器は炉棚の上の、他の注射器が並んでいるところに置いた。

「あなたのお友達は悪い子だったのよ、ウィルソンさん」彼女はまた同じように口を尖らして、言った。「またアトロピンを使っていたの」

「嘘だろう?」とウィルソンは言った。

「ほっといてくれ、みんな」とピーターズは答えた。「僕は子供じゃないんだ」

それが、彼が最後に口にした意味のわかる言葉だった。彼は午前一時少し前に死んだ。アトロピンを大量に服して中毒したのだった。

その時から、「北風号」が私を乗せてテムズ川を下って行く時までは、私にとって一切が混乱した悪夢にすぎず、細かいことはほとんど記憶に残っていない。憶えているのは死因審問と、ピーターズが自分でアトロピンの注射を打ったと証言させられたことだけだ。このことはウィルソンとクローダによっても裏づけられ、それに従って裁断が下された。

そして、あの混沌とした慌しい準備の中で、他に三つだけ、しかし今もはっきりと思い出すことがある。第一の——そしてもっとも重要な——ことは、あの日曜日の夜、ケンジントンで大言壮語するマッケイから聞いた、あの嵐のような言葉だ。忙しい私をあの晩あの礼拝堂へ行かせたのは何だったのだろう? それも今はわかる気がする。

私はそこに坐って、彼の言うことを聞いていた。彼の熱弁がいとも奇妙に私の脳裡に植えつけられたのは、予言の熱情が高まって彼がこう叫んだ時だった。「先には罪が犯されたあと、たちまち全世界的な大災害が起こった。そのように、この次も、神の怒りによって天が低くなり、雷雨が始まることに気をつけよと全人類に警告する」

そして第二に憶えているのは、このことだ——家に帰ると、私は(探さねばならない本があったので)散らかった書斎に入った。家政婦がそこで片づけ物をしていた。彼女は古い聖書の表紙を持って、テーブルの上に放り出していた。椅子にどっかりと腰を下ろした時、巻頭近くの版画のページが開かれているのに目が留まったのだ。その版画はたいそう大きく、笠のかかったランプの光があたっていた。私はマッケイが北極を大胆にもエデンの木に譬えるのを聞いたばかりで、ゾッと身震いしたのはそのせいにちがいなかった。私の倦怠《けだる》い目が偶然止まったのは、次の言葉だった。

「女その木の果実を我に与へたれば、我食《くら》へり……」(「創世記」三の十二)

そして、あの疑惑と動揺の混乱の中で思い出す第三のことは——船が午後の潮に乗って川を下っている時、一通の電報が私の手に渡された。それはクローダからの最後の言葉で、ただこうあるばかりだった。

「一番乗りして——私のために」

「北風号」は六月十九日の午後、好天に恵まれて、希望に満ち、極地を目ざして聖《セント》キャサリン・ドックをあとにした。

ドックのまわりには、無数の人の頭がはるか彼方まで雲霞《うんか》のごとく集まり、川沿いにウリッチまで、蜂がブンブン唸るような鈍いどよめきとつぶやきが絶え間なく聞こえて来て、我々の出発を祝した。

この探検は半ば国務であり、政府から補助金も出ていて、この世にもし設備の整った船というものがあるとすれば、それは「北風号」だった。いかなる戦艦よりも丈夫な骨組を持ち、十ヤードもある流氷とぶつかっても平気だった。それにペミカン、鱈子、魚粉などを十分積み込んでいたので、食糧は六年分もあった。

乗組員は全部で十七人。事業の(いわば)長が五人いて、それはクラーク(隊長)、ジョン・ミュー(指揮官)、オーブリー・メイトランド(気象学者)、ウィルソン(電気技師)、そしてこの私(医者、植物学者、気象学者助手)

だった。

当初の計画は、東経百度か百二十度まで東進し、そこで北向きの海流に乗る。北へ向かって押し進み、漂流し、船がそれ以上先へ貫入することができなくなったら、(隊員のうち三人か四人がスキーで)船を去り、犬とトナカイが引く橇《そり》で極地へ向かって突進する、というものだった。

これは最後の探検——「ニックス号」の探検——や、他のいくつかの探検の計画と同じだった。「北風号」が「ニックス号」や他の船と違ったのは、設計がもっと立派で、事前の考慮ももっと周到になされた点だけだった。

我々の航海はしばらく無事だったが、七月末、浮氷塊の一群に出逢った。八月一日、カバロワに到着して、そこで石炭船と落ち合い、非常用の石炭を少し積み込んだ。非常用というのは、液体空気で発動機を動かしていたからである。また犬四十三匹、トナカイ四頭、大量のトナカイゴケも積んだ。二日後、船は最終的に船首を北東へ向け、さわやかな天気の中で、帆と液体空気を使って、重い「ゆるやか」に流れる氷を掻き分けて進んだ。そして八月二十七日、荒涼たるタイムール島の沖で浮氷塊に停泊した。

ここで最初に見たものは、岸辺で若い白身魚をつかまえようと待ちかまえている一匹の熊だった。まもなくクラークとミューとランバーン(技師)がランチに乗って上陸し、私とメイトランドが平底船でそのあとに続いた。どちらも三匹の犬を連れていた。

島の内部へ向かって氷をよじ登っている時、メイトランドが私に言った。

「クラークが船を置いて北極点へ突進する時はね、結局二人じゃなく三人連れて行って、四人の一行にするんだ」

私。「そうかい? 誰に聞いたんだ?」

メイトランド。「ウィルソンさ。クラークがウィルソンと話している間に、しゃべったんだ」

私。「うむ。人数が多いほど楽しいからな。その三人は誰なんだい?」

メイトランド。「ウィルソンはきっと数に入ってる。ミューが三人目かもしれん。四人目に関して言うと、俺はどうせ除《の》け者にされると思うな」

私。「僕の方がそうなりそうだ」

メイトランド。「こいつは、俺達四人の競争だぜ。ウィルソン、ミュー、君と俺だ。肉体的な適性と専門知識と両方の問題だ。君は運が良いから除け者にはされないよ、ジェフソン」

私。「でも、どうだって良いじゃないか。探検全体が成功すれば? 肝腎なのはそこだ」

メイトランド。「そうとも。御立派なことをおっしゃるね、ジェフソン。でも、本心かい? 一億七千五百万ドルなんか眼中にないと気取ってるんじゃないのかい? 俺は最後まで見とどけたいな。できれば、そうするつもりだ。我々はみんな多かれ少なかれ自己本位だからな」

「見ろ」私はささやいた――「熊だ」

母子熊《おやこ》だった。犬の臭いを嗅ぎつけたらしく、垂れた頭を振りながら、決然と近づいて来た。我々はただちに氷の大岩のうしろで、別々の場所に小さくなった。殺す前に、熊が岸の方へ行ってくれることを願ったが、そばを通りかかると、こちらをチラと見て、小走りに近づいて来た。私は熊の頸を撃った。熊はたちまち唸《うな》り声を上げて、こちらに背を向け、今度はメイトランドの方へまっしぐらに向かって行った。メイトランドは氷の蔭から数百ヤード走って行くと、銃を構えた。だが、銃弾は発射されず、三十秒もすると熊の前足に踏みつけられ、熊は吠えながら後退《あとじさ》る犬どもを前足ではたこうとしていた。メイトランドは大声で助けを求めた。だが、その時、哀れな私は彼よりもはるかにひどい苦境に立たされ、瘧《おこり》にかかったように震えていた。突然、私の運命の声達がやかましく言い争って私の胸を満たしていたのだ。一つの声は、とんで行ってメイトランドを助けろと促《うなが》し、一つの声は動くなと強く命じた。だが、ほんの数秒のことだったと思う。私は走って熊の脳天に銃弾を打ち込み、メイトランドは顔に傷を負って跳び上がった。

しかし、奇異なる運命だ！　私が何をしても——悪いことをしても良いことをしても——結果は同じ暗く不吉な悲劇となるのだった！　気の毒なメイトランドはこの航海で命を落とす運命《さだめ》だった。私が彼の命を救ったのは、彼の死をもっと確実にするための手段にすぎなかった。

何ページか前に、ケンブリッジで出会ったスコットランドという男のことを書いたと思う。彼はいつも「黒」と「白」の存在のこと、それらが地球を奪《と》り合っていることを話していた。私達は彼を黒と白の謎の男と呼んでいた。その理由はある日——だが、今はその話をしている時ではない。そのことに関して、私の思いついた考えがある。精神の気まぐれで——きっと真実とは程遠いだろうが——頭の中にあるから、書き留めておこう。それはこういうことだ。アダムと知恵の木の実の場合と同様、〝黒〟と〝白〟の間にも何らかの取り決めか了解があったのかもしれない。人間が極地に押し入り、そこにある古い禁断の秘密に手をつけたならば、その時、何らかの災禍が人類を襲わずにはいないということだ。人類に優しい〝白〟はそうなることを望まず、人間という種族のために、我々の探検隊を極地に達する前に滅ぼそうとした。〝黒〟は〝白〟の意図と手段《てだて》を知り、そのもくろみの裏をかくために私を——私を！——利用したのだ。まず手初めに、私が四人の小隊の一人としてスキーで船を離れることを画策して。

しかし、世界の巨大な謎を読み取ろうとするなどとは、子供じみた試みだ！　私は自分と〝黒と白のスコットランド〟を声を上げて笑っても良かろう。事はそう単純なはずはない。

さて、我々はその日タイムールを出て、陸とも外洋ともおさらばした。チェリュスキン岬（この岬は見えなかった）の緯度を過ぎるまで、あたりは一面の氷帯で、ミューは檣頭見張り台《しょうとう》にいて、機関室につながっている電鈴をいじめ倒し、錨《いかり》はいつでも下ろせるように吊るされていて、クラークが水深を測量していた。進行はゆっくりで、船があの永遠《とわ》なる氷の青く微かに光る国へ、さらに先へ進むにつれて、極地の夜が歩調を合わせて我々を取り囲んだ。我々はもうトナカイの皮の夜具を使わず、寝袋で寝るようにした。九月二十五日までに八匹の犬が死んだが、その日は氷点下十九度を経験していた。夜の一番暗い時には、北極光が頭上に音もなく厳かな幕を広げ、無数の変わりやすい装飾品となって、天空に震えた。

我々わずかな乗組員同士の関係ははなはだ良かったが――一つだけ例外があった。デイヴィド・ウィルソンと私は仲が悪かったのだ。

ピーターズの死因審問の際にウィルソンがした証言の何かが――声の調子が――気に食わなくて、私はそれを思い出すたびに、頭にカッと血が上るのだった。ピーターズは死ぬ直前、自分でアトロピンを服用したことを認めている。ウィルソンはそれを聞いており、その事実を証言しなければならなかった。しかし、いとも気の乗らない口ぶりで証言したため、検死官がこう尋ねたのである。「あなたは何を私から隠しているんです？」ウィルソンは答えた。「いいえ、何も。何も言うことはありません」

その日以来、彼と私は船でいつも一緒にいるにもかかわらず、十言《とこと》と言葉を交わしていなかった。そしてある日、氷原に一人で立っている時、私は拳を握りしめて、こうつぶやいた。「もしクローダがピーターズを毒殺したと疑っているなら、あいつを殺してやろうか！」

緯度七十八度まで天気は素晴らしかったが、十月七日の夜――良く憶えている――大嵐に遭った。盥《たらい》同然の船はブランコのように揺れ、船体が傾くごとに犬はクンクン泣きながら水浸しになり、棚の上の物は滅茶苦茶に放り出された。ガソリンで動く大型ボートは吊柱から流された。ある時は温度計の目盛が零下四十度まで下がった。一方、高空のオーロラは風に吹かれて千々に乱れた色彩の混沌と化し、荒れ狂う空の画家の汚れたパレットに、あるいは長い衣をまとった熾天使《してんし》達が入り乱れて闘うさまにも似て、艱難《かんなん》、嵐、難破と混乱の象徴そのものに見えた。私は初めて船酔いした。

だから、見張り番を外れて寝台へ戻った時は頭がクラクラしていた。実際すぐ眠りに落ちた。しかし、船の揺れと衝撃、それに重いグリーンランド・アノラックを着ていたことや、身体の状態も相俟《あいま》って、恐ろしい悪夢を見た。夢の中で、私は動こうとしても動けず、息をしようにも息がつけないのを意識していた。寝袋が氷山となって胸にのしかかっていたからだ。喘《あえ》ぎながら見た夢はクローダの夢だった。彼女が石榴《ざくろ》の種のような色の液体を、水の入ったグラスに一滴ずつ垂らして、そのグラスをピーターズに差し出すのを夢に見た。その液体は死のごとく有毒であることを私は知っていたので、暗い眠りの縛《いまし》めをふりきろうと最後の努力をして、グイと半身をまっすぐに起こし、大声で叫んでいた。

「クローダ！　クローダ！　その男を見逃してくれ……」

私は眼を恐怖に見開いて、眠りから醒めた。船室《へや》には電灯が輝いており、傍にデイヴィド・ウィルソンが立っていた。

ウィルソンは大男で、頑丈なつくりの長い顔が顎鬚によってさらに長くなり、頬骨のところの肉が少し神経質に収縮し、大きなそばかすがたくさんあった。彼がそこに屈《かが》み込み、よろめきながら立っていた時のしがみつくような姿勢、いやらしい笑顔、全体の様子は、今目をつぶってもありありと見える。

彼が私の船室で何をしていたのかはわからなかった。神よ、よりによってあの時、あそこに入って来るとは！それは、船の右舷にある四人用の寝室だった。ウィルソンの寝室は左舷にあるのに、そこにいたのだ！　しかし、彼はすぐにそのわけを説明した。

「罪のない夢を邪魔してすまない。メイトランドの温度計の水銀が凍ってしまってね。寝台からアルコール温度計を持って来てくれと言われたんだ……」

私は返事をしなかった。心には、この男への憎しみがあった。

嵐は翌日おさまり、三日か四日後、浮氷塊の間の雪泥《せつでい》が固く凍りついた。「北風号」の行く手はこうして閉ざされた。我々は氷アンカーとキャプスタンを使って、船を冬の間係留しておく場所に動かした。そこはおよそ北緯七十九度二十分だった。太陽はもうすっかり寒空から姿を消し、来年まで昇ることはなかった。

さて、犬橇《いぬぞり》に乗って遊んだり、小山の間で熊狩りをしたりして、一月また一月が過ぎて行った。ある日、我々のうちでも射撃が抜群に巧いウィルソンが、セイウチを獲った。クラークは伝統的に隊長がする仕事に従事して、甲殻類を研究した。メイトランドと私は親密な関係にあり、私は彼が船の近くにこしらえた雪の家で気象観測をするのを手伝った。しばしば二十四時間にわたって、いとも妖しく、いとも美しい、澄んだ青い月の光が、薄暗く鉛色のこの地方全体を満たした。

クリスマスの五日前、クラークが重大な発表をした。栄光ある北への漂流がまた続いたら、今度の三月半ば頃に船を出て、極地へ突進することに決めたという。トナカイ四頭とすべての犬、橇四台、カヤック四艘、それに三人の同行者を連れて行く。彼が連れて行くことにした同行者はウィルソンとミューとメイトランドだった。

彼はそれを晩餐の時に言った。その時、デイヴィド・ウィルソンはど、、、うだと言わんばかりにニヤリと微笑って、私の青ざめた顔をチラと見た。私が除け者にされたからだ。

私は良く憶えている。夜空にはオーロラがかかって、その端に、暈輪《かさ》に囲まれた月が二つの幻月と共に浮かんでいた。しかし、どれもごくぼんやりと遠くに光っていて、すでに数日間続いていた霧のために、船首がはっきり見えなかった。その時、私は見張り番をして船橋を行ったり来たりしていたのだ。クラークの発表の二時間後だった。

長い間、あたりはしんと静まり返って、時折犬の鳴き声が聞こえて来るだけだった。私は一人きりで、見張り番をメイトランドと交替する時刻が近づいていた。私のゆっくりした足音は弔いの鐘のように響き、まわりには茫漠と白い氷の山が広がって、その白布に被われた物凄さは永遠そのものにも劣らず恐ろしく静かだった。

やがて、犬が五、六匹一緒に吠えだし、やめて、また吠えだした。私は思った。「どこかそのへんに熊がいるな」数分後に私はそいつを見た――見たと思った。霧が深くなっていたようだ。私の見張り番はもうすぐ終わりだった。

熊は左舷の舷牆《げんしょう》の隙間から氷の上に掛け渡した板を伝って、船に入って来たのだと私は結論した。前にも一度、十一月に、一頭の熊が犬の臭いを嗅いで、真夜中船に入って来たことがある。だが、その時は、犬どもがてんやわんやの大騒ぎをした。今はかれらが静かなのを、私は興奮しながらも訝《いぶか》しんだ。もっとも、何匹かはクンクンと鼻を鳴らしていた――怖がっているのだろうと思った。私は熊が昇降口から左舷の犬小屋の方へ忍び寄って行くのを見た。それで私も音を立てずに走り、いつも装填《そうてん》して甲板昇降口の階段に立てかけてある夜番の銃をつかんだ。

獣はもう犬小屋を通り過ぎて船首へ行き、右舷にいる私に向かって来た。私は狙いを定めた。あんな巨大な熊は見たことがないと思った――霧で物が大きく見える分を差し引いてもだ。

指が引き金にかかった。その瞬間、身体が震えるほどの恐ろしい嘔吐感に襲われ、言い争う二つの声が私に向かって叫んだ。「撃て!」「撃つな!」「撃て!」ああ、しかし、後の方の叫びには抵抗できなかった。私は引き金を引いた。極地の夜に銃声が響き渡った。

熊は倒れた。ウィルソンとクラークがすぐに上がって来て、三人でその場に急いだ。

しかし、近くに寄って一目見ただけで、奇妙な種類の熊だとわかった。ウィルソンがそいつの頭に手をあてると、ゆるんだ皮が触っただけで剥がれた……それを被っていたのはオーブリー・メイトランドで、私は彼を撃ち殺してしまったのだった。

その前の数日間、彼は獣の皮を掃除していて、その中に私がタイムールで殺して彼を救った、例の熊の皮があった。ところで、メイトランドは天性の道化役者で、年中悪ふざけを考えていた。たぶん、自分をやっつけそうになった例の熊公の皮を被って、人を驚かすつもりだったのだろう。その皮の掃除を終えると身体に被り、ほんの冗談から、見張り番の時刻に甲板《デッキ》へ這い上がって来たのだ。熊皮の頭と霧のせいで、私が銃を構えたのが見えなかったに違いない。

この悲劇のため、私は数週間具合が悪かった。運命の手が私をとらえているのを知った。私が床を離れた時、気の毒なメイトランドは船の近くの大きな駱駝の形をした丘の後ろで、氷の中に横たわっていた。

一月末には、我々は八十度五十五分まで潮流に乗って流れて行った。その時、クラークはウィルソンの面前で、春に突進する際、気の毒なメイトランドに代わって四番目の男になってくれないかと私に訊いた。「いいとも、喜んで」と私が答えた時、デイヴィド・ウィルソンは不快を露わにして唾を吐いた。一分後、彼は嘆息《ためいき》をついて、「ああ、気の毒なメイトランド……」と言うと、チッ、チッと舌打ちして息を吸った。

私はその場で彼の喉につかみかかり、絞め殺してやりたかったが、自分を抑えた。

もう突進まで一月《ひとつき》と残っておらず、全員が本気で仕事に取りかかった。犬の寸法を計り、かれらのために装具一式と海豹《あざらし》の皮の靴を作り、橇とカヤックを修理点検し、一オンスでも重量を減らせるところがあれば減らした。だが、結局、その年は出発しない運命だった。一月二十日頃、氷が固まり始めると、船は凄まじい圧力を受けた。私達は両手を喇叭《らっぱ》のようにして、互いの耳に大声で怒鳴らなければならなかった。氷の大陸全体が恐ろしく隆起して、至る所でガラガラと崩れ、ポンと鳴り、ゴロゴロと雷のような音を立てていたからである。私達は「北風号」が今にも圧しつぶされるかと思いながら、食料の包装を解き、橇、カヤック、犬などすべてをいつでも逃げられる位置に配置する作業に取りかからねばならなかった。作業は五日続き、その間に北から嵐が吹いて来た。二月末には、嵐のために緯度七十九度四十分まで南下していた。それで、もちろん、クラークはその夏の間、極地のことを考えるのをやめた。

それからまもなく、私達は驚くべきことを発見した。トナカイゴケの貯えが、なぜかとんでもなく減っていたのだ。二等航海士のイーガンが責められたが、それでどうなるわけでもなく、悲しむべき事実は残った。クラークはトナカイを一頭か二頭殺せと忠告されたが、頑として拒《こと》わった。それで夏の初めには、トナカイはみな死んでしまった。

さて、北への漂流がまた始まった。二月の中頃、水平線上に昇る太陽の蜃気楼が見えた。北極海燕と雪頬白《ゆきほおじろ》が飛んでいて、春が訪れた。大きな丘と狭い氷間水道《レイン》（氷原の中の狭い可航水路）のある大浮氷群の中で、私達は夏中大分進んだ。

最後のトナカイが死んだ時、私は気が滅入った。犬が仲間を二匹殺し、三匹目を熊が押しつぶした時、何が起こるかを十分予期していた。それはこういうことだ——こうなっては春に二人しか連れて行けない、その二人はウィルソンとミューーだとクラークは発表したのである。私はふたたびデイヴィド・ウィルソンが悪意をこめて嬉しげに微笑うのを見た。

私達は二度目の冬の住居《すまい》に落ち着いた。ふたたび十二月となり、太陽の昇らない陰々たる薄闇が訪れたが、風車が動かず、電灯が点《つ》かなかったので、事態はさらに悪くなった。

ああ、身をもって感じた者でなければ、あの長い北極の夜の精神的憂鬱は想像もできまい。魂がいかに世界の色に染まってゆくか。外にも内にも薄闇と、〝闇の力〟の支配があるのみ。

私達は一人残らず、憂鬱な、陰気な、悲惨な気分だった。そして十二月十三日、技師のランバーンが年老いた銛手《もりうち》カートライトの腕を刺した。

クリスマスの三日前、一頭の熊が船に近づいて来たが、やがて背中を向けた。ミューとウィルソンと私とメレディス（一般乗組員）が追いかけた。かなり長い間追ったあと、熊を見失い、それから別々の方向に分かれた。あたりは非常に暗く、さらに一時間探索したあと、私はくたくたになり、うんざりして船に戻ろうとしていた。その時、左の方を熊のような影が遠ざかって行くのが見え、同時に一人の男が見えた――誰かはわからなかったが――男は手負いの幽霊のように、右の方へ少し走って行った。それで私は叫んだ。

「熊がいるぞ――来い！　こっちだ！」

男はすぐこちらへ近づいて来たが、私が誰だかわかると、ピタリと立ち止まった。悪魔が突然取り憑いたにちがいない。彼はこう言ったのだ。

「いや、結構だ、ジェフソン。君と二人きりでいたら命が危ない……」

それはウィルソンだった。私も熊のことなどたちまち忘れて立ち止まり、彼に面と向かった。

「わかった。だが、ウィルソン、今こそ君の言いたいことを説明してくれるだろうな？　いいか？　どういう意味なんだ、ウィルソン？」

「俺が言ってるのは」彼は私を上から下までジロジロ見ながら、慎重に答えた。「おまえと二人でいると、命の危険があるということだ。気の毒なメイトランドやピーターズのようにな。おまえはまったく危険な野獣だ」

私の胸の中に凶暴な怒りが躍り上がった。私の魂は暗い北極の夜のようにどす黒かった。

「おまえに代わって極地へ行くために、おまえを厄介払いしたがっていると言うのか？　そういう意味なのか、おい？」

「まあ、そんなところだ、ジェフソン。おまえは人殺しの獣《けだもの》だ」

「黙れ！」私は燃えるような目で言った。「おまえを殺してやる、ウィルソン――神が生きるのと同じくらい確実にな。だが、その前に聞きたい。俺がピーターズを殺したと誰が言った？」

「おまえの恋人が殺したんだ――おまえと共謀してな。いいか貴様、俺はおまえが眠っていやがる時、大声で何もかもしゃべっているのを聞いた。前々からそうだろうとは思っていたが、ただ証拠がなかったからな。いやいや、おまえに銃弾《たま》をぶち込んでやるのが楽しみだぜ、ジェフソン！」

「おまえは――俺に濡衣を被《き》せているんだ！」私は叫んだ。私の目は血を求めて爛々《らんらん》と相手を睨んでいた。「今、償《つぐな》いをさせてやる。いいか！」

私は彼の心臓に狙いを定めて銃を構え、引金に触れた。彼は左手を上げた。

「待て、待て」（彼はふだん、たいそう冷静な男だった。）『北風号』に絞首台はないが、クラークならおまえのために急ごしらえで造ってくれるだろう。それに、ここには刑事裁判所もないから、おまえを殺したいんだ。わが国のためにもなるだろうしな。だが、ここでは――今はよそう。よく聴け――撃つんじゃないぞ。あとで用意が出来たら、会えばいい。誰にも知られないようにして、とことんやり合おう」

彼が話している間に、私は銃を下げた。その方が良かった。ウィルソンはこの船で一番の射撃の名手であり、私は大した腕ではないのを知っていた。だが、たとえ殺されても構わなかった。

まことに、そこは薄暗く、厳烈な天候の土地で、暗闇と混乱の霊がいる。

二十四時間後、私達は船の南東へ六マイル程行ったところの、鞍の型をした大きな丘の蔭で落ち合った。誰にも怪しまれないように、違う時刻に出て来た。どちらも船で使うカンテラを持って来た。

ウィルソンは丘の近くに氷の墓穴を掘り、その縁に、穴を埋めるための砕氷塊と雪を積んでおいた。私達は墓を間にして、七十ヤード程離れたところに立ち、どちらも足元にカンテラを置いていた。

そうしていると、私達はお互い影のような亡霊にすぎなかった。空気はいとも陰々とこちらを睨みつけ、私の魂の奥処《おくが》には寒気の襞飾《ひだかざ》りがあった。冷えびえとした月はただの光の抽象となって、宇宙のはるか外側にかかっているようだった。気温は零下五十五度だったので、私たちはアノラックの上に防寒服を着込み、長靴の下に厚い包帯を巻いていた。天地は沈鬱な狂気に取り憑かれた不気味な死体置場以外の何物でもなく、私たち二人の哀れな男の心もまわりの世界そっくりで、ぞっとする、寒々しい、葬式のような気持ちに満ちていた。二人の間には、どちらかの死体を埋める早世者の墓がぽっかりと口を開《あ》いていた。

ウィルソンが叫ぶのが聞こえた。

「用意はいいか、ジェフソン?」

「いいとも、ウィルソン!」私は叫んだ。

「それじゃ、行くぞ」

彼はそう言うと、発砲した。たしかに、この男は本気で私を殺すつもりだった。

しかし、彼の弾はあたらず、私の横を通り過ぎた。それも不思議ではなかった。お互い、ただの影にしか見えなかったのだ。

私はたぶん彼より十秒程あとで発砲したが、その十秒間、彼は澄んだ薄紫の光の中に、完全に姿を現わして立っていた。

北極の大流星が空を過《よぎ》り、雪景色に硫黄色の光を降り注いだのだ。その一瞬の輝きの鮮やかな青が消え失せる前に、ウィルソンが前に向かってよろめき、倒れるのを見た。私は彼と彼のカンテラを氷の破片の下深くに葬った。

それから三ヵ月近く経った三月十三日、クラークとミューと私は北緯八十五度十五分の地点で「北風号」をあとにした。

我々は三十二匹の犬を連れ、橇三台、カヤック三台、百十二日分の人間の食料と四十日分の犬の食料を携行した。今は極地から三百四十マイル程のところに近づいていたので、四十三日でそこに到達し、そのあとは南進し、生きている犬には死んだ犬を食わせながら、フランツ・ヨーゼフ・ランドかスピッツベルゲン島へ行けると思った。そこまでいけば、たぶん捕鯨船に追いつくだろう。

さて、初めの数日間、進行は非常に遅かった。氷が粗く氷間水道《レイン》のようになっていて、犬どもが言うことをきかず、難所にさしかかるたびにピタリと止まってしまうし、橇の引革の上を跳んだりしたからだ。クラークは、それぞれの橇に、三十五ポンドの浮揚力を持った金箔打ち用薄皮膜の気球を結びつける、という妙案を思いついたし、亜鉛と硫酸の備えをしてあったから、気球から水素が減るのを補うこともできた。だが、三日目にミューが気球に水素を入れすぎて破裂させてしまい、私とクラークは重量の均衡を保つために、私達の気球を切り離さねばならなかった。ミューを置いて行くわけにもいかないし、船に戻ることも、袋を修理することも出来なかったからである。そんなわけで、出発して四日目の終わりになっても、たった十九マイルしか進んでおらず、丘からはまだ遠くに、なつかしい「北風号」の傾いたマストが見分けられた。クラークは四百ポンドの器具や弾薬、ペミカン、糊粉《こふん》パンを乗せた橇を率いて、先頭を進んだ。ミューがそのあとに続いたが、彼の橇には食料しか積んでいなかった。しんがりは私で、さまざまな荷を乗せていた。しかし、それから三日目にクラークは雪盲になり、ミューが代わりをつとめた。

まもなく我々の苦しみが始まり、それは相当に辛かった。太陽は昼も夜もずっと見えていたが、少しも熱を与えてくれなかった。寝袋は（クラークとミューが一つの寝袋に眠り、私はもう一つに眠った）我々のぬくもりで溶けて、夜通しびしょ濡れだった。それに私達の指は胡草《えびすぐさ》と狼の皮に包まれていたが、年中血を流していた。時には、橇と交差して載せてある竹製の脆いカヤックが氷の尾根にぶつかって危いこともあった――しかも、カヤックは陸に着く唯一の希望なのだ。だが、犬どもには手こずった。かれらに装具をつけたり、世話をしたりするだけで、一日のうち六時間もかかったのだ。十二日目に、クラークは天体の高度を測って、船がまだ北緯八十六度四十五分にしか達していないことがわかった。しかし、その翌日、私達はこれまで人間が到達したもっとも遠い地点、すなわち八十六度五十三分を越えた。それは「ニックス号」の探検隊が四年前に到達したところだった。

我々が今ひそかに考えているのは食べ物、食べ物のことだった――一日中、食事の時間が待ち遠しくてならなかった。ミューはいわゆる「北極の渇き」に苦しんだ。

かかる条件の下では、人間は数日のうちに野蛮人となるだけではなく、熊やセイウチと変わらないただの獣になる。ああ、氷！　長く嫌らしい悪夢がそれだったことは神ぞ知る。

我々は先へ進み、〝広大なる領域〟をのろのろと横切ったが、その蒼古たる静寂を見ていたのは、永劫の昔からその時まで、牛飼座と大熊座だけであった。

十一日目を過ぎると、進行は捗った。氷間水道はすべて消え、氷の尾根もずっとまばらになった。十五日目までには、一日十三マイルの速さでデイヴィド・ウィルソンの氷の墓から遠ざかっていた。

しかし、彼の腕はそこまでも伸びて来て、私に触れたのだ。

船上では彼の失踪について、さまざまな推測がなされ――いずれももっともらしかった。誰も私を彼の死と結びつけているとは思わなかった。

しかし、進行して二十二日目、目的地まで百四十マイルのところで、彼のために私達三人の間に怒りと憎しみが燃え上がったのである。

その日の前進も終わって、胃袋は空っぽになり、身体は今にも倒れそうで、ガツガツした興奮した気分になっていた。ミューの犬のうち一匹が病気で、殺さねばならなかった。ミューは私にやってくれと言った。

「おい」と私は言った。「自分の犬は自分で殺すのが当然だろう」

「どうかな」彼はすぐに腹を立てて答えた。「ジェフソン、君は殺すのに慣れてるだろう」

「どういう意味だ、ミュー?」私はカッとして言った。狂気と地獄の焔が我々全員の心にたちまち燃え上がったからだ。「君が言うのは、僕の職業が――」

「職業だと！　糞食らえ、そうじゃない」ミューは犬のように吠えた。「デイヴィド・ウィルソンを掘り出してみろ――お前はあいつのいるところを知ってるだろう――そうすれば、あいつが俺の言ったことの意味を教えてくれるだろうさ、きっと」

私はすぐさま、犬の間に屈み込んで犬の装具を外していたクラークに向かって行き、乱暴に肩を押しながら叫んだ。「あの野郎は、俺がデイヴィド・ウィルソンを殺したと言っているぞ！」

「そうかい？」とクラークは言った。

「あいつの頭蓋骨をぶち割ってやる――」

「そんなら、あっちへ行け、アダム・ジェフソン、私を放っておいてくれ」とクラークは唸った。

「あんたが言うことはそれだけなのか――おい？」

「おまえのことなんか知るものか。放っといてくれと言ってるんだ！」とクラークは叫んだ。「自分の心は自分が一番良く知ってるだろうが」

こんな侮辱を受けて、私は歯噛みをして立っていたが、何もできなかった。しかし、その瞬間から、今までにまさる悪意が私の魂に覆いかかった。実際、我々は三人とも危険な、人を殺さんばかりの荒々しい気分に陥っていた。富を追い求めてあの寒冷の地に踏み入った我々は、ほとんど滅び失《う》する獣のように（「詩篇」四九の二〇）なりかかっていたのだった。

四月十日、我々は八十九度線を越え、精神も肉体も死ぬほど病んでいたが、なおも前進した。もう下等動物のようにだんまりに取り憑かれて、お互い一週間のうちに一言と口を利かなかったが、獣のような利己心から、まごうことなき寒冷地獄を突き進んだ。それは呪われた――間違いなく呪われた――地帯であって、人間が侵入すべき場所ではなく、我々の魂の堕落は急速で凄まじかった。私に関して言えば、あの時、私の胸に垂れ込めていたような極悪な野蛮さが人間の胸を覆い得るとは、想像さえもできなかった。もしも人間が悪魔を住まわせるために選んだ国に入って、悪に取り憑かれることがあり得るなら、我々のようになることだろう。

進むにつれて、氷は日々いっそう滑らかになった。それで、進行は一日四マイルから十五マイルに速まり、しまいには（橇が軽くなったため）二十マイルになった。

この頃から、氷上に点々と散らばっている奇妙な物体に出逢うようになり、その数は行けば行くほど次第に増した。それはさまざまな色のガラスの欠片が散りばめられた岩か、鉄の塊のように見え、大きさは色々だった。散りばめられているのはダイヤモンドなどの宝石であることが、すぐに確かめられた。二十マイルのペースで進み出した最初の日、ミューは子供の足ほどもあるダイヤモンドの結晶を拾ったが、そんな物にはすぐ見慣れてしまった。こうして我々は望んでいた通りの想像を絶する富を発見したが、熊やセイウチが見つけたも同然だった。我々自身を失っていたからだ。それは灰の如く不毛な富の喪失だった。我々はあの何億という富を差し出されても、魚粉一オンスすら与えなかったろうから。あれは隕石だというようなことをクラークがつぶやいた。その鉄分が磁極に吸い寄せられ、空気が冷たいために落下の際の摩擦で燃えなかったのだ、と。我々の鈍った心はすぐそうしたものへの関心を失い、ただ進行の邪魔になるということしか考えなくなった。

この間《かん》、ずっと天気は良好だった。しかし、四月十三日の朝、突如南西からの嵐に襲われ、その嵐はいとも大きく荘厳なもので、勇気が挫《くじ》けた。嵐が吹き荒れたのはたった一時間だったが、その間に橇二台を遠くへ吹き飛ばし、我々はうつ伏せに横たわっていなければならなかった。我々は太陽に照らされた夜の間ずっと前進し、疲れてゼイゼイ喘いでいたので、風が凪《な》いで散らばった物を拾い集めることができると、寝袋にもぐり込んで、そのまま眠った。

我々は周囲の氷が恐ろしく隆起しているのを知っていた。目蓋が快く閉じる時、遠くの方で大砲がゆっくりと轟き、砲兵隊の連射の音が鋭くバリバリと鳴るのを聞いた。これは嵐が氷の下の大海を掻き立てた結果だったのかも知れない。何だろうと、構わなかった。我々はぐっすり眠った。

極地まではあと十マイルもなかった。

眠っていると、誰かが不意に私の肩を揺り動かし、差し迫った口調で「起きて！　起きて！」と言ったような気がした。それはクラークでもミューでもなく、夢にすぎなかった。ハッとして目醒めた時、クラークとミューはまだ寝袋の中に寝ていたのである。

あれは正午《ひる》頃だったに違いない。私は起き直って目を大きく見開いており、最初にぼんやりと思ったのは、なぜかこんなことだった――クローダ伯爵夫人が私に――自分のために――「一番乗り」してくれと懇願したのだ。私は今、遠い非現実的な温もりの世界にいるクローダ伯爵夫人のことを、不思議なくらい忘れていた――彼女が欲しがった財産も、どうでもよかった。私のまわりには億万の財産が、顧みられずに転がっているのだ。しかし、一番乗りしろという考えは、まるでその場でささやかれたかのように、脳裡に深く吹き込まれた。本能的に、獣のように、ガダラの豚が崖を駆け下りたように（「ルカ伝」第八章参照）、私は霞んだ目をこすって、立ち上がった。

心がはっきりして最初に気づいたのは、嵐が幾分収まった一方、今は氷が異常に動揺していることだった。外を見渡すと、広大な平原は円い、しかし波打つ水平線まで遥かに拡がり、たくさんの丘や、大岩や、目のくらむような白さを到る処で飾っている燦《きら》めく隕石によって変化をつけられていた。隕石は家のように大きなものもあったが、たいていは木の枝ほどだった。そしてこの大平原は今、一面に混乱の劇を演じて、自らを再編成していた。互いに後ろへ退《さが》ってお辞儀するかのように、峡谷に引き退るかと思うと、今度は、波のように押し寄せて激しくぶつかり合い、山峰となる。あるいはぶつかりあう岩《シュムプレガデス》（ギリシア神話。ボスポラス海峡にある二つの岩で、人がその間を通ると、ぶつかり合うという。）のように押し合い、海の大波のようになめらかで変わりやすく、自らをこすり合わせ、積み重ね、粉雪の瀑布《たき》となって降り注いだ。一方、ここかしこの塵や山の中で、隕石が間歇泉《かんけつせん》か汽船の航跡に噴《ほとばし》る泡のように、痙《けい》攣《れん》的に跳ね上がるのが見えた。その間、轟々《ごうごう》たる凄まじい響きがあたりを満たしていた。私は立ちながら前にのめったりよろめいたりした。犬どもは起伏する地面に寝そべって、クウンクウンと泣いていた。

私は気にしなかった。本能的に、ぼんやりと、獣のように、十四の犬を橇につなぎ、カナダ製の雪靴を覆くと、北へ向かって進んだ——たった一人で。

太陽は澄んだ、優しい、だが温もりのない光で輝いていた。それは幽霊のような、遠い、しかしじつに透明な光で、どこか別の惑星と星系を照らすべく造られたものが、たまたまここを照らしているかのようだった。一方、南西からの大風が薄雪を北に吹き飛ばして、雪が私をかすめていった。

携行した距離計がまだ四マイルも示していないうちに、私は二つの事に気づき始めた。第一に、宝石をちりばめた隕石が今や際限なく集積して、北の水平線まで、見渡す限りまばゆい輝きであたりを満たしていたことである。それらは山となり、花壇となり、乱れ散って、あたかも秋の落葉のように、富に満ちた彼《か》のエリュシオンの野と妖精の高地に何兆、何十億と散り敷かれていたため、それらの間を右往左往して進まねばならなかった。それからまた気づいたのは、これらの石を別とすると、氷面に全く粗さがなくなり、もう少し南の方にはあった起伏が跡形もなくなったことだ。氷は今、テーブルのように滑らかに、眼前に広がっていたのである。この滑らかな氷の広がりは、たった一つの衝撃も苦悩《なやみ》も感じたことがなく、海底までそのまま続いているのだと信ずる。

私はもう大はしゃぎで飛んで行った。次第に一種の目眩のするような感覚が、一種の狂気が私に襲いかかり、やがて私は宙に浮いて、踊り狂い、疾走し、キリキリ舞いをした。歯を剥《む》き出してペチャペチャとしゃべり、わけのわからないことを口走り、乱心したように眼玉をギョロつかせた。〝恐怖〟もまた——いとも冷たく凄まじい恐怖が——私の胸に氷の手で触れていたからである。私はあの場所に一人っきりで、〝言い難き者〟に面と向かっていたのだ。だが、それでも有頂天になって、命奪りな喜びにかられ、盲滅法にはしゃいで、疾走し、キリキリ舞いをし続けた。

走行距離計を見ると、出発点から九マイル進んでいた。もう極点の間近にいた。いつ始まったのかわからないが、私は今、耳の中に音を感じていた。はっきりしていて近く、水がはねたり、翼がはためいたりするような一定の音で、小滝か小川の音に似ており、だんだんと大きくなった。私はさらに四十歩進んだ（隕石のため、橇で滑って行くことはもうできなかった）——あるいは六十歩——あるいは八十歩だったかもしれない。そして今、円い、くっきりした形の湖のほとりに立っているのを知って、愕然とした。私はただ一分間だけ、ゆらゆらと身を揺らし、頭をコクリコクリ揺すりながらそこに立っていたが、やがて気を失ってバッタリ倒れた。

＊

たぶん百年経っても、なぜ気を失ったかを説明することはできないだろう。しかし、私の意識の中には、今もあの恐るべき戦慄の印象が残っている。何もはっきりとは見えなかった。回る独楽《こま》の勢いが弱まって、だらしなくフラつき、倒れようとする瞬間、必死に断末魔のあがきをするように、私の全存在が酔って千鳥足になり、ぐらついていたからである。しかし、この目が前方にあるものをとらえた瞬間、私は知った――ここにあるのは聖なる物のうちの聖なる物か、この〝地球の生命〟の永遠なる内奥の秘密であって、人間がそれを見ることはいとも重大な恥であることを。湖は直径一マイル程に違いない。その真ん中に、たいそう低く幅広い氷の柱がある。その氷柱のまわり全体に、私には読めない文字で、ある名前か単語が刻んであったという印象をはっきりと受けた。あるいは夢だったかもしれないが、そんな風に思ったのだ。湖の湛《たた》えている液体は、柱のまわりを常に西から東へ、地球の自転の方向に、はねを上げ、はためきながら、恍惚に顫《ふる》えて旋回しているように見えた。そして――どのようにしてかは全くわからないが――この液体はある生物の本体なのだと悟り、五感が麻痺してゆく中で、はっきりと思った――そいつはたくさんのどんよりした、苦悶を浮かべた眼を持つ生物で、はためく欲望に駆られて永遠にグルグル回り、その間ずっと、柱に刻まれた名前と日付に目を向けているのだと。しかし、これは私の狂気に違いない……

　生きている感覚が戻って来るまで、一時間はかかったろう。自分があの陰気な眼球どもの前に長いこと倒れていたのだという考えが脳を突き刺した時、私の精神は呻《うめ》き、息絶えるような気がした。

　しかし、数分後、這うようにして立ち上がると、一匹の犬の装具をつかみ、一度も後ろをふり返らずにその場から逃げ出した。

　休止場所まで行く途中でひどく気分が悪くなり、よろけて進めなくなったので、クラークとミューを待った。だが、二人は来なかった。

　そのあと、力をふり絞って先へ進むと、二人は氷が隆起した時死んだことがわかった。橇が一台だけ、露営地の近くに埋もれかかっているのが見えた。

同じ日、私は一人で南進を始め、五日間快調に進んだ。八日目、南東の水平線に紫の靄が長々と広がって、太陽の面を毒々しく翳《かげ》らせているのが目に留まった。そいつは来る日も来る日も、そこにじっとわだかまっていた。しかし、それが何なのかはわからなかった。

＊

さて、私は独り氷の沙漠を進み続けたが、胸には不吉な、身の縮む恐怖があった。ああ！　あの北極の孤独が、哀れな人間の魂に途方もなく重くのしかかっていたからである。

時折、休止中に横たわって、長いことうつろな静寂に耳を澄ました。怖《お》じけて、それに押しつぶされ、せめて犬の一匹くらい鳴いてくれないかと思いながら。ただ声を聞きたいために、溶けた寝袋から震えながら這い出して、犬を鞭打とうとしたこともある。

私は満載した橇と共に極点から出発し、十六匹の犬を生きたままあとに残して、仲間を葬った氷の被いから離れた。それは四月十三日の晩だった。我々の持物の残骸から、乳清やペミカンなどの大部分と経緯儀《けいいぎ》、羅針盤、クロノメーター、調理用の鯨油ランプ、その他の道具を救い出してあった。だから、進路に関して迷いはなかったし、九十日分の食料があった。しかし、出発して十日経つと犬の餌が底をつき、私の唯一の伴侶《つれ》を一匹ずつ殺さねばならなかった。

さて、三週目に入ると、氷が恐ろしく粗くなり、熊でも疲れて死ぬほどの大苦労をして、一日に五マイルしか進まなかった。一日の仕事が終わると、絶えだえの嘆息をついて寝袋にもぐり込んだ。重たい皮に今もくるまっていたが、それはただの汚い獣油《あぶら》のように身体にまといついた。私は豚のように眠り、二度と目醒めなくても構わなかった。

常に――来る日も来る日も――南東の水平線にはあの奇妙な紫の靄が、世界中を覆う大火の煙のように、不機嫌にわだかまっていた。そして、その端が絶えず外へ外へと伸び、静かに長くなってゆくのに気づいた。

ある時、じつに楽しい夢を見た。夢の中で、私はある庭にいた――アラビアの楽園だ――それほど馨《かぐわ》しい香りがしたのだ。だが、その間も、現実に南東から氷を渡って吹いて来る風を意識下に感じていた、目醒めると、ぼんやり独り言をつぶやいていた。「〝桃の園〟だ。だが、本当は庭にはいないんだ。本当は氷の上にいるんだ。ただ、南東の嵐がこの〝桃の園〟の芳香《かおり》を吹き寄せているだけだ」

私は目を開《あ》いた――ハッとして――飛び上がった！　というのも、あらゆる奇蹟のうちで！――疑いようはなかった――桃の花に似た現実の芳香が、総毛立つ程寒いまわりの空気に漂っていたからである！

脅かされた五感を鎮めるひまもないうちに、私はかなりひどく吐き始め、同時に、もう骸骨のようになった何匹かの犬が、やはり吐いているのを見た。私は長時間、一種の目眩《めまい》に襲われ、ひどく気分が悪くて横になっていた。立ち上がった時は犬が二匹死んでおり、他の犬もみな様子が変だった。風はもう南向きに変わっていた。

さて、私はまたよろめきながら、悲しいほどうんざりする道を一インチ一インチ押し進んで行った。桃の花の香りと、嘔吐感と、二匹の犬の死は不思議な謎のままに残った。

二日後、丘の麓に一頭の熊と小熊が死んでいるのを見つけて、ひどく訝しんだ（嬉しくもあった）。自分の目が信じられなかった。熊はそこに右側を下にして横たわり、乱れた雪の中に汚れた白い斑点《しみ》となっていた。片方の小さな目を開け、兇暴そうな口も開いていていた。小熊は母熊の尻に覆いかぶさり、粗い毛皮に噛みついていた。私は母熊を料理にかかって、犬どもに素晴らしい脂肪の御馳走をふるまってやり、自分は新鮮な肉に舌鼓を打った。二頭の死骸は大部分置いて行かねばならず、今も忘れないが、しきりと厭わしさを感じて――それは全く的外れなことだったのだが――トボトボと前進した。私は何度も何度も自問した――「しかし、一体何で、あの二頭の熊は死んだんだろう？」

私は獣のような鈍感さで、ほとんど歩く機械のように、一歩一歩歩き続けた。犬の手助けをしたり、氷の尾根を越えるために橇を押したり引いたりしている時、うとうと眠りかけることもあった。六月三日、出発して一カ月半経った時、経緯儀で観測してみると、まだ極点から四百マイルも隔たっておらず、緯度八十四度五十分にいることがわかった。あたかも何らかの〝意志〟が邪魔をして、私を引き留めているかのようだった。

しかしながら、耐え難い寒さは去り、服ももう鎧《よろい》のように硬張らなくなった。氷の中に水溜りが現われ始め、やがて、もっと悪いことには、長い氷間水道が現われ始め、四苦八苦して橇でそこを横断しなければならなかった。だが、同じその頃、飢えの恐れはなくなった。六月六日にまた一頭の死んだ熊と、七日には三頭の熊と出くわし、その後は死んだ熊の数が急速に増えていった。熊だけでなく海燕、海烏、鴫《しぎ》、姫首輪鷗、小型の海雀にも出会った――どれもこれも氷の上で死んでいた。生きているものはどこにもおらず、私と残った二匹の犬だけだった。

謎を前に衝撃を受けて立っている哀れな人間がいたとしたら、それはあの時の私であった。私は胸に大きな恐れを抱いていた。

七月二日、氷が危険なほど締まって来て、やがて南西からの新たな嵐が襲いかかった。私は移動をやめ、氷間水道に囲まれた五エーカー四方の氷の上に絹のテントを張った。そしてまたも――これで二度目になる――

横になっている間に、あの桃の花のような快い奇妙な匂いがほんの微かに感じられて、その後しばらくすると嘔吐感に襲われた。しかし、今度は二、三時間で治った。

今や、あたりはどこもかしこも氷間水道ばかりだったが、悲しいかな！　開けた水面はなく、日々の苦難と悲しみは大変なものだったので、私は時々氷の上に突っ伏して、すすり泣いた。「ああ、もうたくさんです、神よ。ここで死なせてください」氷間水道を渡るには十時間も十二時間もかかることがあり、向こう側にもう一つの氷間水道が目の前に口を開いていることがあった。おまけに、七月八日、犬の一匹が脂肪を食べたあと急に死んで、残ったのはラインハルト一匹になった。これは白毛のシベリア犬で、小さな耳が猫のようにしゃくれてピンと立っていた。開けた氷面に出ると、この犬も殺さねばならなかった。

それは八月三日のことで、極地を出発してから四カ月近く経っていた。

神よ、あの長い不毛の四カ月間に私がその中をのたうちまわった、あの凄まじい悪夢と五感の暗黒の深淵を、人間の心がかつて耐えたことがあるとは考えられない。私は獣同然だったが、人間のように感ずる心を持っていたからである。極地で見たことや夢見たことが、しつこく私を追いかけて来て、哀れな疲れた目を閉じて眠ろうとしても、彼処《かしこ》にあったあの目玉たちが、取り乱した陰鬱なまなざしでなおも私を見、目眩《めまい》のするような暗い夢の中で、湖のあの永遠の恍惚をクルクルと旋回させているように思われたからである。

しかし、七月二十八日頃には、空の様子と真水の氷がなくなったことから、海もそう遠くないことがわかった。それで作業に取りかかり、二日かけて、ボロボロになったカヤックを修理した。それが済んで、ふたたび進み始めるとまもなく、遠くに縞模様の入った薄煙が見えた。それはフランツ・ヨーゼフ・ランドの玄武岩の崖だとわかった。私は気も狂わんばかりに喜び、そこに立ってスキーのストックを頭上に振りまわし、ひどい年寄りのような歓声を上げた。

四日間のうちに、フランツ・ヨーゼフ・ランドは目に見えて近づいてきた。切り立った玄武岩の崖に氷河が混じっていて、見たところ大きな湾を形作り、中程に二つの小さな島があった。そして八月三日の午前、私は気温が氷点に近い穏やかな天気のうちに、叢氷《そうひょう》の端とはっきりわかる場所に到着した。

私はただちに、しかし、気の進まぬ思いでラインハルトを射殺し、最後の食料ともっとも必要な道具をカヤックに詰め込む作業に取りかかった。うんざりするトボトボ歩きをさんざんしたあとだったから、早く出帆して、労せず水に運ばれてゆく贅沢をしたいと急ぎながら。十四時間と経たないうちに小さな斜桁横帆《ラグスル》を広げ、フランツ・ヨーゼフ・ランドの氷の岸に沿って航行していた。穏やかな安息日の真夜中で、水平線上の低いところにうたた寝する赤い太陽がくすぶり、私の小さな帆船は静かな海を軽やかに進んだ。静かな、静かな――というのは、セイウチが鼻を鳴らす声も、狐の啼く声も、驚いた三趾鷗《みつゆびかもめ》の鳴き声も聞こえず、万象が断崖の漆黒の影と静かな海に浮かぶ氷河のように静まり返っていたのだ。そして、死んだ生き物の多くの死骸が水面に漂っていた。

小さいフィヨルドを見つけると、玄武岩の柱が、ノアの洪水前の人間が立てた崩れた神殿さながらに、そそり立っている突端に船を寄せた。そしてようやく陸地を踏むと、粗石のような雪の中にいつまでもいつまでも坐り込み、無言で泣いた。その夜、私の眼は涙の泉のようだった。硬い地面こそ健康と正気であり、人間の生命にとって貴いものだからである。しかし、あの大きな不快な氷は悪夢であり、冒瀆であり、狂気であり、〝闇の力〟の領域だと私は断言する。

＊

私はフランツ・ヨーゼフ・ランドのフリゲリ岬（北緯約八十二度）の近くにいることがわかったので、もう秋も深まって寒くなって来たが、それでも開けた水面を航行するのと、カヤックを引いて澱《よど》んだ流氷を越えるのを交互に行ってゆけば、年内にスピッツベルゲン島に着けるという希望を持っていた。見える氷といっては、性質《たち》の良い平らなフィヨルドの氷だけだったから、この計画は実行できそうに思われた。それで沿岸を少し航行し、岸に面している柱上玄武岩の峡谷の奥にテントを張って、三日間十分休息したあと、熊とセイウチの肉を、残っている人工的な食物と共にカヤックに詰め、朝早く出発して、帆と櫂《かい》とで岸の氷沿いに進んだ。午後には氷山を少しよじ登ることができ、自分が湾の中にいて、その果ての岬は見えないことがわかった。そこで、西寄りの南西に進んで湾を横切ることにしたが、陸がまだ見えている真夜中頃、北からの嵐に襲われた。あれよあれよという間に、小さい帆は吹き飛ばされそうになり、カヤックは転覆しそうになった。かろうじてそれを免れたのは、幸運にも氷脚のある浮氷塊のそばにいて、水の下に突き出しているその氷脚が足場となったおかげだった。それで私は一晩中、嵐の中で朦朧《もうろう》となって浮氷塊に横たわっていた。半分溺れかかっていたのだ。我に返ると、その年はもう捕鯨船のこともヨーロッパのことも考えないことにした。幸い、道具などはカヤックの荷室に収めてあったため、カヤックが転覆した時も無事だった。

岸から百ヤード内陸に寄った、苔《こけ》と土がある円形の場所に、長い極地の夜を過ごすための半地下のエスキモー小屋を建てた。その場所は高いなだらかな玄武岩の壁に囲まれているが、西側にだけは高さ三フィートの裂け目が開いて岸につづいており、地面には花崗岩や玄武岩の平板や丸石が散らばっていた。そこで一頭の雌熊、二頭の良く育った小熊、一匹の狐の死骸を見つけた。狐は明らかに崖から落ちたのだった。三箇所、雪が真っ赤になっているところがあった。赤い地衣類に覆われていたのだが、最初は血かと思った。それでも熊に襲われる不安が拭えず、塒《ねぐら》を隙間のないものにしようとしたが、その作業に四週間近くかかった。手斧《ちょうな》とナイフと金属の石突きのついたスキーのストックしか道具がなかったからだ。私は地面に幅二フィート、深さ二フィート、長さ十フィートの通路を掘った。その側面は垂直で、北の端に直径十二フィートの円形の空間があり、そこも側面は垂直で、そこに石を敷き並べた。洞穴全体を厚さ一インチのセイウチの皮で覆った。これは岸辺の氷に転がっていたセイウチから四頭を選び、一週間苦労して、皮を剝《は》いだのだ。梁材《はりざい》には近くで見つけた薄い尖った岩を使ったが、それでも屋根はおおむね平らだった。これが出来上がると、カヤック以外のあらゆる物を——燃料にもなり、時には明かりにもなる脂肪や、手を伸ばすだけで調達できた数種類の食べ物をたっぷり貯蔵した。円形部分も通路も、屋根はすぐに雪と氷に埋《うず》もれ、真っ白な地面とほとんど区別がつかなかった。通路を出入りする時は両手両膝を地面につけて這い進んだが、そんなことは稀だった。私は小さな円い部屋の中に、たいていは縮《ちぢ》こまって坐り、薄暗い十二月の嵐が頭上に吹き荒れる音を聴きながら、冬を越した。

数か月間、一つの考えが重荷となってのしかかり、答えられぬ一つの質問が、機械がゆっくり回るように、私の憂鬱な精神の中でぐるぐる回っていた。私のまわりには到る処に、熊や、セイウチや、狐や、何千羽という小さな海雀や、三趾鷗《みつゆびかもめ》が、白梟が、毛綿鴨《けわたがも》が、鷗が——死んでいたからである。生きているもので見かけたのは、流れる浮氷塊にいるセイウチくらいのものだったが、それも予期していた数よりはずっと少なかった。夏の間に何か想像もつかぬ大災害がこの島を襲って、わずかな両生類、鯨類、甲殻類を除く生き物をすべて殺してしまったことは明らかだった。

十二月五日、南からの嵐の間に塒を這い出た私は、あの桃の花の遠い微かな匂いを三度目に嗅いだが、この時は後で具合が悪くなることはなかった。

さて、ふたたびクリスマスが来て、新年になり――春になった。五月二十二日、私はたっぷり物を積み込んだカヤックで出発した。水面はかなり開けていて、氷の状態も良かったので、ある場所ではカヤックで氷の上を滑り、風を受けて快走することができた。私はフランツ・ヨーゼフ・ランドの西岸という、じつに好都合な位置にいたので、大きな希望を持って船首を南に向け、何日も陸の見える範囲にとどまっていた。三日目の夕方、大きな平たい浮氷塊に気づいた。それは遠くに奇妙な美しい光景を呈していた。そこにはピンクと白の薔薇の花がおびただしく散り、透明な結晶に紫の光が反射していたのである。近づくと、そこは無数の姫首輪鷗の死骸に覆われていて、鳥の綺麗な薔薇色の胸がそうした外見を呈しているのがわかった。

六月二十九日まで、（天気がおおむね良かったおかげで）南と西へ向かって快調に進んだ。時には死んだ熊が浮氷塊に乗って漂っているのに出逢ったし、時には、死んだセイウチや生きているセイウチの群れ、死んだ三趾鷗や白鷗《しろかもめ》、象牙鷗《ぞうげかもめ》、盗賊鷗《とうぞくかもめ》、またあらゆる種類の北極の鳥の群れに次々と出会った。あの最後の日――六月二十九日――真夜中を過ぎた直後、浮氷塊で野宿しようとしていた時にたまたま太陽の方を見ると、遠く浮氷塊の海の向こうにある何かに目が留まった――船の帆柱だった。

幻影《まぼろし》の船でも、本物の船でも同じだった。本物のはずはないと即座に思ったが、この信じ難い光景を見て、私の心臓は激しく高鳴り、死んでしまうかと思った。私は頭の上で籐《とう》の櫂を弱々しく振り、膝をつき、その姿勢から口を歪《ゆが》めてバッタリと倒れた。

キルケーの獣のように、セイウチから人間に戻れるという考えは、それほど嬉しかったのだ。この時、私は熊肉をまさに熊の如く引き裂いていた。始終手を覆っている黒い獣脂のかわりに、一種粘着性のピンクの清潔さを得るため、セイウチの血で手を洗っていた。

疲れてはいたが、さっそくその船に向かって行った。そして、水と氷の上を四時間も進まないうちに、切り立った浮氷塊の天辺から、船が「北風号」であることをみとめて、えも言われず喜んだ。この船がこのあたりにいるとは実に奇妙だった。私達の一隊が残してきた氷塊から、何とかここまで西へ出て来たのだろう——おそらく今は、スピッツベルゲンへ向かう私達を拾えるのではないかと期待して、ここをブラブラしているのだろうと考えるしかなかった。

ともかく、私はがむしゃらに急いで船へ向かって行った。みんなが私を見てどんなに喜び、極地に到達したという吉報を聞いてどんなに興奮するだろうと思うと、私の口は喘《あえ》ぎながら笑おうとして、苦笑するように引き歪められた。やがて私は櫂を振った——向こうにはまだ私が見えないと知りながら——それから、白っぽい水を櫂で深く掘るようにして進んだ。驚いたのは、凪いだ朝というのに、船の主帆と前檣の横帆が張ってあることだった——スクリューは止まっていた。船はまったく動いていなかったのだ。太陽は冷たい光の精霊の如く空に出て、広大な浮氷塊の海原にまばゆい光の斑点で触れていた。薔薇色に近い色彩が世界を染めて、まるでスパンコールと白の衣装をまとって死んだばかりの花嫁のようだった。「北風号」はこの清浄な景色の中に、ただ一つの小さな漆黒の点として、遠くポツリと見え、私はまるでこの船が天国であるかのように、「北風号」目指して櫂を漕ぎ、息を切らした。しかし、船は奇妙な状態だった。午前九時頃にはそれがわかった。風車の輻《や》のうちの二つがなくなり、右舷の横梁には下ろしかけたボートが斜めに引っかかっていた。その上、十時を過ぎるとまもなく、主帆の真ん中から下に長い裂け目があることがはっきりと見て取れた。

私にはわけがわからなかった。「北風号」は錨を下ろしていなかったが、右舷の吊錨架《ちょうびょうか》には非常用大錨がかかっていた。船は繋留していなかった。二つの小さな浮氷塊が両側に一つずつあって、船首《へさき》に鈍重な砲撃を浴びせていた。

私は必死で息をしながら櫂を振りはじめた。興奮のあまり恍惚として狂ったようになり、一秒が一年にも思われた。まもなく船首に誰かがいるのに気づいた。船端から身をのり出して、こちらを見ている。なぜか、それはサリットだという考えが浮かび、私は夢中で叫びだした。「おおい！　サリット！　おおい！」

彼が動くのは見えなかった。まだ大分離れていたからだ。しかし、彼はそこに立って、ずっと身をのり出し、こちらを見ていた。私と「北風号」との間には今、浮氷塊の間に船の通れる水があるばかりで、彼の姿をそんなに近くで見たため、私は身も震えるほど夢中になり、その時はまるで狂人以外の何物でもなかった。無茶苦茶に櫂を氷に突き立てて何度も猛烈に速度を上げ、カヤックを飛ぶように走らせて、氷を掘りながら狂ったように櫂を振り、夢中で叫んだ。「おおい！　おい！　ブラヴォー！　俺は極地へ行って来たぞ！」

さても空《むな》しきかな、空しきかな。私はさらに船へ近づいた。もうすっかり夜は明けて、正午《ひる》近かった。私は半マイルの距離に、五十ヤードの距離に来た。だが、「北風号」の船上では、もう私の声も聞こえ、姿も見えているはずなのに歓迎の動きは見られず、あの静謐《せいひつ》な北極の朝、すべては死んだように静まり返っていた、ああ、神よ。ただボロボロの帆が少しはためいて——両側に一つずつ——二つの板状氷塊が船首に鈍重な砲撃をしかけ、うつろな音を立てているだけだった。

氷の向こうから見ているのがサリットであることはもう確かだった。しかし、船が少し揺れてまわった時、彼の視線が船の動きにつれて動いてゆき、もうこちらを見ていないことに気づいた。

「おい、サリット！」私は咎めるように叫んだ。「おい、サリット、おまえ……！」私はすすり泣いた。

しかし、叫んですすり泣いている間も、私の心には完全な恐ろしい確信があった。桃のような芳香が、ああ、突然船から漂ってきたので、その時、よくわかっていたはずなのだ——サリットは外を見張っているようだが何も見てはおらず、「北風号」に乗っているのは死人ばかりだということを。実際、私は彼の片方の目がおかしいのに、すぐに気づいた。それはまるで斜めを向いて、取り乱して睨んでいるガラスの眼玉のようだった。すると、ふたたび私の惨めな身体は力を失い、坐っているその場所で頭を前に垂れ、カヤックの荷室の上に突っ伏した。

さて、私は長い時間が経ったのちに起き上がり、もう一度、あの惨めな彷徨う船を見た。「北風号」はそこにあった。静かで、悲劇的で、いわばこの船が運んでいる暗い秘密の罪を背負っていた。私とあんなに仲の良かったサリットは、凝視をやめようとしなかった。私は彼がなぜそこにいるのかを知っていた。嘔吐するために船端から身を乗り出し、それ以来ずっとそうしていたのだ。彼の前腕は舷牆《げんしょう》の梁を押し、左の膝は甲板に突き、左の肩は吊錨架によりかかっていた。間近まで来るとわかったのだが、二つの浮氷塊が船首にぶつかるたびに彼の顔は衝撃に応じて揺れ、少しこっくりとうなずいた。奇妙なことに、彼は頭に何も被っておらず、微かな風が伸びた髪の中で戯れているのが目に留まった。しばらくすると、私はもう近づきたくなくなった。怖かったからだ。船の静寂はいとも神聖な畏るべきものに思われて、近づけなかった。午後も遅くなるまで、そこに坐ったまま、黒々とした巨大な船体をながめていた。船の喫水線の上にはどこにも、鮮かな緑の海藻が半ば水に浮かび、房飾りのように現われていて、長い間放ったらかしにされていることを示していた。落葉松の平底船を降ろすか、取り込もうとして失敗したらしい。その平底船は吊柱のロープが途中で引っかかって、船尾《とも》を上に、船首《へさき》を水につけて、ぶら下がっていたからである。風車の二本の輻《や》だけが、三度程の角度でこちらからあちらへ動き、アンダンテのテンポでギシギシと歌をうたっていた。第一斜檣の索具に結びつけて乾かそうとした洗濯物が、まだそこにあった。船首のまわりの鉄枠は錆びて赤くザラザラになっていた。五，六個所の索具がかなりもつれていた。時折、ブーム（帆の裾を張る円材）がピイピイと苦しげな声を立てて少し動いた。帆はずっと雨風に曝《さら》されていたため朽ちたとおぼしく――船は悪天候には遭わなかったはずだから――やがて真ん中よりも下の裂目から、重く物憂いバタバタという音を立てた。やはり途中で引っかかってしまった場所で外を見ているサリットの他には、誰の姿も見えなかった。

櫂を一漕ぎ、やがてまた一漕ぎという風にして、船のすぐそばに寄ったのは午後四時頃だったが、船を畏れる私の気持ちは、あの芳香のせいで複雑なものになっていた。その恐ろしい効果を知っていたからである。しかし、ためらいがちに近づいてみたが、私は影響を受けなかったので、いかなる危険があったにせよ、その危険はここではもう過ぎ去ったことがわかった。しまいに私は垂れ下がっているロープをつかんで、心臓を滅茶滅茶に高鳴らせながら、船の横梁をよじ登った。

かれらはひどく唐突に死んだらしい。十二人のほとんど全員が何か活動をしている姿勢だったからだ。イーガンは今まさに甲板昇降口階段を昇ろうとしていた。ランバーンは海図室の扉に背を向けて坐っており、二丁のカービン銃を掃除しているところと見えた。機関室の階段の下にいたオドリングは、トナカイ革の雪靴を穿《は》こうとしているようだった。酒飲みのカートライトは、マーティンの頸を両腕でひしと抱いた格好で凍りついていたが、どうやらマーティンにキスしようとしていたらしい。二人は後檣の下に硬直して横たわっていた。

あらゆるものの上に――人間、甲板《デッキ》、巻いたロープの上に――船室に、機関室に――天窓のガラスの間に――すべての棚に、あらゆる割れ目に――手で触れてもそれと感じないほど細かい、紫色がかった灰か塵が降り積もっていた。そして、死の霊そのもののように、船を隅々まで確実に支配していたのは、あの桃の花の芳香《かおり》だった。

それがこの場所を一年以上前から支配していたことは、航海日誌の日付から、機械の錆から、死体の様子から、百もの兆候から察せられた。従って、このかぐわしい死の船が私のもとへ運ばれたのは、主として風と潮流の偶然の働きだったのだ。

このことは私が初めて受けた直接の暗示だった――〝見えざる諸力〟(それが誰であれ、何物であれ)は歴史を通じて、かれらの〝手〟を人間の目から隠そうと注意を払ってきたが、もはや私からその〝手〟を隠すつもりはないということの。「北風号」はあたかもある霊的作用によって大っぴらに私に贈与されたかのようで、私にはその働きを目に見ることはできなかったが、理解することは容易にできた。


例の塵は、甲板《デッキ》の上にはごく薄く気まぐれに積もっているだけだったが、下には厚く堆積《たいせき》しており、船内を一周して様子を見たあと、私が最初にしたのは、それを良く調べることだった――一日中何も口に入れておらず、死ぬほど消耗していたのだが。私の顕微鏡は置いて行った場所に、右舷の寝台の箱の中にあったが、それを取り出すにはイーガンの死体を持ち上げなければならず、海図室に入るには、ランバーンを跨《また》いで行かなければならなかった。しかし、私は夕暮れにそこで机に向かい、塵のことが何かわからないかと顕微鏡を覗き込んだ。その間、地上に住んだ数知れぬ人間の魂が、天使と悪魔が、すべての〝時〟と〝永遠〟とが、無言で私のまわりに集まり、結論を待っているような気がした。ひどい悪寒がして、長い間、さまよう私の指先は興奮のあまり運動機能を失い、いかなる微妙な努力をしても言うことをきかず、何も出来なかった。

もちろん、空気中を漂っていた死をもたらす桃花の香りは、シアンか青酸、あるいはその両方が気化したものと関係があるに違いなかったから、ついにいくらかの塵を顕微鏡で精査することができた時、紫色がかった灰の中にたくさんの輝く黄色の粒子があり、それはフェロシアン化カリウム（一種の青酸化合物）の微細な結晶でしかあり得ないことを発見しても、驚かなかった。フェロシアン化カリウムが「北風号」で何をしていたのかは知らなかったし、この謎をさらに究《きわ》める手段もなければ、悲しいかな、その気力もなかった。私に理解できたのは次のことだけだった――何か異常な手段によって、北極周辺より南の地域の空気に、シアンかシアンの生成物である蒸気が充満した。そして、この命奪りの蒸気は非常に溶解しやすいため、今までに海に溶け込んでしまったか、大気中に拡散してしまい（おそらく後者だろう）、微かな余香だけを残したのである。これだけのことを知ると、私は疲れた頭をまた机の上に垂れ、狂ったように目を見開いて、何時間もそこに坐っていた。神よ、私の胸には一つの疑いと一つの恐怖があったからである。

「北風号」には、箱や大樽に入っていて、あの塵に触れなかった食料がたっぷりあり、私がたぶん五十年は生きられるほどだった。二日後、この十五ヵ月の汚れを肌から幾分こすり落とし、湯で洗い流して、ましな食べ物で自らを慰めた私は、船を徹底的に修理した上、さらに三日かけてエンジンに油をさし、掃除をした。そうして用意の整ったところで、十二人の仲間の亡骸《なきがら》を引きずって、海図室の床に二列に並べると、あまたの艱難《かんなん》辛苦をくぐり抜けて私に仕えてくれた、小さなカヤックを愛着の故に船に引き上げた。七月六日午前九時、「北風号」を最初に目にしてから一週間目に、船出をするため機関室に下りた。

スクリューは、最新の船はたいがいそうだが、非常に強力なタンクに入っている液体空気の一定の流れが爆発して毛管を通り、膨張しないサイド・ヴァルヴの室《チェスト》に流れ込むという単純な仕組で駆動されていて、これは蒸気船の通常のやり方と同じだった。モーターは、船体が大きいにもかかわらず、十六ノットの速度を出すことができた。従って、一人の人間がこうした船で世界を廻ることはごく簡単だった。この船を動かしたり止めたりするには、鋼鉄のハンドルを押し下げるか上げるかすれば良いのだから。もっとも、空に吹き飛ばされなければの話である。液体空気は、千もの利点があるけれども、時々人を吹き飛ばすからだ。ともかく、タンクには十二年間も航海できるだけの液体空気があったし、必要とあらば、船には液体空気を作る通常の機械もあり、石炭庫には石炭が四十トン、それに二台の優秀なベルヴィル・ボイラーがあった。だから、少なくともモーターの備えは十分だった。

このあたりの氷はすっかり緩《ゆる》んでいた、あれほど明るくきらびやかな北極の天気は見たことがないと思う。気温は華氏四十一度だった。私はフランツ・ヨーゼフ・ランドとスピッツベルゲン島の間、北緯七十九度二十三分のところにいることがわかった。行く手には何も障碍がなかった。エンジンがガタガタと音を立てて動き出し、長いこと黙《もだ》していたスクリューが北極海を掻きまわし始めた時、私の胸にはほとんど悲痛な希望のようなものがあった。私はきびきびと走り出して、舵輪の前に陣取った。そして我が多事なるアルゴー号は南へ、西へ向かった。

私が食べ物や睡眠を必要とする時は、船も眠った。私が目醒めると、航海を続けた。

私は時によると一日十六時間も舵輪の前に見張りとして立ち、単調だがささやかな変化のある海の氷を見渡していた。しまいには膝が立たなくなり、こう思った――氷塊や氷山の間では、しばしば微妙な舵取《かじと》りが求められるのに、坐って操縦できる舵輪がなぜ考案されないのか、と。しかし、今はボールのような極地の服を脱いだ分身軽になり、大外套を着て、丸いシベリア式の毛皮の帽子を被った私は、ほっそりした姿と言えるほどだった。

真夜中、寝台に身を投げ出すと、今は静かになったエンジンがまるで死んだ物で、私に取り憑く幽霊を宿しているような気がした。エンジンの音はなおも聞こえていたが、その音ではなく、幽霊の沈黙を聞いていたからだった。

時によると、氷山が破裂する音や浮氷塊の突きあたる音が聞こえて、心底ゾッとして眠りから急に醒めた。そうした音は、あの白い神秘な静寂の中から遠く響いて来るのだが、そこでは浮氷塊と氷山は水に浮かぶ墓であり、世界は液体の墓場だった。そうした音が混沌のはるかな深みから自分自身の記憶に私を呼び戻す時の、奇妙な、この世の終わりのような衝撃はとても表現できないだろう。というのは、醒めていても悪夢を見ていても、自分がいかなる惑星に、いかなる時代にいるのかわからなくなることがよくあったのだ。私はそんな時、時間と空間と状況の大いなる割れ目を漂っていて、そこには私の意識が拠《よ》って立つ底がないように感じられた。そして、この世界はすべて私にとって蜃気楼であり、新しい見世物であり、夢と目醒めの境界がなくなっていた。

さて、天気はずっと快晴で、海は池のようだった。五日目、すなわち七月十一日の午前中、氷山と板状氷塊の異常に長い道に入り、そこを進んで行った。それらの氷山と浮氷塊はいとも整然と並び、幅半マイル、長さは数マイルで、巨大な彫像が二列に並んでいるよう、あるいは明《みん》代の墳墓のようだったが、規則正しい大波に揺られて浮いたり沈んだりしていた。多くは高々と聳《そび》え立ち、間の通り路に穏やかな影を投じていた。あるものは澄んだエメラルド色だった。三つ四つの浮氷塊からは滝が流れ落ち、遠い、詠唱するような音を立てていた。間の海は奇妙な濃い青味がかった色で、生卵の白身のようだった。一方、ここではいつもそうだが、白い羊毛のような雪雲が色淡い空に浮かんでいた。キュクロプスの大伽藍《だいがらん》のような、そして妙に世離れた神秘的な印象を与えるこの道をまだ一マイルも通らぬうちに、向こうの果てに黒い物体が見えた。

私は横静索《シュラウド》のところへとんで行き、すぐに捕鯨船の姿を認めた。

ふたたび前と同じ胸の高鳴る興奮が、あの船へ近づきたいという狂おしい渇望が、たちまち私を虜《とりこ》にした。

私は指示器のところへとんで行って、操縦桿を一杯に倒し、それからまた戻って来て舵輪を回し、大檣の段索に上って、手あたり次第に拾ったヴァドメル・ツイードの長い足包帯を振った。この時には捕鯨船から五百ヤードと離れていないところへ来ていて、興奮のあまり、ふたたびあの甲斐《かい》なき狂った叫び声を上げていた。「おおい！　おい！　ブラヴォー！　俺は極地へ行って来たんだぞ！」

海図室に入れた十二人の死者達もその声を聞いたに違いなく、捕鯨船の連中も聞いて、微笑《わら》ったに違いない。というのも、その捕鯨船について言えば、逆上していなければ、すぐに気づいたはずなのである。その船は死の船のように見えたのだから。ブームは海の穏やかな起伏に従って左舷へ右舷へバタバタと揺れ、前檣帆は静かな朝だというのに縮帆していた。船が真近に迫り、機関室に駆け下りてエンジンを止めた時、真実がやっと、まったく突然、熱に浮かされた私の頭に水を浴びせた。船は衝突しそうになった。私はそれほど呆然としていたのだ。

しかし、手遅れとならないうちに「北風号」を止め、そのあとカヤックを下ろして、もう一つの船に上がった。この船は明らかに、全く劇的な活動のさなかに沈黙させられたらしい。ボーイ一人を除いて、六十二人いた乗組員のうちに、仕事中でなかった者は一人もいなかったからだ。五百トン余りのかなり大きな横帆艤装船で、七十馬力の補助エンジンがついており、船首のまわりはかなり厳重に装甲していた。私はこの船を隈《くま》なく検査したので、さかんに鯨をとって来たことがわかった。強力な斜肋骨の複滑車《テークル》によって船の外につけられた巨きな死骸は、刀を肉に突き刺して切り取る作業の途中だったと見え、甲板にはそれぞれ一トンはありそうな大きな脂肪の塊が二つあって、二十七人の男がさまざまな格好でそれを取り巻いていた。ある者は見るも恐ろしく、ある者は不快で、何人かはグロテスクだった。いずれも人間とは思われず、鯨も死んでいれば人間も死んでおり、そこには死があり、腐臭芬々《ぷんぷん》たる〝空虚〟の病原菌が、催眠術が、沈黙があった——その沈黙の支配は確立され、その統治は古いものになりつつあった。後檣の下で層状の鯨骨の塊から歯肉を取り除いていた四人の男は、鯨肉の中にすっかり埋まっていた。また、大檣の檣楼の先に結びつけられた樽の中には、長く尖った顎髭を生やした男の頭が見え、南西の海の彼方をじっと見つめていた。それで気づいたのだが、おそらく八艘か九艘あったはずのボートは五艘しか船上に残っていなかった。甲板間の場所へ行くと、板に切った鯨骨が相当量積み込まれており、鉄の油タンクが五、六十と切った脂身があった。船長室と機関室へ行き、船首楼へ行くと、櫃《ひつ》の衣類を引っ掻きまわしたその下に、十四歳の少年がたった一人、ラム酒の壜を片手につかんで倒れていた。少年は死ぬ時、酒壜を隠そうとしていたようだ。こうして二時間も船を調べたあと、自分の船に戻った。そして半時間後、一マイル程離れたところで、見あたらなかった三艘の捕鯨ボートが、互いに近いところをジグザグになって漂っているのに出くわした。それぞれの船に五人の男と舵取りが乗っていて、一艘の船には発砲した銛打砲《もりうちほう》が備えつけられ、砲手長の頭と上半身には、ゆるい綱がグルグル巻きに巻きつけてあった。他の船には何百尋《ひろ》の巻いた綱と捕鯨用銛《トグル・アイアン》、捕鯨槍、魚叉《やす》、そしてうなだれた頭、歯を剝き出した笑い顔、怠惰な放縦、凝視する眼、うとうとする眼、片方つぶった眼があった。

これ以降、船を頻繁に見かけるようになり、たいてい三つの明かりを夜通し点《つ》けておいた。七月十二日には一隻、十五日には二隻、十六日には一隻、十七日には三隻、十八日には二隻——すべてグリーンランド船だと思う。しかし、九隻のうち乗船してみたのは三隻だけだった。まだ遠く離れている時に望遠鏡で見ても、生きた人間がいないことは明らかだったからだ。乗り込んだ三隻にも死人しかいなかったので、私が抱いていた疑惑、そしてあの不安は重くのしかかった。

私は南方へ進み、来る日も来る日も南へ進み、舵輪の前に立って四方を見張っていた。昼は澄んだ日の光が射し、穏やかな青白い海は時々、牛乳の海域と混じっているように見えた。夜になると、広大な荒涼たる世界が、とうに死んだ太陽に、そして暗闇と異ならぬ光に照らされていた。あの時は、〝夜〟が死の中で漂白《さら》されたかのようで、私の見た無の中性状態と地獄の辺土《リンボ》は死と冥府《ハデス》の王国そのもののように青白く、恐ろしかった。その時、すべての境目がなくなり、非現実の海と奇怪な空が混じり合い、不気味な変幻きわまりない幻像の広大な影深い虚空となって、まったく無色に近いほど色薄れていた。その中心にいる私はまるで無に帰したかの如く、渺茫《びょうぼう》たる空間の中で絶え入りそうだった。この肉体を失った世界の中に、やがてあの桃の香りが風に運ばれて来るのだったが、その頻度は急速に増した。それでも「北風号」は動き、底知れぬ〝永遠〟を渡って行った。そして緯度七十二度の地点に着いた。北ヨーロッパからはもう遠くなかった。

今、あの桃の花の香りについて言うと――浮氷塊がまだまわりにあった時ですら――私はあたかも幻想的な物語の水夫のようだった。その水夫はエデンの園と幸福の島々を探しに出て、それを見つける。彼がまだ遠くにいるうちから、庭からは馨しい風が吹いて、アーモンドと金厚朴《きんこうぼく》、水木《みずき》とジャスミンと睡蓮の芳香で迎えるのだ。というのも、私は今、桃の香りが常にある地帯に到達していたからである。世界中がその芳香に満たされているようだった。私は自分がこの世界を超えて、魅力的な常春の地に向かっているような想像を容易にすることができた。

さて、私はとうとう捕鯨船の船員たちが「氷の瞬《またた》き」と呼んでいたものを見た。これはすなわち、氷がうしろに残された時か、まだ来ていないうちに空に映る、輝く幻か影のことである。この頃になると、種々さまざまな多くの船が見られる海域にいた。私はたえず船に出会った。一つとして調べてみないことはなかったし、カヤックや落葉松《からまつ》の平底船を使って、多くの船に乗り込んだ。ちょうど緯度七十度から南に下ったところで、ラフォーテン島の鱈と鰊の漁船とおぼしい大船団に出会った。北へ向かう海流に乗って漂って来たに違いない。大漁だったらしく、ボートには保存処理をした魚がたっぷり積んであった。船は広い範囲に散らばり、中には望遠鏡で見ても水平線上の点にすぎないものもあったので、私はジグザグのコースを辿り、船から船へ回った。静かな夕暮れで、空は星のような北極の清澄さに澄んでいた。太陽は低く下がり、今しも夜のうたた寝を始めるところだった。これらの頑丈そうな茶色いボートは、眠りながら鼻を鳴らす生き物のように、ゆっくりと軋《きし》む音を立てながら、穏やかに揺れていた。少しも損傷は受けておらず、陰気な海で冬場の凄まじい嵐を待ち受けていたが、その時は暗い破滅と深い墓がかれらを片づけるだろう。漁師達は立派で頑丈な男たちで、多くの者は顎鬚をおとがいからかなり後ろまで生やし、毛織の帽子を被っていた。どの船も、コーン・ブランデーや印のついたアクアヴィットの小壜が船内にたくさんあり、私はアクアヴィットを二本ばかり平底船に持ち込んだ。小型漁船の一つでは、年配の漁師が膝をついて前のめりになり、両腕でラグスルの檣《ほばしら》をつかんでいた。二つの膝は大きく離れ、首はのけぞり、黄色い眼球と灰色の虹彩は檣をまっすぐ見上げていた。べつの小型漁船の場合は、平底船に乗って近づくかわりに、「北風号」の液体空気を適当な場所で止め、微妙な操縦によって次第に減速し、小型漁船の真横に止めた。それで、漁船の甲板に飛び下りることが出来た。一通り見まわってから船尾の梯子段を三段下りて、暗く狭苦しい船内に入り、背を屈《かが》めて、恐ろしいヒソヒソ声で呼びかけた。「誰かいるか？　誰かいるか？」答える者はなかった。また上に上がると、「北風号」は私が乗り移れる距離より三ヤードも先へ流れていた。死んだような凪で、私は水に飛び込まねばならなかったが、その三十秒間に、説明しがたい恐怖が突如冷たい群となって私に襲いかかった。私は孤独のあの底知れぬ寂しさと、敵意を持つ悪しき宇宙が自分を喰い殺そうとしている感覚を、今でも生々しく感じられる。大洋《おおうみ》も私には大いなる幽霊にしか見えなかったのだ。

二日後の朝、また新たな船団に出会った。この方がやや大きなボートで、ブルターニュの鱈をとる漁船だった。こちらも大体の船に乗ってみた。どの船の中にも木製か陶製の聖母マリア像があって、けばけばしい色に塗ってあったが、今はその色も褪せていた。ある船で見つけた一人の少年は像の前に跪いていたが、今は横倒しになり、膝を曲げたままで、手に十字架を握っていた。これらの逞しい漁師達は青い毛織の仕事着を着て、防水生地の暴風雨帽をかぶり、あらゆる死の姿勢で横たわっていた。顔立ちや表情は隅々までまだ完全に保存されていた。スループ型帆船も全く同様だった。単調な軋む音を立てながら、呑気に少しばかり揺れていた。それぞれの船が自分の個性を多少ぼんやりと意識していて、まわりにいる他の船には全く無関心だったが、そのくせ、どれも判で押したように同じだった。同じような釣糸と釣鉤、魚の腹わたを抜くナイフ、塩水と漬け汁の樽、開いた鱈の山と、それを入れた大桶、ビスケットの小樽、船はキーキー低い音を立てて揺れ、淦《あか》臭い匂いがし、死んだ男達がいる。翌日、ヘクラ山の緯度よりも八十マイル程南で、大きな船を見た。それはフランスの巡洋艦「ラザール・トレポール」であることがわかった。私はこの船に乗り移り、三時間かけて点検した。上甲板、正甲板、装甲甲板と真っ暗な最下層まで次々に見て行き、二つの大きな錆びた砲塔砲の筒を子供のように覗きさえした。機関室にいた三人の男は、死後ボイラーが爆発したためであろう、ズタズタに切り裂かれていた。船の北東八百ヤード程のところに、この船の大型ボートが浮いていた。海兵がぎゅう詰めに乗っていて、喫水《きっすい》が深く、櫂《かい》の一つはまだ残っており、オール受けと漕《こ》ぎ手ののけぞった顎との間に挟まっていた。船の右舷甲板には、二本の檣の間の長い隙間《すきま》に水兵達が呼び集められたと見える。かれらはそこに一種入り乱れた鮨詰めの状態で倒れており、その数は二百七十五人に及んだ。この哀れなさまよえる船の空費された、あてどない動力ほど悲劇的なものはなかった。無感動な巨体のまわりで、小波《さざなみ》がポプラの葉のようにせわしなくチラつき、逆巻く水しぶきを絶えず上げて、その音は大きかった。その日の午後、私はこの船の堅固な左舷主甲板の砲郭《ほうかく》の一つで、砲架の上に長いこと腰かけ、首を胸までうなだれて、目の前に仰向けに倒れている船員の、縮み上がり、血の気が失せて、青ずみ、そり返った足をちらちらと見ていた。私に見えたのは彼の足の裏だけで、それ以外の部分は、鋼鉄のドアの敷居の向こうに頭を下にして横たわっていた。

私は憂わしい夢想の海に浸りながらずっと坐っていたが、しまいにゾッと身震いして眼を醒まし、「北風号」に戻ると、睡魔に負けるまで船を進めた。翌朝十時に甲板へ出ると、西の方に船の群を見つけたので、そちらへ向かった。船は八隻のシェトランド船で、こちらへ向かって北東に流れて来たに違いなかった。入念に調べてみたが、他の多くの船と同じだった。男も、少年も、犬もみな死んでいたのである。

その気になれば、もうとうに上陸することは出来たのだが、私はそうしなかった。恐れていたのだ。氷の静寂には慣れきっていたし、海の静寂にも慣れていた。しかし、神ぞ知る、陸の静寂が怖かったのだ。

一度、七月十五日に、鯨が南西のはるかな水平線上に潮を吹いているのを見た、あるいは見たと思った。そして十九日には、鼠海豚の群れが、あとからあとから海面を跳びはねて北へ向かって行くのをはっきりと見た。それを見て、私は自分を哀れむように言った。「ああ、それでは神よ、私はこの世界にまったく独りきりではないのですね——まったく独りきりでは」

また数日後には、「北風号」自体、北へ向かってゆく鱈の群に囲まれていた。何百万という魚で、それはこの目で見たからわかったが、ある日の午後、釣針で立て続けに三匹釣った。

だから、少なくとも海には、私の伴侶となるべき生類がいたのだ。

しかし、もしも陸が海と同じようにひっそりしていて、潮を吹く鯨や、転がるように進んでゆく海豚の群さえもおらず――パリが永遠の氷よりも黙り込んでいたら――その時、私はどうすれば良いのだろう？

手っ取り早くシェトランドに上陸することも出来た。西経十一度二十三分まで西へ来ていたのだから。しかし、そうしなかった。不安だったのだ。私が抱いていたあの漠然たる疑いと直面するのを避けるため、まず外国へ向かった。

私はノルウェーを目指した。この明確な意図を持った最初の夜の九時頃、風がつのり、雲が垂れ込め、空は暗く、海は黒々としてうねのように波立ち、厳《いかめ》しく見えて、私は舵輪を持ち、船は蒸気で速く進んでいた。左舷と右舷の明かりはまだそこに燃えていた。と、その時、いささかの予告もなしに、生まれてこの方一番ひどい物理的な衝撃をうけて、舵輪ごしに跳ね飛ばされ、まるで大砲から打ち出したように、そこから船長室の扉へ向かって二十フィートも飛んで行き、頭から扉を越して甲板昇降口階段を落ち、さらに廊下を六ヤードばかり先まで飛んで行った。

暗い、死んだ船と――おそらく大型船と――衝突したのだったが、そんな船は見えなかったし、船がいる気配もなかった。そしてその晩ずっと、翌日も午後四時まで、「北風号」は勝手に行きたい方へ海を進んでいたのである。私は意識を失っていたからだ。目醒めた時、あれほどの衝撃にしてはほんの軽傷しか負わなかったことを知ったが、私は面白くない、ムッとした、忌々しい、苦々しい気分で、床に長いこと坐っていた。それから立ち上がると、十二人の死者がみな一塊《ひとかたまり》になって醜く押しつぶされているのを見、苛々して船のエンジンを止めた。今では夜に蒸気で進むのが怖くなり、昼間も三日間は進もうとしなかった。何かわからぬ相手に対して子供のように腹を立て、目に見えない〝やつら〟と喧嘩をしたい気分だったからである。

しかし、四日目になると、激しい大波が船を打ちまくり、非常に不愉快だったので動かざるを得なかった。

私は船首を東と南に向けて進んだ。
　四日後、すなわち八月十一日正午に、北緯六三度十九分のところでノルウェーの海岸が見え、進路を変えてそちらへ向かった。しかし、ぐずぐずして半分以下の速度で進んだのだ。海図からすると八時間程で、スメーレン島の灯台の光が見えて来るはずだった。そして、静かな夜が来て、黒い水に静謐な月光が条《すじ》を引いている時、十時から十二時の間にその灯台のすぐそばを、ほとんどあの大きな丘の蔭を通った。しかし、おお、神よ、明かりは点いていなかった。入り組んだ海岸線はどこまでも、遠くも近くも暗く眠っていて、悲しいかな、たった一つのなつかしい明かりも見えなかったのである。

　さて、八月十五日、私はまたあの狂った有頂天の歓喜を味わった。それが過ぎ去った時は象でさえ苦悶し、疲労困憊しているような喜びだ。四日間、ノルウェー沿岸には、生けるもののしるしは一つも見えなかった。死せる暗い丘また丘で、浮かんでいる船もみな死んでおり、暗かった。私の目は今や無の空虚な深淵の底までも、狂ったように凝視する癖がついてしまった。一方、私は依然として如何なる存在も意識せず、ただ、無限の空間の遙か彼方にある青い一点が、意識の前を左から右へゆっくりと横切り、それから消えて、また左から右へゆっくりと絶え間なく横切って行くだけだった。そのうちに、脳裡のチクリとする痛みか声が、私をハッと正気に返らせ、私は自分が凝視しながら、「そんな風に見つめてはいけない。さもないと、おまえは終わりだ！」という深い秘密の警告をつぶやいていることに気づくのだった。さて、十五日の午後、この種のうつろな恍惚状態に陥って舵輪に凭れかかっていると、まるで私の魂の中の直感か予感が跳び上がり、大声でこう言ったようだった。「ちょっと向こうを見れば、見えるぞ……」私はハッとして、たちまち夢想の深みから現実に戻った。右手を見やると、神よ、そこにはついに何か人間らしい物が動いて、素早く動いていくのが見えた。

ついに！——それはこちらへ向かって来た。

あの時の回復感、覚醒感、新たに堅固な物をつかんだ感覚、心地良い日常の感覚は言葉に到底言い尽くせない——それはなんと快く、心を慰めるものだったことか！　今これを書いていても、ふたたび思い描き、感じることができる——その上に足をのせて生きられる岩のような堅固さ、金剛石の如き日常。極地に立って、あの目の昏むものを見、気を失ったあの日から、私のような他者が地上に生きていることを示す、たった一つの兆候にも痕跡にも出会わなかった。しかし今、突然、疑いの余地もない嬉しい証拠が現われたのだ。南西の海、四ノットと離れていないところに、大型の速い船が見えたのである。手斧《ちょうな》のように鋭いその船首は、相当の高速度で滑らかな海を着実に削って進み、たくさんのリボンのような泡を投じて、その泡は外へ向かって波打ち、船体よりも遥かうしろに広がって行った。船は真北に向かって、大急ぎで海を進んでいた。

その時、私は濃紺に連なるノルウェーの山々から十五マイル程離れたところを、南寄りの南東に向かって進んでいた。その船に近づこうとして、狂ったように右舷に舵を切ると、艦橋に飛んで行って、そこを貫いている大檣に背中を凭《もた》せ、目の前にある白い鉄の手摺に片足をのせた。すると、たちまち錯乱した狂宴の嘲り笑う悪魔どもが私に取り憑くのを感じた。私はぼうぼうに伸びた髪から帽子を取り、振って、振って、振り始めた。まるで赤い顔をした狂人だった。というのは、二度目にやや近くから見ると、その船は主帆に旗を掲げ、大檣楼に長旗をなびかせていることがわかったのだが、何のために旗をなびかせているかがわからなかったからである。私は苦く狂おしい思いに駆られた。

くだんの船はその五分間に、私の意識に自らの姿を隅々まで鮮烈に刻み込んだ。船は多くのロシア船同様、胆汁のような冴えない黄色に塗られていて、船首の黄色が終わる線の下には、色褪せたピンクの場所があった。大檣の旗は青と白のX形十字で、明らかにロシアの定期客船だった。二本マストの船で、煙突が二本ついていたが、煙突から煙は少しも出ておらず、蒸気コーンの位置はどこだかわからなかった。この船の進路一帯、海には低い大陽が揺らめく光を点々と投じており、眼近なところは大きな粗い光のまだらだったが、遠くへ行くと次第に小さな模様となり、水平線では均質な青黒い銀色の帯となっていた。

正反対の方向に急ぐ「北風号」ともう一隻の船の速度は、合わせて三十八ノットか四十ノットあったに違いなく、両者が出会うまでに五分とかからなかった。だが、私はその五分間に数年分の人生を詰め込んだのだ。私は夢中で船に呼びかけていた。両眼は突き出し、顔は激しい、声高な、うるさくせがむような怒りに火照っていた。船は止まらず、合図もせず、私が見えた様子もなく、クリシュナ像を乗せた車のようにひた走って、水を切りながらこちらへ向かって来たからだ。私は理性も、思考能力も、記憶も、意図も、物の関係の感覚も失った。あの譫妄《せんもう》状態が近づいて来て、私を夢中にさせたのである。今でも憶えているのは、大声で叫んでいる間に、私の喉を使ってとんでもないことを言う魔物たちが発した言葉を聞いて、自分が狂ったように高笑いしたことだけだ。私はこう叫んでいたのだ。「おい！　ブラヴォー！　止まらないか？　気狂いめ！　俺は極地へ行って来たんだぞ！」

その時、いとも不快な厭らしい匂いが立ち上り、こちらへ流れて来て、私の脳を襲った。十まで数える程の間にあの船のエンジン音が近くに聞こえ、あの呪われた納骨堂は、私の目と鼻孔から十五ヤードと離れていないところを、バッコスの巫女のごとく疾走して通り過ぎた。あの船は、神よ、腐肉を漁る禿鷹やジャッカルでさえも、嫌悪の叫びを上げて逃げてゆくようなものだった。私は爛《ただ》れた死人達が山積みになっている甲板をチラリと見た。

私は手摺から身を乗り出し、むせて、あの船に向かってへどを吐いたが、その時、遠ざかる丸い黄色い船尾に大きな黒い字で「ヤロスラフ」と書いてあるのが、目に入った。おぞましい船だった。

この船は大勢の死者を乗せて、遥か南の熱帯か亜熱帯にいたに違いない。それまでに見た死体は悪臭がするどころか、ある種の桃の芳香を放っているようだったからだ。蒸気の代わりに液体空気を使う近年の船の一つと見えたが、緊急事態に備えて、旧来の蒸気の煙突なども残していた。液体空気は時に恐ろしい事故を起こすため、造船家の中にはそれをいまだに不審の目で見る者もいたからだ。「北風号」自体、両方の発動機を持つ同様の例なのである。この船、「ヤロスラフ」号はエンジンが作動中に乗組員が死んだに違いなく、液体空気のタンクがまだ空《から》にならないので、それ以来、何ヶ月か何年か知らないが、無事に大洋をさまよっていたのだろう。

さて、私はノルウェー沿岸を百六十マイル近く航行したが、陸地から二、三マイル以内には一度も近づかなかった。何かが私を引き止めたのだ。しかし、あのアードハイムの町がそこにあると知っていたフィヨルドの入口を通った時、突然、ほとんど自分が何をしているかもわからぬうちに取り舵を取って、陸に向かった。三十分後、私はとある入江を進んでいた。左右は山で、頂上には層をなす岩山があり、下には暗い木立があった。全体が虹の織りなす薄膜にぼんやりと被われていた。

この入江は落とした糸のように湾曲していた。ただ、湾曲の仕方がずっと急なため、船は這うようにのろのろと進んでいたが、二、三分もすると風景が変わり、後ろをふり返っても通り過ぎた景色は見えず、あるいは湖のような光が陸に囲まれているだけだった。

私はあのように磨かれた、ガラスのような水を見たことがない。それは澄んだ、磨かれた大理石のようで、透きとおった淵にあらゆるものを鮮明に映していた。その静謐な日没には、水の上を渡る微風もなかった。巨体の「北風号」はそれに傷をつけまいとするかのように動いていたが、水はグリセリンか滴る睡蓮の香油のように、船のまわりに豊かな皺や折目を寄せた。しかし、それはただの海だったのだ。そして彼方に見えるのは岩山と、秋の森と、山の斜面にすぎなかったが、すべてが鮮やかで、純潔で、薔薇色と紫の恍惚状態にひたり、夢と水泡《みなわ》を作る材料で、花の花粉で、桃の皮で出来ているかのようだった。

私はそれを見て喜びだけでなく、まったくの驚きを感じた。長い間、あの氷と海の不毛な世界にいたから無理はないが、このように霊妙な美しさの、しかも素朴で、人間的で、親しみをおぼえ、心慰めるものがあることを忘れていたのだ。ここの空気にはあの桃の香りが豊かについていて、その時と場所には安息と忘れ薬と魅惑があった。あたかもヘスペルスの園の香り、また義しき人間の魂のためにあるアスフォデルの野の香りのようだった。

悲しいかな！　しかし、私の傍らには望遠鏡があり、私の忘れ薬には、神よ、天の穹窿のように巨大な絶望が混じっていたのだ。やがて私は望遠鏡を取り上げ、山の峰に立っている小作農の小屋、あるいは「農民達」の城塞を覗き見た。そこには誰の姿もなかった。左手の、フィヨルドの三番目の大きな曲がり角に、かつてこの地の人々が入って来る魚を見張るのに使った見張り塔の一つがある。そこを見ると、塔のすぐ手前の岩だけの斜面に死体が一つあって、今にも頭から転がり落ちそうだったが、落ちなかった。それを見た時、私は初めてあの果てしない絶望をはっきりと感じた。それは人間の中で私独りが感じたもので、空の星々よりも高く、地獄のように深かった。私はふたたびあの涅槃《ニルヴァーナ》の空虚を凝視《みつ》め、〝虚無〟の狂気を見つめた。その中では〝時間《とき》〟が〝永遠〟と混じり合い、全存在が一滴の水のごとく散り散りになって飛んで行き、宇宙の無底の空虚を満たして、消失するのだ。

「北風号」の船首が小さい無人の釣船にぶつかったので、私は我に返った。そして一分後、新たな岬と入江の曲がり角へ来る直前に、二人の人間を見た。そこの岸は水面より三フィート程高く、大きな丸岩に縁取られていて、石のまわりに灌木《かんぼく》と小さな木々が生えている。そのうしろに小径があり、暗い森におおわれた小さな峡谷を通って、上の方へ向かってゆく。この小径の水際に近いところに、カールジョラーというノルウェーの二輪馬車の御者がいた。彼は高い前の席で死んでいた。身体を斜交《はすか》いにしてうしろへ投げ出し、低く下がった頭が車輪にのっていた。後部の車輪についた枠に紐をかけて留めてある鞄の上に、一人の少年がいて、やはり頭を斜交いにし、車輪の、御者の頭のそばにのせていた。小さな馬は前のめりになって頭と前脚の膝を地面につけ、轅《ながえ》を下に傾けて死んでいた。そこから少し離れた水の上に、空っぽの小船が浮かんでいた。

次の岬を曲がると、とたんに数多くの船が見えて来て、先へ行くに従って数が増した。大部分は小船で、スクーナーや、スループ型帆船や、もっと大型の船もいくらかあり、大方座礁していた。この時ふと気づいたのだが、馨しい春の花の匂いに混じって——それを大きく変えているが、台無しにはせず——もう一つの匂いが、微かな陸風の翼に乗って漂って来たのだ。「人間が分解している」と私は言った。私はよく知っていたからだ。それは人体が腐敗する匂いだった。

フィヨルドはやがてひらけ、幾分広い内湾となった。そこは切り立った高い山々に囲まれ、山々はその姿を雲突く岩の峰まで水に映していた。この内湾の奥にいくつもの船と、埠頭と、地味で素朴な古い町が見えた。物音は一つも聞こえなかった。ただ倦怠《けだる》く作動する「北風号」のエンジン音がするだけだった。ここでも、明らかに〝沈黙の天使〟が通り過ぎ、彼の鎌は刈ったのだった。

私は走って行ってエンジンを止め、錨は下ろさないで、船が止まった時、船の横にあった空《から》のボートに下りると、小さな埠頭に向かって、二十ヤードほど櫂で漕ぎ寄せた。そこには一隻のブリガンティーン帆船があり、三つのジブ、ステースル、横帆、主帆と前檣帆、ガフトップスルとすべての装備が整っていた。船はその静かな場所で物憂げにうなだれ、水の中の、檣《ほばしら》を下に向けた自分の姿と番《つがい》をなしていた。それから三隻の木材運搬用のスクーナー型帆船、一隻の四十トンの蒸気船、小さいバーク船、五隻のノルウェーの鰊船、それに十艘か十二艘の小型ボート《シャロップ》があった。帆船はすべて前方と後方の帆を張っており、それらの船の間を通り過ぎると、それぞれの船のまわりに、甘美にして忌まわしい匂い、私の考えつく如何なるものよりも死の特質そのものを——死の天使《アズラエル》という言葉の内なる精神と意味を——暗示する匂いが漂っていた。すぐにわかったことだが、どの船も死者を満載していたのである。

さて、私は些細なことに気がつくあの奇妙な茫然とした状態で、古い苔生した階段を上がって行った。例えば、新しい服の軽さを感じたことを憶えている。天候が穏かだったので、その前日夏物に着替え、今は平凡な、染めていない毛織のシャツを袖をまくり上げて着ており、コール天のズボンにベルトをしめ、長く伸びた髪に布の帽子を被り、紐のない黄色い古靴を履いて、靴下は履いていなかった。私は埠頭の端の荒削りな石の上に立って、町の最初の家並と埠頭の間に広がる、敷石のないやや広い地面の向こうを見やった。

私が見たものはいとも悲しいだけではなく、驚くべきものだった。悲しいのは、大勢の群衆がそこに集まり、死んで横たわっていたからであり、驚くべきというのは、かれら全体の姿にある何物かが、一瞬にして悟らせたからだ——かれらがなぜ、そこにそんなに大勢集まっていたかを。

この人々は船で西へ逃げるという希望を持ち、そのことを考えて、そこに来たのだ。

私にそれを教えたのは、死者たちの野に目を据えた時に感じた異国風の空気——何か北方的でない、南国的で東洋的なものだった。

頂上に向かって足を踏み出した時、私の足元から二ヤード程のところに、三人の死体が横たわっていた。一人はノルウェーの農民の娘で、オリーブ色のスカートをはき、緋の胸衣と刺繍を施した胴着を着て、銀色のレースで飾ったスコットランド風のボンネットを被り、靴には大きな銀色の留め金をつけていた。二人目は半ズボンを穿いた年老ったノルウェー人の男で、十八世紀風のぴったり合う半ズボンを穿き、赤い毛糸の帽子を被っていた。三人目は、ポーランドのユダヤ人居住区のユダヤ人の老人と見え、ギャバジンの服を着て頭蓋頭巾《スカル・キャップ》をかぶり、垂髪が耳の上にかかっていた。

私は死体が麦の刈株のようにみっしりと集まっているところに近づいた。そこは防波堤とその場所の中央にある小さな石の噴水との間で、北方人の死者の中に、スペイン人かイタリア人だろう、高価な衣裳を着た二人の肌の浅黒い死人がいた。それから、もっと肌の黄色い蒙古人種の死者もいたが、おそらくマジャール人であろう。それにズワーヴ兵の服装をした大柄な黒人が一人、フランス人とおぼしい者が二十五人ほど、モロッコのトルコ帽が二つ、アラブの首長の緑のターバンが一つ、そして回教学者《ウラマー》の白い帽子が一つ。

私はこう自問した。「ここにいるはぐれた異国人たちは、どうやってこの北方の田舎町へ来たんだろう?」するると、荒れ狂う心が答えた。「人類のあらゆる種族が北へ、西へと夢中で殺到したのだ。そして私、アダム・ジェフソンがここに見ているものは、その途徹もない怒り狂う洪水の、遠くに打ち上げられた水しぶきにすぎないのだ」

さて、私は目の前の街路を、足の踏み場に気をつけながら歩いて行った。街路も、また波止場の広場もまったく音がしないわけではなく、太い蚊柱が立って、妖精の国《エルフランド》でヴァイオリンを奏く音にも似た、夢のような楽の音が漂っていた。通りは狭く、アスファルトで舗装してあり、急坂で暗かった。私という哀れな腰の曲がった男があの死せる町を通った時の気持ちは、この大地を背に負うという巨人アトラスだけがこれを知るであろう。

私は思った。もしも〝大洋《わだつみ》〟からの波が地球という惑星の船を洗い、私はたまたま船首にいたため、ただ一人生き残った乗組員なのだとしたら？……その時、神よ、私はどうすれば良いのだろう？

私は感じた。この小さい町には、ノルウェーの蚋《ぶよ》を除いて、生ける物は何もいないのだ。〝永遠〟の低い唸りと香りが地球を満たし、つつみ、香気をしみ込ませたのだと。

家々はおおむね木造で、中にはかなり大きい家もあり、車寄せを通ると半円形の中庭があって、そのまわりに建物が並んでいる。建物は屋根の勾配が急で、こけら板で葺《ふ》いてあったが、これは冬場に大雪が積もるためだった。地面に近い開き窓の一つが開いていて、その中を覗き込むと、恰幅《かっぷく》の良い、帽子を被った老婦人が、たいそう大きな陶製のストーブの前にうつ向けに倒れていた。しかし、私は立ち止まらずに進み、何本かの街路を越えて、暗くなった頃、とある草原へ出た。そこから坂を下りて行くと山峡に出た。翌朝、気がつくとこの山峡をやや先へ行ったところに坐っていた。一体どのようにして、如何なる忘我の状態であの空白の一夜を過ごしたかは、意識から消えている。朝陽が射して来て、あたりを見まわすと、両側には縦の木の茂る荘厳な山があり、場所によっては頭上でほとんど合わさっていて、苔の生えた山峡を深い影に蔽っていた。私は立ち上がり、方向も気にせず、さらに先へ進んだ。空腹も忘れて何時間も歩きつづけた。あたりには小さい野苺がたくさん生《な》っていた。ほとんど冬まで生っているに違いないが、それを二つ三つ食べた。青い竜胆《りんどう》や鈴蘭《すずらん》の花も咲いており、緑は豊かで水の音がした。高いところに小さな瀑布《たき》があり、小さい襤褸切れのようにひらめいていた。瀑布は途中で岩にぶつかり、飛散していたからである。また刈り取った干草と大麦が、乾かすためであろう、六フィート程の高さの杭の上に、妙なやり方で引っかけてあった。高いところに小屋や、近づきにくそうな小さな城か城塞もあったが、どれにも入ってはみなかった。山峡では死骸は五つしか見なかった。赤ん坊を連れた女と、二頭の小さな雄牛を連れた男だった。

午後三時頃、私はハッと我に返り、そんな場所にいることに気づいて、引き返した。ふたたびアードハイムのあの陰鬱な街路を通って波止場へ向かった時はもう暗く、空腹と重い疲労を感じていた。家に入ろうとは思わなかったが、ある家の車寄せの前を通りかかった時、何かわからぬものが私を急にその中へ入らせた。私の心は風に吹かれる綿毛のようになっていて、自ら動いているのではなく、外部から来るらしい衝動のなすがままになっていたのである。私は中庭を越え、木造の螺旋階段を昇った。そこには五つか六つぼんやりした影が落ちていたが、薄明かりで何とかその間を探りながら通ることができた。その狭い場所で、得体の知れぬ不安が私を襲った。私は最初の踊り場に上がり、扉を試してみたが、鍵がかかっていた。二番目の踊り場に上がった。扉は開いており、嫌な寒気をおぼえながら中へ踏み込んだが、窓のカーテンが引いてあったので、真っ暗だった。私はためらった。もうひどく暗かった。あの言葉を言おうとしたが、私の耳には聞こえない低い声しか出なかった。もう一度試みると、今度は自分がこう言うのが聞こえた。「誰か、いるか?」と同時にもう一歩踏み出すと、柔らかい人間の腹を踏んでいた。それに触れた時、冷たいゾッとする恐怖が全身を走り抜けた。まるで、その闇の中に突然地獄の眼を見たような気がしたのだ。狂気が私を睨みつけ、私は恐ろしさのあまり喉からグルグルという低い声を出して、無我夢中で階段を駆け下り、屍肉を踏んで中庭を越え、足をペタペタと鳴らし、両腕を広げ、むせび泣いて街路を走った。アードハイム中の人間が追いかけて来るような気がしたからで、「北風号」に乗ってフィヨルドを下って行くまで、私の恐慌はおさまらなかった。

それから海へ出ると、ふたたび船を進め、二、三日のうちにベルゲンを訪れ、スタヴァンゲルに入港した。

そしてベルゲンもスタヴァンゲルも死んでいるのを知った。
そのあと、八月十九日に、船首を故国へ向けたのである。

スタヴァンゲルからは、まっすぐハンバー川に向かう航路を辿った。ノルウェーの沿岸をあとにしたとたん、次々と船に出会うようになった――船また船に。陽の射す昼と太陽のない夜が普通に交替する圏内に入ると、私の船は信じられない数の船舶、大そう広範囲に広がった船団のただ中を進んでいた。

あの広い北海のどこへ行っても――そこでは商業が一番盛んだった頃も、船乗りは船を一隻か二隻見る程度だったのだが――今はつねに、望遠鏡で見える範囲に少なくとも十隻か十二隻、しばしば四十隻、四十五隻の船がいたのである。

それらの船は、静まり返った海に、ごく静かに浮かんでいた。海はそれ自体死せる物で、死人の唇のような土色だった。凪《なぎ》には、恐ろしい張りつめたものがあった。太洋は重しをのせられたように、空気は麻薬を混ぜたように思われたのだ。

私の進みはきわめて遅かった。初めのうちは、どれほど遠くの小さい船影を見ても、十分に近づいて、少なくとも小型望遠鏡で調べてみずにはおかなかったからである。私が見たものは多種多様な船の奇妙な寄せ集めだった――数多のトロール船、客船として使われたらしい各国の戦艦、小型漁船、フェラッカ船、定期船、蒸気を使う平底荷船、帆を張った大きな四本マストの船、海峡連絡船、ラガー、ヴェネチアのブルキエッロ、石炭船、ヨット、曳船、練習船、浚渫《しゅんせつ》船、湾曲した斜桁のついた二隻のダーハビア(ナイル川の屋形船)、マルセイユの漁船、マルタ島のスペロナーレ、アメリカの外洋帆船、ミシシッピー川の蒸気船、ソレントのラガー式スクーナー、ライン川の平底船、ヨール型帆船、新しい用途に用いられた古いフリゲート艦や三層甲板艦、ストロンボリのカイーク、ヤーマスの小舟、ジベック、ロッテルダムの平底船、筏、舷縁のついた筏船――人間を乗せて水に浮かべられるあらゆる物が、あらゆる場所からここに集まっていた。すべてが西へ、あるいは北へ、あるいはその両方へ向かっていた。どの船もぎゅう詰めで、いずれも墓であり、死者達と共に、さまよう海の上を物憂げにさまよっていたのだ。

しかも、まわりの世界はいとも美しかった。輝かしく快い秋の天気。静まり返ったあたりの空気には、あの春の桃の香りがする。だが、完全に静まり返っているわけではなく、何か浮いている物の風下に近づくと、朝か夕の馨しい微風が、墓に葬るには熟しすぎた死の香りが微かに吹きつけて来た。

こうした疫病と微風の音が私には何とも厭《いと》わしくなって来たので、漠とした不愉快さではあったが、私は船を探し求めるよりも避けるようになり、極北からずっと道連れとして運んで来た十二人の死体も、一つ一つ海に投げ込んだ。今は格段に暖かい地域に入っていたからである。

しかし、あの毒が何であったにせよ、死体を保存ないし防腐する効果があると私は確信していた。例えば、アードハイム、ベルゲン、スタヴァンゲルでは、上着なしで歩きまわれる温度だったが、腐敗の過程を示す臭いはほんの微かに私を悩ませただけだった。

あの航海の間中、空と海はじつに恵み深く、目にも快かったが、私は大きな重荷を負っていたにもかかわらず、驚くほど美しいものの感覚が目醒めて掻き立てられたのは、日没だった。たしかに、あんな日没は見たこともなかったし、あんなに燃えるような、途方もない、魅せられたものは想像も出来なかっただろう。満天が宇宙を求めて戦う諸階級の天使達の闘技場となったかに見え、あるいは、敗北して傷つき、血だらけになって敵から逃げる神の荒れ狂った顔のようだった。しかし、私はそれを全能者の鞘から抜いた剣の兆候《しるし》とばかり信じて、愚かな畏怖にかられ、幾晩も見守っていた。やがて、ある朝、一つの考えが剣のように私を突いた。というのは、急に思い出したからだ――十九世紀後半にクラカトア火山が噴火した後、ヨーロッパや、アメリカや、たぶん世界中で素晴らしい日没が見られたことを。

それまで、私は自分にこう言っていた。「もし大洋《わだつみ》からの波が、この地球という惑星船を洗っているのだとしたら……」しかし、今はこう言ったのだ。「波だ――しかし、大洋からの波ではない。むしろ、地球が今まで取っておいて、母親らしからぬ自分の腸《はらわた》から吐き出した波なのだ……」

私はモールス信号やテープ・マシンの操作、電報の印字機械や、通常の無線送信器や検波器に関して、ある程度の知識は持っていた。その種の事柄は、科学者の興味の範囲に自ずと入ってくるものなのだ。スタニストリート教授との共著で『科学の芸術への応用』という教科書を書き、多少評判を取ったこともあるし、全体として、現代の発明の細かいことはまだ記憶に新しかった。だから、バッテリーが切れていなければ、ベルゲンかスタヴァンゲルからどこかへ無線で連絡することもできたのだが、そうしなかった。怖かったのだ。どこからも、いつまでも、返信が来ないことを恐れていたのだ……

手っ取り早くハルに上陸することも出来たが、そうしなかった。怖かったのだ。氷の沈黙には慣れていたし、海の沈黙にも慣れていた。しかし、イギリスの沈黙が怖かったのだ。

八月二十六日の朝、どこかホーンジーあたりの海岸が見えるところへ来たが、町は一つも見えなかった。私は舵を左舷に取って、さらに南へ進み、もう計器におかまいなくでたらめに沿岸を航行して、時には陸の見えるところを、時には四面を海に囲まれて、進んだ。こうしてぐずぐずと行く動機を自分自身に認めず、何も考えず、心の底にある〝明日〟への恐れ――私は〝明日〟を避けていたのだ――を無視し、本能的に〝今日〟の中に逃げ込んでいた。ウォッシュ湾を過ぎ、ヤーマスを、フェリックストウを過ぎた。今では、海に浮かんで動かない物は数えきれなかった。十分も視線を落として、それからまた面を上げると、新しい浮遊物を見ないことはなかったのだ。だから、暗くなるとすぐに、私の船もそうした物の間で朝までじっとしていなければならなかった。それらの船には灯火もついていないため、どんな速度で動いても、死者たちを溺れさせずには済まなかったから。

さて、私はテムズ河口へ来て、ある晩八時頃、川をかなり遡り、シェピー島と北ケントの沿岸から七マイルと離れていないところで、平底船やパン・サンド船に囲まれていたが、ノアの灯台船の明かりもガードラーの灯台も見えなかった。河岸沿いのどこにも明かりは見えなかった。しかし、それについては一言も自分に向かって言わなかったし、そのことを認めもせず、私の心に私の頭脳が考えていることを知らせもせず、私の頭脳に私の心が推測していることを知らせもしなかった。ただ、ぼんやりと疑っているようなふりをして、暗い陸地を横目に見、それを哀れな私に悪戯《いたずら》をしかける、感覚を持った生き物とみなしていた。

翌朝、ふたたび動き出した時、プリンシズ・チャネル（テムズ河口にある澪）の灯台船と、岬船がいるのを眼の隅でこっそり認めた。それらの船はそこにいたからだ。しかし、私は見ようともしなかったし、近づきもしなかった。私自身の視界の外で起こったかも知れないことに関わりを持ちたくなかったし、何も見ず、まっすぐ前方を向いて、己のことに専心していたかったのだ。

翌晩、ふたたび海に出たあと、ノース・フォアランドのやや北寄りの東にいた。そこにも灯台の光は見えなかったし、サンドヘッドの灯台も見えなかった。しかし、海上には巨大な難船の跡があり、沿岸には古い難破した船団があちこちに散らばっていた。私は南東に向かい、ごくゆっくりと船を進めて——このあたりの海ではどこでも、半径十マイルの円の中に、何百という死んだ船が浮かんでいたからである——午前二時頃には、フランスの崖が見えるところまで辿り着いた。私はこう思ったのだ——「カレーの埠頭の、あの巨きな回転式灯台の光を見に行ってやろう。そいつは夜毎、海を越えて、イギリスの方まで光を放っているんだ」その朝、南の空には月が冴えざえと輝いていた。月はあたかも年老いて死にかけた偉大な女王で、廷臣達がそのまわりから遠くへ逃げ出してゆくようだった。廷臣達はおずおずとして、青色く、震え、月に近いほど青色かった。にきびだらけの月面には山の影が見え、その霧のような光輪、海にふりそそぐ光は、眠りの王国で盗まれた接吻《くちづけ》のようだった。静かな船々のさなかには月光が神秘的な白いもすそを引き、粉をふりまいて、どこか寂しい妖精郷の宮殿の廊下さながらだった。そこには息を殺したうつろなささやきや、噂話や、あちらこちらへ走る足音が満ち、いやらしい目つき、興奮した最後の抱擁、女王の逃走、国王の死の床があった。北東の水平線には、この世界とは何の関わりもなさそうな茶色い層雲があり、向こうのさほど遠くないところに、白い絶壁の海岸があった。その絶壁は近くのカレーほど低くはなく、芝生の広がる谷間によって切り離された塊が連なっており、それぞれに難破船が流れ着いていたが、回転式灯台の光は見えなかった。

その夜は眠れなかった。心身の働きがすべて停止しているようだったからだ。私は機械的に船の進路をふたたび西へ取り、陽が昇った時、二マイルと離れていないところにドーヴァーの崖があった。そして、ドーヴァー城の小鈍鋸歯状の天辺に、ユニオン・ジャックが動かずに掛かっているのが見えた。

私は船長室で時計が八時と九時を打つのを聞いたが、それでもまだ海にいた。しかし、何か狂った向こう見ずな声が私の頭脳にささやきかけていた。そして、九月二日の十時半、「北風号」の錨鎖は、三年二ヶ月十四日にわたる航海ののちに、クロスウォール埠頭の税関の真向かいで、ガラガラと轟く音を立てながら、右舷の錨鎖孔を通ったのである。

ああ、天よ！　しかし、錨を下ろすとは、まったく気が狂っていたに違いない！　あのおめでたい朝、墓場のような平静を突如破り、一年も続くかと思われたあの衝撃的な、騒がしいどよめきが私に与えた効果は凄まじいものだったからだ。私はその突然の騒音に耐え難い苦痛を感じながら立っていて、膝はガクガク震え、心臓はたじろいでいたのである。激しく鳴り渡るその音は、最後の審判の喇叭の音にも劣らず恐ろしかったからで、かくも過剰な警鐘を鳴らされては、無数の死者がハッとして起き上がり、その眼で私に問いかけるにちがいないと思ったのだ……

近くのクロスウォール埠頭の上を、一匹の灰色の蟹が恐れげもなく這っていた。街路が始まる町外れで、白昼だというのに一本のガス灯が蒼白く燃えており、その下に、シャツを着て靴を片方履いているだけの黒人の男が、うつ伏せに倒れていた。港にはあらゆる種類の船舶がぎゅう詰めになっていて、私の船の船尾から八ヤードのところに浮かんでいるカレー＝ドーヴァー連絡船は、窒息するほど客を乗せてカレーを出発したに違いないが、腐乱した死骸が山積みになっており、船はとも綱を解いていて、錨を下ろした緑のブリッグ型帆船に絶え間なくぶつかって軋《きし》っていた。

私はそれを見ると、巻揚機の前で膝をつき、私の哀れな心臓は弱々しい泣き声を上げた。「ああ、神よ、御身は御身の手で造り給うたものを滅ぼし給うた……」

＊

しばらくすると、私は立ち上がり、一種の夢遊状態でペミカンの袋を一つ取り、岸に跳び下りて、アドミラルティー埠頭から出ている鉄道線路に沿って歩きはじめた。片側に線路の石組がある長さ十ヤードの囲われた通路に、五人の死者が倒れていた。ここが英国とは信じられなかった。かれらはみな肌の浅黒い人々で、三人は派手な服をまとい、二人は流れる白の長衣を着ていたからである。北へ続く長い街路に入っても同じだった。ここには百人か、それ以上の死人がいたが、かつて十八ヶ月住んでいたコンスタンチノープル以外で、これほどさまざまな人種の集まりを見たことはなかった。そこには黒、ブルネット、茶色、黄色、白とあらゆる色の人間がおり、中には餓死した人間のように痩せ衰えた者もいた。清潔なイートン校の襟をつけたイギリス人の少年が自転車に乗り、両腕でつかんだ街灯柱に支えられて、かれら全員を見下ろしていたが、それを見ても、人々を襲った死が異様に急激なものだったことは明らかだった。

私は自分がどこへ行ったのかも、なぜ行ったのかもわからなかったし、これが私の知っている世界で、肉眼で見たことなのか、それとも、どこか別世界で見たことなのか、あるいは一切が肉体を離れた魂の幻想だったのかもわからなかった——私は自分自身も遠い昔に死んでおり、魂が今虚空をさまよっていて、そこには北も南もなければ上も下もなく、長さも、関係も、いかなるものもなく、ただ底なきものについての夢を見ている不安な意識があるだけなのかも知れないと思っていたのだ。嘆きや苦痛は感じなかったと思う。もっとも、三日か四日、すすり泣きか呻《うめ》き声に似て、そのどちらでもないある種の音が、時計仕掛けのように一定の間隔をおいて、私の胸から出て来たのを今も憶えているような気がする。一方、私の脳はテープ・マシンのように、取るに足らない馬鹿げたことを記録していた——ストロンド街とかスナーゲイト街といった街路の名前。仰向けになった恰幅の良いユダヤ真教徒の僧の円い毛皮の縁《ふち》なし帽――横が黒い毛皮で、天辺は白貂の――この僧の服は広げた両膝のところまで吹き飛ばされていて、まるで持ち上げてから、そこにきちんと畳んだかのようだった。髪をうしろにかき上げ、狂ったような眼をした小柄なスペイン人が、厚い、不揃いな歯で噛んでいるヴァイオリンの弓。フランス人の若い娘が履いている左右ちんばの――片方は黒く、片方は茶色の靴。かれらは砲台のまわりに倒れる砲手のように数多く、五フィートから十フィートの間隔をおいて街路に横たわっていた。大多数は――ノルウェーでも船上でもそうだったが――取り乱したような姿勢で両腕を広げ、あるいは四肢をひどく歪《ね》じ曲げ、まるで死ぬ直前に岩々や丘に向かって庇《かば》ってくれと呼びかけたかのようだった。

左手に天井の空いた建物があった。そこは「大尖塔《シャフト》」と呼ばれる建物だと思うが、私はこの中に入って行って、非常にたくさんの階段を上った。階段の一個所はほとんど死人に覆われていた。私は階段を数えはじめたが、やめて、次に死人の数を数えはじめて、やめた。しまいに天辺に上ると――そこはドーヴァー城よりも高いに違いない――砂利を敷いた歩道のある広々した場所に出て、要塞と兵舎と砦《とりで》が見えた。私はこの町を知らず、通り抜けたことがあっただけだったので、その景観の広さに驚いた。私と東にあるドーヴァー城との間に、煉瓦や砂岩で出来た家がごみごみとかたまっている区域があり、遠くの方はぼんやりと青く霞んでいた。右手には港と海があり、船が浮かんでいた。まわりの丘の上に七、八人の死者が埃を噛んでいるのが見えた。太陽はもう高く上って温かく、空には一点の雲もなかった。遠く彼方に霧があったが、それはフランスの海岸だった。たった一人の哀れな人間には、あまりにも大きな景色だった。

私は頭を垂れた。ベンチに腰かけた。黒塗りの硬いベンチで、座部と背凭れは切れ目のある水平に張った板で出来ていた。私はあたりを見ているうちに頭が重くなり、疲れて、うとうとした。私にとって、あまりにも大きな景色だったからだ。額を左手にあてて右手にペミカンの袋を持ち、うつらうつらしている間に、頭の中で、なぜか子供の頃に聞いた古い俗謡が聞こえてきた。私は眠たげに、スコットランドの挽歌や物寂しい葬送歌のように、それを低い声で口誦《くちず》さんだ。右手に持った袋が拍子を取るように下がっては上がり、重く下がっては上がった。

僕は指輪を買おう、
君は子供を育てる、
召使いがかしずくのは、僕らのティン、ティン、ティン。

ティン、ティン、
僕らは幸せになれないか？
ティン、ティン、
そうなるでしょう。
僕は指輪を買う、
君は子供を育てる、
召使いがかしずくのは、僕らのティン、ティン、ティン。

そんな風にとりとめもない歌を口誦さみながら、私は前のめりに倒れ、三十三時間の間、生者も死者もけじめなくその場に眠っていた。

小糠雨《こぬかあめ》に目が醒めてとび起きると、銀のクロノメーターを見た。それは革の紐でベルトに付けてあり、ズボンのポケットに入れておいたのである。見ると、時刻は午前十時だった。空は暗く、悲しく唸る風が――それは今では私にとって、ほとんど未経験のものだった――吹き始めた。

私はペミカンを少し食べた。ここには千もの贅沢品があって、ドーヴァーのような町一つだけでも、五、六百年食べてゆかれるほどの――そんなに長生きできればの話だが――食物があったはずだが、そうした物に手をつける気が起こらなかったからだ。そんなに物を惜しむ必要はなかったのだが。食べ終わると大尖塔《シャフト》を降り、雨と風はやまなかったが、丸一日そこいらを歩きまわった。私はぼんやりした頭で、海にいる船の数から推すると、町は死骸だらけだろうと推測していたのだが、そうではなかった。大まかに言って、町にイギリス人は千人とおらず、外国人も一万五千人とはいなかった。西へ向かって狂ったように逃げ出す動きがここでも起こったに違いなく、常に新しくやって来る人の群れを除いて、町を空《から》にしてしまったからだ。

私が最初にやったのは、開いている食料品店に入ることだった。その店は郵便局と電信局も兼ねていたので、ロンドンに報《しら》せを送ろうと考えたのだと思う。店内にはガス灯がただ一つ最後の焔を燃やしていて、私の見たガス灯はこれと桟橋の近くのガス灯の二つだけだった。それらはじつに不気味で、向こうが透けて見えるほど蒼ざめ、まるでぎらつく日の光に照らされて瞬《またた》いている夜の生き物のように恥ずかしげだった。これらの火は何ヶ月も、いや何年も燃え続け、あたりを見守って来たのだろうと思った。火はもう小さくなり、必死で燃えているかのように、焔の中に縞や条《すじ》が入っていたからである。ガス灯がこの二つだけだとすると、これまでガスを使い切るにはかなりの時間を要したに違いない。勘定台の前には、お洒落な服を着た黒人が、たくさんの紐で括《くく》った包みを散らかして倒れていた。勘定台には空っぽの銭箱があり、その後ろに背の高い痩せた女が、銭箱の中に顔を横向けにして、指で勘定台の外側の縁《へり》をつかんでいた。顔には見たこともないような狂乱した恐怖の表情が浮かんでいた。私は勘定台を乗り越えて金網の後ろのテーブルに近寄り、呆然とした愚か者のように、送信キーに触る前に頭の中でモールス信号のアルファベットをおさらいした——コード名は一つも知らなかったのだが。そこには大きくて良く見える指字電信機があり、私の発信に誰が答えるのかなどということは考えなかった。習慣の力がまだ強く残っていたし、私の心は自分が見たものから、まだ見ていないものを論理的に導き出すことを拒んだからだ。しかし、キーに触って、右側にある検流計の針を貪るように覗き込むと、それが動かないのに気づいた。電流が流れていなかったのだ。私は一種の恐れにかられて立ち上がり、跳ぶようにしてその場から立ち去った。受信機のまわりにはたくさんの電報があり、正気だったら少し待って、それを読んだだろうが。

次の通りの角を曲がると、相当に大きな家の扉が大きく開いているのを見て、中に入った。そこは上から下までがらんとして、客間にイギリス人の娘が安楽椅子の背に寄りかかって坐っているだけだった。その部屋はバランシエンヌレースのカーテンや空色の繻子の掛物で豪華に飾られていた。娘はもっとも貧しい階級の娘で、黒い襤褸《ぼろ》をかろうじてまとっているだけだった。ひどく歪《ね》じ曲がったぎこちない姿勢で、顎をがっくりと垂らしていた。足元には金梃子《かなてこ》が落ちていて、左手には札束を握り、膝には腕時計が三つのっていた。実際、ここで見た死体はおおむね新来の外国人か、非常に貧しい者、非常に年老った者、または非常に若い者であった。

しかし、この家のことを憶えているのは、ここでソファーの上に新聞を見つけたからである。「ケント・エクスプレス」だった。私は死せる隣人のことも忘れ、坐り込んで長い間その記事を読み耽った。

私はその個所を破って、保《と》っておいた。

「ティルジット、イスタンブール、ワルシャワ、クラクフ、プロゼミスル、グロースヴァールダイン、カールスブルク、そして緯度二十一度線上の東側で近くにある小さい町々との交信は、夜のうちに途絶えた。少なくとも、これらの町のいくつかには、西へ西へ押し寄せる激流に引き込まれずに勤務していたオペレーターがいたはずである。しかし、西ヨーロッパから発せられたすべての通信に対する返答は、あの恐ろしい謎めいた沈黙のみであった。つい三ヶ月と二日前に東ニュージーランドで同様のことが起こり、世界を驚倒させた、あの沈黙である。従って、これらの町々も長い悲しむべきリストに加わったのだと考えるしかない。実際、昨晩パリからの電信を受けたあとでは、我々はこの町々が潰滅《かいめつ》することのみならず、その時刻まで予言出来るほどであった。というのも、地球をめぐって緩慢《かんまん》に進む気体が一定の速度を保っていることはもはや明らかであり、クレイヴン教授によれば一日に百と二分の一マイル、時速にして四マイル三三〇ヤードとはっきり計算されているのである。その性質や起源は無論いまだに推測の域を出ない。それが通り過ぎたあとには、生ける物は何もないからである。それに、さようなことは残った我々にとってもう重要ではない。気体がアーモンドの香りと関係があるという風説は、専門家によってあり得ないと断定されているが、この気体が迫り来る時の暗闇が不機嫌な紫色をしていることは、渦巻いて進んで来る煙から遅れて逃げて来た人々の証言するところである。

これが世界の終わりなのか？　我々はそれを信じないし、信じられない。我々が今日頭上に見る澄んだ空も、九日後には、あるいはもっと早く、この〝闇の奈落〟の煙に侵されてしまうのだろうか？　科学者達は断言するが、我々はそれでも疑う。なぜなら、もしそうだとすると、我々がその中に〝作劇者の手〟を見る〝歴史〟の長い劇には、一体何の目的があったのか？　〝第五幕〟の幕切れはわかりやすく、完《まっと》うしたという感覚を満足させるものであるべきだ。しかし、〝歴史〟は長く思われたものの、今までのところ、〝第五幕〟というよりは、むしろ〝前口上〟に似ている。〝劇場支配人〟がすっかり失望して、一切を掃《は》き除《の》け、芝居を永久に「中止する」ことがあり得るのだろうか？　たしかに人類の罪は明々白々であった。もしも人類が地獄に変えた美わしき地球が、今彼に地獄の煙を吹きつけているのだとしても、不思議はない。だが、我々はそれでもまだ信じられない。自然には容赦があり、世界を通じて、微笑みかける沈黙が糸のように紡がれている。そして出来事の終わりには、『汝等はなぜ恐れたのだ？』という言葉が貼紙で大きく掲示されるのである。されば、我々には——この全地を覆う〝死のコンドル〟の翼の影で怯《おび》える今とても——威厳ある〝希望〟がふさわしい。実際、我々の国民のもっとも賎しい人々の間に、そうした態度が見られるのである。かれらの心からは、このような叫びが上がる。「〝彼〟我を殺すとも、我は〝彼〟により依頼《たの》まん」（「ヨブ記」第十三章一五）されば、おお主よ、おお主よ、此方《こなた》を見そなわし、助けたまえ！

　しかし、こうして希望のことを書いている今も、〝理性〟は、もし理性の声を聞くならば、「馬鹿め」と我々にささやきかける。地球の空は荒れ模様だ。ニューヨーク港はこれ以上船を収容できず、こちらでは人々が週に何十万人も飢餓で息絶える一方、海の彼方では何百万も死んでゆく。富める者さえ窮しているのに、貧しい者がどうして生きられよう？　十億人いる我々の種族のうち、すでに七億人が死に、文明の諸帝国は混乱の恐怖のうちに砂の城の如く崩れ去った。何千という葬られぬ死者達が、来《きた》りて煙を吐き、進み来りてたゆまざる、悠容たる破滅に先んじて、ロンドン、マンチェスター、リヴァプールの市街をふさいでいる。国の指導者達は逃げ去った。一口の食物を奪い合って、父は子を、妻は夫を刺す。畑は荒れ、教会や大学や、宮殿や、銀行や病院で淫らな群衆が飲み騒いでいる。伝え聞くところでは、昨夜遅く、三つの地方守備連隊、すなわちマンスター・フュージリア連隊、ロージアン連隊と東ランカシャー連隊が暴徒化して解散し、将校二人を射殺した。周知の通り、伝染病が野放図に広がっている。いくつかの町では警察が消えてしまったようであるし、ほとんどすべての町で、良識というものは跡形もなくなった。囚人が突如開放された結果は、それぞれの地域で恐るべきものとなっている。そしてわずか三ヶ月の間に、地獄がこの惑星全体を手に入れ、狂った狼のような〝恐怖〟と悲惨な〝絶望〟を放って、この星を貪《むさぼ》り食い、滅茶滅茶にしようとしている。されば、おお、主よ、我等の声を聞き、我等の不義を赦したまえ！　おお主よ、お願いです！　見そなわし、おお主よ、赦したまえ！」

これを読み、また一面が空白になっている新聞の残りの記事を読み終えると、私はそこにたっぷり一時間も坐ったまま、あの娘が〝永遠〟のうちでは用のない時計と共に坐っている隅の近くの、蠟で磨いた床板に積もったわずかな紫の灰を見ていた。私の胸のうちには、この記者が書いている雲だか煙だかについて、その出現の日時、起源、性質など細かい点をもっと知りたいという一抹《いちまつ》の好奇心——それはのちに病的で貪欲なものになるのだが——以外に、何の感情も湧かなかった。そのあともっと先へ行って、数軒の家に入り、新聞はないかと探したが、見つからなかった。それから、売台を外に出して開いている新聞屋を見つけたが、そこも人が逃げてしまったのか、あるいは私が読んだ新聞の日付の頃に印刷を止めてしまったらしい。そこにあったたった三つの新聞は、それよりずっと以前の日付で、私は読まなかった。

今は雨が降っていた。風の吹き荒れる秋の日は世界のさまざまな匂いを撒《ま》き散らし、花々の香と厭《いと》わしい腐臭が混ざったものをたえまなく私に吹き送った。だが、私はさして気にしなかった。

私は彷徨い続けた。そしてトルコ騎兵や傭兵、ギリシア人やカタロニア人、ロシアの「法王」やコプト教会の首長《アプーナ》、通訳やカルムイク人、エジプトのイスラム学者《マウラウィー》やアフガニスタンの学者《ムッラ》、ナポリ人や族長《シャイフ》、奔放な姿勢、肌の色、持物や身形《みなり》、ベドウィンの黄緑色の頭巾《ケフィ》、バグダッドのショール・ターバン、女達のかさばるローズ・シルクのトーブ（中央アフリカで腹につける長い綿布片）、面沙《かおあみ》、歪んだ裸身、綾のあるモスリンの飾帯、労働者の縄、そして赤いタープーシュといった悪夢のような光景を飽きあきするほど見た。四時頃、すっかり厭気《いやけ》のさした私はとある戸口に坐り込み、雨の下で身を屈めていたが、すぐにまた立ち上がったのは、疑いなくこの一様にして変化するバザール、その偶然の取り合わせと並べ換え、単調のうちの新奇に魅せられたのだった。五時頃は〝港駅〟という駅にいた。構内や周辺にかなりの人混みがあったが、列車は一つもなかった。私はまた坐り込んで休息し、立ち上がり、また歩きまわった。六時を過ぎてまもなく、「修道院」というべつの駅にいたが、ここには二つの長い汽車があって、どちらも混んでおり、一方は側線に、もう一方は上りのプラットホームに入っていた。

両方の機関車を調べてみたが、それらはマンホールや圧力釜や給水ポンプなどがついている旧式のボイラー蒸気機関車で、今では英国を除き、西欧の国では珍しいものだった。片方の汽車には水がなかったが、プラットホームにいる汽車は、浮子棹がわずかに「浮き」の方に傾いており、ボイラーに多少水が入っていることを示していた。この汽車の機械装置を全部点検してみたところ、錆びついているが問題はなかった。燃料はたっぷりあり、油は近所の店から持って来て、足した。九十分間、私の頭脳と手は自動装置の如くひとりでに知能を働かして、仕事をした。駅と街路を三度も往復したあと、火は良く燃え、圧力計も動いた。私は安全弁──その負荷を二分の一気圧軽くした──の操縦桿を持ち上げると、跳び下りて、長い車輛の列を機関から切り離そうとしたが、失敗した。連結器が私の知らない新しい自動式だったからである。しかし、私は気にしなかった。もう真っ暗だったが、目玉ランプとカンテラ用の油はまだあったので、それらに火を点《つ》けた。私は何も忘れなかった。操縦士と火手を──車掌はいなかった──一方はプラットホームに、一方はレールの上に転げ落として、自分がかれらの持場についた。八時三十分頃、ドーヴァーから出発し、我が汽車の絞り弁は荒涼たる寂しい夜の闇に、長々と高い裏声を響かせた。

目指すはロンドンだったが、出発したその時から、胸がどきどきしていた。私は軌条《レール》のことも、接合点のことも、対向転轍機や、側線や、転轍機といった煩雑なもののことも何も知らなかった。ロンドンに向かって進んでいるのか遠ざかっているのかさえも、さだかではなかった。しかし、最初はこわごわと機関を動かしていたのが、慣れて自信がついて来るにつれて決然と、盲滅法にスピードを上げた。

初めはのろのろ進んでいたのに、しまいには途方もない速度で走っていたが、その間、何かが皮肉にささやいているようだった。「駅でも、構内でも、どこでも彼処《かしこ》でも、別の汽車が線路をふさいでいるに違いないぞ——これは狂人の疾走、死の疾走だ。〝さまよえるオランダ船〟の狂乱だ。おまえは暗い山程の乗客を引っ張っていることを忘れるな。あいつらは揺れてぶつかり合っているが、衝突した時はひどい目に遭うだろうよ」しかし、私は騾馬の如く強情に、こう考えた。「かれらはロンドンへ行きたかったのだ」そうして突き進んだが、記憶にある限り、ひどく浮かれてはいなかったし、狂ってもおらず、ただ胸のうちに邪悪で不機嫌な〝不合理〟が駆り立てる力の鈍い火照《ほて》りを感じながら、全身真っ黒になって火に燃料をくべたり、死んだ馬や牛の、走り去る樹々と田野の、そして暗い家屋敷や深い眠りに落ちた農場のぼんやりした塊が、あたかも半ば盲いた者が「樹々の如き人が歩く」(「マルコ伝」第八章二三)のを見るように、暗く濁った空気を不気味に横切って行くのを見たりしていた。

しかし、それも長くは続かなかった。ドーヴァーから二十マイルも行かないところで、前方に長々とまっすぐ伸びた線路の上、転轍標識の向かい側に、防水シートをかけた塊があるのが見えた。とたんに、心の中で無感覚は恐怖に変わった。しかし、ブレーキをかけている間も、もう間に合わないと感じていた。私は通路にとび出し、右手の土手に慌てて跳び下りようとしたが、激しい衝撃が次々と続いたので、後方《しりえ》に投げ出された。

線路の上に横たわっていた八頭か十頭の牛のせいだった。衝突の数秒前に起き上がって跳んだ時、スピードはかなり落ちていたに違いない。私は骨折もせず、地面の上の、黄色い花を咲かせた針金雀児《はりえにしだ》の茂みの中に、半ば昏睡状態で横たわっており、四十ヤード先の線路に火が燃えているのを、そして、一晩中どこからかぼんやりと雷鳴が聞こえるのさえ意識していた。

朝の五時か五時半頃、私は小糠雨の混じった薄明かりの中で起き上がり、目をこすっていた。昨夜の汽車は、倒れた車輛と傷ついた死体が積み重なって滅茶滅茶な有様だった。左手に、五つの遮断棒のついた遮断機が生垣に向かって開き、キイキイ音を立てながら揺れていた。足元から二ヤードのところに、腹が青白くふくれた小さな毛深い小型馬が、まさに死の絵姿のように倒れており、また私のまわりには濡れた小鳥の死骸がたくさんあった。

私は立ち上がり、遮断機を通り、並木道を歩いて行くと、その先に一件の家があった。田舎の居酒屋で、納屋がついて一棟になっていたが、納屋の部分が居酒屋の部分よりもずっと大きかった。私は小さい横の戸口から居酒屋に入り——バーのうしろへ行き——特別室へ入り——小さな階段を上り——二つの部屋に入ったが、誰もいなかった。それから納屋へまわってみると、そこは玉石が敷きつめてあって、死んだ雌馬と子馬、数羽の鶏、二頭の牛が横たわっていた。梯子段の上には二階の落とし戸があったが、閉まっていた。上がってみると、一面の干草の曠野《あらの》のさなかに九人の人間がいた——疑いなく労働者で——男が五人と女が四人、一塊《ひと》《かたまり》になっていて、そばに蒸留酒が少しばかり残っているブリキのバケツがあった。してみると、この連中は愉快に飲み騒いで死んだのだ。

私はかれらの間で三時間眠り、そのあと居酒屋に引き返してビスケットの新しい罐詰を開け、ビスケットとハム、ジャムと林檎の御馳走を食べた。ペミカンはもうなくなっていたからだ。

そのあと、線路伝いに歩いて行った。衝突した汽車はどちらも機関が大破していたからである。太陽の位置で北と南の区別はついた。幾度も人家や線路の土手で一服したあと、夜の十一時頃、人の多い大きな町に着いた。

デイン・ジョン庭園と大聖堂があるので、そこがカンタベリーであることはすぐにわかった。この町はよく知っていたのだ。カッスル・ストリートからハイ・ストリートへ歩いて行ったが、泣き声か呻き声のような音が、私の喉から規則正しく出て来るのに初めて気づいた。月は見えず、古い街路は非常に暗かったから、慎重に歩かねばならなかった。さもないと、足で死人を冒瀆してしまい、かれらはみな叫び声を上げて追いかけて来るだろう。しかし、ここには死体はそう多くなく、大部分はやはり外国人だった。その悲しき闇夜に、このいかにも古いイングランドの町に散らばっている死体は、神の有毒な怒りと忌まわしい荒廃の場面を呈していたので、ある場所に来ると私はすっかり参ってしまった。悲嘆と切ない啜り泣きと哀哭の声がこみ上げて来て、そこに立ち尽くし、ああ、一切に泣き声をぶつけたのである。

大聖堂の西の入口に立った時、暗い身廊の明かり窓に向かい、聖歌隊席に向かって、人の姿が変幻きわまり群をなして広がっているのが初めて見分けられた。少し中へ入り、マッチを三本点け、近くから覗き込んだ。二つの翼廊にも人が大勢いるようだった——回廊へ続く扉は封鎖されていた——南西の外玄関も人で一杯だった。してみると、大勢の会衆が、運命に襲われる直前、ここへ押し寄せて来たに違いない。

ここではっきり気づいたのだが、毒の残り香は空気中に消えなずんでいるだけでなく、死体からも多少放たれていたのだ。この教会の花の香りはあのもう一つの匂いを圧倒し、全体として、ヒマラヤ杉の箱に長く保存しておいた古い黴臭いリネンのような匂いを放っていたからである。

さて、私はその場所の奈落の底のような静寂から、足音を忍ばせて小走りに逃げ出し、近所のパレス・ストリートで、あの突然の法外な馬鹿騒ぎの一つを行った。その行為は宇宙を憤慨させるようで、そのあと私は悲しいほど気が遠くなり、衰弱し、生命を求めて喘《あえ》いでいた（汽車の騒ぎはそれとは違った。彼処《かしこ》では私は逃げていたのだが、ここでは捕囚であり、どちらへ逃げても囚《とりこ》となるばかりだったからである）。パレス・ストリートを通っている時、小さなランプ屋を見かけて、カンテラが欲しかったから中に入ろうとしたが、扉に鍵がかかっていた。それで二、三歩先へ行くと、警察の警棒が落ちていたので、引き返して窓ガラスを割った。恐ろしい音がするのはわかっていたから、十五分か二十分ほど立ったままためらっていた。けれども、神よ、あのような音がするとは――あれほど激しく、支配的で、秘密を露《あら》わすような――そして、おお天よ、あれほど長く続く音がするとは夢にも思わなかった。私はある惑星の泣きどころを突いてしまったらしく、その星は突如倒れ込み、私の耳元で蜿蜒《えんえん》と呻き、醜態を演じたのだ。店の中に入るまでたっぷり一時間はかかったが、入ると、すぐに欲しかったものと、それに大きな油差しを見つけた。そして午前一時か二時まで、我がカンテラの明滅する光は、行きあたりばったりにこの町の暗い隅々を覗いてまわった。

アスファルトで舗装した路地に架かった深く古いゴシック式の拱門の下で、荒石で出来た小さな家の小さな窓を見ると、菱形のガラスが嵌まっている二つの窓枠の間に襤褸切れがぎゅっと押し込んであった。毒を防ぐために、そこを密閉しようと考えたらしい。入ってみると、その部屋の扉は開いていたが、扉の縁《へり》にも詰め物がしてあったようだ。敷居の上に、年老った男と女が倒れていた。察するに、かれらはこうして毒から護られ、部屋に閉じこもっていたが、しまいに空腹か、空気の酸素が欠乏したために部屋を出ようとした。すると、まだ効力《ちから》のあった毒がたちまち命を奪ったに違いない。あとでわかったが、こうして部屋を密閉する便法は広く行われており、もしどこかで閉じ込めた空気と食べ物の両方が、毒がなくなるまでの期間をやり過ごせるほど十分にあったなら、成功していたかもしれない。
私はすっかり疲れて来たが、何か病的な執拗《しつよう》さに支えられて、休もうとしなかった。午前四時頃、駅に戻り、別の機関を動かせるようにするための煤《すす》だらけの作業に、孜々《しし》として取りかかった。今回は、蒸気が上がると、機関から他の車輛を切り離すことに成功し、夜が明ける頃には田野を軽快に走っていた。どこへ向かっているかわからなかったが、ロンドンを目指していた。

今は賢く用心して汽車を運転し、七日間、しごく順調に進んだ。空がうんと晴れている時以外、夜間は走らず、時速二十マイルか二十五マイル以上のスピードは出さず、トンネルは徐行した。汽車が私を連れて行った迷路がどこだったのかはわからない。カンタベリーを去ったすぐあと、汽車はどこかの支線に入ったに違いないが、駅名は記してあっても、私の役には立たなかった。ロンドンとの位置関係がわからなかったからだ。おまけに、レールに乗った汽車に幾度も進路を阻《はば》まれ、そんな時は待避点か側線へ後退しなければならなかったし、そうした場所が遠すぎるために、私の汽車から、邪魔をしている機関車に乗り換えねばならないことが二度もあった。最初の日は正午まで邪魔されずに進んで、正午になると、ひらけた田舎に汽車を停めた。そのあたりはもう何百年も人が住んでいないかのようで、ただ左手に半マイル程行ったところの木蔭になった草地に、大きな石造りの家があるだけだった。芸術的な設計の建物で、壁には着色した荒塗りを施し、赤いルアボン産の瓦屋根で、木造の破風《はふ》があった。私はまた一苦労して火を消し、新しく火を燃やすための準備をすると、その家に歩いて行った。空は明るく穏やかで、白い大きな雲が浮かんでいた。その家には表の広間と奥の広間、応接室が三つ、立派な油絵と一種の博物館、大きな厨房があった。階上《うえ》の寝室に、女中の帽子を被った三人の女と一人の従僕が、頭と頭をくっつけ、星の光のように奇妙に対称的な格好で並んでいた。立ってかれらを見ていた時、神よ、誰かが階段を上がって来る足音がたしかにしたと思った。しかし、それは風で家の中の物が微かにきしる音が、興奮し、熱をおびた聴力によって百倍も増幅されて聞こえたにすぎなかった。もう何年も〝永遠〟のこの静寂に慣れてしまったため、私はすべての音を喇叭形補聴器でもつけて聞いているようだったからである。私は下へ降り、食事をして、クレアリー水――これはブランデーと砂糖、シナモン、薔薇水でつくるもので、その家にはたくさんあった――を飲むと、奥の広間のソファーに横になり、真夜中頃まで静かに眠った。

それから、ロンドンへ行きたいという愚かな望みになおも取り憑かれていた私は、外に出て、機関を調整したのち、澄んだ黒い空の下で出発した。空には星々と遠くに撒《ま》かれた胎児《はらご》達が群れなしていたが、その中にはきっとこの私のいる世界のように、沈黙の大洋に沈められ、溺れた世界があって、たった一人の住人がそれを見、その沈黙を聞いているかもしれないと思った。長い夜の間中、私は旅を続け、停まったのは二回だけで、一度は行く手を塞いだ機関車から石炭を取って来るため、一度は水を飲むためだった。私はいつものように流水の水しか飲まないよう気をつけていた。午前五時頃、うつらうつらして目を閉じそうになるのを感じると、トンネルを出てすぐの草の生えた土手に身を投げ出した。そこは草花に厚く被われていて、東空には早暁の日が射し初《そ》めていた。そこで十一時頃まで眠った。

目醒めると、あたりはもうケント州というよりサリー州のようだった。土地がそのあたり特有の規則正しい起伏を呈していた。しかし、どちらであったにしろ、もうどちらにも似ていなかった。すでにあらゆるものが野生状態に返った様子を示していて、少なくとも一年間は、人が土地を手入れしていないことが見て取れたからである。すぐ目の前にアルファルファが異常に茂った一帯があったので、その日も翌日も植物の状態を細かく観察したところ、ほとんどすべての場所で、雄蕊《ゆうずい》、副萼《ふくがく》、果皮、雌蕊《しずい》に肥大傾向が認められた。私が見たすべての種類の球根植物がそうだった――とりわけ藺草《いぐさ》や、羊歯《しだ》、苔、地衣類、そしてあらゆる隠花植物に於いてそれが甚しく、三葉の植物、ことにクローヴァーといくつかの蔓植物に於いても同様だった。多くの穀物畑が、耕したが種播きをしていない様子だった。刈り取っていない畑もあった。どちらの場合も――これはノルウェーでも感じたことだが――私は植物の繁茂する様子に打たれ、酸化作用を防げる毒が地球を横断したあとだというのに、そんな状態であることにいっそう驚かされた。私に下し得た結論はこうだった――毒が大気の下層に大量にあったのは一時的なことで、私が見た植物繁茂の傾向は、人間がいないと自然がもっと元気に広い範囲で活動する、何らかの原理によるものである。

起き上がると、レールから二ヤード離れたところに小川が見えた。そばには朽ちた囲いがあり、小川は汚らしい澱《よど》んだ菌類の下ではほとんど流れて行かなかったが、ここで突然水がはねて、生きる物の気配がした。水に飛び込む若い蛙の後脚が見えた。私はそちらの方へ行って腹這いになり、快い音を立てて流れる澄んだ水を覗き込むと、やがて二匹の小さなブリーク(名魚)だかアブレットだかが、底の岩の揺れる苔の間を低く滑るように泳ぐのが見えた。私は自分もかれらの仲間になり、あんな風に藁を葺《ふ》いた日蔭の家に住んで、大きい目で夢を見ながら暮らせるものなら、喜んでそうするのにと思った。ともかく、この小さな魚達は生きている。両生類もだ。そして翌日気づいたが、ある種のさなぎも生きている。バトリーという田舎駅の花壇の上を、白い小さな蝶が弱々しく飛んで行くのを見て、私は深く感動したのだった。

あることが頭に浮かんだのは、そこに横たわって細流を覗き込んでいる時だった。私はこう独りごちた。「もし俺がここに独りで、独りで、独りで……独りで、独りで……地上のただ一人の人間で……俺の胴まわりが二万五千マイルも広がっていたら……俺の精神《こころ》はどうなってしまうだろう？　俺はのたうちまわって、どんな生き物になるだろう？　そうやって二年は生きられるかもしれない。その時、俺はどうなっているだろう？　五年生きられるかもしれない——十年も！　その五年が経ったら、何が起こっているだろう？　十年経ったら？　二十年、三十年、四十年生きるかもしれないんだ……」
もうすでに、すでに、私の中で顔を出し、芽を生やすものがある……！

食べ物と新鮮な流水が欲しかったので、機関車から半マイル程、アルファアルファの野原を歩いた。アルファルファはぼうぼうに生い茂って小径を隠し、私の肩のあたりまで伸びていた。丘の端をまわると、ある屋敷の庭だった。そこを通って行くと、死んだ鹿数頭と人間三人を見かけたが、やがて段になった芝生に出た。その向こうに初期英国式建築の家が建っていた。家は色の薄い煉瓦で造られ、笠石や、柱脚、石灰岩の蛇腹層、彫刻した大理石の三角小間《こま》といったものがあった。そして外玄関から少し離れたところに、長いテーブルないし長く連ねたいくつかのテーブルが戸外《おもて》に出ていて、掛けたままの卓布は、埋葬して一ヶ月後の屍衣のようになっていた。テーブルには古くなった食べ物とランプがのっており、まわりの芝生に死んだ農民が転がっていた。私はその家をたぶん版画で見て知っていたようだが、盾形の紋地は何かわからなかった。ただ単純な図柄であるから、うんと古い物であることだけはわかった。家表《やおもて》には今も常緑木でこしらえた「幾久しく」という文字がいくつか残っていたから、誰かが成年に達した祝いか何かだったのだろう。というのも、家の中はすっかりお祭騒ぎで、この人々は明らかに、もちろん前もって知っていた運命に挑んだのだ。私は厚い絨毯を敷いた広間、大理石、名高い油絵、鹿の角やアラス織り、金色に飾った大広間、落ち着いた広い寝室と、宏大な屋敷中をほとんど見てまわり、それに一時間かかった。三つ続いた大きな応接室の第一の部屋には、カドリールを踊る一団としか思えない人々が横たわっていた。一見したところ、かれらは二人一組になっており、宝石と夜会服がひどく厭らしく見えたからである。この家の中を通り抜けるには、心をしっかり持たねばならなかった。この人々は私が背を向けたとたんに、こちらを見ているのではないかという気がしたからだ。一度はあやうく逃げ出しそうになった。中央の大階段を上がっていると、すぐ上の二階の廊下で枯葉が窓ガラスに吹きつけられて、心底《しんそこ》ぞっとしたのだ。だが、一ぺんでも逃げたら、かれらはみな背後から追いかけて来て、私は表の広間へ着かないうちに、狂ってわけのわからないことを口走っているだろう。それで踏みこたえ、挑みかかるように先へ進みさえした。北翼の三階――すなわちこの家の天辺だ――にある小さな暗い寝室で、背の高い若い貴婦人と馬丁――服装からすると木樵《きこり》かもしれない――が長椅子に坐って抱き合ったまま、恐ろしく硬直しているのを見た。女は襟ぐりの大きいドレスを着て、頭に小さな冠を被っており、二人の唇のない歯は今も激しく押しつけられていた。私はこの家の階下から少し美味しい物を集めて、袋に入れた。リヨン風ソーセージ、サラミ、モルタデラ、林檎、魚卵、干葡萄、アーティーチョーク、ビスケット、葡萄酒数本、ハム、壜詰の果物、漬物、コーヒー等々と、それに金の皿、罐切り、コルク栓抜き、フォーク等である。しかし、食べる前に機関車まではるばる運ばねばならなかった。

私の頭脳《あたま》は混乱していたので、ロンドンへの行き方を見つける――やはり行きたかったのである――わかりきった方法を思いつくまでに、五、六日かかった。機関車はこの南の州の複雑な路線を彷徨い、二度も石炭のバケツで池から水を汲んで、水を補給しなければならなかった。注水機は石炭の下のタンクから水を出さなくなっていたし、近所のどこにタンク置場があるか知らなかったからである。五日目の晩、ロンドンへ着くかわりに、ギルドフォードへ着いた。

その夜十一時から翌日にかけて、イングランドを大嵐が襲った。そのことを書き留めておこう。そして十日後、この月の十七日にまた大嵐が来た。そして二十三日にも。その後に来た嵐の数を数えれば際限《きり》があるまい。それらはイギリスの嵐のようでなく、むしろ北極の嵐に似ていて、ある点で、何か人格のようなものと騒がしい悪意、そして説明し難い冥府の暗黒を思わせた。その夜、私はギルドフォードのあちらこちらを歩きまわり、へとへとに疲れたあと、古いノルマン式建築の教会で、クッションを敷いた信徒席に身を投げ出した。この教会は東側に二つの後陣があり、聖マリア教会といった。私は聖書を置く台蒲団を枕にし、少し離れたところに小さなブリキのランプを焔を弱くして置いた。これは一晩中終夜灯として役立った。幸い、注意してどこも閉めきっておいたが、さもなければ屋根が吹き飛ばされていただろう。死者はそこにただ一人、内陣の北側の礼拝所に老婦人がいるだけだったが、私はこの死人を少し疑っていた。私はそこに横たわり、耳を澄ました。凄まじい大嵐が外に荒れ狂っている間は、結局、一睡も出来なかったのだ。そして、自分自身と語り合いながら考えていた――「神よ、哀れな人間の私はこの無限の聚合と世界の大渦の中に迷い込んで、一体どうなってしまうのでしょう？　私は旋風に玩ばれて固い地面の上から、暗い、ああ、暗い荒涼たる虚空の百万尋《ひろ》の深さに放り込まれたのです。私も他の死者達と一緒に死んでしまって、〝言うべからざる者〟の怒りと大荒れを見、〝永遠〟の風の戦慄すべき物凄さを聞かない方が良かったのです。かれらが悲しみ、憧れ、すすり泣く時、また大声でわめき、冒瀆の言葉を吐く時、諫《いさ》め、陰謀を企み、哀願する時、そして絶望し、死ぬ時、人間の耳はけしてそれを聞くべきではありません。というのも、私は知っていますが、かれらは――こうした巨人の如き闇達は私を食い尽くすつもりなのです。私ももうじき風の一吹きのように消え去り、この世界をかれらに残すでしょう」私はそうやって翌朝まで、ブルブル震え、竦《すく》みながら、横たわって泣き言を言っていた。嵐の衝撃が戸締まりした教会に浸透し、私の心臓に達していたし、その夜は、神よ、地獄の遠い丘の頂きの間に交わされる呼び声や笑い声や冷やかしのように、雷が鳴り渡っていたからである。

さて、翌朝ハイ・ストリートの急坂を下りて行くと、坂の下に一人の若い尼僧がいた。彼女は前の晩、制服を着た大勢の若い娘と共に、ギルドホールの向かい側に――通りを半ば上がったところにいたのである。坂を転げ落ちたに違いない。風が西から吹いていたからだ。昨晩は服を完全にまとって、面紗《ヴェール》をかけ、数珠を持っていたが、今は裸同然になり、尼僧たちの小さな集まりは散りぢりになっていた。あの荒れた朝は、木の枝や、壊れた家や、キリキリ舞いする枯葉の群が到る処にあった。

このギルドホールの町は驚くほどたくさんの鉄道路線の接合点のようだった。午後、風が収まってからふたたび出発する前に、私は『ABC鉄道案内』と路線地図を手に入れて、行くべき路線と新しい機関車を決め、ロンドンまではほんの三十マイルだから、もうすぐ着くと確信した。それから出発し、五時頃、私の目的地に近いサービトンにいた。二、三分ごとに今にもあの大都市が見えるかと思って、進み続けた。やがて闇が下りたが、それでもかなりの危険を冒して、先へ進んだ――つもりだった。しかし、そこにロンドンはなかった。実は環状線に乗っていたのだ。そしてサービトンでも行先を間違えた。次の晩、私はワーキンガムにいて、今までよりもロンドンから遠ざかっていた。

私は「薔薇亭」という宿屋の廊下で、敷物の上に眠った。その家のベッドには荒くれたロシア人のような出っ歯《ぱ》の男が寝ており、その風貌が気に入らなかったからだ。それに時間も遅く、疲れていて、もう歩けなかった。翌朝かなり早くまた出発して、午前十時、レディングに着いた。

海上と全く同じ方法で陸を行くという考えは、単純で自然だったにもかかわらず、まったく思いつかなかった。しかし、レディングの川ほとりの小さな店の飾り窓で羅針盤を偶然見た時、世界のどこでも行きたい場所へたどり着くことに関する困難は、これを限りに消え失せた。なぜなら、良い路線図か地図、羅針盤、コンパス、また遠くへ行く場合には四分儀、六分儀、あるいは経緯儀、それに紙と鉛筆があれば、機関車を陸を行く船にすることが出来て、線路が自分の行きたい方向へ正確に伸びていない時は、一番近くへ行く線路を選ぶことが出来るからだ。

こうした道具を取りそろえて、晩の七時頃レディングをあとにした。ここには九時間ばかりいたが、空はまだ明るかった。私はこの町で初めて人間が殺到した恐ろしい光景を目にしたが、その後、ロンドンより西の大きな町では、どこでも同じ光景に出会った。ここではたぶんイギリス人と外国人の数が同じで、ああ、どちらも十分いたのである。ロンドンから押し寄せて来た人間が大勢いたに違いないから。家々には、どの部屋にも階段にも死人が重なり合っていたし、家の前の通りには、死体を踏んで行くか、乗り物の下を潜らなければ歩けない場所が点々とあった。大きな州立監獄の中に入ってみた。囚人は二週間前に解放されたと例の新聞で読んだが、ここも人間がぎゅう詰めで、監房には人が十人から十二人おり、通廊には人間の顔や頭や、古着屋さながらの衣裳が隙間なく敷き詰められていた。中庭では、塀の一つに、人間をつくる材料の塊が、襤褸切れと滴る黒血《くろち》の混じった粘り気のある灰色の粘土のようになって引っついていたが、そこでは水力か何かの圧しつぶす力が働いたに違いない。この町のビスケット工場に近い門と塀の間の隅に、盲人だったとおぼしい少年が挟まれて立っていた。手首には犬の鎖についた輪を嵌めていて、鎖の先に犬がいた。そのでたらめな姿勢から察するに、少年と鎖と犬は今月七日の嵐によって街路から持ち上げられ、そこに嵌まり込んだのだろう。いかにも奇妙なのは、少年の右腕が犬よりも少しこちらへ伸びていて、最初見た瞬間は、酔漢が私に犬をけしかけているように見えたことだ。私が見つけた死人はみなひどく打ちのめされ、裸になって、いくつも塊《かたま》っていた。大地が街路を掃き清めようとして、失敗《しくじ》ったように見えた。

さて、レディングから少し離れた場所に大きな花の種の農場があったが、いくつかの小区画では草が枯れており、別の小区画ではすっかりはびこっているように見えた。ここでも二羽の小さな蛾が夕暮れの静かな空気の中で、機関車のすぐそばを羽ばたいていた。私は先へ進み、下りの線路に停まっているたくさんの混んだ列車とすれ違った。そのうちの二つは衝突して大破し、一方の機関は爆発していた。線路の左右の野原や切り通しすらも、いくらか人が多いように見えた。まるで汽車や乗り物が使えなくなった人々が、列をなし人波となってトボトボ歩き始めたかのようだった。スラウの近くの長いトンネルにさしかかると、拱門の下のところに、異様に大量の木の破片があった。ごくゆっくりとトンネルを抜けて行くと、汽車が絶間なく物に突きあたるのに驚いたが、死体の上を通っているからだとわかった。向こう側の出口にはもっと多くの破片があり、その理由《わけ》は容易に推測された。一群の絶望した人々がトンネルの両側の口を空気が洩れないようにふさいで、食料を備え、運命の日が過ぎるまでそこで生きのびようとしたのだ。ところが、上りの列車が来てバリケードは押しつぶされ、人々も押しつぶされた――あるいは、他の群衆が避難所の洞穴に入ろうとして、やみくもに板張りを襲ったのだ。あとでわかったが、後者はごく普通の出来事であった。

もう今にもロンドンへ着きそうだったが、悪運のために、軌条の上で長い上り列車と出くわした。その列車はどの部分にも、誰も乗っていなかった。私は荷物を持ってそちらの機関車に乗り換えるしかなく――機関車は良好な状態で、石炭も水もたっぷりあった――うんざりする仕事に取りかかった。私はすでに髪の毛から爪先まで真っ黒になっていた。ところが、十時半頃、パディントン駅からほんの四分の一マイル程のところで、またも別の汽車に行手をさえぎられ、そのあとの道は汽車の間を歩いて行った。汽車の中には死体が隣の死体に支えられて今も立っており、レールには死体が、海の波か森の小枝のように、ありきたりな、つまらぬものとして横たわっていた。取り乱した群衆が動く汽車を徒歩で追いかけたか、汽車を止めようという狂った希望を抱いて、その先にまわったのだと思う。

私はガラスと梁《はり》の大きな置場と化した駅に着いた。物音一つしない夜で、空には月も星もなく、時刻は十一時頃だった。

のちにわかったが、発電所はすべて、あるいは私の行ったところはすべて無傷だった。すなわち、破滅が訪れる前に閉鎖されたに違いない。ガス工場も少し前に放棄されたことはほとんど確かだった。従って、この恐るべき夜の街は——〝沈黙〟がその息を止めた時、四千万から六千万を下らない人間が群がり、唸っていたのだが——私の空想がたとえられる如何なるものよりも、奈落《タルタロス》と地獄の汚らわしい亡霊達に似ていたに違いない。

というのも、プラットホームに近づいてわかったが、汽車が動き出すためには、うしろから突き落とされた肉体の泥沼を走り抜け、軌条の上に圧しつぶされた同質の塊をつくらねばならなかったに違いない。そして、実際に動いたのだということがわかった。私も今、死体の中を渡ってゆく決心をつけない限り、動けなかった。死肉が到る処にあったからだ——列車の屋根にのり、列車の間に挟まり、プラットホームにあり、水しぶきのように柱にはねかかり、貨車や荷馬車の上に積み重なり、まさしく肉の泥沼だった。外ではそれがおびただしい乗り物の間を埋め、ロンドンのその地域一帯を覆っていた。そして、ここではあの花の香りが——一隻の厭らしい船の上を除いて、これまでどこでも弱まることはなかったのに——別の匂いにすっかり掻き消されていた。神よ、私が思ったのは、もし人間の肉体が私に嗅がせたあの匂いを、彼の魂が天に送ったのだとしたら、こういうことが起きるのもさほど怪しむに足りないということだった。

私は駅から出たが、神ぞ知る、〝無音〟の黙《もだ》せる不在の空虚に慣れた私の耳は、このろくでもない町の平常《ふだん》の騒音を今も待っていた。しかし、私は新たなる畏怖に圧倒され、いっそう激しい悲しみに茫然となった——

私の知っている長い街路に照明と商売はなく、長いこと人跡の絶えたバビロンよりも暗い闇が垂れ込めているのを見、昔の喧騒のかわりに、神よ、衝撃的な沈黙が、いまだかつて聞いたことがないほど高く立ち上がり、天のうつろな永遠の星々の沈黙と融《と》け合うのを聞いたからだ。

しばらくの間は、何の乗物にも乗ることが出来なかった。その辺にあるものは皆、事実上ただの塊だったからだ。しかし、車輪の間を前屈みになり、汚い足場を気をつけて歩き、ハイド・パークまで辿り着くと、近所で一台のダイムラー社の車を点検した。その車には二つのガソリンを入れるシリンダーがあったので、点火ランプを点け、顔をそむけて死体を三つ片づけ、乗り込んで、あの人の多い街の静寂を破った。どこもかしこも死体だらけの街路を通って、ガタガタ揺れ、泥をはねかし、ブンブンと音を立てながら、一路東へ進んだ。

あれほどの苦労をしながら、この果てしない地下墓地《カタコンベ》へ来ることに固執したのは、今となっては奇妙なことに思われる。この頃には、私も地上に自分の同類が見つかると期待するほど愚かではなかったからだ。もっとも、まだどこかに友達になってくれる犬か猫か馬が見つからないかという馬鹿げた希望は抱いていて、自分の手で撃ち殺した北極探検隊の犬ラインハルトのことをやるせない気持ちで思い出すのだった。だが、本当は、知り得る限り、推測し得る限り出来事の真相を読み取り、その劇すべてと、揺れる杯と、神の憤《いきどお》りの鉢（「ヨハネ黙示録」十六の二）の中味が注がれたさまを――そうしたことは、〝時〟の終わりが到来するに先立って起こったに違いないのだ――ながめて悦に入りたいという病的な好奇心に終始突き動かされていたに違いない。こうした穿鑿心があったので、町へ着くと、まず第一に新聞を探したのだったが、運悪く四つしか見つからず、それも全部ドーヴァーで読んだ新聞より日付が前のものだった。それでも、それらの日付を見ると、印刷が終了したに違いない日にちが大体わかった。それは七月十七日よりもすぐあと――私が極地に到着してから約三ヶ月後――だったはずである。これより後に発行された新聞は見つからなかったからだ。新聞には科学的な内容の記事は載っておらず、祈りと絶望の言葉があるばかりだった。そこで、私はロンドンに着くと早速「タイムズ」紙の事務所へ向かった。途中、オックスフォード街の薬屋で鼻にあてがう消毒剤の壜を取って来たが、パディントンの近辺を離れると、これはあまり必要がなかった。

くだんの新聞が印刷される広場へ行くと、そこでも頭巾《カルパック》やパグリー（インド人が用いる軽いターバン）、黒い袖無し着や房飾りのついたタリス、鋲釘を打った靴やサンダル、模様つきの腰巻《ランギ》（インドの腰布）や縞の絹などが、ひどくごちゃまぜになり、打ちのめされて、地面を被っていた。暗い広場からその倍も暗い建物へ行くと、広告会社の扉が開いていた。しかし、マッチを擦ると、そこは電気の照明をしていたことがわかったので、覚束ない足どりで引き返し、近くの小路にあるランプ屋へ行かねばならなかった。その間、私は誰も傷つけないようにおっかなびっくり歩いていた――この囲われた一画では奇妙なゾクゾクする感じを覚えたので、ずっとマッチを擦り続けていたが、真っ黒な空気は静かで、マッチの火が揺れることもなかった。

明かりのついた小さなランプを持って建物に戻るとすぐ、机の上に書類棚が見つかった。そこには死人が大勢いて、私は独りになりたかったから、重たい書類の山を左の小腕に抱え、右手にはランプを持ち、とあるカウンターのうしろへ行った。それから右手の階段を上ると、その先は非常に大きな建物で、木の段や廊下が複雑に入り組んでいた。そこを覗いて歩いたが、持っているランプが目に見えて震えた。ここにも死人達がいたからである。しまいに絨毯を敷きつめた広い部屋に入った。部屋の真ん中にベーズを張った机と大きいすべすべした椅子があり、机の上には紫の埃のかかったたくさんの原稿が、まわりの棚には本があった。一人の男がこの部屋に鍵をかけて閉じ籠もっていたのだ。フロックコートを着た背の高い男で、先の尖った白い顎髭を生やしていた。彼は最後の瞬間に、ここから逃げる決心をしたのだ。敷居際に倒れていて、扉を開けたとたんに死んだようだったから。私はこの男の足を引っ張ってわきへ片づけると、やはり扉に鍵をかけ、埃まみれの書類を前にしてテーブルに着き、小さなランプをそばに置いて、調べ始めた。

書類を調べ、読んでいるうち、真夜中を過ぎた。だが、神ぞ知る、〝彼〟だけが……

私は小さな油壺に油を満たしておかなかったため、午前三時頃になると、火が急に弱くなり、火花が出て、ガラスが灰色になった。私は冷たくなった胸の底で問いかけた。「もし日が射す前にこのランプが消えたら……」

私は北極も、寒さも良く知っていた。しかし、恐慌に駆られて凍りつくことは、ああ！　私は読み、調べて、やめなかったが、その夜は、かつて人間の胸に入って来たことがないような恐怖に苛《さいな》まれながら読んだのである。私の肌は微風があちこちに小波《さざなみ》を立てる湖のように動き、ムズムズした。時には二分、三分、四分、読んでいる物への深い興味が心を強くとらえることもあったが、そのあとは記事を一つ二つ読み通しながら、たった一つの言葉の意味も意識しなかった。私の脳は周囲《まわり》にいる青ざめた数知れぬ死者の群に引きつけられ、かれらが急に立ち上がって私を咎めはしないかという恐怖に突き刺されていたからだ。この世界は墓場と蛆虫だった。空気中には、蠟引き布と経帷子が気味悪くそよいでいた。そして色青ざめ、実体を持たぬ灰色の幽霊達の味が喉に染み込むようで、忌まわしい墓の微かな匂いが鼻孔に、重い弔鐘の音が耳にしみ入るようだった。しまいに、ランプの火がくすぶって非常に弱くなると、私の奇怪な空想には、棺に螺子《ねじ》を締めて蓋をする場面、墓地の門と寺男、死者を穴へ下ろす縄のこすれる音、あの窮屈で暗い人間の住処の蓋に最初に土がかけられる音が満ちあふれた。冷たい死人の指の恐ろしい様子が目の前に見えるようだった——死せる舌のだらしのなさ、溺死人のふくれた口、その唇を縁どる気の抜けた泡が——そのうち私の肌は、死体安置所や霊安室の古くなった洗い水や、死体の掻くような汗や、死人の頬に流れる甘ったるい涙に濡れたように、じっとりしてきた。というのも、一匹の哀れな取るに足らぬ生身の人間が、肉体を離れた全世界の人間を相手にして何が出来よう？　たった一人でかれらを相手取り、こちらの言い分を聞いてくれる同類はどこにもいないのに？　だが神は、神は知る……もしも私がゆっくりと慎重に、あたりを憚《はばか》るようにめくる紙の一枚が、ほんの微かなサラサラという音を立てたなら、その起床喇叭は、神よ、私の哀れな痛む心臓の、空虚で魔に取り憑かれた心房《へや》にどんな轟音を鳴り響かせるであろう！　私はもうひどく長い間、咳《せき》を我慢していたが、その咳がついに恐ろしい音を立てて唇から破裂し、血の奥にまで冷気のうねりを送った。私が読んだ言葉には、のろのろと進む霊柩車の幻や、泣き叫ぶ声や、陰気なクレープの喪章や、奇妙な土中の地下納骨所に響くつんざくような狂気の叫び、暗黒の〝死の谷〟のあらゆる悲嘆、そして腐敗の悲劇が入り混じっていたからだ。その夜の気味の悪い時間に二回、何かが――いとも恐ろしく沈黙した存在が――私のすぐ右側に立っているという絶対の否定し難い確信が私を戦慄させ、私はとび上がって、拳を握りしめ、恐怖と錯乱に髪の毛を硬く逆立てて、そいつに直面しようとした。その二度目の時のあと、気を失ったに違いない。日が高く昇った時、私は書類の上に両腕を投げ出し、その上に首を垂れていたからである。その時、日没後には二度と如何なる家の中にもいるまいと決心した。あの夜は馬を殺すに足り、神よ、これは幽霊に取り憑かれた惑星であることを知っているからである。

「タイムズ」に書いてあったことはあまり明確ではなかった。どうして明確であり得よう？　しかし、全体として、私自身が引き出した推論を裏づけてくれたので、私の心はかなり満足した。

紙上で私のかつての共著者スタニストリート教授とマーティン・ロジャーズ博士が大論戦を繰り広げていた

が、あのように無作法なやりとりは、以前なら想像することも出来なかっただろう。あの二人のような人間がお互いを「初心者」「夢想家」と呼び合い、ある個所では「阿呆」と呼んでいたのだ。迫り来る雲からアーモンドの芳香がするというのは、それを報告した逃走者の興奮した空想にすぎないとスタニストリートは主張した。なぜなら、シアンもシアン化水素もフェロシアン化カリウムも火山から噴出したとは聞いておらず、移動する雲が生命を奪うのは、一酸化炭素と二酸化炭素のせいでしかあり得ないからであると。これに対し、ロジャーズは、異常な興奮の目立つ記事で、こう反論した。たとえ化学や地質学的現象の「初心者」(!)といえども、シアン化水素が通常火山から発生しないなどという内容を性急に活字に付すことがどうして出来るのか、理解に苦しむ。シアン化水素が過去に発散されて来たことは確かである。もっとも、過去にそういう事例があったか否かは、現在それが発散されているかどうかを論理的に考える者の決論を左右するものではないが。というのも、彼《か》のシアノゲンは自然界にけして珍しいものではなく、直接発生するものではないが、坑口炭《ピット・コール》が通常抽出される際の産物の一つであって、草木の根や、桃、アーモンド、そして多くの熱帯植物のうちに見つかる。また、複数の思索家がありそうだと指摘していることだが、シアンのある種の塩《えん》、カリウムあるいはフェロシアン化カリウム、あるいはその両者は、火山活動が起こる深さの地中には相当量存在するに違いないと。スタニストリートはこれに反論し、二段にわたる記事で「夢想家」という言葉を使い、ロジャーズは、ベルリンがすでに沈黙させられてしまった時、「阿呆」という驚くべき言葉で最後に答えたのである。

しかし、私が考えるに、科学者の意見の中で群を抜いて学識深く明快なものは、少し意外だが、ダブリン科学技術局のスロゲットのそれだった。彼は避難した目撃者の陳述を冷静に受け入れ――渦巻いて移動するあの雲は倦怠い紫の焔の舌を持ち、縁《へり》が薔薇色をしているいくつもの雲と底部から混じり合っているように見えた、という話まで認めた。スロゲットの説明によれば、これは青酸と青酸ガス両方に特徴的な焔だという。それらは燃えやすいので、街々の上を通過する際、部分的に発火したのかもしれないが、もちろん二酸化炭素と混じっていたに違いないので、その大きさのために限られた、不活発な燃え方しかしなかったのだろう。暗い紫がかった色はトラップの岩石、すなわち玄武岩、緑色岩、粗面岩、そして種々の斑岩の岩滓《がんし》を大量に含んでいるためである、と。この記事がかくも明確な予言をしていることは、何とも驚くべきであった。なぜなら、それが書かれたのはたいそう早く――実際、オーストラリアと中国との電信が途絶えてまもない頃なのである。それに、スロゲットはかくも早い時点で、この惨禍の性質が、おそらく南洋地域で起こった火山の爆発――クラカトアのような、しかし、もっとずっと大きい――だと言ったのみならず、そのもっとも効力のある生成物は一酸化炭素ではなく、フェロシアン化カリウム（K_4FeCn_6）に違いないとも指摘している。後者は爆発の熱で硫黄の生成物と共に蒸溜の過程を経て、青酸（HCn）を産出した。スロゲットが言うには、この揮発性の酸は、温度が摂氏二十六・五度以上の地域ではどこでも蒸気の状態にとどまるから、もし爆発が十分に強力であれば、全地球に影響を及ぼすかもしれない。主に地球の西から東への回転とは反対の方向に移動し、たしかに影響を免れるのは寒い北極圏のみで、そこでは酸の蒸気は液体となり、雨として降るであろう。彼は植物が恒久的な影響を受けるとは――爆発が相当の長きにわたり、激しければ別だが――予想していなかった。青酸の毒性は酸化作用を突然、完全に止めることにあるのだが、植物は生命の源を二つ持っているからである――土と空気だ。これだけを例外として、全生物が、進化のもっとも下等な形態に至るまで、地球がふたたびかれらを生み出すまで消え去るであろう（この点、彼の説は少し間違っていた）。その他の点について言うと、彼は迫り来る雲の速度を一日百マイルから百五マイルと計算し、爆発の日は四月十四日、十五日ないし十六日と――すなわち、「北風号」の一隊が北極に到着してから一日、二日、三日後と算定していた。そして、結論として言うことには、もしも事実が自分の述べた通りであるならば、人類の隠れ場所となるべきところは思いつかない。但し、鉱山とかトンネルといった場所が密閉出来れば別であるが、そうした場所も、空気が有毒な状態がごく短期間に終わらない限り、まとまった数の人間の役には立たないだろうと。

私も鉱山のことは考えていたが、非常に無気力にであった。しかし、この記事や他に読んだものが、私の脳をその考えでぴしゃりと打った。「もしどこかで人間が見つかるとしたら、そこでだ……」と私は言った。

その朝、私は腰の曲がった年寄りのような気分で、あの建物を出た。一夜のうちに垣間見た名状し難い恐慌の深淵が私をひどく弱らせ、足はよろけ、頭はクラクラしていたからだ。

ファリンドン街に出ると、四本の街路が集まる近くの円形広場《サーカス》からは、見渡す限り、四つの累々たる屍の野が続いているばかりだった。死骸はあらゆる褪せた色の襤褸をまとい、半裸のものも、一糸まとわぬものも多くあって、折り重なって倒れているのはレディングで見たのと同様だったが、ここでは顕著に骸骨の様相を呈していた。餓死した人間の腫《は》れ上がったような肩、尖った尻、凹《へこ》んだ腹、硬ばった骨と皮の手脚があって、全体が倒れた操り人形の不気味な戦場といったグロテスクな雰囲気を有していた。各種のおびただしい乗物がこれらの死体と混じっていたので、かれらの間を車で走って行くことは無理だと思った。一方、夜の間に通った街路にはあまり障碍《しょうがい》がなかった。私はどうするべきかちょっと考え、それから、平行して走る裏道を通って、ストランドにある一軒の店の前に出た。そこなら、この国の発掘について必要な情報が全部見つかると期待していたのだ。店には鎧戸が閉められており、まだ十時頃で、明るい朝だったけれども、私はこの人々の間であまり大きな音を立てたくなかった。それに、中に入るのは容易だった。近くの大きな、覆いをかけた引っ越し用トラックに金梃子《かなてこ》があったからである。そこで私は北へ向かって行き、やがて大英博物館に来た。ここの分類法は良く知っていたから、中に入った。図書室の入口には私を止める人間もおらず、円形の大閲覧室には、喉に甲状腺腫の垂れ下がっている老人がただ一人、眼鏡をかけて、書棚のそばの梯子に寄りかかっていた——最後まで「読者」だったのである。私は印刷された目録のところへ行き、一時間程、階上で、この静謐《せいひつ》な場所の小暗い神聖な陳列室の間にいた。そして、ある種のギリシア語やコプト語のパピルス、勅許状、印章を見ていると、神よ、たとえ天使のペンでも紙上に半分も書き表わせないような、この古き地球の夢を見たのだ。そのあと、山程の陸地測量図を、地形学の本三冊と一緒に、手荷物預り所で見つけた鞄に詰め込んで、持ち去った。それから、ホーボーンにある器械製作所で六分儀と経緯儀を手に入れ、川の近くの食料品店で一、二週間分の食料を麻袋に詰め込んだ。ブラックフライアーズ橋の波止場へ行くと、二、三トンの小型で洒落た白い蒸気船があった。幸い、これは液体空気で稼働するものだったので、面倒な火を焚かなくても済んだ。正午には、独りテムズ川を上っていた。大昔、古代ブリトン人が生まれて、この川を見、原始の森に囲まれたこの地に泥の小屋を建てた。その後ローマ人がやって来て、この川を見、タメシスと呼んだが、川はそれ以前と同じように今も流れていた。

その夜、リッチモンドの島の蔭に小船をつけて、船室のクッションの上で眠っている間に、ありありとした夢を見た。夢の中で何かが、あるいは誰かがやって来て、質問した——「おまえはなぜ別の人間を探すのだ？——とびかかってキスするためか？　それとも、とびかかって殺すためか？」夢の中で私は不機嫌に答えた。「殺したりはしない。誰も殺したくない」

今、私にとって肝要な問題は、自分が本当に独りきりなのかどうかを確かめることだった。本能が私にささやいていたからだ。「それを確かめろ。はっきりさせろ。その確信がなければ、おまえはけして——おまえ自身になれないからだ」

私は大ミッドランド運河に入り、北上して、ゆっくりと進んだ。急いではいなかったからだ。天気は依然非常に暖かく、このあたりは今もおおむね秋の木の葉をまとっていた。イングランドへ戻ってから目撃した大嵐の凄まじさについては記したと思うが、凪《なぎ》もそれと同じくらい張りつめていて、今までにないものだった。それは厭でも気づくことで、驚かずにいられなかった。今は中間というものがないようだった。風が吹けば嵐になる。嵐でなければ木の葉一つそよがず、西風が水の面を乱すこともない。笑うかと思うと譫言《うわごと》を言うが——けして微笑んだり、嘆息《ためいき》をついたりしない狂人のことが思い出された。

四日目の午後、レスターを通り過ぎて、翌朝地図と羅針盤を持って快適な船から上がり、小さな駅で機関車に乗ると、ヨークシャーへ向かった。そこで愚かにも二ヶ月間、ぶらぶら無為に過ごした。時には蒸気機関車で、時には自動車で、時には自転車で、また時には徒歩《かち》で、秋も過ぎるまで旅してまわった。

ロンドンには特に行きたい家が二つあった。一つはハーリー街に、一つはハノーヴァー広場に。しかし、いざとなると、行けなかった。ヨークシャーには私の生まれた小さな樹蔭の家があり、行ってみようかとも思ったが、行かずに、何日もこの州の東半分に留まっていた。

ある朝、ブリドリントンからフランバラまで海辺の崖に沿って歩いている時、ふと海からふり返ると、目の前にある物を見て、束の間深い驚愕に打たれた。そこにあったのは一軒の邸宅で、樹々に囲まれ、崖から三百ヤード程離れていた。敷地の一番低まった場所に小径があり、ちょうど私の真ん前に「侵入者は告訴する」と書いた看板が立っていた。とたんに、私は——それまで感じたことのない——狂おしい欲求にかられた。笑ってやりたい、大声で笑いたい、愉快な笑い声を白堊の溝に谺させて、朝の空気の中を遠くまで伝えたいという欲求だったが、私はそれを抑えた。しかし、大地の一部が自分のものだというけちな錯覚に陥っている、この哀れな男に微笑を禁じ得なかった。

ここの崖はおそらく七十フィートの高さがあり、上の粘土層があちこちで断層によって途切れていた。ずっと登って行くと、白堊の崖にいささか恐るべき溝があるのに出くわした。私はそこを這って下り、這って登らねばならなかったが、やがて大きな堤ないし障壁に突きあたった。それは大きな岬を横切って広がり、自然の渓谷を背にしていたが、疑いなく、昔侵入して来た海賊が塁壁として築いたものだった。かれらは命がけの格闘をしたが、今は他の人間と同様、滅んでしまった。さらに先へ行くと、崖の中の入江に出た。そこには、水際の斜面にたくさんのボートが置いてあって、勾配は急だったが、かなり高いところに置いてあるボートもあった。斜面の内側の方に、石灰を焼く竈があったので調べてみたが、人は誰もいなかった。入江の向こうの側に出ると、木の生えていない土地に村があり、村はずれに古い塔があった。私は小さな宿屋の台所で一時間休息したあと、その村から沿岸警備隊の駐屯地に、そして灯台に出た。

ここの灯台守達は、東の海を見渡した時、茶色と紫が渦を巻いて、おそらく小さい焔の舌も混じっている厚い雲が、頭を高空の雲の中にさし入れ、水の上をゆっくりと歩いて来るさまを見たに違いない。この岬はロンドンときっかり同じ経度に位置するからだ。そして、「タイムズ」に記されているように、あの雲がドーヴァーからカレーの向こうに見えた時刻から計算すると、ロンドンとフランバラは七月二十五日日曜日の午後三時を過ぎてまもなく、雲に襲われたはずである。白昼、かくも陰鬱な破滅を——予言されてはいたが、たぶん最後まで希望は持っていたであろうに、それがついにやって来て——目にした時、灯台守達はわめきながら逃げ出したに違いない。かれらがそれまで義務を果たしていたとすれば、の話だ。ここには誰もいなかったし、村にも人はほとんどいなかった。この灯台は白い円塔で、八十フィートの高さがあり、崖の端に立っているが、中に訪問者が名前を書く帳面があるから、私は白黒でここに何か書こう。ただ神と私だけの秘密だからだ。記帳者の名前を二、三読んでから鉛筆を取り、そこに自分の名前を書いた。

岬の前の岩礁は四分の一マイルも広がって、その時、干潮だった海の中にくっきりと姿をあらわしていた。水が遠くまで引いていたため、海がこの海岸をどれ程押し返したかがわかった。岩礁には難破船が三隻刺し貫かれていて、すぐ近くに一隻の大きな汽船が、すでにさまざまな物がまき散らされている海の最初の動きが止むのを待っていた。断崖から北はスカーバラ城が立つ絶壁まで、南は遠くに霞むホルダーネスの低い海岸まで、私をここへ連れて来たあの裂け目や洞穴が見えたが、人がバリケードを張ろうとした形跡はなかった。しかし、私は南側の険しい斜面を下りて、波が運んだ白堊の塊が散らばっている荒れ果てた浜に出た。そこにいた時ほど、自分をつまらぬ、ちっぽけな物に感じたことはなかった。まわりには遠くはるかに伸びた岩山の入江があり、その絶壁の下は、貝殻やフジツボや厭らしい藻類の腐りかけた古いかさぶたに被われていて、もっと上の方は、汚れて風雨に荒らされた白い壁だったが、岩がある場所はまったく白堊質に見え、別の場所は汚れた大理石のように硬質に鈍く光っていた。一方、海岸が大きく引っ込んだところには暗い溝や洞穴が口を開《あ》いていた。ここをその朝散歩した時、小さなヤドカリ三匹とカサガイ一つ、それにニニコック貝二つを、髭の生えた岩の下の海藻の多い水溜まりに見つけた。ここでも、また上の方でも、到る処で、ロンドンや他の町でさえ私を驚かせたのは、地面に散らばっている鳥の信じ難い程の数だった。場所によっては本当に雨のようで、熱帯の種を含むあらゆる種類の鳥がいた。それで私はこう結論せねばならなかった——鳥達もまた国から国へ、あの雲の前を逃げてきたが、しまいに疲労と嘆きと、そして死に打ち負かされたのだと。

タマキビ貝がびっしりついた岩を登り、塩水のきつい臭いを放つちぎれた海藻が茂る水びたしの広がりをピシャピシャと渡って、最初の溝に入った。狭く、長い、曲がりくねる溝で、両側は海の波に磨かれ、底は内側へゆくほど次第に高くなっていった。暗い内部に入ると、マッチを擦った。海が暗礁の岩の間を重く断続的に打ちつけ、押し込む音が外からまだ聞こえるには聞こえたが、かすかだった。ここでは死人にしか出会わないことはわかっていたが、好奇心に駆られて、深さ三フィートのからみ合った海藻の中を渡り、端まで調べた。だが、誰もおらず、白堊の中に箭石《やいし》や他の化石があるだけだった。私は岬の南にある溝をいくつか調べ、それから岬を越えて北へまわり、もう一つの空地とボートの停泊所へ出た。地図によると、ここにはノース・ランディングという名がついている。今も、蟹漁師や鰊の漁師が置いて行った魚の臭いがはっきりと感じられた。先へ進むにつれて、たくさんの小湾や入江が現われた。崖っぷちのいくつかの部分では、色の薄れた緑の芝生が湾曲してなだれ落ちて来て、ちょうど額に絆創膏をはった若い兵士の、真ん中で左右に分けた髪の毛のようだった。孤立した白堊の塊はおびただしく、方尖棟《オベリスク》や、頭でっかちな柱や、稜堡のような形をしていた。ある個所では八つの岬が眼前の世界の果てまで伸びていて、そのひとつひとつがノルマン式あるいはゴシック式の、完全な、または半分だけの拱門に貫かれていた。ここにも洞窟がいくつもあり、その一つの中で、パンのような濡れたドロドロした物の詰まっている絨毯地の旅行鞄と、岩にくっついたトルコのターブーシュ（一種の帽子）を見つけた。また、石灰岩の石切り場に驢馬が五匹死んでいたが、人間はいなかった。人々は東海岸を避けたらしい。午後になってやっとファイリーに着いたが、ひどく疲れていたので、そこで眠った。

　私はさらに機関車で海岸沿いにホイットビーとミドルズブラの周辺の鉄鉱石、明礬《みょうばん》、黒玉が採掘される地域まで進んだ。ゴールズバラの小さな町に近い脇道を通って、ケトルネスの海岸へ行き、とある入江の真ん中に辿り着いた。そこには〝鬼の穴〟と呼ばれる洞穴があり、そのまわりには、黒玉の採掘者や石切り工が掘った、さほど深くない穴が到る処にあった。一つの洞穴には小さな牛の群が横たわっていたが、何の目的でそこに入れたのかは想像もつかなかった。黒玉を掘る穴には何も見つからなかった。それより少し南へ行ったあたりは、サンドセンドと同じように主要な明礬地帯だったが、一つの現場と地面に空いたクレーターのような大穴——そこでは青色石灰岩が切り出されていて、明礬頁岩の山と、粗朶《そだ》の山、それに青色石灰岩から抽出したセメント団塊の堆積があるだけだった——を見たとたん、ここにはとても隠れる場所はないと結論した。そのあとも二つそうした大穴を見たが、わざわざ見に行ったのではなかった。私はホイットビー周辺と、あの荒涼たる荒野《ムーア》から、私の故郷から遠くないダーリントンへ進んだが、その先へ行かず、二日間ふんぎりがつかずにブラブラしたあと、リッチモンドと、リースの近くのアーケンガース・デイルにある鉛鉱山へ向かった。ここからは山岳地帯が始まり、峡谷や高原、がれ場、断崖、草地、小川、山道、村、川の源、谷間とさまざまな変化がある。そこで見たいくつかの顔は、私の知っている訛りを丸出しにして今にも話しかけて来そうだった。しかし、かれらは割合からすると多くなかった。この田舎は少なくとも数百人、人口が増えていたに相違なく、村々はむしろドナウ川沿岸や、レヴァントや、スペインの村のような雰囲気だったからである。マリックという村では、通りが大合戦か大虐殺の舞台となったことが見て取れ、やがて到る処で暴力のために死んだイギリス人、外国人の男女に出会った。割れた頭、傷、外れた顎、折れた手脚等々である。リースからまっすぐ鉱山へ行くかわりに、今では突風が捨てられた小舟を弄ぶように私の心を弄んでいる気まぐれによって、それよりもさらに南西のスウェイト村へ行ったが、村には入れなかった。村のまわり百ヤードにわたって、目の留まるところはことごとく死人に占領されていたからである。ここから遠くないところで——今は徒歩で——非常に険しい石ころだらけの坂道を右の方へ登って行った。その道はバタータブズ峠を越えてウェンズデイルに続いている。その日は非常に暖かく、日が燦々《さんさん》と照り、溶けた銀の湖のような大きい雲が、真ん中から灰色の煙霧を放って、草の茂る谷間に塞ぎ込んだ影を投げかけていた。谷間はスウェイトの下に広がり、二マイル先にアッパー・スウェイルデイル最大の村ミューカーが見える。登りはじめるとまもなく、何マイルも続くスウェイルデイルと彼方の山々が眼下に見渡せた。それは峡谷と草と、川と雲の影が織りなす田野のパノラマで、うららかなその日、私の足取りはいくらか軽かった。地図や道具は、一つだけを除いて、やがて戻るつもりのリースに置いて来てあり、麗しい大地は――私のものだったからだ。昇り坂は険しくて長かった。だが、立ちどまってうしろをふり返れば――素晴らしい景色があったのだ。人間の考える天国、楽園、善人の霊のために取ってある場所というのは、明らかに、大地が彼の精神に与えた諸々の印象から生じたのである。なぜなら、いかなる楽園もこれ以上美しくはあり得ないからだ。それはちょうど、地獄の観念が、人間自身の思考と行動の愚かな癖がこの楽園をそのように変えてしまった、むさ苦しい混乱状態から生じたのと同様である。少なくとも、その時はそんな気がした。それを考えながら登って行くうちに、呼吸《いき》がゼイゼイ言いはじめた。あたりは次第に山道らしくなって、ほとんどアルプスのように未開な場所が点々とあった。左側の深い峡谷の端をまわると、斜面は性格が変わり、山腹にはヒースが生えていて、人を苛立たせる小川が音を立て、やがてがれ場と断崖、かなり大きな滝、そしてごつごつした岩の風景となったのだ。そして最後に、広く、いくらか物寂しい山頂に達して、ここは歴然と雲に近かった。

二日後、私は鉱山にいた。ここで初めて広範囲に広がった恐怖の光景を見たのだが、その後、慣れっこになってしまった。それらは十のうち六は同じ、短い物語だった。自分勝手な「所有者達」、追い出された人々、安易な砲撃、そして多くの場合、例の雲がやって来る前に関係者はみな死んでしまう。グラムにあるいくつかの採掘場の口のあたりでは、全人類が集まって倒れているような印象を受けた。そして、生きている者は誰でも鉱山に隠れるという考えを思いつき、そこへ来たのだという印象を。

これらの鉛鉱山には、たいていの鉱脈採掘と同様、炭鉱より多くの縦抗があり、堀上がりや、坑井、行きどまり道を除いて、人工的な換気の試みはほとんどされていない。従って、深さは三百フィートを越えなかったが、人々はもう一つの恐ろしい死よりも先に、しばしば窒息したに違いなかった。上り道でも下り道でも、ほとんどすべての縦抗に、鉱山会社のものか避難者のものか、梯子が掛けてあったので、難なく下りて行くことが出来た。その際には、村の一軒の家で、格子縞のフランネルのシャツと膝のところに丸い革が貼ってあるボタンの二つついたズボン、厚い深靴と坑夫の帽子という服装に着替えた。帽子には革の軸受けがついていて、そこに円筒形の蠟燭立てから取ったまっすぐな柄《え》がさしてあった。私はたいてい、この明かりともう何ヶ月も持ち歩いているデイヴィー・ランプ(サー・ハンフリー・デイヴィーが発明した安全ランプ)を使って地の底ですごし、生命《いのち》という宝を探したが、到る処で見つけたのは、イギリスの石炭運搬車《ダッキー》や自動式傾斜軌道《ガグ》に乗っている、派手な硬い外套を着たポメラニア人の女、ワラキア人、回教国の奴隷《マムルーク》、キルギス人、仏僧、導師《イマーム》、そしてほとんどあらゆるタイプの男だった。

日射しがいとも輝かしい秋のある日、バーナードの村の市場の十字路のそばを通った。ついに生まれ故郷へ来たのだが、胸のうちには優しい思いと気の進まぬ思いがあった。前にも言ったが、妹エイダと——年老《と》ったもう一人の家族に会いに行くつもりだったのだ。私は橋に寄りかかって長いことぐずぐずし、高い岩山を見上げていた。岩山の上には波打つ森がどっしりとかぶさっていて、山頂には城の塔が立っていた。ティーズ川が山の麓を流れ、ここでは水面も穏やかで陽があたっているが、行きたいけれど行かれない一マイル下流では、可愛い売春婦のように、汚れて引き裂かれ、ごうごうと流れている。影の——ロークビーの森の影のとどくところは浅い岩場になっている。私は食べ物の入った手提げを持って、ごくゆっくりと丘の斜面を登って行き、城壁の階段を上がって、天辺へ行った。そこには欄干はなかったが、危険を避けるための重厚な塀があった。私は鉱夫の衣装《かっこう》でここに三時間も坐り、みずみずしく蔭深い古い森の景色のことを眠たいような心持でじっと考えていた。その森は川が辿る長い道を縁取っている。上流のマーウッド・チェイスからつづいて、早いボルダー川がサラサラと流れ込んで来る場所から、今は秋の色に染められた緑蔭深いロークビーへ下って行く。木々は高台へ向かうにつれてまばらになり、高台へ行くと生垣の中に遠い雲か霞のような畑が広がっていて、もっとも遠い空色の場所の、日のあたる蜃気楼の中には、寂しい荒地《ムーア》があるかなきかに見える。三時近くなってようやく川沿いを下って行き、ロークビーの近くで懐かしい牧草地を横切り、なつかしい丘を登った。そこには、昔と変わらぬ、庭を囲んだ小さな黒い建物があり、門の塀に黄色い字でこう書いてあった。

ハント・ヒル・ハウス

この地方のどんな場所にも、どの家にも、場違いな死骸がないことはなく、かれらはハント・ヒルにもいた。庭へ行く小径の右手の草ぼうぼうの地面に三つの死骸を見た。そこはかつて良く地ならしをした草地で、山査子《さんざし》とライラックの木が生えていたのである。左手の灌木の茂る小さな荒地——そこはいつも荒地だった——にも一つ死骸があった。玄関広間の右手の朝食の間に三つ。そして朝食の間に続いている新しい鎧張りの建て増し部分には、二つの死体が玉突き台の下に半分身を隠していた。そして、外玄関を見下ろす二階の部屋で、母の長い痩せた姿がベッドに寝ており、左のこめかみが陥没していた。ベッドの足元の床には、黒髪のエイダが寝間着姿でうつ向けに倒れていた。

死んだすべての男女のうちで、かれら二人だけが埋葬された。私は家の正面のライラックの樹の下に、厩の踏み鍬で穴を掘ったのだ。私は二人を、足も身体も頭もシーツに包《くる》み、耐え難い苦しみと良心の咎めを感じながら、そこに運んで行って、埋めた。

このあとしばらくしてから、鉱山地帯を訪ねるという、長い、たくさんの厄介な仕事にふたたび取りかかった。やがて私はイングルバラという場所に行った。これは卓状山で、山頂は十五エーカーから二十エーカーの広さがあり、そこから西にランカシャーを隔てて海が見える。この奇妙な山の山腹には洞窟がたくさんあり、三日間それらを探索した。晩はたいそう鄙びた、花におおわれた村の庭の物置小屋で眠った。この村ではどの部屋も混み合っていたからである。地図によると、ここはクラップデイルのクラパムという村で、クラップデイルはこの山の斜面を貫く谷間である。その斜面では、それまでに見たうちでも群を抜いて大きい洞穴を見つけた。村から小径を登って、草の生えた二つの斜面の間の窪地へ行くと、そこに小川が流れていて、左手の樹々に覆い隠された拱門を入ると、石灰岩の崖の中だった。その通路は中へ進むと急に狭くなり、二ヤードと行かないうちに、ここで大きな戦闘が行われた歴然たる形跡を見た。実際、このあたり全体に侵入者が押し寄せたのだ。私自身は憶えていなかったが、その洞窟は有名だったに違いないから。あたり数マイル四方にわたって、死者がかなり夥《おびただ》しく、足が汚れないようにして洞窟へ直接行くには慎重を要した。入口には鉄門があり、その内側にも壁が築かれて、何人かわからない——一人二人かもしれないし、何百人かもしれない人間が閉じ籠もっていたが、門も壁も襲撃されて破られたとおぼしい。そのために使われたらしい大槌や岩がまだあったからだ。私はランプを持っていたし、額の蠟燭に火をともしていたから、足早に先へ進んだ。もはや選択の余地がないところで、足の踏み場を選んでいても無駄だと知ったからである。通路は、天井にも脇にも、ざらざらした石のような地衣類がびっしりとついていた。天井は低く、子供の玩具の木を逆さにしたような、下を向いた円錐形の物におおわれていた。九十ヤードばかりはそんな具合だったが、やがて、人の手になる物とおぼしい丸穴があり、石筍《せきじゅん》がつくりなしたカーテンを越えると、向こうは大きな洞窟だった。そこはどこに目を向けても、無数の閃光や、火花や、ダイヤモンドの煌《きら》めきにおおわれて、じつに生気をおび、お祭のようだった。これらは夥しい雪白の濡れた石筍が生み出す光で、石筍はたいそう大きくて高かった。その中央に、服や帽子や人間の顔が、切れ目のない長い道をつくって並んでいた。気が進まなかったが、その上を何とか急《せ》き足で乗り越えた。洞穴は次第に広くなり、天井には乙女の乳房くらいから巨人の棍棒ほどあるものまで、さまざまな大きさの何千という鍾乳石が現われた。今では到る処にポタポタと水が滴り、あたかもそこは汗を流す額と急いで歩く足の賑やかな忙《せわ》しないバザールであって、そこでの商売はただ滴ることであるかのようだった。鍾乳石と石筍が出会ったところは柱になっている。長短の岩の割れ目で鍾乳石と鍾乳石が出会ったところには、優雅な形が、脆《もろ》い掛布が、繊細な幻想が生まれる。水溜まりもあり、そこには死体の頭や足が浸かっていた。端の方に空《あ》いた場所があり、そこでは次第に高くなる弓形《ゆみなり》の天井が、地面の冷たい光に映っていた。突然、天井が低くなって床《とこ》が高くなり、私の目の前でくっつきそうになったが、まわりを見ると低い隙間があったので、泥の上に腹這いになって、厭な死人達の近くを数ヤード進んで行くと、砂と小石の床に出た。そこは長い乾いたトンネルで、天井は弓形で狭く、陰気で、単調で、鍾乳石はなく、修道僧とカタコンベの地下納骨所、そして墓場への道を思わせた。ここには死者がはるかに少なく、一般の群衆はこんなに奥へ入る時間がなかったのか、あるいは中にいる者が、たとえ大勢いたとしても、襲撃をうけた砦《とりで》を守りに、あるいは騒ぎの音を聴きに出て行ったことを証明していた。この通路を抜けると開けた場所に出て、そこはもっとも大きく、天井がうんと高く、光の織りなす魔神の富と埋もれた宝に満ちていた。それは、動いたりとどまったりする視線につれて、ショッティーシュ（ポルカの類の輪舞）を踊る光彩の無数に重なったアンサンブルだった。この場所はたぶん、入口から半マイルも離れていたろう。ランタンで探したが、死人は十九人しかいなかった。さまざまな国籍の男で、端の方の床に死体が入るくらいの穴が二つあり、下から水の落ちる音が聞こえて来た。どちらの穴もセメントでふさいだらしいが――それは賢明な処置だったろう。どこからか流れて来る空気が、今はその穴を通って来るように思われたからだ。ふさがなければ、その空気のために隠れている者は死んだだろう。しかし、どちらの詰め物も、一方は部分的に、もう一方はすっかり取り除かれていた。察するに、何も知らない者が、その向こうにある秘密の場所に隠れようと思って、やったのだろう。ここに人工物があるのを見て、他の人間がいると思い込んだのかもしれない。私は穴の一つに長いこと耳を近づけ、下方のいとも陰鬱な暗闇から聞こえて来る謎めいた歌声に耳を澄ました。そのあと、とことん調べなければならぬという頑な意志に駆り立てられて、引き返し、死体が着ている上着をいくつも剝ぎ取ると、しっかり結び合わせて、一方の端を近くの柱に巻きつけ、穴に口を近づけて、叫んだ。「誰かいるか?」それから、服でつくったロープをつたい、頭に蠟燭をつけて降りて行った。しかし、悲しみに沈んだ影の中へさほど下って行かないうちに、右足が水の中に入った。そのとたん、この宇宙のありとあらゆる邪悪なものが私の脚をつかみ、地獄へ引きずり込もうとしているという恐怖感に襲われた。私は降りた時より早く上に上がり、外気の中に出て、助かったと安堵の嘆息をつくまで、走るのをやめなかった。

　このあと、秋の暖かさも終わりつつあることを考えて、もっと系統的な調査に取りかかり、次の六ヶ月間、弛《たゆ》まぬ意志で精を出して、働いた。鉱山にいる人間を探したのではなく、人間が生きているかもしれない可能性の証拠を探したのだ。この時に訪れたのは以下の場所である――ノーサンバーランド州とダラム州、ファイフとキンロス、南ウエールズとモンマスシャー、コーンウォールと中部地方《ミッドランド》。鉛鉱山はダービーシャー、アランデイルとノーサンバーランドの他の地方、アルストン・ムーアとカンバーランドの他の地方、アーケンデイルとヨークシャーの他の地方、ダラム州の西部、サロップ、コーンウォール、サマーセットシャーのメンディップ丘陵、フリント、カーディガン、そしてモントゴメリー、ラナークとアーガイル、マン島、ウォーターフォードと丘陵《ダウンズ》地帯の山々を廻った。カンバーランドのボロウデイルにある放棄された黒鉛鉱山の、三六〇フィートもあるグランド・パイプの大鉄梯子を下りて行ったこともある。この鉱山は標高二千フィートの山の中腹にあった。また、フリントシャーのリルに近いフォイル・ヒライゾッグ鉱山の鉱穴でコバルトとマンガンの鉱石を掘る場所、ギャロウェイの鉛と銅を採掘するニュートン・スチュアート採掘所へも行った。ブリストルの炭田と南スタッフフォードシャーの鉱山——ここではサマーセットやグロスター、シュロップシャーと同様に、鉱脈が細長いので、「長壁法」という採掘方式を用いる。一方、北部地方やウエールズでは「鉱柱と切場《ピラー・アンド・ストール》」という方式だ。ノーサンプトンシャーの屋根のない鉄鉱石採掘所や、北ウエールズのフェスティニオグ地区にある地下の石切り場や地下の粘板岩の採石場——ここには鉱柱と採掘房が交互についている——へも行った。また岩塩の採掘所へも、コーンウォールの錫、銅、コバルトの採掘所へも。そして人間が鉱物を背負って地上へ運び出した場所へも、鉄道を使い、通洞で運んだ場所へも、昔のコーンウォールの鉱山のように、縦穴に二つの梯子があって、人がそこをシーソーのようにかわるがわる上り下りし、昇ったり降りたりするその瞬間に一方からもう片方へ跳び移った場所へも、そして、垂直式巻胴のついた絞車《ジン》あるいは馬絞車《ホース・ジン》で鉱物を引き揚げた場所へも行った。ウィルトシャーのティスベリーとチルマークの採石場へも、ヨークシャーのスピンクウェルとクリフウッドの採石場へも。それにすべてのトンネルと記録にあるすべての穴へも行った。なぜなら、私の中で何かがこう言って嗾《けしか》けたからだ——「まず確かめなければならぬ。さもないと、おまえはけっして

――おまえ自身になれぬぞ」

ファーンブルック炭田のレッド・コルト採掘場で、私は無経験のために危うく命を落とすところだった。英国のすべての採掘所に関して詳細な理論的知識は持っていたが、実際のこととなると、陸《おか》で船の操縦を習った人間に等しかったからだ。この場所には、けだし前例のないほど死者がたくさん集まっていて、暗い平野は少なくとも三マイル四方にわたり、収穫の済んだ畑に麦藁の山がある如く、死体が点々と散らばっていた。そして麦藁を積んだ畑よりも死体の多い川岸のそばでは、立坑の口から見える唯一の家――会社の役員にあてがわれた小さな建物――を一杯にして、頁岩《けつがん》と現場の岩屑の山の上にまで転がっていた。私は十二月十五日の朝ここに着いたが、他所《よそ》とは違って、ここには逃亡者達が換気坑に縄梯子などの仕掛けを取りつけていなかった。この換気坑は通常あまり深くはなく、揚水坑を兼ねているため、ポンプを動かす天秤機関の一方の端にプラグロッドがついているのである。しかし、縦穴の下を覗くと、服のかたまりがぼんやりと見え、あとで縄梯子としか思えないものも見た。逃亡者の群れが他の連中を下りて来させまいとして、いっせいにその縄梯子にぶら下がり、引っ張りおろしたに違いない。従って、私は立穴の口から下りて行くしかなかった。そこは重要な場所だったので、ややためらったあと、無謀にも決断した。まず、また上って来るために、太さ半インチのロープを一巻《ひとまき》、管理人の事務所で見つけて来た。長さはたぶん百三十尋《ひろ》もあっただろう。鉱山にはたいていロープがふんだんにあり、まるでどの逃亡者もロープを持って来たかと思われるほどだった。私はこの長いロープを天秤機関の棹《さお》の上に、それが桿《かん》を支えている噛み合いのところに投げかけ、一方の端を換気坑の下におろして、両方が底にとどくようにした。こうすれば、ロープの一方の端を縄梯子に結びつけて、もう一方の端を下に固定し、梯子を巻き上げながらよじ登れば、上がって来られるはずだ。それから、降りて行くために、立穴の口の機関の火を点火する作業に取りかかった。それが済むと、機関を始動させ、昇降機の乗函《のりばこ》を底から引き上げた。三百ヤードあるワイヤーロープが、面白いゆったりとした動きで巻胴《ドラム》のまわりに巻きつくさまは、駱駝が呑気にゆっくりと命令に従う様子を思わせた。乗函の屋根で交わっている四つの鎖や、尖った屋根、二面に壁のある骨組が現われると、引き上げるのを止めて、今度は調達しておいた長い麻紐をノック・オフ・ギヤに取りつけ、もう一方の端を乗函に持って行った。そこには五人のお仲間がいた。窒息性ガスの有無を試す道具である帽子の蠟燭とデイヴィー・ランプに火を点けると、何も考えずに仕掛を動かした。その穴は深さ九百フィートだった。乗函は最初、少し跳《は》ね上がって、それから下り始めた――まったく正常だと思ったが、蠟燭の火がすぐに消えた――しかし、私は少しも恐れなかった。実際、強い空気の流れが縦穴を吹き上げて来たが、縦穴ではよくあることだ。しかし、この気流はたちまちあまりにも激しくなった。ランプの明かりが消えそうで、死人の頬がふるえた。乗函の下についている靴形の接触部分がワイヤーロープの誘導装置をつたって下りてゆきながら歌うのが聞こえ、速度はますます上がった。あの容易なる地獄《アウェルヌス》への下降である。軽やかに滑り、それから怒り狂い、靴形の接触部分と誘導装置が火花を出して、耳、目、口の中にハリケーンが吹き荒れた。底の「鉄棒《ドッグズ》」に衝突した時、私は厳しい顔をした仲間達と一緒に一フィートもとび上がり、それから意識を失って八フィート平方の空間に、かれらの間に倒れた。

一時間後、起き上がって、この出来事を苦々しい思いで考えた時、私はやっと思い出した――昇降機の乗函を下ろす時は、常に機関を「手動操作」するのだ。衝突を防ぐため、ピストンのストロークのたびに、機関手がハンドルで作動を逆転させるのである。しかし、駄目になったのはランプだけで、ランプなら中にたくさんあった。

私は地下の石炭置場に出た。そこは縦横七十フィート、高さ十五フィートの広い真っ黒な空間で、床に鉄板が敷いてあった。壁には小さい穴がいくつかあったが、何のために掘ったのかはついにわからなかった。石灰と頁岩を満載した鉱車《ワゴン》がそちこちにあり、鉱車の間にも、上にも、下にも、死体や服があった。私は新しいランプを見つけて油をさし、石炭運搬車が通る長い急坂の道を下りはじめた。その道は険しく、ころがたくさんあり、その上に、鉱車を引き上げるためのロープが立穴の口まで張ってあった。ここでは一定の間隔をおいて、側面にマンホールがあった。疾走して下りて来る鉱車から身を避けるためのものだった。あちらこちらのマンホールの中に死人がおり、各種の食べ物が入っているマンホールもあった。ある場所では右側に死体が堆《うずたか》く積み上がり、そこの空気は六十四度か六十五度もあって、先へ下りて行くにつれて、ますます暑くなった。

その石炭運搬車の道を下りて行くと、尋常ならぬ大きさの立場所《パット》――回転台のある場所だ――があり、私はここを探索作業の基地にした。ここには平底船のような形をした櫓付き車と鉱車が相当数あり、鉱車は掘り出した石灰を櫓付き車《パット》から立穴の口へ持って行ったのである。そして、この開けた立場所から幾本もの道がわかれて、あるものは自動式傾斜軌道《ガグ》として上昇し、あるものは下り軌道《ディップル》として下降していた。ここにいる死人達はみなグループに分かれ、このグループは頭をこの自動式傾斜軌道に向けているし、あのグループはあの双子道《ツイン・ウェイ》（本道の両脇についた側道で、係の少年がトロッコを押した。）の方を向いており、また別のグループはあの下り軌道を向いているという具合だった。計量が行われた中央の空間はほとんど空っぽだった。大勢の死人がいるこの深い場所の暗い静寂はこの上ない引力を持ち、眠りを催させ、かれらがみんな、みんな、不動の老兵としてその中に横たわっている大いなる「沈黙の受難」のうちに、私を引き込もうとしていた。ある時、私は目を見開いたまま倒れ、おそらく自分で意識していたよりも死と空虚な〝裂け目〟に近づいていたのだろう。だが、私は言った――俺は気を強く持って、やつらの沈黙の習慣には沈み込まず、やつらには自分のしたいことをさせておこう。俺は俺のしたいことをやって、奴らには負けるものか、たとえ多勢に無勢であっても。私は武者震いして元気を出し、仕事にかかった。長い自動式傾斜軌道《ガグ》の巻胴の鎖をつかみ、支材を入れる坑——かつて自動式傾斜軌道をけたたましい音を立てて走って来た櫓付き車《パット》の車輪が、その中に入っていた——に足を入れると、立ち上がって、三フィートの高さしかない天井の下で身を屈めながら進んでいった。すると、昇り道の終わり近くで、ふたたび戦闘の場面に出くわした。十五人程の鉱山の人夫が協力し、壁を作ってこの自動式傾斜軌道に閉じ込もうとし、実際にそうしたのだ。崩れたセメントの隙間から見えたのだが、かれらはそこに裸足で、ズボンを穿き、裸の身体は真っ黒で、荒々しい凶暴な顔をして横たわっていた。汚れた顔や体に汗の流れた跡が今も縞になって、鍔《つば》のない帽子には蠟燭がついており、外には、かれら自身の「ぶったたく」根掘り鍬とボーリング用の工具があった。かれらを攻囲するために使われたのだ。この自動式傾斜軌道の一番下から、ひどく波打つ双子道を進んで行った。この道には、およそ三十ヤードおきに、トップルと呼ばれる急傾斜の櫓付き車《パット》の道が開いていた。双子道には厚さ約二・五フィートの鉄板が敷いてあり、上の水平坑ないし作業場から、そこに石炭と頁岩で一杯の櫓付き車《パット》が下りて来るのである。このあたりには、双子道にもトップルにも行きどまりや隅がたくさんあり、いずれも壁で囲い込んであったが、手つかずの壁は一つだけで、中には壁を築いた当人達が、窒息か飢えに迫られて穴を開けたとおぼしいものもあった。私は唯一手つかずの壁を根掘り鍬で破った——それは薄い漆喰《しっくい》の塊にすぎなかったが、気密性はあった——すると、その向こうの奥行七フィートもない空間に、ひどい悪臭を放つ荷車引きの少年の死骸があった。足元に短いロープと短い鎖があり、櫓付き車《パット》を押す時に頭を守る当て物と、パンや鰯やビール壜が壁際に山をなしていた。五、六匹の鼠が突然、甲高い啼き声を上げながら私の開けた穴から落ちて来て、ギョッとさせた。死んだ鼠なら、この鉱山地帯には異常なほどの数がいたが。私は例の立場所に戻り、捲き揚げ機と鎖がある地面のある一点で、「カット」を下りて行った。これは下の石炭層に向かって垂直に下りてゆく小さい穴で、ここでは、かつて上にいる櫓付き車《パット》を押す少年達と、下にいる捲き揚げ機係の少年達との間に交わされた、ひっきりないドンドンという合図の音が聞こえそうに思われた。それから、さらに下り軌道《ディップル》を通って、もう一つの立場所のような場所に着いた。この鉱山には六つか七つの鉱脈があるからである。そこへ行くと、たちまち、この奈落《タルタロス》の恐ろしい劇の山場に遭遇した。ここには人が大勢いただけでなく、いくつかの場所では死肉が密集して強い桃の香りを放ち、その匂いに立坑のむっとする石炭の臭いが奇妙に混じっていたのだ。ここは換気が非常に悪かったに違いない。そして死人達の多くは、たった三人の手によって撃ち倒されたのであることがわかった。一つの大きな自動式傾斜軌道をふさいでいる漆喰の壁に、空気が入らぬようにした三つの穴が開いていて、そこから三丁のライフル銃の小さな銃口が突き出していたからである。これらが殺戮を恣《ほしいまま》にしたのだ。私は嫌悪感に身震いしたあと、いわば死せる海を泳いで壁際へ辿り着いたが、その時、死体のない小さな場所から一つの穴を覗き込むと、向こうに男が一人、十代の若者が二人、女二人、少女三人、そして弾薬筒と食料の山があった。穴は息苦しくなって中から開けたのだろうが、その時、毒が侵入したに違いない。ここにいるのは鉱山の所有者か、管理者か、支配人かその種の人物と家族なのだと推測した。もう少し上に戻って来た時、べつの下り軌道《ディップル》の区域で、あとガスが残っているところに踏み込み、そこから引き返す前に失神しそうになった。ここでは爆発があり、死体はみな髪の毛がなく、破損して、グロテスクだった。しかし、私は他の区域もすべて探ることをやめなかった。これはちょっとの間に出来る仕事ではなく、揚水坑の縄梯子で上がったのは、六時近くなってからだった。

　ある日、私はコーンウォール・ポイントと呼ばれる、剝きだしの岩と海ばかりの荒涼たる地域に立っていた。そこからは険しい岩山と、海へ突き出しているランズ・エンドの岩が見渡せて、その間に青い荒海があるが、内陸の岩の間に、小さな粉挽き場らしきものの煙突がのぞいている他、家は一軒も見えなかった——その日、私は私の公式調査とでも言うべきものを終えたのだった。

その場所から北へ歩いて行くと、海辺で一軒の家に行きあたった。美しい家で、芸術家が造ったのは明らかであり、平屋建てで、海辺の家という感じを絶妙に表現していた。行ってみると、そこの特徴は、張り出した二階に天井を蔽われた広々したロジアないしヴェランダであることがわかった。外壁は二階まで荒削りな石で、はっきりした勾配があり、雨風を避けるため、上の方にはさらに緑のスレートが張ってあった。屋根は勾配がゆるく、やはり緑のスレートに覆われ、非常に長い水平の線がいくつもあって、堅固で安心な感じが高められている。ロジアの一方の端には六角形の小塔があり、ロジアの側に入口があって、中は書斎か小部屋だった。家の正面の庭は海へ向かって下り坂になり、防波堤に囲われていた。私はこの家に三週間住んだ。それは詩人マッケンの家で、私はその名を見たとたんにはっきりと思い出した。彼は十八歳の、見たところスペイン人らしい美しい娘と結婚したのだった。その娘はロジアの右手の日当たりの良い大きな寝室のベッドに寝ていて、露わになった左の乳房の上に、ゴムのおしゃぶりをくわえた赤ん坊がいた。母子《おやこ》とも驚くほど良く保存されていて、母親は白い額に黒髪が眉のあたりまでかかり、今も綺麗だった。詩人は奇妙なことにかれらと一緒に死なず、寝室のうしろの居間で、長い、ゆったりした鼠色のジャケットを着て、机に向かっていた——何と、詩を書いていたのだ！　おそろしく速く書き殴ったと見えて、字を書いた紙が部屋中に散らかっていた——それは午前三時で、その時刻に雲がこのコーンウォールの先端を襲い、彼の書く手を止めて、彼の頭は机に安らったのだ。若い妻はおそらく、それまで幾晩も眠れずに長い夜を過ごした揚句、雲がやって来るのを待つうち眠くなったに違いない。夫はたぶん、もう少ししたら床に就いて一緒に死ぬと約束しながら、詩を書き上げるのに夢中になり、きっと「対句をあと二つだけ」と思いながら、雲と競走して、しゃにむに書いていた。しまいに奴が来て、彼の頭を机の上に安らわせるまで——気の毒な男だ。私はこの死せる詩人マッケンと雲との競走ほど、人類の名誉となるものに出遇ったことはないと思う。今になってはっきりしたが、こういう上等な種類の詩人は、自分の詩を読むかもしれぬ曖昧な、劣った人種を喜ばすためにではなく、己の胸中に寄せ来る神聖な熱を吐き出すために書いたのである。もし読者がみんな死に絶えたとしても、やはり書き続けただろう。神に読んでもらうために書いただろう。ともかく、私はこの人々をたいそう好もしく思い、かれらの家に三週間滞在した。客間の寝椅子に毛布をかけて寝たのだが、そこは他の部屋と同様、美しい絵と萎れた花々に満ちていた。客間で寝たのは、若い母親に手を触れて片づける気になれなかったからだ。マッケンの机の上には、赤と金色のまだらの柔らかい表紙のついた大きな帳面が置いてあった。まだ何も書いていなかったので、私はその帳面と鉛筆を取り、塔の中の小部屋で、来る日も来る日も数時間にわたり、この手記をほとんど現時点まで書き綴った。これからも書き続けるだろうと思う。そうしていると奇妙に慰められ、誰かと一緒にいるような気がするからだ。

セヴァーン峡谷の、どこかグロスターとチェルテナムの間の平地の少し寂しい場所を自動三輪車で旅していた時、変わった建造物を見つけて、そばへ寄ってみた。それはかなり大きく、たぶん縦横五十フィート、高さ三十フィートはあっただろう。圧搾した煉瓦で出来ていて、真っ平な屋根も煉瓦製であり、窓はなく、扉が一つついているきりだった。この扉は開いていたが、傾いた縁《ふち》全体をゴムで覆ってあり、閉めればまったく空気を通さなかったに違いない。中に入ると、すぐそこに十五人のイギリス人がいた。身形《みなり》の良い階級で、ただ煉瓦職人と思われる二人だけは別だった。婦人が六人、男は九人。奥の端にさらに二人の男がいたが、かれらは喉を掻っ切っていた。壁の一面に沿って、端から端まで食料が置いてあった。一つの櫃《ひつ》には塩化カリウムと黒いマンガンの酸化物とを混ぜた物が一杯入っており、それを温めて酸素を発生させる道具があった――愚かなことだ。酸素を足したところで、直接の睡眠性の毒である二酸化炭素が吸い込まれる量は変わらぬものを。喉を切られた二人は、呼吸困難が始まった時、他の者のためにわが身を犠牲にしたのか、それとも他の者に殺されたのか、さだかではなかった。かれらはもう耐えられなくなると、ついに扉を開けたのだろう――たぶん、その頃は何日も経っていたので、外気が無害になっていることを期待し、死を遂げたのだ。この建物は二人の煉瓦職人の指示の下に、かれら自身の手で造ったのだと思う。職人も中に入れてやるという条件でなければ、職人を使うことは出来なかっただろうし、そういう条件がつくとなると、当然最小限の人数しか雇わなかっただろうから。

一般に、金持ちの方が避難するのに必死で真剣だったことに気がついた。貧乏人は近くの目に見えるものしか理解せず、その日暮らしで、明日も今日と同じだろうという常に間違った考えを抱いていたからだ。一例を挙げれば、グロスターの病院の外来の待合い室で、たまたま驚くべきものを目にした。肩掛をまとった貧しい老女の死体が五つ。滅亡の日に病気を診《み》てもらいに来たのだ。私はそれを見て、結論した――この老女達も、自分が知っている日々の地球に何事かが本当に起こることを理解出来ず、自信を持って歩みつづけたのだ。もしもみんなが死んでしまったら、日曜の晩、誰が大聖堂でお説教をするのだ、とかれらは考えたに違いない――だから、信じられなかったのだ。隣の部屋では、年老った医師がテーブルの前に坐り、耳には聴診器をあてがったままだった。胸をはだけた女がその前にいた。私は思った。「うむ、この老人も自分の仕事をしながら死んだのだ……」

この病院には外科病棟があった――私は物憂い気分でそこをざっと見たが――患者達は毒のためでも窒息のためでもなく、餓死していた。医師達が、あるいは誰かが窓に二重の板を張り、扉にフェルトを張って、その長い部屋を密閉し、そのあと外から扉に鍵をかけたのだ。かれら自身も、閉じ込められた患者のための用意が整わぬうちに死んでしまったのかもしれない。内側の扉のまわりに、不具の死骸がただの骸骨となって、たくさん寄りかたまっていたからだ。かれらが雲の毒で死んだのでないことははっきりしていた。その病棟の悪疫には、例の桃の香りが混ざっていなかったからだ。この香りは、それがしみ込んだ死体に多かれ少なかれ防腐作用を及ぼすのだったが。私は息苦しくなって、その場所からとび出した。そして、こんなおぞましいものがあるのは残念だし、危険だと思って、建物を焼き尽くすため、ただちに燃える物を集めた。

翌日の午後、通りで肘掛椅子に坐り、煙草を吸いながら、この建造物が燃えるのを見ていた時のことだ。私の中に突然何かが生まれた——何か地獄の最下層から来るものが。私はこれまで如何なる人間も微笑まなかったように、微笑んで言った。「焼こう、焼こう。ロンドンへ戻ろう……」

東へ向かうこの旅の途中、スウィンドンの町で夜を過ごした時、夢を見た。その夢に小柄な、肌の浅黒い、頭の禿げた老人が現われた。老人は腰が曲がり、顎髭が顎の先から銀色の細い一条の流れになって、地面を引きずっていた。老人は言った。「おまえは自分が地上に独りきりで、地上の唯一の専制君主だと思っている。うむ、存分に好きなことをやるが良い。だが、神が生きるのと、神が生きるのと、神が生きるのと同じ程たしかに」——彼はこの文句を六回繰り返した——「いずれ、遅かれ早かれ、もう一人と出会うであろう……」

そして私は恐ろしい眠りからハッとして目醒めた。私の額は死骸のようで、汗に濡れ……

三月二十九日、ロンドンへ戻った。風の吹きしきる暗い晩の八時頃、北駅《ノーザン・ステーション》から百ヤードと離れていないところに到着した。そこで車を降りるとユーストン通りへ向かって歩き、それから、この通りを東へ行った。やがて、とある店の前に来た。暗くてペンキの字は見えなかったが、宝石店であることがわかった。困ったことに扉には、ロンドンのほとんど全部の店の扉がそうだが、鍵が掛かっていた。そこで何か重い物はないかと、地面のそばと荷車の上を覗き込み、やがて労務者の重たい深靴を見つけて、萎《しな》びた足から引き抜き、それでガラスを叩きはじめた。やがてガラスに罅《ひび》が入ると、下の方の破片を叩いて取り去り、中に入った。ガラスが割れる音がしても、もう恐怖感はなく、気も咎めなかった。心臓もドキドキせず、昂然と頭をもたげ、堂々と歩み、私の眼は冷たく、落ち着いていた。

＊

八カ月前、私は哀れな重荷を背負った臆病者としてロンドンを発《た》った。今、その馬鹿馬鹿しさを考えると、金切り声で笑いたいくらいだった！　しかし、それも長続きはしなかった。私はこの町へ戻って来たのだ——スルタンとして。

近くに私人の大邸宅がなかったので、ブルームズベリーにある大ホテルに向かっていた。そこにも燭台がたくさんあることはわかっていたが、十分なだけあるかどうか確信がなかった。というのも、私はこの二、三ヵ月の間に、身のまわりに少なくとも六十本の燭台を点けておく習慣がついてしまったのだ。その形や意匠、様式、時代、材料なども重要だった。私は押し入った店から十個を——金銀の燭台八つ、昔の教会で使った真鍮製の燭台二つ——を選んで、それを束にすると、出て行った。それからメトロポリタン駅で自転車を見つけ、空気を入れて、燭台の束をハンドルにくくりつけ、自転車に乗って出発した。しかし、歩くのが億劫《おっくう》だったのだから、何か別の移動手段を手に入れるべきであった。というのも、ガタガタ揺れてキーキー音を立てながら十ヤードと行かないうちに、何かがポキッと折れ――それは前輪の輪桿だった――私は、身体の半分は地面の上に、半分はハイランド人の兵士の裸の膝の上に倒れていた。役立たずの自転車にとびかかって散々蹴とばしたが、何にもならなかった。ロンドンでこういう試みをしたのは、これが最後だった。通りが適切な状態ではなかったからだ。

その陰気な夜は風が盛大に吹き荒れ、ロンドンが消滅するまでの三週間近く、嵐がほとんど絶え間なく吹いて、この町の壊滅を吠え叫ぶかのようだった。


その夜は、ブルームズベリーのホテルの三階にある一室で眠った。翌朝十時に目が醒めると、寒い宴会場で忌々しくも震えながら食事をし、それから外に出て、物寂しい低い空の下をはるばる西地区まで歩いて行ったが、その間ずっと、パタパタとはためく旗の音が――衣装や襤褸切れがはためく音も――聞こえ、グロテスクで不気味な腐敗の光景が私について来た。相当に寒く、厚着をしていたが、私の着ていた卑しい奇怪なヨーロッパの服は前々から目障りで、みっともなく思われたので、まず初めに、男子が着られる服のあることがわかっている場所へ向かった――ブライアンストン・スクエアにあるトルコ大使館に。

大使館は開いており、たいていの建物と同様、死骸が敷物のように床を覆っていた。私はレドゥーザ・パシャと知り合いだったので、あたりを見回して彼を探した。まわりには面紗《ヴェール》をした身分の高い女達や、獣の皮をまとった凶暴な顔つきのカフカス人、緑の外套を着た回教祭司、一人のカリフ、カシミヤのターバンを巻いた三人の王族《エミール》、二人のジプシーといった闖入者達がいて、そのけばけばしい褐色の死体は、西洋人のそれにもまさってどぎつく不快だった。レドゥーザの姿はここに認められなかったが、階段にはあまり死体がなかったので、やがて婦人部屋の一つに行った。そこは東洋の屋敷の奥の幽寂で仄《ほの》かに神聖な感じを思い出させる閨房で、扉には真珠母がちりばめられ、天井は彫刻が施され、オパールのチューリップと薔薇の中に群れなす蠟燭と真鍮の火鉢があり、絹のシュミーズ、毛皮を重ねた長い冬用のカフタン、高価な飾り簞笥、匂い袋、バブーシュ（踵のないスリッパ）、絹の反物などが散らかっていた。二時間後にこの建物を出た時、私は風呂に入り、身体に油を塗って、髪をとかし、香水をつけ、長い衣をまとっていた。

私は自分に言った。「わが王国を劫略し、騒ぎまわろう。ローマ皇帝のように荒れ狂い、セナケリブ（古代アッシリアの王）のように行く先々で草木を枯らす瘴気《しょうき》となり、サルダナパルスのように柔弱な快楽に溺れよう。私のために街ほど大きな宮殿を造り、その中をのし歩いて、天の前にわが王国を見せびらかそう。宮殿の石材は鋳《い》た純金、粗削りな家表はダイヤモンド、煙突はアメジスト、柱は真珠だ。なぜなら、以前は大勢の人間がいるかのように見えたが、本当はただ〝一人〟しかおらず、私がその一人だったのだ。私はずっとそのことを知っていた——秘密の微かなささやき声が私にささやいた。『アダムよ、おまえこそ〝至上なる者〟、世界の動機なのだ、他の人間は取るに足らぬ』そして、かれらはみんな、みんな——消えてしまった——間違いなく、それで良かったのだ。私がちゃんと残っている。葡萄酒もあれば、亜片も、大麻《ハシッシュ》もある。油も、香料も、果物も、貝も、やさしい息をするキクラデス諸島も、緋《ひ》色の豪奢な東洋もある。わが領土を動きまわり、騒ごう。そしてまた怠惰に耽り、愚かになろう。わが魂に『満ち足りよ』と言おう」

私は自分の精神《こころ》を見守っている。かつて試験管の中の新しい沈殿物がどの澱《おり》の中に落ち着くかを見守っていたように。

私は如何なる種類の骨折りも厭でたまらないので、ごく簡単な手作業をする必要があっても腹を立てる。しかし、何かが私の常に増大する官能への耽溺に大きく寄与するとなると、それを成し遂げるためには相当の働きも惜しまない。もっとも、そのために堅実な努力をするわけではなく、何かの影響や、気まぐれや、目的《あて》のない息ぬきに左右されるけれども。

地方にいた時は時折、緑野菜――手間をかけなければならない唯一の食べ物――を調理する必要に迫られて、ひどく苛々《いらいら》した。肉や多くの魚――中にはまことに美味な物もある――は、私が死んでも、そのあと百年は保《も》つような形ですでに調理してあるからだ。しかし、グロスターに行くと豌豆《えんどう》も、アスパラも、オリーブも、他の野菜も、面倒な手間をかけずに食べられるように調理してあり、それが到る処の商店にあって、その貯えは人間一人の必要量と較べると、無限と言っても良いほど膨大である。実際、あらゆるものが、私の必要とする量に較べれば無尽蔵にある。従って、食事をするには、肉や鶏肉を切り分けるほどの手間しかからないが、そのわずかな手間さえも、ひどく面倒に思われることが時々ある。残るは、暖をとるために火を点けるという不快で下賤な仕事である。ホテルの暖炉の火は眠っているうちに必ず消えてしまうからだ。しかし、それはこのろくでもない北国だけの不便であり、もうじきこの国には喜んで永遠《とわ》の別れを告げるのだ。

ロンドンへ戻ってから二日目の午後、ホーボーンで強力なガソリン自動車を探し出し、点検し、少し給油し、それに乗ってブラックフライアー橋を渡り、ウリッジ目指して、川の南岸の不快なるロンドンを通り抜けた。二台の大荷馬車、辻馬車、私用馬車を、それらと出っくわすたびに次々と私の自動車に接続した。死んだ馬を切り離し、手綱や鎖のついた装具などを即席の連結器に使って、うしろに一列につないだのである。この新奇な列車で東へ向かい、ゴトゴトと走った。

途中、ふと「北風号」に乗っていた頃に使った古い銀のクロノメーターを見た。私は注意して、ずっとその螺子《ねじ》を巻いていたのだ――すると――我が善き神よ！　私が今も何でもない事、本当に何でもない事で、こういう狂ったような興奮状態に投げ込まれるのは、どうしたわけであろう！　私にはわからない。今回は、ただ時計の針がたまたま午後三時十分を指していたという、それだけのことだった――それはロンドンのすべての時計が止まった、ちょうどその瞬間である――というのも、それぞれの町が、滅亡の瞬間を今も示す千もの不気味な人さし指を持っているからだ。ロンドンでは、その瞬間は日曜の午後三時十分だった。川を遡って議事堂の「ビッグ・ベン」を正面に見た時、初めてそのことに気づいたのだが、今は時計という時計が狂ったようにこの三時十分を指していることを知っている。かれらは今も時間の記録者であることに変わりはないが、〝時間《とき》〟の終わりを記録しているのであって、あの一瞬を永遠《とこしえ》に揺るぎなく示しているのだ。微細な浸透性の火山岩滓の雲塊がかれらの働きを瞬時にして止めたに違いなく、時計達は人間と共に沈黙した。しかし、かれらがこの特定の時刻を強調することのうちに、私はいとも忌まわしく厳粛な、しかし、厳粛さを茶化すような、人格的な、そしてこの私に向けられたものを感じていた。それ故に、自分の時計が同じ瞬間を示した時、あの突然の、発作的な、苦しみ喘ぐ精神の動揺に投げ込まれたのだ。それは半ばは怒り、半ばは恐怖であり、「北風号」を出て以来、一度も体験したことのないものだった。だが悲しいかな、翌日、もう一つの同じような動揺が私を待ちかまえており、さらにその翌日もそうだったのである。

私の列車は忌々しいほど鈍《のろ》く、五時を過ぎてようやくウリッジ兵器廠の入口に着いた。仕事をするには遅いので自動車を切り離し、他のものはそこに置いて、引き返した。しかし、もう疲れたので、蠟燭を手に入れてグリニッジ天文台に立ち寄り、古く暗い大建築の中で荒れ狂う嵐の音を聞きながら、夜をすごした。しかし、翌朝八時には起き出して、十時には兵器廠に引き返し、その巨大で複雑な存在を分析しにかかった。多くの個所は慌てて無規律に放棄されたと見え、最初に入った雷管製造場では、どこでもこの工廠の好きな部分に入れる道具を見つけた。私が最初に探したのは優れたタイプの時限起爆装置で、それが二、三千必要だったのだが、長い時間をかけてようやく軍需品部という一続きの建物に、それが大量に整理整頓されて並べてあるのを見つけた。それから下へおりて埠頭へ戻り、私の列車を持って来ると、袋に詰めた信管をロープを使って射水路から下ろし始めた。起爆装置が荷車にとどくと、そのたびにロープを取り外した。ところが、一つの起爆装置の導火線を巻いていると、火山岩滓が一杯に詰まっていて、仕掛けが動かないのに気づいた。そこで、すべての起爆装置を開けて掃除する仕事に取りかからねばならず、その日一日を、職工のように、この惨めな労働に費やした。しかし、四時頃、二百ばかりやったところで放り出して、また自動車でガタガタとロンドンへ戻った。

同日の晩の六時、ハーリー街の我が家を初めて訪ねた。もうあたりは暗くなり、百日咳のようにホーホーという寒い嵐が地上を吹きまくっていた。すぐに私は、この私の家すら侵入されたことを知った。私の扉は開いてバタンバタンと鳴っていたが、留め金が下がっているので閉まらなかったのだ。廊下を自動車のランプで照らすと、ユダヤ人らしい青年が眠ったように頭を垂れ、うしろに傾いた山高帽を耳元まで被って坐っていた。その他に六人がうつ向いたり、仰向《あおの》いたり、横向けになったりしていて、一人はアルル風の頭飾りを被り、一人は黒人女、一人はディール(ケント州の海岸の街)の救命艇の乗組員で、三人は人種不明だった。最初の部屋——待合室——にはもっと大勢死人がいるが、テーブルには今も「パンチ」と「ジェントル・ウーマン」と瀝青写真《ヘリオグラフ》で写したロンドン名所の本がのっている。この部屋の奥の段を二段下りると、そこは書斎兼診察室で、今も回転式の樫の書き物机があった。しかし、私の小さなみすぼらしい赤いソファーには、そこからはみ出すほど身体の大きい婦人が坐っていた。その婦人はチラチラ光る茶色い絹のドレスを着て、左手首に大きな金の装身具の束を嵌めていた。真後ろにのけぞらせた首は喉をざっくりと斬られて、もげそうだった。ここには愛用の銀の燭台が二つあったので、それを灯し、二階へ上がった。客間には私の家政婦が、揺り椅子に静かに坐って死んでいた。左手は覆いを開けたピアノの鍵《けん》にのっており、まわりには大勢の見知らぬ人間がいた。しかし、彼女は良くやった。侵入に備えて私の寝室に鍵をかけておいたのだ。寝室への扉は隅の方にあり、緑のベーズのカーテンの蔭になっているために見えなかったのだろう、少なくとも押し破られてはいなかった。鍵はどこにあるかわからなかったが、背中で二、三度ぶつかると扉は開いた。中には私のベッドが手つかずであり、何もかもきれいに片づいていた。これは奇妙な帰還だな、アダムよ。

だが、その部屋で私の興味を強く惹いたのは、海老茶色と金色の壁の、衣装箪笥と鏡台の間にかかっているもの——あの金の額縁と——その中に描かれている男だった。それは油絵に描かれた私自身で、描いたのは——もう名前は忘れてしまった——大そう有名な画家で、一時期私と懇意にしていた。その絵は、たしかセント・ジョンズ・ウッドにあるアトリエで描いたもので、大勢の人が偉大な芸術品だと言った。その夜、私はこの絵の前に蠟燭をかざして三十分も立ち尽くし、驚きにかられると共に、そこに描かれたものを快い軽侮の念をもって見入っていたと思う。それはたしかに自分だと認めざるを得ない。秀でた額で——やはり王者の額だ、と今は思う——目と口元にはあのためらうような表情があり、妹のエイダはよく言ったものだ。「アダムは弱虫で、贅沢者ね」そう、あの眼、私のあのなつかしい、ためらうような表情は見事に描かれている。それはむしろじっと見つめる眼なのだが、黒い瞳が左右に揺れるのが見えそうなくらいだ。じつに良い出来だ。顔はやや細長く、薄い突き出した口髭の下に、少しとがらした上下の唇、そしてほとんど真っ黒い髪の毛、やや目立つ太鼓腹、そして——おお、天よ——きちんとしたピンクの幅広のネクタイ——ああ、そいつだ——そのネクタイだ——私の目がそこに留まった瞬間、私が大声で、嘲るように、腹を抱えて笑ったのは、そのせいだ！「アダム・ジェフソン」私は笑いが収まると、咎めるようにつぶやいた。「額の中にいるあの哀れな奴が、おまえだなどということがあり得るのか？」

東洋趣味——東洋の服装——東洋の君主の態度物腰への嗜好が私をすっかり虜《とりこ》にしてしまったのは何故かわからないが、ともかく、そうなのだった。私はたしかにもう西洋人、「近代的」精神の持主ではなく、原始的で東洋的な人間だったからだ。たしかに、あの絵に描かれたネクタイは、私から百万リーグも遠くに、忘れられた一万の永遠の彼方に遠ざかっている！　これが昔から東洋の考えに親しんでいた私自身の性格に由来するのか、それとも、誰であれ桎梏《しっこく》から完全に解き放たれた精神は自《おのず》からそうなるのか、わからない。しかし、私は振り出しに戻って、最初の、単純で、けばけばしい状態にあった人間に似て来たようだった。今ここに坐ってこれを書いている私の髪は、すでに黒々とした、油を塗った紐となって背中に垂れている。香をつけた顎髭は二つに分かれ、肋《あばら》のあたりまで伸びている。私は今イザールを、木綿に似た、しかし黄色い縞のあるヨマニ布のズボン下を穿《は》いている。その上にふくらはぎまでとどく白絹の柔かいシャツ、すなわちカミーズを、その上に緑の縞の入った絹のカフタンを着ているが、これは踝《くるぶし》までとどき、腰のところから幅広の長い袖が分かれていて、腰にはゆったりした、けざやかなカシミヤのショールを帯に巻いている。その上には、貂の毛皮の裏地のついた、温かい、ゆったりして流れるような白い織物の服をまとっている。頭には頭蓋頭巾《スカル・キャップ》を被った上に、濃紺の房《ふさ》がついた高い真紅の帽子を重ねている。足に履《は》いているのは薄く黄色いモロッコ革の靴で、これは厚くて赤いモロッコ革のバブーシュにおおわれている。足首と——十本の指と——手首には金銀の飾りがたくさんついている。耳には三日前に、かなり痛かったが穴を空けて、二本の針が刺してある。耳輪を通す穴を空けるためだ。

おお、自由よ！　私は解放された……

その夜、ハーリー街の旧居へ赴く途中、オックスフォード街からキャヴェンディッシュ広場へ入った瞬間に、このような考えを誰かが荒々しく耳に吹き込んで、その考えはたちまち胸の中に沸き返った。「もしも今目を上げて、向こうを――すぐそこを――あそこの角を――歩いている男が――ヘアウッド・プレイスからオックスフォード街に入って来たのが見えたら――神よ、私は一体どうすれば良いのだろう？――その男の胸に突き刺すナイフも持っていないのに？」

私は目を転じた――ひそかな恐怖を浮かべた目を、疑わしげに、流し目を使うように――渋々と未練そうに動かし――眉をひそめて、濁った風の向こうにその場所を深く覗き見た。しかし、誰もいなかった。

今は、この馬鹿げたことを厭になるくらい頻々《ひんぴん》と考えるようになった――町の通りで――田舎の深い、人目につかぬ場所で、揺るぎない確信を持つのだった――ちょっとふり向いて、あそこを見やれば――ある場所に――きっと――必ず――一人の男が見えるはずだ、と。私は死んでも、そちらを見なければならない。そして、そこを見やった時、たとえ私の髪の毛は動くアメーバのように逆立ち、硬張ったとしても、私の眼には侵入者に対する君主の怒りがあり、私の頸は主権そのもののように確固として立ち、私の額にはペルセポリスとイーラーズの王権に優るものが坐していることを、私は知っている。

この王の如き傲慢さが私をいかなる放埒《ほうらつ》に導くか、わからない。気をつけて様子を見ていよう。「人独《ひとひとり》なるは善《よ》らず！」（「創世記」第二章一八）と書いてある。だが、良かろうと悪かろうと、惑星一つに住人一人という決め事が、私にはすでに自然で適正な状態というだけでなく、唯一の自然で適正な状態に思われるため、今では他のいかなる決め事も、夢想家や物好きのユートピア構想のような、ありそうもない、乱暴な、無理な現実離れしたことに思われるのだ。全世界は私一人のために造られたということ――ロンドンは、この街が燃える勇壮な光景《ながめ》を私が楽しむために築かれたということ——歴史も文明もすべて私が楽しむために、発明や利便、紫や葡萄酒、香料や黄金の貯えを積むべく存在したのだということ——そうしたことが、もはや私にはさして異常とも思えないのだ。昔のちっぽけな、物を考えぬ公爵にとって、遠い祖先が強奪し、占有者達を殺した土地を所有することが当然だったのと同じに。いや、私はただ独りなのだから、実際には私のこの考えの方がまっとうである。しかし、私を時々驚かせるのは、たった一人の主人がいる現在の世界の状況がありふれた自然の状況に思われることではなくて、それがたった九ヵ月のうちに、ありふれた自然な状況と思われるようになったことだ。アダム・ジェフソンの精神には順応力があるのだ。

その夜、ベッドのそばに腰かけて長い間そんなことを考えていると、そこで眠りたくなった。だが、燭台をあまり持っていなかったし、蠟燭すらも怪しかった。しかし、通りの向かい側を三軒先へ行ったところにあるピーター・ピーターズの家には、客間に四つの立派な銀の枝付き燭台——それぞれ六つの枝がある物——があったことを思い出した。私は思った。「台所で蠟燭を探そう。そして何本か見つかったら、ピーター・ピアーズの枝付き燭台を取りに行って、ここで眠ろう」

それから、持っていた二つの明かりを持って、神よ、廊下へ下り、地下へ下りた。そこで大きい蠟燭の入った箱を三つ、造作もなく見つけた。思うに、ガス灯が点かなくなったため、誰もがこうして明かりを取ることを余儀なくされたのだろう。どこを探しても蠟燭はたくさんあった。私はそれを持ってまた階上《うえ》に上がり、薬を置いていた三階の小部屋へ入ると、石炭酸油を一壜取って、十分間、家の中のすべての死骸にそれをふりかけてまわった。それから、火の点いた蠟燭を二つ待合室のテーブルに置き、自動車のランプを持って廊下を通り、玄関へ行った。玄関の扉は非常に激しくバタンバタンといっていた。外に出ると、もう大変な大嵐だった(雨は降らなかったが)。風はすぐに私の服をとらえて、身体のまわりや上にパタパタとはためく雲にしてしまった。それに、通りを渡る途中、ランプが消えてしまった。ろくに物も見えなかったが、それでも何とかピーターズの家の戸口まで辿り着いた。扉には鍵がかかっていたが、舗道のすぐそばに窓があり、下の窓枠が上がっていたので、難なく中へもぐり込んだ。足を踏み下ろすと死体に触ったため、腹が立ち、落ち着かなくなった。私は悪態をつき、足の裏で絨毯をこすりながら先へ進んだ。誰も傷つけないように――誰も傷つけたくなかったのだ。部屋はほとんど真っ暗だったが、思った通り、ピーターズの家具は見分けがついた。彼は長期契約でその家を借りており、彼の死後は母親が住むつもりだったのを知っていたからである。しかし、廊下に入ると綾目もわかぬ闇で、私はランプを頼りにしていたため、マッチは向こうの家に置いて来てしまった。階段まで手探りで進み、最初の段に足をかけた時、玄関の扉がひどく揺さぶられたので、立ちどまった。誰かがそこに身体をぶつけて、開けろと必死で叩いているような気がした。私は二、三分間そこに佇み、厳しい顔でじっと目を凝らしていた。一度《ひとたび》臆病な気持ちに負けたら、この悲劇の家では私に情がかけられることはなく、ぞっとする悲鳴がひとりでに起こって、幽霊の憑いた部屋部屋に鳴り渡ることを知っていたからだ。ガタガタいう音はやたらに長く続き、ひどく差し迫って否応《いやおう》ない様子だったから、扉を破ってしまいそうに思われた。しかし、私は恐怖にかられながらも自分の心にささやいた――あれは嵐が、人間がつかむように扉に吹きつけているだけだと。そして、しばらく経ってから、広い手摺をつたって、また手探りに先へ進んだ。頭の中には、なぜか「北風号」で見た夢のことがあった。あのクローダという女が石榴の種のような色の液体を水に落として、ピーター・ピーターズに飲ませた夢だ。その液体は致死量の下剤だったのだ。それでも私は立ちどまらず、一歩一歩上がって行ったが、ひどく苦しくて、私の目は真っ暗闇を睨み、心は己《おの》が無謀さに呆れていた。やがて最初の踊場に着き、階段の第二の部分を上がろうとした時、左手が何か氷のように冷たい物に触った。私はギョッとして本能的に素早い動作《しぐさ》をし、その際、足が何かにぶつかって躓《つまず》き、そこにあった小さなテーブルらしい物の上に転びそうになった。とたんに恐ろしい大きな音がした。何かが床に倒れたのだ。その瞬間、あ、何かが聞こえた――声だ――人間の声が耳元に言葉をささやいたのだ――クローダの声だ。しかし、生身のクローダの声ではなく、土と蛆虫に邪魔をされて、必死で話すかすれた声だった。そのおぞましい墓場からの声のうちに、次の言葉がはっきり聞き分けられた――「ピーターの死に関しては、ああいう事情だったから……」

声はそこでふっつりと途切れたが、私は胸が悪くなり、もう耐え難くなったので、長い衣を手繰りもせずに、逃げた、逃げた――足音を立てず、苦痛に呻き、階段を下り、忍び歩く泥棒のように、だが早足で飛んで行き、それから彼女が開けさせようとしない扉の冷酷な取っ手と格闘し、その間ずっと背後にクローダがいて、私を見ているのを感じながら。やがて何とか外に出ると、通りのずっと向こうまで一目散に逃げた。長いジュバ(袖の長い長衣)を引き摺り、うしろをチラチラと見て、息を切らしながら。彼女があの大胆な、邪悪な意志で追いかけて来はしないかと思ったからだ。その夜はずっと、風に吹き上げられる陰気なハイド・パークのありふれたベンチに寝ていた。

日が昇ってから最初にしたのは、あの場所へ戻ることだった。私は厳しい決然とした表情で引き返した。ピーターの家に近づくと、昨夜は暗くて見えなかったが、バルコニーに誰かが――そこにたった独りでいるのに気づいた。そのバルコニーはちょっとした透かし細工の、錬鉄の構造物で、三本の細い渦巻装飾のある柱で小さな屋根とつながっている。柱は端の方に二本、真ん中に一本立っている。その真ん中の柱のところに、誰か女が――跪いて――両腕で柱をひしと抱きしめ、顔をやや上に向けているのが見えた。あんなに恐ろしいものは見たことがなかった。女の胸と尻の優美な曲線は、まといつく赤い――もう大分色褪せているが――布のドレスの中に今なお良く保存されていた。赤味を帯びた髪は大きな薄い雲となって、頭のまわりにふんわりと浮かんでいた。しかし、その位置で外気に曝《さら》された顔は風にすっかり食い荒らされて、鼻のない骸骨が耳から耳まで歯を剝き出し、下顎が心持ち垂れて――身体や髪の毛とは何とも恐ろしい対照をなしていた。その朝、私は向かい側の舗道から彼女を見て、長いこと考えていた。喉にかけた卵形のロケットには、私の肖像が入っているのを知っていた。八年前、私がやった物だからだ。それは毒殺者クローダだった。

私はその家の中に入って上から下まで歩きまわり、腰かけ、唾を吐いて、足を踏み鳴らそうと思っていた。そこに誰がいようと――もう日は高く昇っていたから。それでまた中に入り、階段を上り、前夜ギョッとしてあの言葉を聞いた場所まで行った。すると、ここで大変な怒りに襲われた。私を悩ます悪意を持った意志に弄ばれ、私が屁とも思わぬ〝あいつら〟の笑い物にされたことを即座に悟ったからだ。私は躓いた時、そこにあった小さなマホガニーのテーブルから、小さな蓄音機を床へ横ざまに落としたのだった。その蓄音機には、立派な二十五インチの黒ワニスを塗った錫の喇叭が付いていて、私はそれに気づいたとたん、それを取って、階段の下へ放り投げた。あの時話しかけたのがこいつであることを疑わなかったからだ。そのぜんまい仕掛けの機械装置はレコードを再生している最中に、例の火山岩滓によって止められたとおぼしいが、落ちた拍子に少しばかり新たな発振をして、あの十三の単語を発し、また止まったのだ。私はその時は大分腹を立てたが、あとになって喜んだ。こいつのおかげで円筒レコードをたくさん集めることを思いつき、歌ったり語ったりする古き死者達の真に迫った、しかし、いとも気味悪い声がこの〝永遠〟の沈黙を破るのを聞いては、えも言われぬ気持ちになり、時には戦慄を覚えるのだから。

さて、同じ日の大部分を私はウリッジのとある天井の高い一室で、起爆装置の埃を払ったり、油を差したりして過ごした。数時間すると、この仕事も楽々とできるようになり、しまいにはどちらの作業も九十秒から百秒しかかからなくなったので、夕方までに、前日やった分と合わせて、六百個近い起爆装置が掃除できた。こうした小さい物の構造はすこぶる単純で、私の思うに効果的だったから、必要とあらば、自分で大量にこしらえることも難しくなかっただろう。ほとんどの起爆装置には小さい乾電池が入っており、それがいざという瞬間、ベルか銅線に電流を送る。時計は何日何時間何分といった具合にセットできる仕組みになっている。一方、打つことによって発火する起爆装置もある。私は有蓋貨車の中に仕上がった信管起爆装置を並べ、兵舎のそばの宿屋で夜を過ごした。午前中にロンドンから燭台を持って来てあったので、家具を配列した——長椅子、整理簞笥、洗面台、テーブル、それに数脚の椅子を——ベッドのまわりに、円の四分の三といった形に並べ、明かりのついた三列の祭壇を作った。そこに小さな棕櫚《しゅろ》と常緑樹を挿したこの家の花瓶を混じえ、持っていたトルコの匂い袋の中味をふりまいて、その中から竜涎香をとって、祭壇に香りをつけた。ベッドには、甘口のキプロスの葡萄酒の壜とボンボンと木の実とハヴァナの葉巻を置いた。私はそこに横たわると、憎々しい笑い顔だと自分でもわかっている笑みを浮かべて、兵器廠であれだけの骨折りをした時に私を突き動かしていた、あのたゆみない、強固な、鬱積した欲望のことを考えずにいられなかった。私はいかなる労働も王者にふさわしくないとして避けていたのに、あれだけのことをしたのだ。翌朝も早く朝食を済ますと、また仕事に取りかかったが、最初のうちは寒さに指がかじかんでいた。肌を刺すような一月の疾風が吹いていたのだ。九時頃には八百二十個の起爆装置が整い、当座はそれで十分と思ったので、自動車に乗り、東工場という場所へまわった。そこには独立した建物が並んでいて、必要な物が全部あるはずだった。私は一日の労働をする心構えをした。この場所には信じられない程の物資の貯えがあった。山程の雷管、起爆装置や携帯兵器の薬莢《やっきょう》、砲弾、そしてあの殺人的な爆発物——製造中のものもあれば、出来上がった物もある——野蛮なる現代人は暇さえあればこういうものによって自分達を皆殺しにしようとしたのだ。あるいは、最上階《てっぺん》だけが文明化された野蛮人が、とでも言おうか。というのも、文明化は明らかに頭から下へ向かって行ったので、何世紀もの間、頸から下へは一度として達したことがないからだ。この人間達は間違いなく、心で動くというよりも、ずっと知能的だったのだが、本当に知能的だったかどうかは疑わしい——連中はむしろ、ネブカドネザルが夢に見たあのつなぎ合わせの像（「ダニエル書」第二章参照）を思わせる。頭が金、胸は真鍮、足は泥土で出来ていて——頭は人間のよう、心は食人種、足は獣であった——獣足人や人魚や、不可解な未発達の生命に似ていた。だが、それはさして重要なことではないし、たぶん私も他の連中とそう変わりはない。所詮、かれらの仲間だからだ。ともあれ、連中のリダイト、メラナイト、コルダイト、ダイナマイト、火薬、ゼリー状火薬、石油、泥灰土、それに文明化された野蛮と妖術とは、かれら自身を滅ぼすのにしごく役に立った。というのも、二時までに、私は次のような仕掛けを作ったのである。まず第一の荷車には起爆装置の密集隊をのせた。第二の荷車に乗せたのは、次のような物であった。たくさんの小樽、薬莢と弾薬箱——これらには火薬と爆発性の綿花薬とゼラチン状爆薬、そして液体のニトログリセリンと珪藻土ダイナマイトが一杯詰め込んである。それから爆弾数個とコルダイトを二《ふた》巻《まき》、タールを塗った布を二切れ、小さい鉄の柄杓一丁、スコップ一つ、金梃子一つ。次の辻馬車《キャブ》には相当量のばらの石炭を載せた。最後に、私の乗る車には、普通の油の大きな罐を四つ積んだ。そしてまず初めに東工場で、一つの起爆装置の導火線をゼラチン状爆薬の大樽に結びつけ、床に起爆装置を設置して、十二日後の真夜中に爆発するよう時間を合わせた。そのあと、主工場、砲架部、軍需品部、英国砲兵隊の兵舎、そして湿地帯にある火薬庫へと何マイルもうち続く建物の群れを横断した。ある建物には一階の木造部分の近くの然るべき場所に、石油に浸《ひた》した石炭の山と爆発物を置き、ある建物には爆発物だけを置いて、すべて十二日目の真夜中に発火するようにした。

もう身体が火照《ほて》り、インクのように真っ黒になって、私は町中を歩き、正確に百軒目ごとに、家の戸口に立ちどまった。そして大いなる火を放つ薪束を置き、すべて十二日目の真夜中に発火するようにした。

私に対して閉ざされている扉があれば、私は狂った悪意を以て自動車でそれにぶちあたった。

私は暗い事実を——人間という有機体のあの深い、深い秘密をことごとく紙に書き記すべきだろうか？　私は次第に魔物のように邪悪になっていった！　首を垂れ、下腹を前に突き出し、悲劇俳優のように冒瀆的なふん反《ぞ》り返った歩き方で、歩いた。私がやったのは無害な火つけではなく——放火罪だったからであり、漠然としてはいるが、いとも凶々《まがまが》しい悪意と、燃やし、略奪し、浮かれ騒ぎたいという狂熱が狂犬病のように私を襲ったのだ——そしてネロやネブカドネザルの気分が。私の口からは貧民街とどん底のあらゆる卑猥な言葉がとび出し、私はその日、人間がいまだかつて放ったことのないような挑戦の罵声とクスクス笑いを天に向けて放った。だが、この先には目のまわるような狂乱がある……

私は死んだ若い娘をつかまえて、胸に荒々しく抱きしめた。腐乱した唇に触れ、彼女の顔に唾《つば》を吐きかけ、放り出して、踵でその歯を踏みつぶし、まるで蛇を踏みつける縞馬のように、狂おしく、狂おしく、彼女の胸の上に何度も何度も飛び乗った……！

しかし、爆薬を仕掛けた最初の日、私は全能感にひたりながらも、たった一つの事によって惨めになり、自動車を蹴とばしたのだ。車は這うようにしか進まず、私は大部分、その傍を歩いていたからである。そしてオールド・ドーヴァー・ロードの近くの丘に来ると、全部が止まってしまい、動こうとしなかった。列車の重量が、それを牽引する自動車の馬力に較べて大きすぎたのだ。私はどうすれば良いかわからず、無性に腹を立てて、たっぷり半時間もそこに立っていた。自動式の伝動装置をつけるにしろ、つけないにしろ、発電所を設置するなどということは、いともおそろしい重労働に思われたので、考えたくもなかったのだ。だが、しばらくすると、セント・パンクラスにはタービンで駆動する比較的新しい発電機があったのを思い出した。それでさっそく自動車を切り離し、荷馬車を防水布で覆って、快速で走った。なるべく空《す》いている裏路を通り、誰を轢《ひ》きつぶそうと気にしなかった。多少の骨折りはあったが、果たして、二つの長い壁に挟まれた裏通りに発電所を見つけ、窓から中に入った――思ったことを早くやり遂げるのだという狂熱に憑かれていたからだ。階段をいくつか駆け上がり、二つの部屋を横切って、配電盤のある中二階に入った。下の部屋に作業場が見え、そこはきれいに整っているようだったが、埃がひどく積もっていることがすぐにわかった。私は下りて行って、そこそこの電力量をつくれる一台の発電器――そこには三台あった――に目をつけ、その発電器に付属している開閉装置が正常であることをたしかめた。それから布を少し取って来て、整流器の埃をきれいに拭き取ると、今度は走って――奇妙なことに、ひどく急いでいたのだ――タービンに水を注いだ。急いで注油器を軸受けにつなげて作動させ、二、三分も経つと速度を調節し、発電器のブラシを調整して、電流を流した。だが、この頃にはもう暗くなっていたので、その日は大したことは出来ないと思った。それでも、発電所を稼働させたまま、あわてて外に出て車に乗り込み、良い電気自動車を探しに行った。電気自動車は街路にたくさんあったが、手頃なものを選んで、その夜のうちに少なくともモーターを掃除し、調整しておこうと思ったのだ。裏通りを三本通って、やがてユーストン・ロードに出たが、そこへ着くや否や停車した――いきなり――驚きの声を上げて。

あのろくでもない通りはにぎやかな照明に照らされていたのだ！　そして、三つの明滅する電球が、さほど離れていないところで、凄惨な死者の戦場の様子を隈《くま》なく照らし出していたのである。

　そこにあった一つの物の嘲笑うような印象を、私は墓まで持って行くだろう。そいつは私に向かって字を綴り、綴っては止《や》め、また私に向かって字を綴り始めるのだった。というのは、私の真正面にあった店の上に赤い旗が立っていて、強風にはためいていたが、白い文字で「メトカーフ商店」と書いてあった。その旗の下に、建物を左から右へ横切って、電飾の文字を一字一字綴っている物があり、そいつは二つの単語をゆっくりと綴って、おしまいまで行くと、また最初から始めるのだった。

　　　ロボラルを
　　　お飲みなさい

　これこそ〝文明人〟が私、アダム・ジェフソンに贈る最後の言葉――最後《つい》の忠告――窮極の福音であり、言伝なのだ――私に、神よ！　ロボラルを飲めというのが！

　私はこの図々しい下卑た冗談を見ると、まるで骸骨に笑われたような気がして強烈な怒りにかられ、車からとび出した。投げつける石を拾おうとしたのだと思うが、石がなかったので、立ったままなすすべもなく、目を汚されるのに耐えねばならなかった。勝ち誇って執拗《しつよう》に繰り返す文字、人を嘲《あざけ》る厭らしい目つき、「ロボラルを飲みなさい」――ロ、ボ、ラ、ル、を、飲、み、な、さ、い、に。

　それはあの電気文字広告の一つで、発電所のモーターで駆動する小型の整流器によって動かされていたのだが、私が今、その発電所のモーターを動かしたのだ。くだんの薬店はあの破滅の安息日よりも数日前の晩に、それを作動させたに違いないが、発電所が放棄されたのを知って、わざわざ機械を止めはしなかったのだろう。ともかく、こいつのせいで、その日はもう仕事が出来なかった。発電機を止めに行った時は、もう夜だったからだ。私は不機嫌な倦怠い気分で、私の家にした場所へ車を走らせた。ロボラルは私の傷を少しも癒してくれないことを知っていたからである（この小説の発表当時、ロボラルならぬボヴリルという牛肉ペーストが売られ、健康に良いといって盛んに宣伝された）。

　翌朝目醒めた時はすっかり心境が変わっていて、怠《なま》けて何事もうっちゃっておきたかった。起きて着換え、冷たい薄めた薔薇水で顔を洗うと、前の晩、朝食の用意をしておいた食堂に下りた。それから、長く、薄暗い、毛足の長い敷物を敷いた廊下の一つを一時間ほど逍遥した。その廊下には死人が二人しかいなかったからだが、左右の扉――私は全部に鍵を掛けた――の後ろには、沢山の死者がいることを知っていた。身体が温まると、また下へおりて、自動車の中を覗き込み、近くにあったたくさんの自動車のうちの一つから円筒レコードを三つ取って来て、ライトを点け、出発した――初めはウリッジへ行こうと思ったのだが、ブラックフライアーズ橋で川を渡るかわりに、もっと東へ向かった。そしてホーボーンからチープサイドへ入ろうとしたけれども、チープサイドは這って歩かなければ通れなかったので、道を曲がろうとした時、蓄音機の店が目に留まった。私は突然、何でも聞けるものを聞いてみたいという好奇心に駆られて、わきの扉からこの店の中に入った。微音拡大機のついた良い蓄音機を一台と、真鍮の取っ手のついた箱に入っているたくさんの円筒レコードを取って、自動車にのせた。この閉めた店には桃の香りがまだ非常に強く残っていて、不快だったからだ。それから、裏道づたいに南へ、西へ進んで、激しい寒風を避けられそうな家を探していると、国会議事堂が見えたので、ウエストミンスター・ホールから川の方へ、パレス・ヤードの方へ向かって、議事堂へ行った。そして、二つの荷物を片腕に一つずつ持ちながら、紫の埃がかかった胸像の列に沿って、この古い建物へ歩いて行った。テーブルの上にある巨きな真鍮の塊――職杖《しょくじょう》という物だと思う――の傍らに箱を置き、腰かけて聞いた。

生憎、その蓄音機はぜんまい仕掛けで、螺子を巻いたが、動かなかった。私は電気式蓄音機を持って来なかった愚かさにすっかり腹を立てた。ぜんまい仕掛けを掃除するより、薬品を入れる方が、ずっと手間がかからなかっただろうに。腹が立って蓄音機をバラバラにしてしまいたくなり、蹴とばしかけたのだが、すぐそばの〝議長席〟と呼ばれる背凭れのまっすぐな古い椅子に男が坐っていて、その姿勢が、私がふとそちらを見るたびに、私のしていることに興味を持って身をのり出しているように見えた。男の肌の色は黒というに近く、ユダヤ人のような鼻で、髪の毛は縮れ、頭巾《ケフィー》を被り、長衣をまとっていて、アビシニアのガラ族とおぼしかった。彼の他には五、六人の人間が議員席にいるだけ――その多くは前に身をのり出し、頭を垂れていた――だったので、そこはまったく空っぽな、世間を離れた雰囲気だった。ともかく、このガラ族だかベドウィンだかが私のすることにグロテスクな興味を示し、私の手を押さえたのだ。結局、覗き込んだり、物を突っ込んだり、埃を払ったり、調整したりして、一時間もすると、蓄音機はちゃんと動き出した。

その日の午前中から午後遅くまで、食べ物のことも忘れ、次第に身にしみ透《とお》る寒さも忘れて、そこに坐ったまま次々と円筒レコードに聞き入り、思いに耽った――軽薄な歌、管楽器、私が話をし、手を握ったことのある有名人達の声が、墓の彼方の漠たる虚空から、ふたたび私に語りかける――しかし、不明瞭なしわがれた声をふり絞り、喉を鳴らしている。何とも奇妙だ、何とも奇妙だ。そして蓄音機にかけた三つ目の円筒レコードは、ああ、私は気がついてハッとした――あの雷の声、私の良く知っている説教師マッケイの声だった。その日、私は彼の言葉を何度も何度も聞いた。それはあの雲がウイーンの経度を過ぎたばかりの時に語られたらしい。奔流のようにまくし立てる演説のうちに、「それ見たことか」とは一言も言わないで、マッケイはこう叫ぶのだ。

「……〝彼〟を讃えよ、おお、地よ、なぜなら〝彼〟は〝彼〟なればなり。そして、もし〝彼〟が私を殺すなら、彼の〝剣〟は鋭い〝慈悲〟であり、〝彼〟の〝毒〟は私の死を殺すからだ。されば、〝人間〟の小さき群れよ、恐れるな。今宵、私の慰めを心に受け、私の甘味を舌に受けよ。汝等は罪を犯し、真鍮の如く頑《かたくな》になり、末の世の荒野を遠く、遠く、彷徨っているが、〝彼〟は汝等の罪よりも限りなく偉大にして、汝等を導いて連れ戻すであろう。破れるなかれ、破れるなかれ、〝地〟の哀れな破れたる心臓よ。なぜなら、今宵私は〝彼〟から甘美な秘密の言伝《ことづて》を持って、汝のもとへ先触れに来るのだから。言伝とはすなわち、こういうことだ――そのかみ〝彼〟は汝を選び、かつて古き眠りのうちで汝と夫婦の契りを交わした、おお、〝苦しむ者〟よ。〝彼〟は汝であり、汝は〝彼〟の肉であり、〝彼〟の骨の骨である。されば、もし汝が全く滅ぶなら、〝彼〟も全く滅んだことになる。汝は〝彼〟なのであるから。されば、〝絶望〟の他ならぬ遠日点と黒き天底に於いてこそ、もっとも希望を持ち、朗らかに微笑め。なぜなら、〝彼〟は鼬のようにすばしこく、プロテウスのように身をよじり、〝彼〟の至点と分点、〝彼〟の回帰線と折返し点と反復は〝存在〟のうちに本質的に在り、〝彼〟が倒れる時は、ハーレクインや羽根つきの羽根の如く、震えながらパタリと〝彼〟の足元に倒れるが、三日目になると、見よ、〝彼〟は蘇り、〝彼〟の敗北は踏石であり、粗い足場であるにすぎず、そこから〝彼〟は〝パルテノン〟を築くのだ。そして、もっとも密な玄武岩から〝彼〟の細流は噴き出し、この〝地〟の終わりは毒の雲ではなく、〝謝肉祭〟と〝収穫祭〟となろう……汝らは罪を犯したにもかかわらず、哀れな心達よ……」

　くぐもった金属的な声でマッケイが語るのは、かくの如き言葉であった。緑の議員席と金網に隔てられた傍聴席のある下院のこの茶色の部屋は私の気分に合っていたので、翌朝また行き、さらにレコードを聴いたが、そのうちに飽きてしまった。私は秘密の醜聞や、苦しみ悩む心の吐露を聞きたいという卑猥な欲望に憑かれていたのだが、店から持って来た円筒レコードはそんなものを何も漏らしてくれなかったからだ。それで、外へ出てウリッジへ向かおうとしたが、車の中に私が文章を書き込んだ詩人の手帳があったので、それを持って引き返し、一時間ばかり書いていると、それにも飽きてしまった。その日はウリッジへ行くにはもう遅いと思い、この立派な建物の埃っぽい委員会室や奥まった部屋部屋を歩きまわった。一つの部屋で、私はまたも突然の愚かさに襲われ、ごく些細な気まぐれも、私の中では、メディア人やペルシア人のあらゆる法律以上に、有無を言わせぬものになっていることを示した。というのは、その部屋、第十五委員会室で、若い警官が仰向けに倒れているのを見つけ、彼が気に入ったのだ。警官のヘルメットは頭の下に斜めになっていて、白い手袋を嵌めた片手のそばに、青い公用の封筒があった。澱《よど》んだ部屋の空気には今も桃の香りが感じられ、男は私に嗅ぎ分けられる匂いは少しも発していなかった。肉づきも良く、がっしりした身体つきだったが、その顔は黒ずんだ灰色で、両方のうつろな頬に六ペンス硬貨程のギザギザした穴が開いていた。薄い、アーチ形の目蓋は今もその空洞の中に嵌め込まれて、睫毛の下から「永遠」という言葉をささやきかけるようだった。髪の毛は警官にしては長かったが、あるいは死後に伸びたのかもしれない。だが、私が興味をおぼえたのは手元にある封筒だった。私はこう思ったのだ――「この男は日曜日の午後三時に封筒を持って、ここで何をしていたのだろう？」それで間近に寄って見ると、左のこめかみにある傷跡から、銃で撃たれたか殴り倒されたことがわかった。私は怒り狂った。この可哀想な男は公務を果たしている時に殺されたのだと思ったからである――その時、たぶん彼の仲間の多くは、そしてもっと身分の高い人間の多くも持場から逃げ出して、祈るか暴動に加わるかしていたというのに。それで、彼を長いこと見ていたあとで、こう言った。「うむ、D四七、ぐっすり眠るがいい。そなたの死に方は立派だった。私はそなたが気に入ったから、我が寵愛のしるしとして、そなたを他の者と同じ空気の中で腐らせず、同じ焔の中で焼きもしないことを決定する。そなたは私自らの手で葬られる名誉に浴すであろう」私はこの気まぐれに強くとらえられて、すぐ外に出た。車から持って来た金梃子で、議会通り《パーラメント・ストリート》にあった近所の金物屋の窓を割り、鋤《すき》を手に入れて、ウェストミンスター大聖堂の中に入った。まもなく北の翼廊にある有名人の墓石をこじ開け、そこを掘り始めた。しかし、なぜかわからないが、一フィートも掘った頃には衝動は消え去っていた。私は作業をやめ、あとでまた続けると約束したが、結局何もしなかった。翌日はウリッジにいて、別のことで忙しかったからである。

次の九日間、私は狂熱にうかされて働き、目の前にはロンドンの地図があった。あの街には色々な場所があった！——さまざまな秘密が、広大さが、恐怖が！　ロンドン船渠《ドック》の酒蔵には二万ガロンから三万ガロンの葡萄酒が入っていたとおぼしい大樽があり、私は胸躍らせて、そこに導火線を仕掛けた。煙草の倉庫は八十エーカーの土地を占めていたに違いない。私はそこに起爆装置を仕掛けた。リージェント公園の近くのとある家では、高い塀で通りから隔てられた庭に、ある物が立っているのを見た……！　そして大都市がいかなる姿を隠しているかを、初めて知った。

＊

私はいかなる場所も忘れずに、今では四台ではなく八台の乗物からなる列車に乗ってめぐり歩いた。列車を引くのは、毎朝充電する電気自動車だった。充電はたいていセント・パンクラスのタービン・ステーションで行ったが、一度はパレス劇場で見つけた非常に小型のエンジンと発電機《ダイナモ》つきの蒸気式発電機で行ったこともあり、これは手間がかからなかった。また一度は、ストランドのホテルにあった似たような小型の発電所からも充電した。この列車と共に、ウェスト・ハムとキュー、フィンチレーとクラファム、ダルストンとマリルボーンを訪れた。ロンドン中、行かぬところはなかった。私は燃料の山を置いた——市庁舎に、ホロウェイ監獄に、新しい柱の立ったニューゲイトのジャスティス・ホールに、ロンドン塔に、国会議事堂に、聖ジャイルズ救貧院に、聖《セント》ポール大寺院の地下納骨堂とオルガンの下に、サウス・ケンジントン博物館に、王立農業協会に、ホワイトリーズ・プレイスに、船舶協会《トリニティー・ハウス》に、リヴァプール街に、建設省に、大英博物館の秘密の奥所に、火のつきやすい百の倉庫に、五百の店に、千の個人宅に。そして、いずれも四月二十三日の真夜中に発火するよう調整した。

二十二日の午後、メイダ・ヴェイルで列車を降り、ハムステッド・ヒースに近い私が選んだ高台にある一軒家に向かって、独り車を走らせたが、その頃には仕事はもう完了していた。

大いなる朝が来て、私は早くから動き出した。その日はやることがたくさんあったからだ。翌朝海岸に行くつもりだったので、優良なガソリン自動車を選んで取っておき、安全な場所に置かねばならなかった。それに時限起爆装置や本や衣類や他の小物を入れた鞄をもう一台の乗物に積み込み、引いて行かねばならなかった。

最初に行ったのはウリッジで、そこから機械類で必要になりそうな物を全部持って来た。それからナショナル・ギャラリーへ行って、「聖ヘレナの夢」、ムリーリョの「酒を飲む若者」と「柱に繋がれたキリスト」を額から切り取り、大使館へ行って入浴し、体に油を塗り、着替えた。

私が予想し、望んだ通り、荒れ狂う春の大風が北から吹き始めていた。

午前九時頃ハムステッドを出た時ですら、起爆装置のいくつかがなぜか予定の時刻よりも早く発火したらしいしるしがあった。空の異なる点に赤い靄《もや》が三つ見えたし、偶然の爆発の音が遠くぼんやりと聞こえて来たからである。午前十一時頃には、北東ロンドンの広い地域が炎上していることを確信した。花婿と結婚式の朝の厳かな気分で――心はたじろぎながら、ああ、しかし、ゾクゾクする喜びに浮き立ち――私は夜のガルガンチュワ的な狂宴の用意にかかっていた。

ハムステッドの家は今でも建っているに違いないが、気持ちの良い石造りの田舎風な建物で、壁面は幅広く、装飾のない切妻が二つあり、窓には縦仕切りが入っていて、スレートの切妻屋根の端の方が突き出している。だが、それとはいささか不調和に、南東の角《かど》に高い三階建ての方塔があり、私は前夜その最上階で眠ったのだった。そこに、麻薬入り煙草と薔薇の花と阿片を混ぜたものの壺――シーモア街の外国人の家で見つけたのだ――と、本物のサロニキの水煙管と、極上の葡萄酒、乾果など、そして音楽家クラシンスキーの銘が押してある黄金の竪琴《ハープ》――これはポートランド街の家から持ってきた――とを置いておいた。

だが、その日はすることが多かったし、持って行きたい半端な物がたくさん出て来たので、六時近くなってようやくカムデン・タウンを通って北へ向かった。今や到る処で私を取り巻く荘厳な音に、私の魂は名状し難い畏怖に取り憑かれた。名状し難い畏怖、至福の恐怖だった。あれほど偉大で強力なものは、見なければけして想像も出来なかっただろう。私の頭上を、火花を散らす煙が、翼を広げて南の方へ猛進して行った。巨大な轟音に混じって、何かが転げてゴロゴロ鳴るような謎めいたどよめきが聞こえ、それはあたかも巨人族の家の中で家具が動きまわるようで、私にはまったく理解出来なかった。一方、まるで葬送歌のようにいとも無気味で物悲しい音や、荒々しい苦痛のむせび泣き、死にゆく白鳥の歌、世界のあらゆる嘆きと苦難が空気全体に満ちていた。しかし、こんなに早い時刻では、火も街中に広がっているはずはなかった。事実、始まりは上手く行かなかったのだ。

私が住む一軒家の南にあたる、半径四百ヤードの半円形の住宅地帯には可燃物を置かぬようにしておいた。

風は北から強く吹いていたため、二台の乗物を家の戸口にそのまま置いたが、被害を蒙る恐れはなかったし、実際、そんなことは起こらなかった。私はそれから塔の天辺に上り、蠟燭を点け、用意した夕食をガツガツと食べた。朝から何も口にしていなかったのである。それから、震える手と心で、午前中身体を休める低いスプリングつきベッドの寝具を整えた。ベッドがある壁の反対側にゴシック式の窓があった。かなり大きく、窓敷居は広く、罌粟《けし》の模様の入っているモスリンのカーテンが掛かり、真南を向いていたので、赤い天鵞絨の安楽椅子にゆったり横になって見ることが出来た。そこは若い婦人の部屋だったらしい。化粧台に切り子ガラスの壜や、編んだ茶色い髪の毛、粉おしろい、口紅、小さな青銅色《ブロンズ》の上履きの片方が置いてあったからだ。女の姿はどこにも見られなかったが、私は彼女を愛し、かつ憎んだ。八時半頃、窓辺に腰掛けて見物した。必要な物は私の右側にすべて用意してあり、その赤い部屋の蠟燭は全部消してあった。劇場が開いたからだ。地球の大気は地獄と化したかに思われ、地獄は私の魂の中《うち》にあった。

真夜中を過ぎてまもなく、大火事は突然、目に見えて火勢が増した。どちらに目をやっても、燃え上がる構造物が、大きな歓声と共に高く浮き上がるのが見え始めた。五つずつ、十《とお》ずつ、二十ずつ、三十ずつ、それらは私と遠い視界の果てとの間で、跳ね、長いことどどまって、倒れた。私の精神は感覚のより深い神秘を、より甘美な戦慄をますます強く感じて、躍った。えも言われぬ美酒をすすり、ゆったりと楽しみを引き出した。やがて、さらに大きい焔の天使が確たる大志をもって〝奈落〟から立ち上がり、両腕を広げてとどまり、破裂するようになると、私は椅子から少し腰を浮かして、身をのり出し、名優に拍手するように手を叩いたり、焔達に向かって大声で呼びかけ、かれらに〝女〟の名をつけるのだった。今は真紅のガラスごしに、呻《うめ》く万魔殿の如き宇宙が見えるだけのようだったし、空気は灼熱して、私の眼球は、燃える溶鉱炉の真ん中を目を剝いて歩く者の眼球さながらであり、皮膚が恐ろしくチリチリして来た。やがて私は竪琴の弦に触れてワーグナーの「ワルキューレの騎行」を爪弾《つまび》いた。

午前三時近くになって、罪深い悦楽は頂点に達した。酔い痴れた私の眼は贅沢な快楽のうちに閉じ、唇はニタニタと微笑って涎《よだれ》を垂らした。貴い平和の感覚、全能の力の感覚が私を慰めた。今や滂沱《ぼうだ》の涙を通して見渡している全地域が、一万の雷を召《よ》び集め、星々の彼方に向かって、南へ突き進む奔流の声を上げ、煙のない、閃く焔の大いなる大西洋のような塊を、地平線に向かって広げていた。その中に地獄のあらゆる悪魔が笑い、叫び、激しく飛びまわり、お祭のように遊び戯れ、身を洗っていた。そして私は――人類で初めて――近くの惑星に信号を送ったのだ……

近くの「惑星に信号」という文句を書いたのは、もう十四カ月近くも前、ロンドンを焼き払ってから数日後で、私はその時「北風号」に乗り、フランスの海岸へ向かっていた。その夜は穏やかだったが暗く、他の船と衝突するのが心配だったし、まだ眠くもなかったから、動かぬ船の上で手慰みに書いたのである。私が書き込んだ帳面はずっと手元にある。しかし、書きたいという衝動が起こらなくて、今やっと続きを書き始めたのだ。しかし、記すべきことはあまりない。

居心地の悪いブリテン島で暖を取るために毎朝火をつけて、人生を費い果たすつもりはなかったので、私はフランスに向かって出発し、リヴィエラか、スペインか、あるいはアルジェにでも大きな邸を探そうと思っていた――当面そこを我が家にしようと。

四月末頃、荷物を持ってカレーを発《た》った。初めの二日は汽車に乗ったが、べつに急ぐ旅でもないし、ガソリン自動車の方が楽だと思ってガソリン自動車に乗り、おおむね南やや東寄りの方角に向かって行った。森林の野放図な繁茂のさまにはつねに驚きを新たにしながら――森は、人間が消えてからまもないというのに、夏もまだはっきりと来ないうちから、この快い土地を覆いつくしているのだ。

三週間、非常にゆっくりした旅をしたのち――私はいくつかの国を良く知っているが、アスファルトを敷いた村々があり、丘が多く、葡萄が生《な》り、森があり、古朴な田舎の暮らしが残っているフランスは、私にとって常に新しい魅力を持っているからだ――三週間後、期せずして、いまだかつて私の脳裡《あたま》に入って来たことのない谷間へ行った。そこを見たとたん、「ここに住もう」と言ったが、何という場所かも知らなかった。そこに見える僧院は、私の観念からすると、全く僧院らしくなかったからだ。だが、地図を調べると、ペリゴールのラ・シャルトルーズ・ド・ヴォークレールに違いないことがわかった。

この「ヴォークレール」という言葉は、ラテン語のVallis《ヴァリス》 Clara《クラーラ》(輝く谷間)の転訛《てんか》に他ならないと信じている。ℓとuは、たしか、このように入れ替わるからだ――chevalが複数形でchevau(x)となるように、「fool」と「fou」等のように。このことはフランス人の愛すべき無精《ぶしょう》さを証明している。かれらには「ℓ」を歌うのは面倒臭すぎ、「ℓ」が二つとなるともうお手上げで、あの丸天井vaultあるいはvouteを避け、「y」と呼ぶのだから。だがともかく、このヴォークレールないしValclearはうまく名づけたものだ。〝楽園〟がどこかにあるとしたら、それはここであって、建築とリキュール醸造の仕方を知っている人間がいるとしたら、それはこの地に昔いた良き修道僧達だったからだ。かれらはあのカナの奇蹟の際も、また、たぶん他の多くの事に於いても、気負ってかれらの師に従ったが、山に向かって「汝、動くべし」と言うことは美学的に避けたのである。

この谷間の色は全体に濃い空色《そらいろ》で、アルベルティネリの聖母達が着ている衣の青に似ている。少なくとも、春か夏の晴れた午前中にはそのように目に映る。僧院は長方形の空間、あるいは囲い地からなり、その三面に十六の小さな家が一定の間隔をおいて立っている。これらは全く同じ建物で、神父たちの庵室である。長方形の空間と庵室の間に回廊があるが、外部への出口は一つしかない。長方形の空間の西側に小さい真四角の地面があり、大きな糸杉の木の蔭になって、平和な家にいるように、その中で眠っている。そこには、墓の上に小さく装飾のない黒の十字架が、まっすぐに、あるいは斜めに傾いて立っている…

中庭の西には教会と宿屋があり、アスファルトを敷いた庭には樹が生え、噴水がある。その向こうに入口の門がある。

これらは草のような緑色をしたなだらかな丘の上にあって、すぐ背後《うしろ》に切り立った山の斜面が迫っているが、この山の木の幹は想像裡の存在で、私は一つも見たことがない。木々はむしろひと続きの葉の茂った梢《こずえ》に似て、高く、山の彼方まで広がっている。

私はそこに四ヵ月いたが、しまいに何かが私をよそへ追いやった。神父達や修道士達がどうなったのかは知らない。そこには五人しかいなくて、そのうちの四人は、私がサン・マルシアル・ダルトンセ教会の向こうへ車で二回に分けて運び、そこに放置した。五人目の男は三週間私と一緒にいた。彼の祈りの邪魔をしたくなかったからだ。彼は四十がらみの鬚を生やした修道士で、亡霊のような白い長衣と頭巾をまとい、庵室で跪いていた。亡霊の、と言ったのは、もっとも亡霊らしいものと少しも変わりがなかったからで、こうした人々が黄昏や暗い夜に行列をなして歩く姿は、いかにも幻めいて無気味だったに違いない。先程も言った通り、この修道士は自分の清らかな小部屋に跪いて、キリスト像を見上げていた。像は腕を伸ばして、三つの狭い本棚と壁の出っ張りとの間の小さな隙間《すきま》にかかっており、キリスト像の下には黄金色と青の聖母像があった。三つの本棚の本は少なく、あっちこっちに傾いていた。修道士は右肘を四角い質素なテーブルに突き、テーブルの前には木の椅子があった。背後の隈にベッドがあった。ベッドは黒ずんだ板で囲ってあった。幅広い板が足元に垂直に立ててあって、天井に届き、わきには水平な板が渡してあり、それを越えて寝床に入った。似たような、もっと細い板がもう一枚天井についていたが、これは房飾りとカーテンをつけるためで、さらにもう一つの垂直な板が枕を隠していた。清潔なベッドはこうして暗く居心地の良い小さな穴蔵に収まり、この穴蔵の壁には、もう一つの小さいキリスト像と小さい絵がかかっていた。足元の垂直な板には二着の白衣がかかっており、ベッドのわきの椅子にもう一着かけてあった。何もかも実に小綺麗で清浄だった。修道士は大柄で頑健な男で、麦のような色の金髪だったが、もじゃもじゃの顎髭には赤毛も混じっていた。驚くべきは、祈っている両眼の意味ありげな表情と細長くこけたサフラン色の頬だった。私はどうしてか説明出来ないが、この男に深い尊敬を抱いた。他の多くの修道士は明らかに逃げてしまったが、彼は逃げなかった。そして、迫り来る雲に十字架を対抗させた。どちらも同じように現実のものだと思って——大勢の中で彼だけがそうしたのだ。というのも、キリスト教は選ばれし者の宗教であって、すべての人間が呼ばれるが、選ばれるのは少数であり、その点が回教や仏教と異なっていた。後者は手のとどく範囲の人間すべてをとらえ、征服した。キリストの影響力はプラトンやダンテのそれとやや似ているかもしれない。一方、マホメットのそれはホメロスやシェイクスピアのそれにいっそう似ている。

　私は暑い日に内陣から彫刻を施した大きな椅子を持って来て、入口に据え、何も考えず、何時間もまどろんだり煙草を吸ったりして、魂を休めるのが常だった。平野を見下ろすと、細長い銀色の糸のようなイスル川のまわりに、かぐわしい果物の生った庭が波打っていた。川の流れはうねりくねって、僧院がある斜面の麓のすぐそばを通っている。この斜面の下に広がる土地は、広大というよりも計り知れない広さに思えるが、半円形の低い丘々に地平線を区切られていて、その丘々は硬張り、一様にすぎて、完全な美しさとは言い難い。手前の平野は黄色い耕作地に占められているが、そこに種が蒔《ま》かれたことはなく、今は雑草が生い茂って、葡萄の木が鮮やかな緑のリボンをなして、そこを縦横によぎり、薄緑のアルファルファが生えた地面や果樹園、そして鉄道の近くにモンポンの白い村がある。村は木の葉に隠され、イスル川の水銀のような流れが村の牧草地を通っていて、牧草地は樫《かし》の木蔭に蔽われて暗い。少年の時そこに遊び、生まれてからずっとそこを自分の手足のように親しく思うというのは、いとも楽しく快いことだったに違いない。川はここを過ぎると二つに分かれて心臓《ハート》の形になり、うんと遠くにジロンド川の灰色の堤が見える。霧がかかっていない時には、半円形の丘々の上に封建領主の城跡が見えた。封建領主達も建物を建てるべき場所を知っていたからである。私の左手には、樫の木立とポプラ並木の間に、サン・マルシアル・ダルトンセ村の教会の鐘塔があった——非常に古いタイプの塔だと思うが、フランスにはよくある種類で、いささか重苦しく、真四角の塊の上に、それよりも小さい真四角な塊がのっており、後者には大きなゴシック式の窓がついている。私の背後には僧院の教会の西側正面があって、扉の上に聖ブルーノの像が立っている。

さて、四ヵ月後のある日の朝、庵室で目を開いた私は、前夜モンポンを焼いたことを痛烈に思い出した。そして、この哀れな、罪のない、小さな村を惜しむ気持ちに圧《お》しひしがれて、二日間ろくに物も食べず、身廊の樫と胡桃材で出来た座席の間を行ったり来たりした。これらの座席は重厚な席で、溝《みぞ》のついたコリント式の柱に仕切られている。私はそこを行ったり来たりしながら、自分はどうしてしまったんだろう、もう気が狂ったのではあるまいかと考えていた。そこには非常に人間的な、グルーズ（ジャン・バティスト・グルーズ（一七三五—一八〇五）フランスの画家）が描く天使のような顔をした小天使達がいて、後陣の中枢を支えていたが、ここへ来てしばらくすると、かれらは私が通るたびに、私がそこにいるのを意識しているように思われた。そして身廊と聖歌隊席を端から端まで飾る木造部分——雛菊や薔薇の精巧な彫刻が施された——は、ここかしこのある視点から見ると、意味ありげな形を私の目に映じさせた。仕切りの壁があって――身廊は二つの礼拝堂に分かれており、一つは修道士の、一つは神父の礼拝堂のようである――この仕切りには重厚な扉があるが、樫やアカンサスの葉が彫刻されていて、軽く優雅に見える。私はそこを通るたびに、扉が感覚を持ち、私を潜在的に意識しているという印象を受けた。巨大な身廊から伸び上っている繊細なイタリア・ルネッサンス様式の煉瓦の丸屋根は、おまえも、おまえの心も知っているぞという陰気な顔で見下ろしているようだった。私は二日目の午後四時頃、何時間も教会を歩きまわった末に、あの彫刻を施した仕切りの扉に近い二つの祭壇の一つの前に倒れて、私の魂に慈悲を垂れて下さいと神に祈った。ところが、祈っている際中、悪魔に取り憑かれた私は立ち上がって、そこを去り、自動車に乗った。そして一ヵ月間ヴォークレールに戻らなかったが、行く先々で広大な焼土をあとに残し、町や森を、ボルドーを焼き、リブルヌを焼き、ベルジュラックを焼いて戻って来た。

ヴォークレールへ戻って来たのは、今ではここが故郷のように思われたからだ。ここで私は真の深い悔い改めをし、〝造物主〟の前にへりくだった。こうした心境で、ある晴れた日、僧院の門の前に坐っていると、何かが私に言った。「おまえは人生の目的を持たなければ、けして善人にはなれぬし、地獄と狂乱を永久に避けることも出来ぬであろう。何か偉大な仕事に身も心も捧げるのだ。それはおまえの科学も、思考も、発明の才も、現代的な物の知識も、肉体と意志の強さも、頭脳と手の技倆も、すべてを必要とするような仕事だ。さもなくば、おまえは必ず敗けてしまう。されば、これをやるのだ。明日からでも今日の午後からでもなく、たった今始めよ。なぜなら、おまえの仕事を見る者はいなくとも、それでもまだ〝全能の神〟がいるし、彼は〝彼なり〟に中々のものなのだ。彼はおまえがいかに頑張り、試み、呻くかを見そなわすであろう。おまえの様子を見て、慈悲を垂れてくださるかもしれない」

こうして〝宮殿〟の構想が生まれたのだ――この考えは以前から脳裡に浮かんではいたけれども、錯乱した気分が生んだ誇大で夢想的な考えにすぎなかった。しかし今は全く違うやり方で冷静に考えており、やがて細部、難点、手段、限界、あらゆる種類の実際的な事柄を考えるようになった。私が一つ一つ予想したあらゆる障碍《しょうがい》は、日が経つにつれて、一つ一つ克服された。今や急速に熱狂と化して私に取り憑いたあの考えがそうさせたのである。一週間休みなしに考えつめた揚句、私は〝やろう〟と決めて、言った――俺は宮殿を建てよう。それは宮殿となり、神殿となるであろう。人間が初めて建てた〝天の王〟にふさわしい神殿であり、人間が建てた〝地上の王〟にふさわしい唯一の宮殿に。

こう決心したあと、ヴォークレールにもう一週間留まっていたが、それまでののらくら者とは一変して精力的な、改心した、謙虚な人間となり、あれこれの計画、細部や全体の計画を立て、加減乗除に二字曲線や比例の計算をし、建築期間を合計したところ、十二年余りとなった。また資材の量や重さや体積を見積もり、夜毎選択に関する悪夢のような問題に悩まされ、起重機や鍛冶場や作業場の大きさと構造、それらの構成部分の自ずと限られる重さについて決定し、二千四百点を超える品目のリストを作り、最後に、ヴォークレールを発ってから三週間経つまでの間に、ほとんど地球全土の地誌に目を通して、インブロス島を建築予定地に決めた。

私は英国へ戻り、黒々と焼尽した寂しいロンドンのうつろな窓々や死体のばらまかれた街路に戻って来た。銀行の金庫室等には、パリから持って来て、ドーヴァーの「スペランツァ号」に積んである金《きん》を補うのに必要な金があったからである。それに私はフランスの製造業に十分精通しておらず、目録に入れて今ではその数四千に達した細々《こまごま》した物品の半分も手に入れる方法が――事業案内書の助けを借りても――わからなかったからだ。私の船は「スペランツァ号」で、ルアーヴルからこれに乗って来たのである。最初カレーに行ったのだが、そこには私の目的すべてに適《かな》う船がなかったからだ。「スペランツァ号」はアメリカ製の快走船で、非常に豪華な設備をそなえ、三本マストの船で、空気駆動で、二千トンの運搬能力があり、船体がトビン青銅で出来ており、状態は良く、相互に作用する十六のタンクを有し、船体の中央部に五つの滑車がついた滑車装置があるので、相当な重さの物でも、空気駆動の起重機を使わずに持ち上げることが出来る。船体は高く、粋で、綺麗で、砂バラストは二、三トンしか積んでおらず、私が見つけた時、喫水線とエンジンのところでほんの三日間作業をすれば、まずまず乗れるようになった。私は死人達を放り出し、外泊渠《がいはくきょ》から船を後退させて、内《ない》泊渠《はくきょ》の私の列車がある埠頭に移し、二千三百ウェイトの金の袋と、半トンの琥珀《こはく》を列車に積み込み、これだけを持ってドーヴァーへ行った。そこから自動車でカンタベリーへ行き、それから、障碍物があった時に吹き飛ばすためのダイナマイトをドーヴァー城から積み込んだ長い列車で、ロンドンへ向かった。ドーヴァーを私の倉庫にし、ロンドンの鉄道を全国に通じる私の主要道路にしようと思ったのだ。

計算では三ヵ月のはずだったが、九ヵ月を要した。悲惨な奴隷労働だった。荷を積んだ貨車の通り道から、四十三もの列車を吹き飛ばさねばならず、数回は線路も吹き飛ばしてしまったため、線路のない道を何百ヤードも進まねばならなかった。邪魔をする汽関車を点火して、たぶん遠いところにあるであろう引き込み線に入れるようなことをする気になれなかったからだ。

しかし、終わり良ければすべて良しである――もっとも、あれをもう一度やれと言われても、けしてやらないだろうが。「スペランツァ号」は今ロカ岬の七マイル沖に停泊している。静かな海上に濃霧がかかっている。今は六月十九日夜の十時だ。風なく月もなし。船長室は霧で一杯である。私はかなり無気力で落胆し、神よ、九ヵ月もの長い間、どうしてこんな骨折をするほど馬鹿だったのだろうと思い、今はこのろくでもない仕事を放り出そうかと真面目に考えている。船は宮殿を腹中に孕《はら》んで、深い海に浸かっている。三十三の……

「三十三の」という言葉を書いたのは十七年以上も前だ――長い年月だ――十七年とは。今では何について書いたのかも憶えていない。私が書き込んだ帳面は「スペランツァ号」の船室で失くしてしまい、昨日、一時間ほど目的《あて》もなく遊弋《ゆうよく》してインブロス島へ帰って来た時、箪笥のうしろに見つけたのである。

私は今、鉛筆を動かすのにかなりの困難を感じており、今したためたこの数行は、習字が不得手な人間の手跡のように、じつに奇妙な感じに見える。十七年前なのだ。十七年、十七年……ああ！　考えを表現する言葉もスラスラと出てこない。一つの言葉が出て来るまでに一分間も考えなければならず、時々妙な綴りをしても驚くにはあたらない。たぶん、この年月、私の脳は明瞭な言葉を用いないで物を考えていたのだろう。それで、今こうして書いた英語の言葉や文字が、奇抜な異国めいたものに感じられるのだ――ギリシア語やロシア語を習い始めてまだ日が浅く、それらに取り組んだ最初の日に受けた、おそろしく異国風な印象を忘れていない人間には、それらの言語で書かれた書物がこんな風に見えるかもしれない。いや、もしかすると、それは私の空想にすぎないかもしれない。私は色々な空想をすることを自分でもわかっているから。

だが、何を書けば良いのだろう？　あの十七年間の歴史を記すことなど、とても出来ない。少なくとも、それにはもう十七年かかるだろう。もしも詳しく書き記したら――たった一人で宮殿を建築したこと、そのために死にそうになり、二度もそれから逃げ、しかし戻って来て強いられた奴隷となり、その夢を見て、その前にひれ伏し、祈り、錯乱し、転げまわったこと。寒い時や暑い夏には黄金が伸縮するが、そのための備えを建物の西側に施すのを忘れて、九ヵ月かけて造ったものを取り壊さねばならず、〝御身〟を呪ったこと。葡萄酒の湖の蒸発が、水道管が補給するよりも早かったため、船一隻分の葡萄酒を積みに三日かけてコンスタンティノープルへ行かねばならず、絶望して腹を立てたが、そのうち、貯水器をプラットホームの中に造ることを考えついたこと。それから、プラットホームの南側を一番下まで取り壊さねばならず——宮殿の南側が陥没しはしまいかと一月にも及ぶ恐怖の悪夢を味わったこと。石油が底をつき、三週間、海岸で石油を探したこと。黒玉を布で磨いたあとで、磨くのに必要なベンガラを忘れていたのに気づいたこと。そして、これは三年目だが、プラットホームの石材の細孔を防水加工するために用意したフッ化物が「スペランツァ号」の船倉の中でほとんど全部洩れ出してしまい、ガリポリへ行って珪酸ソーダを手に入れなければならなかったこと。二年間観察した末、湖が洩っているという結論に達し、インブロス島の砂はコンクリートを覆うポートランド産セメントの壁面材と混ぜるに適さないのを発見して、三つの場所でその代わりに瀝青シートを用いねばならなかったこと。こうしたことすべてを神のためにしながら、考えたこと——「俺は働いて、善人になって、地獄をふり落とすんだ。この神殿が完成すれば、俺にとって〝祭壇〟となり、〝信仰声明〟となるだろう。俺は安心を見出し、満ち足りるだろう」。そして、私は十七年という——人生の長い歳月を——騙《だま》し取られたこと。なぜなら、神などいないからだ。そして漆喰工事用の毛がなくなり、毛屑《けくず》、麻布、綿布、填絮、道の舗装に使う木切れなど、何でも手に入る物でプラットホームの壁の間の隙間を埋めなければならなかったこと。クレモンボルトが、ハーピーに地獄へでも持ち去られたかのように、いくつも不思議に消えてしまい、それを作らねばならなかったこと。銀の板のうちの二つが出来上がった時、起重機の鎖がそれにとどかず、かといって私に板は重くて持ち上げられず、絶望のあまり両手を揉み合わせ、土を噛み、怒り狂ったこと。素材を琥珀に包む過程を説明する教本が見つからなくて、一週間も必死に探しまわったが無駄だったこと。もうすぐ完成という時に、ダイナマイトで鍛治場と起重機を吹き飛ばしたところ、東のプラットホームの段の黄金に長い亀裂が走り、どうしても心が慰められず、悲嘆に暮れたこと。さまざまな試練には遭《あ》ったが、自分の能力が次第に高まってゆくのを見るのは楽しかったこと――最初のうちは資材を車から降ろすのも覚束《おぼつか》なくて、一度に百ウェイトしか降ろせなかったが、しまいには四トンも素早く動かすことが出来るようになり――固体の金属が流れるのを見――ハンドルや、クランク軸や、さまざまなレバーの滑る音を楽しみ、繰形の端を内側に打ち込み、原料を圧縮するためプランジャーが上下し――移動用の箱に乗って楽々と建築作業をし――そして眠れぬ時、小屋の戸口から、この国の電気の月光の下で、金の塊と、銀の板と、縦横二フィートの黒玉とが三つの山になっているのをながめて、心慰められたこと。そして、接合剤の洗浄が――しかし、もう済んだことだ。あの目的と手段の下卑た悪夢を生き直すために、これをまた書き始めたのではない――他の事を記したいのだ――その勇気があるならば。

わが善き神よ。

あの迷妄《まよい》の十七年といったら！　ああして呻吟し、悲嘆した理由といえば、いずれも理性の持主なら大声で笑い出さずにおれぬ体《てい》のものだった。私はどこか中東の宮殿で安楽に暮らし、街々を焼いていれば良かったのだ。しかし、だめだ。「善人」にならなければならない――無益な考えだ。ある荒々しい狂人の――この出来事を予言したイギリスの説教師の言葉が私と共にあって、こう言うのである。「〝人間〟の敗北は〝彼〟の敗北だ」と。私は思った。「ふん、最後の人間を悪魔にはしないぞ。〝あのもう一人〟を困らせるためにも」それで私は働き、呻いていた――「俺は善人になる。何も焼かず、不謹慎なことは口にせず、快楽にも耽らず、〝他の連中〟が俺の喉を通じて叫ぶ冒瀆の言葉を抑えて、骨折り、呻き、建てつづけるぞ」それは〝虚栄〟であったが、私はあの家を愛してもいたのだ。それは荒れ果てた地上に於ける我が家だったから。

計算では神殿の完成に十二年かかるはずで、実際のところ、十六年七ヵ月ではなく、十四年で出来上がっていたはずである。ところが、ある日、プラットホームの南と北と東の段がすでに完成して——あれは三年目の七月で、日没近くだった——仕事を切り上げた時、夕食の仕度がしてあるテントへ行くかわりに、私は——いとも奇妙なことだが——うつけたように、機械的に、自分自身に一言も言わず、唇に悪意のこもった微笑を浮かべて、船まで下りて行った。そして真夜中にはミティリニの南方三十マイルの沖合にいた——あの骨折り仕事に別れを告げたつもりで。私はアテネを焼きに行くところだった。

　しかし、そうしなかった。そのかわり、マタパン岬を西へまわって、シチリア島の森林と町々を焼くつもりだった。そこに手頃な自動車が見つかったら、だ——というのも、インブロス島で船に自動車を積み込むのが面倒だったからである。さもなければ、南イタリアのあちこちを荒らそうと思っていた。ところが、そのあたりへ来ると、ひどい恐怖に直面した。そこには南イタリアもなければ、シチリア島もなかったからだ——長さが五マイルもない小さな新島がシチリア島だというならば、別だが。他には何も見えず、ただストロンボリ火山の火口が今も煙を吐いているだけだった。私は北に航行して陸地を探し、機器が示す証拠を長いこと信じられなくて、それらがわざと私を欺いているか、さもなくば自分が狂ったのだと思っていた。だが、そうではなかった。イタリアはそこになかったのだ。やがてナポリの緯度まで来たけれども、ナポリもまた淵《ふち》に呑み込まれて姿を消していた——あれだけの土地が。私はこの途方もない事態から重大な衝撃をうけて、畏怖にかられ、邪心は挫かれ、抑えられた。地表の広範な再配置がもくろまれていると信じた（今も信じている）からで、その劇の中にあって、おお、神よ、私ごときはどのように見えるであろう?

　それでも先へ進んだが、もっとのんびりと進んで、誰も怒らせないように長いこと何もせず、こういう愚かな臆病な気持ちで、スペインとフランスの西岸を五週間航行した。その間、じつに穏やかな天気が続いたが、今ではそれが考えられないほどの嵐と交互に訪れるのである。やがてカレーに戻り、そこで初めて上陸した。

ここではもう我慢せずに、街を焼いた。アジンクールとアベヴィルの間に広がり、五平方マイルを占める壮大な森林も焼いた。アミアンも焼いた。アミアンとパリの間にある三つの森も焼いた。パリも焼いた。四か月間、焼いて、焼いて、焼いて、煙る地域を、長い荒廃地帯を私のうしろに残した――さながら燃える翼の通ったところを破壊する〝奈落〟の存在のように。

今やこの街焼きは私にとって、阿片が阿片飲みに、アルコールが酔いどれにとってそうであった以上の、やめるにやめられない――そして、もっと堕落した――習慣になっている。私はそれを生活に欠かせぬもののうちに数えている。それは私のブランデー、私の狂宴、私の秘密の罪だ。私はカルカッタ、北京、サンフランシスコを焼いた。この宮殿は衝動を抑える影響力を与えたが、それでも焼いて、焼きまくった。二百の都市と田園を焼いた。レヴィアタンが海の中で遊び戯れるように、この地上で浮かれ騒いだ。私は六ヶ月留守にしたあと、インブロス島に戻った。自分のした仕事をもう一度見て、あのように王者らしからぬ卑屈な振舞いをした自分を嘲笑したかったからである。しかし宮殿が、私が去った時のままの姿で、挫折し、寂しげにそこに立ち、創造者《つくりぬし》の手を待っているのを見ると、憐れみと建築したいという本能が私をとらえた――〝神〟の幾分かが〝人間〟のうちにあったからだ――私は跪き、神に向かって両腕を広げ、改心して、宮殿を完成しますと約束した。私が宮殿を造るように神が私の魂を造って、最後の人間を敵から救って下さるように、と祈りながら。

そして、その日、黒玉の最後の板二、三枚を布で磨きはじめた。

その後、私は四年間インブロス島にとどまり、何か必要な物があったり仕事に飽いたりすると、時折沿岸へ――キルドバ、ガリポリ、ラプサキ、ガモス、ロドスト、エルデック、エレクリ、また一度はコンスタンティノープルとスクタリにも——短期間行くだけだった。しかし、ただの一度も、いかなる物も害することはなく、気持ちを抑え、〝創造者〟《つくりぬし》を畏れていた。だから、このレヴァント世界のささやかな航海は平和な魅力に満ちたものだった。この地方はまことに灰褐色の現実の地上というよりも、天使が描いた明るい水彩画のスケッチのようだった。私は自己満足と敬虔な充実感に満たされてインブロス島へ戻り、良心に恥ずるところがなかった。誘惑に克《か》ち、大人しく立派に暮らしていたからだ。

　私は蓮の蕾《つぼみ》の装飾がついた二本の柱のうち、南側の柱を建ててしまい、二フィート四方の清澄な黄金と清澄な黒玉とが交互に連なるプラットホームの上部は、すでに天国のごとく美しかった。ところが、ある朝、「スペランツァ号」の船底があまりに汚ないのに気づいて、気まぐれから、ただちに一切を打っちゃって、船を出来るだけ掃除することにした。さっそく乗り込み、船倉へ下りて行って、スデイリー（不詳）を脱ぐと、底荷を右舷に移しはじめた。左舷の船底があらわれて、削り道具をあてられるようにである。これは疲れる作業で、正午《ひる》頃、私は袋に腰を下ろし、ほとんど真っ暗な中で休んでいた。その時、何かがこうささやいたように思った。「昨夜、おまえは北京に年老った支那人がいるという夢を見たろう」私はゾッとした。たしかに何かそんな夢を見たが、目醒めた瞬間からその時まで忘れていたのだ。私は青ざめて、とび上がった。

　その日は「スペランツァ号」の掃除をやめて、続く四日間何もせず、甲板室に坐り、下顎の髭を掌で支えて、思いに耽った。もし万が一あれが本当だとしたら、私にとっては、考えるだに死にも等しく厭わしいことであり、太陽の色を変え、全世界の様相を一変させることだったからである。やがて、その無法さに私の額は怒りに赤らみ、両眼は燃えた。四日目の午後、私はひとりごちた。「北京にいるその支那人の年寄りは、焼き殺されるか、雲まで吹き飛ばされるだろうよ！」

　それで、三月四日、哀れな宮殿はまたしても置き去りにされた。私はガリポリへ短い船旅をして、植木鉢にさしたライムの若枝を少しと、砂糖漬けのライムと生姜を手に入れると、東洋への長い船旅に出て、スエズ運河を通り、ボンベイへ行って三週間そこにいたあと、この街を破壊したのである。

機関車でヒンドスタンを横切って行こうと考えていたが、私の船を置いて行くにしのびなかった。非常に愛着が湧いていたし、これほど私にふさわしい優れた物がカルカッタで見つかるかどうかわからなかった。それに、文明化されぬ国へ行くのだから、空気駆動の巻揚げ機で船に積み込んだガソリン自動車を捨てるのは不安だった。そこで、西ヒンドスタン沿岸を航行した。

現在、あのアラビア海北岸には一種の香りが遠く沖まで漂っている。幸福な、ぼんやりとした夢の国の香りに似て、朝まだきそれを嗅ぐと、まるで地球は芳香以外の何物でもなく、人生はそれを吸い込むことに尽きると思えるほど馨しい。

しかし、その航海では初めから終わりまで、二十七回も猛烈な嵐に襲われた。いや、カロリン諸島の近くで遭った嵐を数えると、二十八回だった。しかし、こうした自然の猛威について書こうとは思わない。それらはあまりに非人間的だったからだ。私がいかにして自分のあらゆる奔放な希望に立ち向かう自然の猛威をくぐり抜けたかは、〝誰か〟ないし〝何か〟のみが知っている。

ここに一つの事を書き記しておこう。それは、神よ——私が観察して気づいたことだ。すなわち、今では自然現象の気分にはっきりした荒々しさがあって、一度《ひとたび》掻き立てられると、それがどこまでもつのるということだ。嵐は以前よりずっと激しくなったし、海は以前より獰猛《どうもう》になり、横柄さに際限がなくなった。雷が鳴れば見たこともない悪意を持って鳴り、まるで天空をつん裂こうとするかのように鋭い音を立て、一切の物を食い尽くそうと轟くかのように、天の中の天を貫いて怒鳴り立てる。ボンベイで一度、支那で三度、地震に揺られたが、二度目と三度目の地震は髪の毛が白くなるほどの途方もない震動だった。一体なぜこうなのです、神よ？　ずっと前に何かの本で読んだことがあるが、アメリカの大草原《プレーリー》には遠い昔から大嵐が吹き荒れたけれども、人間がそこへ行って定住すると、嵐は次第に弱くなったという。それがもし本当なら、人間がいるだけで自然本来の大荒れを抑えるか、催眠術をかける一定の効果があることになりそうで、今は人間がいなくなったために箍《たが》が外れてしまったのかもしれない。私は信ずるが、今後五十年間のうちに地球の巨大な諸力はすっかり解き放たれ、好きなように暴れまわるだろう。そして、この惑星はまごう方《かた》なき〝地獄〟の遊び場の一つとなり、木星の表面で見られるような途轍もない混乱の劇場となるであろう。

〝地球〟が私の脳裡にある。私の脳裡を占めている。おお、昏《くら》い心を持つ〝母〟よ、〝無限〟を求める激しい渇望、後悔と大いなる嘆き、そして昏々たる眠りと、やがて来る不吉な運命を持った、おお、地球よ。哀れな人間の私は、王であるとはいえ、汝の暗澹たる途徹もない悲しみのたった一人の目撃者なのだ。私は地球のことを考え込んで止《や》まず、考え込み、考え込んだ――記憶が正しければ、あの東方への長い船旅の間に、初めてそれが癖になったのである。というのも、何が地球を待ち受けているかは神のみぞ知るだが、私は考え込んでいるうちに、その未来の長い幻視《まぼろし》を見たのだ。もし人間がそれを肉体の眼で見たならば、しゃっくりをしてゲラゲラ笑う狂乱の迷路の中を、両手を広げてクルクル旋回《まわ》ったことだろう。その幻視だけでも、まさに狂気の瀬戸際だったからだ。ああ、ほんの一時間でいいから、地球のことを考えるのをやめられたなら！　しかし、私は彼女の子であり、私の心はバンヤンの樹の分枝が下に向かって根を張るように、彼女に向かって伸びてゆく。彼女はそれを吸い、引きつける――重力で私の足を引きつけ、私が彼女から飛び立つことが出来ないように。私よりも彼女の方が強いから、逃れられないのだ。しまいに私の魂は、海鳥が誤って灯台の照明にあたるように、彼女の荒々しい偉大な胸に突きあたって、滅びるに違いない。私はしばしば夜っぴて暗闇の中に目を開いて横たわり、はち切れそうな頭で考える――あのくぼんだメキシコ湾は、形も大きさも、向かい側のアフリカの突出部に何と似ているのだろう。ベネズエラとブラジル沿岸の突出部は、アフリカの凹《へこ》みに何とぴったり一致することだろう。だから、私には明白だ――まったく明白なのだ――それらがかつて一つだったこと、一夜にしてかくも遠く離れたことが。奔放な大西洋はそのことを知り、喜んで走って行って、間にとび込んだ。肉体の眼がその場にいて見ていたら、耳があの酷《ひど》い轟音を聞いたら、神よ、神よ――何という恐ろしさだったろう！　そして、遠く分かれわかれになったところが今また合わさるとしたら……だが、そちらには凶暴な怒りがあるばかりだ。それでも、考えずにはいられない。私は目醒めていて、考える。地球がそのあらゆる気分や振舞いで私の魂を満たし、それを吸収するからだ。彼女は意図を、秘密を、もくろみを持っている。奇妙なのは、例えば、ヨーロッパの形とアジアの形が似ていることだ。どちらも南に三つの半島があって南を指している。スペインはアラビアに、イタリアはインドに、コリントス湾に分けられたモレアとギリシアは、シャム湾に分割されたマレー半島とアンナンに対応する。それぞれ北に、南を向いた半島が二つある点では、スウェーデンとノルウェーが朝鮮とカムチャツカに対応する。どちらも大きな島が二つ、同じような位置にあるという点では、ブリテン島とアイルランドが日本の本土と蝦夷《えぞ》に対応する。旧世界と新世界はどちらも北を向いた半島――デンマークとユカタン半島を持っている。爪の長い人差し指と――親指が――北極を向いているのだ。これは何を意味しているのだろう？　いかなる意味があり得るだろう、おお、汝ら、大地を造りし者らよ？　船乗りは船が生き物だと言ったが、そのように大地自身も生きた存在であり、意志と運命《さだめ》を持っているのか？　北極点でクルクルと回っていたあの物は、今も彼方で、暗い恍惚のうちに回っているのだろうか？　火山がみな海の近くにあるのも奇妙だ。私にはなぜかわからない。今まで誰かが気づいたとも思えない。かつてこの事実は、海底火山の爆発と関連して、火山の化学的発生説を裏づけるものとして引き合いに出された。その説は、材料を含んでいる谷間に海水が浸透して、噴火の燃料を形成するというものだったが、それが当たっているかどうかは神のみぞ知る。高い火山は間歇的だ――百年、二百年、千年も静かに待っていて、それからかれらが語り出すと、気の毒な一地域が永遠に沈黙する。低い火山は絶えず活動している。この世界の不可解な振舞いを知ることが誰に出来よう？　時として、火山は線状の組織を形成する。いくつかの噴気孔が一方向に広がって行って、近いところはかたまっており、さながら長い鋳造所の屋根にある煙突のようだ。山々では、一連の鋸形《のこぎりがた》の峰は白雲石があることを示している。丸い山頂は石灰質岩を意味し、尖った峰は結晶片岩を意味する。北半球に陸地が多いのは、遠い地質学上の一時代に、隆起の原因となる力がそこで強かったことを示している。言えるのはそれだけだ。だが、何故に強かったのか？　たった十マイルの深さまでの地球については、私も多少のことを知っている。しかし、地球の直径は八千マイルあるのだ。その深部全体が焔なのか液体なのか、硬いのか柔らかいのか、私にはわからない、わからない。地球が石炭を、間歇泉と硫黄泉を、宝石を、環状珊瑚礁や珊瑚礁を形成するやり方――片麻岩のような堆積によって生じた変成岩を、深成岩と火山岩を、溶解岩を、そして地殻の基礎を構成する、層に分かれていない塊を形成するやり方もわからない。そして作物と、花々の燃える焔、植物から動物への移行。私はこうしたものを知らないが、かれらも地球から生まれたのであり、私と同様、その燃える心臓の溶鉱炉で鋳《い》られたのだ。彼女は不可解で、気分屋で、唐突で、悪運に憑かれ、人喰いライオンのように己の子を引き裂く。しかも、年老《としと》っていて賢く、ウルク朝が建てたカルデア人《びと》のウルを憶えている、そして惑星をあらわす七つのピラミッドの中に立っていたベルの神殿を、そしてビルス・ニムルドを、ハランを。彼女は今もつい昨日の物として、古いペルセポリスや、キュロスの墓や、ヒマラヤの岩を切ってつくった古の仏教徒達のあの回廊に似たヴィハーラ寺院を抱いている。私は極東からの帰りにイスマイリアに立ち寄り、カイロへ行き、かつてメンピスがあった場所を見て、月のさやかな真夜中、偉大なシャフラのピラミッドと黙せるスフィンクスの前に立った。そして、岩の墳墓の窪みに坐って見ているうちに、哀れみの涙が頬を流れた。なぜなら、地球もその〝諸時代〟も偉大だが、人は「過ぎ去る」からである。これらの墓には我が宮殿の二本の柱にそっくりの柱がある。ただこちらは丸く、私の柱は四角い。私がそれを選んだからだ。しかし、柱の天辺の近くには同じ帯状の繰形《くりかた》があるし、その上には睡蓮の蕾を象った装飾があり、小さい方形台座がそれらを台輪から隔てている。ただ私の柱には枠がない。こちらの岩の墳墓は小さな外部神殿あるいは中庭から成り、それから窪みがあって、内側にもう一つの部屋があり、そこに死者が葬られているらしい。帯のような玉縁《たまぶち》が壁を取り巻いていて、壁の上から軒蛇腹《のきじゃばら》が大胆に突き出し、その上に頂板がのっている。私はここに、食べ物が尽きて戻らざるを得なくなるまで、とどまっていた。地球がますます私の上にはびこり、私に求愛し、私を同化するからだ。それで、自分にこう問いかけた。「俺はやがて人間であることをやめて、小さな地球とならねばならないのだろうか？　この地球とそっくりの、途方もなく奇怪で獰猛で、半ば悪魔のよう、半ば猫のような、まったく神秘な――気難しく、荒れ狂う――むら気で、錯乱した、そして悲しい――地球のように？」

その航海中、丸一ヶ月を、五月十五日から六月十三日までを、マレーに近いアンダマン諸島で無為に過ごした。北京に年老った支那人が生きているかもしれないということは、しばらくすると、およそ現実離れした話に思われて来たからである。ジャングルに覆われたこれらの島々は――私は一夜カルカッタで途徹もなく衝撃的な狂宴をやり、街だけでなく川まで燃やし、そのあとでここへ来たのだが――非常に私の気に入ったので、一時《いっとき》そこに住むことを考えたほどだった。私は海図に「サドル・ヒル」とある島にいた。一番小さい島だと思う。燃えるように熱いある日、次第に高くなる谷間の、椰子や熱帯植物が生い茂る深い蔭の中に終日横たわって、碇泊した「スペランツァ号」をそこからながめていたが、あれほど安らかな気持ちを味わったことはめったになかった。ここの海辺には小さな入江があり、谷はそこから次第に高くなって、ココナツの樹に縁どられた長い峰の一つが見えたし、雲は焼けて空から消え、所々かすかに残っているだけで、海はすっかり凪《な》いで、微風《そよかぜ》が小皺を寄せる湖のようだったが、岸に砕ける波が——この種の場所ではたいがいそうだったが——かなりの音を立てていた。私にはなぜかわからない。こうした哀れなアンダマンの人間達はまったくの野蛮人だったらしい。島を歩きまわっていて大勢に出会ったが、ほとんど骨ばかりになっていて、それでも手肢と脊椎骨はまだおおむねくっついており、ある場合には皮が干からび、ミイラ化した死骸だった。服というものはどこにも見あたらなかった。近くに高度な古い文明があることを考えると、これはいとも奇妙だった。かれらは小柄で、肌は黒か、黒に近かった。男は槍などの武器を必ず身につけているか、そばに置いていた。してみると、気性の激しい連中で、わがままで暗い地球はかれらのうちにもあったのだ——地球の子供だから、当然である。かれらは多くの場合、身体が赤っぽく変色していたが、それは檳榔《びんろう》の実のしみだったのかも知れない。そこには檳榔の実がたくさん生《な》っていたからだ。私はこの連中がたいそう気に入ったので、かれらの小さい丸木舟を軽装馬車で船に積み込んだ。それは愚かなことだった。三日後の晩、馬車も丸木舟も甲板から海の真ん中へ流されてしまったのだから。

私はマラッカ海峡を通ったが、アンダマン諸島とボルネオの南西の角との間の短い距離で、三度もめった打ちにされた。人間の造った船がこのように遠慮会釈のない激動から逃れることはとても不可能と思われることが何度もあって、俺は惨めな死に方をするのだと、きつく自分を責めながら、観念した。三度目の大変動が終わった時、それが私に及ぼした影響は、邪悪な情熱がふたたび解き放たれたことだ。私は言った。「奴らは俺を殺すつもりなんだから、死神にとことん逆らってやろう」そして数週間、特に素敵な村や蔭深い森を見るたびに船を停め、それらを破壊するための材料を陸揚げせずにいられなかった。されば、オーストラリアの北辺にある馨しい土地のほとんどすべてが、今後長年、私の手の跡をとどめるであろう。ほんの些細《ささい》な気まぐれや、海図を指す指示棒の動きに導かれて、私の船旅はますます余計な時間をかけ、右往左往した。私はどこかこの心地良い夏の国の魅惑的な一隅で、断滅と忘却のロートスの実を食べようかとも思った。そこでは、私の小屋の戸口から、阿片の真珠母の色彩を透して、珊瑚礁に囲まれた湖が古い珊瑚礁に倦怠《けだる》く泡をかけるのが見え、ココナツの樹が睡眠《ねむり》の如くしなだれ、パンの樹は甘美で物憂い夢を見て呻《うめ》いている。私は淡い色の礁湖に錨《いかり》を下ろした「スペランツァ号」を来る年も来る年もながめて、あれは何なのだろう、どこから来たのだろう、なぜあんなに深い永遠の眠りに落ちているのだろうなどと思い、物悲しい平和と重荷を負った至福が一時代つづいたあと、気がつけば太陽も月も回転をやめて力なく空にかかり、やがて重い目蓋を開けるが、ふたたびうとうとと眠り出して、神は「十分だ」とつぶやいてうなずき、〝存在〟は気を失って眠るのだ。というのも、北京に年老いた支那人が生きているなどということは、あまりに突拍子もない狂った考えなので、私は時折、素っ頓狂に笑い出し、そのあとは気が遠くなったのである。

六月十八日から十月二十三日までの四ヶ月間に、フィジー諸島を訪れた。そこでは人間の頭蓋骨のまわりに、硬張った髪の毛が異様な光輪のように残っており、女達は帯に革紐《ひも》のついた腰巻をまとっていた。近くのサモアでは、死体は鸚鵡貝の殻でつくった冠をかぶっており、鬱金の染料と入墨の跡があった。ある小さな町にはたくさんの死骸が集まっており、その様子からすると、祭か踊りをしていたらしい。してみると、この人達は事前に何も知らないで滅びたのだ。マオリ族の女達は翡翠の飾りをふんだんに身につけていた。また私は変わった種類の貝笛を見つけて、今も一つ持っている——それから入墨用の針と形の良い木の鉢を。一方、ニューカレドニアの人間は裸で暮らしていたらしく、かれらの注意は髪の毛だけに向けられていた。この点はフィジー人に似ている。蝙蝠《こうもり》か何かの皮でこしらえた鬘《かつら》を被っていたらしく、また木の仮面をつけ、肩までかかっていたに違いない大きな輪を——疑いなく耳に——つけていた。なぜなら、地球がかれらみんなのうちにあり、かれらを地球自身の如く奔放で、ひねくれた、多様なものにしたからだ。私はこれという方針もなしにこちらからあちらへ行って、理想の休息《やすらい》の場所を探し、しばしばそれを見つけたと思った。しかし、この世界にはもっと深い、夢のようなところがあると思うと、その場所に飽きてしまうのだった。しかし、こうして探しているうちに、神よ、ある妨害を受けて心底ゾッとし、この地から逃げ去ったのである。

ある晩、あれは十一月二十九日だったが、やや遅い時間に——八時に——夕食をとった。その時、私は——穏やかな天気の時はいつもそうだったが——左舷の船尾に近い隅で船室用の敷物の上に足を組み、目の前には「スペランツァ号」で使った小さな扇形の金の皿があり、頭の上には緑の円錐形の油壺がついた紅い笠のランプが下がっていて、それが軋《きし》る音はどんなに静かな沖でもやむことはなかった。皿の向こうには保存されたスープ、肉のエキス、肉、果物、菓子、葡萄酒、ナッツ・リキュール、アルコールランプの火にかけた銀の鼎《かなえ》にのっているコーヒー、杯、薬味入れなどが——朝起きると、こうした物を貯蔵室から選び出し、広げることがいつも私の第一の関心事だった——並んでいた。ふだんは七時に夕食をとるので、この時は遅かった。その日は船の修理という時々必要になる——しかし、いつも先延ばしにする——仕事に没頭していたからだ。こちらでは綱にタールを塗り、あちらでは板にペンキを塗り、あちらではクランクに油をさし、ドアの取っ手を磨き、真鍮の器具を取り付け、三つの船室用のランプを満たし、鏡や家具の埃を払い、きちんと板を接合した広い甲板にバケツの水をかけ、あるいは高いところで、一月前から締具のところがねじれていた後檣のマストを索具で叩いて緩め——こういったことすべてを、綿のズボン下の上にゆったりしたカミーズを羽織って、裸足で、顎髭を逆立てて行っていた。太陽はぎらぎらと照り、海は波立たず、色が薄く、それは強い潮流のなめらかな色の淡さだった。船は静かで、陸地は見えなかったが、東の方には広範囲にわたって海藻が茂っていた——私は午前十一時から、急に暗くなった七時頃まで働いていた。こういう厭な仕事は一日で片づけたかったからである。それ故、クタクタになって下りて行き、中央の鎖を引いて点火消化するガス灯と二つのランプを点けると、風呂に入り、寝室で着替えをし、食堂の隅で晩餐の席に着いた。いつものように汗を掻きながら、貪り食った。熱心に額を傾け、右手でナイフかスプーンを使ったが、西洋のフォークはけして使わず、回教徒式に皿を舐めてきれいにし、かなりたっぷりと酒を飲んだ。それでもまだくたびれていて、甲板《デッキ》に出た。そこには、舵輪の前に、使い古して左腕が壊れた青い天鵞絨張りの安楽椅子が置いてあった。それに坐って、「インディアン・D」の箱から葉巻を次々に取り出して吸い、半分うとうとしていたが、それでも意識はあった。雲のないきれいな空に月が上って輝いていたが、光を帯びて流れてゆく大海の輝きに勝るほどではなかった。海はその夜、一つの連続した鬼火のような燐光の沼で、怪しい、しかし微かな発光に星々と明るいきらめきが交じって、あたかも何か妖しい大事な用があって急いでいるかのように、全体が心を合わせて東へ進んで行った。それは強い海流に流される無数の集まりだった。ぐったりしてまどろみながら、私にはその音が聞こえた。それは固定した舵《かじ》のところでもがいてゴボゴボといい、船尾楼の起重機ハルクの下で濡れたビチャビチャという音を立てていた。「スペランツァ号」がその行進に引き込まれて、かなり速く、おそらく四ノットから六ノットの速さで進んでいることに気づいたが、船首から二百マイル以内には陸地がないことを知っていたから、気にしなかった。私は東経一七三度、緯度はフィジー諸島やソサエティー諸島と同じところ、両者の間にいたのだ。しばらくすると、葉巻は次第に私の口から垂れ下がり、私は睡魔に襲われ、〝無限〟の膝に抱かれて、そこで眠りに落ちた。

してみると、何かが私を守っているのだ、〝何か〟が、〝誰か〟が――しかし、何のために？　……もし船長室で眠っていたら、間違いなく死んでいただろう。船尾楼に横たわりながら、私はかつて遠い、遠い彼方の、忘れられた北の極地の氷上で見た夢を見たのだった。私はアラビアの楽園に、〝桃の園〟にいた。非常に長い幻夢《ゆめ》だった。私は樹《こ》の間を歩き、果実をもいで、花を鼻孔に押しつけ、夢中になって嗅いだのだ。しまいに、恐ろしい吐き気がして目醒めた。目を開けると、闇は黒く、月は沈み、あらゆる物が露に濡れ、空には素晴らしく光り輝く星々が並んでいて、あたかも冠をかぶったラジャと、スパンコールを裳裾《もすそ》につけた王妃達が集まり、混み合ったバザールをなしているかのようだった。空気はあの死の芳香に馨《かお》っていた。そして目の前には――北の果てから南の果てまで――八つか九つの赤々とした煙の列が、高く、広く立ち上っていた。それはあたかも夜通し働いているキュクロプスの鋳造所の煙突から立ち昇るかのようで、厳かな夜空に、いとも荘厳で、いとも偉大で、恐ろしい姿を見せていた。煙は八つか九つだったと思うが、数えてはみなかったから、七つか十だったかもしれない。それらの噴火口から、ここで一つ、あそこで一つ、深紅の物質が、ピカピカ光って渦を巻く煙と火花と閃光と共に、ぎらぎらする光の靄に被われて吹き上がった。鋳造所は緩慢にだが、働いていたからだ。そして四マイル前方の、いかなる海図にも載っていない岩だらけの陸地に向かって、「スペランツァ号」は燐光を発する海の潮流に乗り、まっしぐらに進んでいた。

私は立ち上がったが、転んでバッタリと倒れた。そのあとにやったことは、一種特殊な生存状態で行ったので、醒めた心には夢のごとく非現実的なものに思われる。人類を滅ぼした原因がここにある、と私はすぐ悟ったに違いない――そいつは今も自分のまわりを有毒な煙で取り巻いていて、自分はそれに近づいているのだ、と。私はどうにかして這って行ったか、身体を引き摺るかして、前へ進んだに違いない。そこは純粋な斑岩からなる紫の土地だったような印象が残っている。波がその絶壁に打ち寄せて、長いくぐもった音を立てるのを聞いたような微かな記憶があり、あるいは夢だったかもしれないが、どうしてそんな夢を見たのかはわからない。吐き気と共に腸が苦しくなり、ひどい痙攣を起こしたように思う。うつ伏せになったまま機関室の調整器を動かしていたようにも思うが、階段を下りたり、上がったりした憶えはまったくない。舵輪は縛って固定してあり、舵を左舷に取ることはたやすく出来なかったから、船は幸い、進むうちに方向を変えていたに違いない。そして私はまだ間に合ううちに戻って来て、舵輪の縄を解《ほど》いたのだろう。気がついた時、私はそこに横たわって、頭をジンバルにもたせ、片足を舵輪の輻《や》にかけていたからだ。もう陸地は見えず、夜が明けようとしていた。

私はこのためにひどく気分が悪くなり、二、三日物も食べず、舵輪のそばの椅子に寝そべって、稀に意識が戻ると、とにかく船があの場所から西へ向かっているように気をつけていた。最後にはっきりと目醒めた時、翌日なのか三日目なのかわからなかったから、几帳面に記して来た私の暦は一日間違っているかもしれない。今日に至るまで、私が今ここでこれを書いているのが六月五日なのか六日なのかを確かめる骨折りをしていないからだ。

さて、この事があってから四日目か五日目の晩、太陽が海の彼方に沈もうとしていたその時、私は右舷の舳先にじっとしている太陽の方にふと目をやった。すると、赤い太陽を背にして、黒ずんだ緑の点がくっきりと見えた――この場所で、この時にそんなものが見えるとは珍しい――それは一隻の船だった。近づいて見ると哀れなありさまで、檣《ほばしら》などは一本もなく、ひどく浸水して、古い索具の残骸が垂れかかり、船首斜檣さえも真ん中で折れているらしく（もっとも、それは見えなかったが）、船は船首斜檣の先から船尾楼まで、そして舷側板から喫水線まで、古い海藻と海の生物が、蝟《はりねずみ》のようにずんぐりした、もじゃもじゃの緑の塊をなしているにすぎず、次の高波が来て沈没するのを待つばかりだった。

晩餐をとって休む時刻に近かったので、「スペランツァ号」をくだんの船から十五ヤード程離れたところに停めると、いつも通り、食事前に広い船尾楼の中を歩きはじめた。歩きながら例の船をチラチラと見て、考えた――あの船はどんな運命を辿ったのだろう、あの船の上に暮らしていたのはどういう男達だったのだろうか、姓名は何といったのか、年齢《とし》は、考えは、暮らしぶりは、そして鬚は――しまいに、あの船へ行って見て来たくなり、上着を脱ぐと、杉材の小型船――空気駆動の小艇を除けば、壊れずに残っていた唯一のボート――の被いを取り、ロープを外して、後檣の滑車が五つある滑車装置で海に降ろした。しかし、それは馬鹿げたことだった。くだんの船に漕ぎ寄せてみると、舷側板を――それは低かったが――よじ登ろうとして何度もしくじったため、私はたまらなく激しい怒りに駆られたのだ。実際、手はとどいたのだが、ヌルヌルした塊には取っかかりがなく、ロープの端を三度つかんだが、滑るので、つかんでいられなかった。そのたびにボートに滑り落ち、服は汚物だらけになるし、怒りに燃える頭に浮かんだ唯一の考えは、ふんだんにある綿火薬を二十ポンドも仕掛けて、この船を地獄の果てまで吹っ飛ばすことだった。私は「スペランツァ号」に戻り、半インチのロープを持って、またこちらの船へ戻らねばならなかった。こんな風に自分のすることを邪魔されるのは我慢がならなかったからだ。もう暗くなり、半月が闇をいくらか薄めているだけで、私は腹が減り、いよいよ兇暴になって来た。しまいにロープの輪を投げ上げて檣の根元に引っかけ、ロープを伝って登り、ボートをしっかり固定した。その時、忌々しい貝殻のために左手を切った。それもこれも、何のために？　傲慢な気まぐれのためだ。かすかな月明りで、広々とした甲板が見渡されたが、甲板の大部分は腐った海藻の層に蔽われており、死体はなく、凹《へこ》んだ大きな海藻の遊歩道があるばかりだった。おそらく千五百トンの船で、三本マストの帆船だった。私は（厚手のバブーシュを履いていたから）船尾へ行ってみたが、甲板昇降口の階段は四段しか残っていなかった。しかし、ひょいとひとっ跳びすると、荒れ果てた船内に降りることが出来た。そこでは、むっとする海の悪臭が凝《こ》りかたまって、臭気の精髄となっているように思われた。ここでは船が自分と共に沈みはしないかという、奇妙な霊的な恐ろしさと気遅れを経験したが、マッチを点けると、そこはふつうの船室で、菌類や、しゃれこうべや、骨や、襤褸切れはあったが、つながっている骸骨はなかった。右舷の二番目の寝室に小さなテーブルがあり、床にずんぐりした丸いインク壺が落ちていて、それがたえずゴロゴロと転がるので、床を見下ろした。すると、そこに黒い表紙のついている真四角な薄い帳面があった。濡れて汚点《しみ》がついていたため、ひとりでに半分めくれていた。私はそれを取り上げ、「スペランツァ号」に持ち帰った。その船は空《から》っぽで、生命の粗野な諸成分の悪臭が漂い、それが結婚した腐った海にほとんど同化していたからだ。この船はもうじき海の本質と存在に吸収されて、一個の小さい海となる。ちょうど私がいずれ、神よ、一個の小さい地球にすぎなくなるように。

夕食の間、また食後も、私はその帳面を読んだ。フランス語で、ペンで書かれ、褪色《たいしょく》していたので少し読みにくかったが、誰か、おそらく乗客の日記であることはわかった。その人物はアルベール・ティシューといい、船は「マリー・メイエ号」という名前だった。私に読むことの出来た内容には、とくに変わったことはなかった――南洋風景の平凡な描写、天気や積荷の記録などで――ところが、書かれた最後のページへ来ると、そこに書いてあるのは相当に驚くべきことだった。日付は四月十三日――奇妙なことだ、神よ、信じられないほど奇妙なことだ――二十年前、私が極点に到達したその日ではないか。そのページの筆跡は他のページの小綺麗な文字とまったく異なり、極度の興奮とひどい焦燥を示していた。筆者はそれに「五時《サンククール》」と表題をつけている——午前か午後か書いていないが、たぶん夕方の五時だろう。彼はこう記している——「途方もない出来事だ！　例のない現象だ！　これを目撃した者は宇宙の年代記に不朽の名をとどめることだろう！　この出来事を知れば、ママやアンリやジュリエットでさえ、私がこの多事な航海を企てたのは正しかったと認めてくれるだろう。船尾楼でトンバレル船長としゃべっていた時、船長が突然『神よ《モン・ディウー》！』と叫ぶ。その顔は真っ青になる！　彼が見つめている東の方へ目をやる！　私は見る！　おそらく八キロメートル先に——十本のとんでもない竜巻が、高く、高く、高く天へ上って行く——どれも見たところ一直線に、九百メートルの間隔をおいて、非常に規則的に配置されている。それらは、普通の竜巻のようにさまよったり、踊ったり、揺れたりしない。竜巻のような百合の形でもなく、石を切ったような十本の水柱で、上から下まで直径は変わらず、ただあちらこちら少しねじれており、見たところ、周囲が五十メートル程ある。五分、十分、私たちは呆気にとられて見ている。トンバレル船長は声をひそめて、『神よ！』『神よ！』と機械的に繰り返す。今や乗組員全員が船尾楼にいる。私は興奮したが、心を落ち着け、時計を手に取る。突然、一切が掻き消される。水柱はまだそこにあるに違いないが、もう見えない。まわり中の海が湯気を立てて、水柱よりも高くて濃い、白い蒸気が、おそろしく広い範囲でしゅうしゅうといって立ち上る。その厭らしいシュウシュウという音は、これだけ離れていてもはっきりと聞こえる。恐ろしい。耐え難い！　目は見ることに、耳は聞くことに耐えられない！　不浄なる産みの苦しみ、奇怪なる誕生のようだ！　だが、長くは続かない。『マリー・メイエ号』は突如激しく縦横に揺れ始め、ついさっきまで凪いでいた海が、今は荒れている！　それと同時に、白い蒸気を透かして、暗い影がゆっくりと立ち上がるのが見える——巨大な背中を持つ影、新たに生まれた土地が、十の焔をゆっくりと、着実に、海中から雲の中へ吹き上げるのを。その荘厳な出現が終わったか、終わったように見える時、私を打つ偉大な考えはこうである――『私、アルベール・ティシューは不朽の名声を得た。わが名はけして人の世から消え去ることはあるまい』私は下へ駆け下りて、書き留める。緯度は南緯十六度二十一分十三秒。西経一七六度五十八分十九秒(原註1)。甲板で大勢が駆けまわっている――下りて来る。たしかに、奇妙なアーモンドの匂いがする。――私が望むのは、ただ――真っ暗だ、神――」
フランス人ティシューの手記はかくの如し。

原註1　これはパリの子午線を基準にしたフランス式の計算であろう。

私は今後、あの地域に関わりを持つまい。かつて言われたことだが、ここには大陸が沈んでいるからだ。私はそれが目の前で隆起し、姿を見せて、私を狂気に駆り立てるのだと思った。地球はこうした歪みや、突然の顰《しか》め面《つら》や奇怪な現象に満ちており、それらはメドゥーサの顔のように人を恐怖させて、よろめく石にするのだ。惑星の上に住むほど恐ろしく不確かなことはない。
休みなしに北上してフィリピン諸島まで来ると、そこに二週間滞在した――緑豊かな馨しい場所だったが、山がちで未開なため、ある場所では自動車で旅することをすっかり諦め、谷間の広く、浅く、騒がしい、苔むした石の多い川のほとりに自動車を置いて行った。私は言った。「俺はここで平和に暮らそう」だが、やがて恐ろしくなった。三日間、川も自動車もふたたび見つけることが出来ず、深く絶望して、こう思ったのだ。「いつになったら、この広大なジャングルから抜け出る道がわかるだろう?」私は道なき場所で深い森に迷っていたのである。そこでは、地球の魅力が、人間一人が立ち向かうにはあまりにも強く、凄まじかった。こんな場所にいると、たぶん、人間はすぐ樹や蛇や虎に変わってしまうだろう。だが、やっと自動車を置いた場所を見つけて大喜びしたが、嬉しさを隠そうとして、自動車の前輪を蹴とばした。ここに住んでいたのがどんな人間たちだったかは、わからなかった。ある者の死骸はニュージーランドの諸民族のように真っ黒に見えたし、刺青の跡も残っていた。一方、他の者は蒙古系のように思われ、ピグミーのように見える者も、白人のような者もあった。しかし、あの航海の二年間にわたる出来事を細々《こまごま》と述べることは出来ない。もう過ぎ去った夢のようだ。私はそうしたことを――逐一――記すために、十七年の長い長い歳月を経て、この鉛筆を取ったのではない。

不思議だが、あのことを紙に記すのはどうも厭で仕方がない。

それより、支那への航海のことを書こう。私は天津の埠頭で自動車を陸揚げし、河を遡《さかのぼ》って、たいそう寒いがいとも魅力的な玉蜀黍と米の土地を通った。私は北極の旅人のように厚着をしていた。二週間のうちに三度も恐ろしい地震に襲われた。私が持っていた唯一の北京地図では、軍の倉庫がどこにあるのか皆目わからず、探さねばならなかった。そこに入るには三日間の努力を要した。門がどれも固く閉ざされていたからだ。私は街を焼いたが、あの場所は全体がろくでもない平地なので、南の城壁の外から焔をながめなければならず、深い快楽《よろこび》は得られなかった。それでも、ある瞬間、街にまだ生きていた年老った支那人にトペテの嘲りと笑いをぶつけて、大声を上げた。そして沿岸を航海し、男も女も毛深いアイヌ人を見た。そして、ある晩のこと、樹々が覆いかかっている崖の下の、鏡のように静かな水に「スペランツァ号」を停泊させて――あれは済物浦《チェムルポ》の港だった――真夜中、船長室で眠らずに横たわっている時、ふとこんな考えが浮かんだ。「考えてみろ、今、おまえの頭上の船尾楼をゆったりと歩きまわる足音が聞こえたら――ちょっと考えてみろ」その夜は恐怖の一夜となった。私は考えずにいられなかったし、ある時は本当に足音が聞こえたと思ったのだ。額からどっと汗が吹き出した。それから長崎へ行って、街を焼いた。それから太平洋を渡り、サンフランシスコへ行った。そこにも以前支那人が住んでいたので、一人くらい生き残っているかもしれないと思ったからだ。そして、ある風のない日、四月十五日か六日だったが、太平洋の真ん中で舵輪のそばに坐っていると、突然海に大きな白い穴が空いて、グルグルと回《まわ》転りながらこちらへ走って来るのを見た。旋風の熱い息を感じ、その次は熱い風そのものを感じた。風はV《ヴィ》の音を深い呻き声のように発して、無数の独楽《こま》のようにブンブンと唸《うな》った。「スペランツァ号」は横倒しになり、海水が左舷の舷檣の上に流れ込み、私自身は甲板と船尾手摺りの間の隈にいて、どんどん水に浸かっていったが、身動きがとれなかった。しかし、それはすぐに終わり、海に空いた白い穴も、風の熱い独楽も、クルクルと回転しながら彼方の南の水平線へ向かって行って、「スペランツァ号」は正しい状態に戻った。してみると、誰かが私を殺そうとしたのは明白だった。なぜなら、あのように烈しい台風がかつて吹いたとは考えられないからだ。それから私はサンフランシスコへ行き、街を焼いて、甘い物を手に入れた。それは私の物だったから。それから大陸横断鉄道でニューヨークへ行くことを考えたが、やめにした。向こうの港にある船はみな難破したり、錆びついたり、海藻だらけになって海の一部と化しているかもしれないので、「スペランツァ号」を捨てて行くのは不安だったからだ。私は引き返し、心は地球とその振舞いについての思索に没入しており、私の魂の中には、フィリピン群島のあの奥地に戻り、原住民に——樹でも、蛇でも、蛇体の人間でもいい、古《いにしえ》の原住民のようになりたいという思いがあった。しかし、そうはしなかった。人間の中には天もあるからだ。地球と天が。私はまた蒸気を立てて西へ向かい、また冬が訪れた。今は暗澹たる失望落胆の気分で、空虚な深淵と微笑む白痴状態に陥る瀬戸際だったが、ジャワ島でボロブドールの大神殿を見たところ、竜巻か火山活動のように、私の魂は変化した。私はしばらく前に人類の建築を研究していたのだが、その興味が蘇ったので神殿に三晩泊まり、昼間は神殿をつぶさに調べた。それは巨大で、日本や支那の建築を何よりも特徴づける、あのどっしりとした重厚な外観を有していた。私が測ったところでは幅五二九フィートで、段丘のように六層をなし、およそ一二〇フィートから一三〇フィートの高さに聳えている。ここでは仏教とバラモン教のさまざまな姿形が合わさって、いとも豊かに発達した全体をなしており、飾り模様の官能性はただ人を恍惚とさせる。五つの壁段の一つひとつが無数の壁龕《へきがん》に分かれており、それぞれに仏の坐像があり、たくさんの小丸天井がその上にのっていて、全体の上に壮麗なパゴダがかぶさっている。これを見た時、私はかくも長かった放浪のあとで故郷に戻り、神殿の中の神殿、宮殿の中の宮殿を完成したい衝動に駆られた。私は言った。「戻ろう、そして神への信仰の証《あかし》として神殿を建てるのだ」

カイロの近くに一時寄港した他は、帰りの航海ではどこにも立ち寄らず、私の計算では三月七日の穏やかな夕暮れ、インブロス島の小さな港に入った。「スペランツァ号」を小さな岸壁に繋ぐと、ボロボロになった自動車を船倉から空気駆動の機械で取り出し（この自動車は太平洋の真ん中で台風によって損傷を受けたのだ。留めてあったロープから外れ、真っ逆様に左舷に落ちたのである）、窓というもののない村の通りを通って、見憶えのあるプランテーンの木と糸杉の中を、そしてナイル・ミモザと桑と、トレビゾンド椰子と、松と、アカシアと無花果の中を登って行ったが、しまいに行く手を茂み《かち》に阻まれ、車を下りねばならなかった。あの二年間に小径がすっかりなくなっていたのだ。そこから先は徒歩で進み、やがて板橋まで来たので、そこに凭れて、小川を見た。それから草地の急な坂道をよじ登り、呻き苦しんで神殿を建てたあの緩やかな起伏のある台地に向かって行った。半ばまで登ると、起重機《クレーン》の腕の先端が見え、次いで南の柱の燃えたつ天辺が、それから道具置き場の屋根が、それからプラットホームが、夕陽の下で、涙ぐんだ両眼に瞬《またた》く光のしみとなって見えた。しかし、テントとその中にあったほとんどの物はなくなっていた。

四日間は何もする気が起きず、ただ横になって眺めているだけで、かくも大変な重労働を避けていた。だが、五日目の朝になると億劫《おっくう》ながら仕事をし始め、一時間とやらないうちに――あれを完成するのだ、完成するのだ――という熱狂が私を襲い、それはたった三回の短い休止期間があっただけで、七年近く続いた。それに、四つの平らな屋根に防水処理を施すことが予想外に難しくなかったならば、もっと早く終わっただろう。というのも、東の屋根の半分を取り下ろさなければならなかったからである。しまいに、私は厚さ一・二五インチの、両面が滑らかな金の厚板で屋根をつくった。屋根のそれぞれの梁《はり》に二重の樋《とい》を突縁の両側につけて、継ぎ目から漏れた水を受けとめるようにした。継ぎ目はスレート用のセメントでふさいでおいた。厚板は鋼鉄の留鋲《クリップ》で突縁に固定してあり、厚板に孔を空け、ボルトを差して、石膏で固めてある。これらの留鋲《クリップ》は長さ一・五インチ直径十七分の三インチで、間隔が十七インチあいている。屋根は心持ち前面の縁に向かって傾斜しており、水はその縁から、鍍金《めっき》した練鉄の樋受けの上にある金鍍金《きんめっき》した銅の樋に流れ落ちるのだが、その樋は片側のブロックの上に雨押さえがついていて、ブロックが梁の天辺から厚板を持ち上げ、接合した樋を通すようになっている……だが、私はまた、あの卑しい苦役のことをしゃべっている。そんなことは忘れたいのだが、忘れられないのだ。あらゆる寸法や、ボルトや、鉄輪《かなわ》が重荷のように頭の中にあるからだ。だが、それも過ぎた、過ぎたことで――虚しいことだった。

今日から数えて六カ月前に神殿は完成した。その六カ月間は、建設に費した十六年よりももっと長々しく、わびしい、重苦しい月日であった。

人間は――他の人間は――極東の王《シャー》か皇帝《ツァー》は私のことを何と言うであろう――もし私に眼を向けることが

出来たら？　さだめて彼はこの両眼の荒々しい威厳の前に恐れかしこむに違いなく、私は狂ってはいないが――狂ってはいない、いないのだ――こう叫んで、私の前から逃げ出すだろう。「これぞまさしく高慢の狂気だ！」

なぜなら、彼には私に、私のまわりに、何か途方もなく王侯然として、恐ろしさを帯びたものがあるように思われるだろうから――そうに違いないのだ。私の身体は肥え、今や鼓腹便々として、真紅の布の幅広いバビロン風の帯を巻いている。その帯には細密な金の刺繍が施され、東洋《オリエント》の銀貨や、銅貨や、金貨が掛かっている。今なお黒々とした顎髭は二つの房に分かれて腰までとどき、風が吹くたびに翻る。私がこの宮殿の中を歩く時、琥珀と銀を張りつめた床は、その深処《ふかみ》に、私の襟ぐりの深い、袖の短い、輝く宝石に目も眩むような紫と青と緋の衣を映す。私は十度《とたび》冠を戴いた君主であり、皇帝である。習い性となった、でっぷり肥った古の威厳をまとって、百回も王座に坐る。その気のある者は挑むが良い――勇気があるなら、私に挑むが良い！　私が夜毎考えるあの無数の世界には、私と〝同等の者〟、〝同格の者〟、〝仲間の住人〟がいるかも知れぬが、ここでは私は〝唯一者〟である。〝地球〟が私の古来の支配権と先祖伝来の王笏《おうしゃく》を認める。なぜなら、地球は私を引き寄せるが、私はまだ彼女のものではなく、彼女が私のものであるからだ。私のものであるこの惑星の上を、大なり小なり私に似た他の存在が厚かましくも白昼堂々歩いていたのは、もう十億年の一兆倍も昔のことのように思われる――実際、そのような状態が――そのように荒唐無稽で、突飛で、滑稽千万な――状態があり得たとは、もはや思い描くことも出来ない。もっとも、心の底では、本当にそうだったに違いないとわかっているようだが。まことに十年前までは、他の人間がいるという夢をよく見たものだ。かれらが幽霊のように街路を歩いているのを見て、心乱れ、ハッと目醒めるのだった。だが今では、眠っている間にそんなことは起こり得ないと思う。その状況の荒唐さがきっと私に意識されて、夢が夢であることをただちに知るだろうから。

というのも、少なくとも今、私はただ一人であり、主人なのだ。私が建てたこの宮殿の黄金の壁は、極上の紫の葡萄酒の湖を見下ろして、そこに映る己が姿に惚れぼれとする。

湖を葡萄酒で造ったのは、葡萄酒が稀少だからではないし、黄金の壁を造ったのは黄金が稀少だからではない。そのようなことは子供じみている。そうではなく、私は一個の人間の仕事を、美しさの点で〝あいつら〟の仕事と匹敵するものにしたかったからであり、執拗に起こる地球の気まぐれによって、もっとも稀少で高価な物が通常もっとも美しいからなのである。

今私の目の前に聳え立つ輝ける美の幻、すなわちこの宮殿は筆紙を以て形容し難い。もっとも、これを建てるのに十六年かかったように、十六年かけて諸国語の辞書を、霊感を吹き込まれた知恵をもって探したならば、私の考えを生き生きと紙上に表現し得る言葉が、どこかにあるかもしれない――このように集積し、建築した黄金の石材がそれを目に表わすのと同じように。しかし、私はそのような労力も払わないし、技巧も持たないから、もし他の人間がいて、伝えようと試みたとしても、その天上的な魅力はほんの少しも伝えられまいと思う。

それは太陽のように明澄で、月のように麗しい建造物である――造るにあたって、費用などという考えが一役を演じなかった、人間唯一の偉大な作品である。その階段一つだけでも、ニムロデ達の時代からナポレオン達の時代の間に建てられたあらゆる神殿、モスク、大市場、宮殿、パゴダ、大聖堂を引っくるめた以上の費用がかかっている。

母屋自体は非常に小さい――長さ四十フィート、幅三十五フィート、高さ二十七フィートにすぎない。しかし、全体の構造は十分巨大で、高く聳えている。宮殿の残りの部分はプラットホームに占められていて、母屋はその上に立っているのだが、このプラットホームの底部は四辺の長さが四百八十フィートあり、上から下までの高さは百三十フィート、頂部は縦横四十八フィートで、階段の仰角は三十度程、羅針盤の四点から、段差の低い階段を百八十三段昇ると頂部に達する。

階段には滑らかな溶かした金が分厚く上塗りしてあるが——段は一続きではなく、三段、五段、六段、九段といった風に区切られていて、間に踊り場があり、上から見ると、大きな段々になった黄金の花壇のように見える。されば、仕組みはアッシリアの宮殿と同じだが、ただプラットホームの一方だけでなく、四方に階段がついている点が異なる。プラットホームの頂部は、縁《へり》から母家の黄金の壁まで、ガラスのような浄化された黄金の枡目《ますめ》と、ガラスのような黒玉の枡目——いずれも縦横二フィート——とがぴったりと敷き詰められたモザイクになっている。プラットホームの頂部の縁には四十八本の模様のない黄金の小柱が立っていて、四辺に十二本ずつあり、高さは二フィート。上の方は細くなり、その上に内部が中空でない金の球飾りがのっている。球飾りには穴が空いていて、そこを緩い一インチ半の銀の鎖が通っており、小さい銀の玉が掛かっていて、微風が吹くとぶつかり合う。館は東の海を向いた外庭と母家自体から成り、母家にはさらに内庭がある。外庭はうつろな長方形で幅三十フィート、長さ八フィート。三方の塀の天辺には狭間胸壁がある。塀の高さは一八・五フィートないし八・五フィートで、母家よりも低い。塀の金色の側面には、内側も外側も、天辺から三フィートのところを装飾のない平らな銀の帯——幅一フィート——が通っており、三分の二インチ突き出している。門は簡素なエジプト風の入口で、東を向き、頂部が下部よりも二・五フィート狭くなっているが、この門に二本の大きな四角い柱が立っている。柱はどっしりした模様のない黄金で、上の方が細り、高さは四十五フィート、柱頭は帯状の繰形と水蓮の蕾で、台座は薄い。外庭には、門の真向かいに縦十二フィート横三フィートの長方形の水溜があり、この水溜は庭を小さくした形である。黄金で縁取ったその側面は下へ行くほど狭くなり、プラットホームの底近くに達すると、直径八分の一インチの導管があって、あらかじめ確かめておいた湖の年間平均蒸発分を自動的に補給する。水溜はおよそ一杯にすると、十万千三百六十リットルの水が入る。そして湖はプラットホームのまわりに直径九百八十フィートの円となって広がり、深さは三・五フィートである。水溜のまわりには、銀の鎖でつながれた小柱が並んでおり、水溜は直径八分の一インチの導管によって、内庭につくった葡萄酒の池とつながっている。この池のまわりには、高く狭い、上に行くほど先細りになった八つの黄金の貯水槽があって葡萄酒を供給するが、貯水槽にはそれぞれ異なる赤葡萄酒が入っており、全体として、私が生きている間、いくら使っても足りるだけの量がある。外庭の床はやはり黒玉と黄金のモザイクだが、そこより先はどこも黒玉の枡目が銀の枡目に変わり、黄金の枡目は凝固した油のように澄んだ透明な琥珀の枡目に変わる。建物の中へは高さ七フィートのエジプト式の戸口から入るのだが、そこには内側に向かって開く金鍍金をしたヒマラヤ杉の折戸がついていて、そのまわりを幅三・五フィートの模様のない銀の非常に大きな突き出した笠石が囲み、全体に簡素な線が素材の贅沢さを何倍にも際立たせている。内部はアッシリアやエジプトの家よりも、ホメロス時代のギリシアの家に似ていると思うが――「桟敷」は例外で、これだけは純粋にバビロニア風であり、古代ヘブライ風である。葡萄酒の池とタンクのある内庭は横八フィート縦九フィートの小さい長方形で、同じ比率の、銀の格子が嵌まっている四つの長方形の窓と、同じ比率の二つの――前と後ろについた――長方形の扉がこの内庭に面している。この庭を囲んで、家自体の八つの壁が並んでいる。内側の壁と外側の壁は十フィート離れており、平行した二つの壁がそれぞれ長い回廊のような部屋を成しているが、正面（東）の二つの壁の間は三室に分かれている。家のそれぞれの側に、大きく、模様のない銀の羽目板が六枚張ってあり、板は中央の部分が半インチ薄くなっていて、そこに、パリを焼いた時「ルーブル」という場所から持って来た二十二枚か二十一枚の絵と、イギリスのある場所から持って来た二、三枚の絵を嵌め込んであるので、羽目板は額のように見え、私が見つけることの出来たもっとも色の淡いアメジスト、トパーズ、サファイア、トルコ石の楕円形の花輪飾りに囲まれている。花輪飾りはそれぞれただ一種類の宝石《いし》から出来ていて、横幅は二フィート、上下は幅一インチに狭まった、模様のない、ただの楕円形の輪である。桟敷は外の壁にある五つの独立した凹部《おうぶ》で、上に屋根があり、東の家表《やおもて》に二つ、北と南と西の家表に一つずつあり、黄金の輪と棒のついた紫と青と薔薇色と白の絹のテントが掛かっていて、黄金の小柱と欄干があり、それぞれの桟敷に屋根から四段の階段で入れる。屋根へは、北と南にある二つのヒマラヤ杉の螺旋階段で上がれる。東の屋根には四阿《キオスク》があり、そこに小さな望遠鏡があって、その高さから、また桟敷から、石灰光によく似たこの土地の明るい月光の下で、マケドニアの永遠に黙す青い丘々や、サモトラキ、レムノス、テネドスの島々が、エーゲ海に紫色を帯びた妖精のように眠るさまを眺めることが出来る。というのも、私はたいてい昼間眠り、夜通し起きているからだ。しばしば真夜中に下りて行って、湖で葡萄酒色の水浴びをし、鼻孔と、眼と、毛穴の奇妙な陶酔を楽しみ、湖の底で長い、目醒めて見る夢を夢見て、茫然となり、ふらふらし、酔い痴《し》れて戻って来るのだった。あるいはまた——この最後の空虚で怠惰な六ヵ月間に二度——贅を極めたこの神殿から突如駆け出し、大声で泣き叫んで、けばけばしい襤褸を破り捨て、岸辺の小屋に隠れて、張りつめた一瞬間、この地球の過去をありありと思い出して呻くのだった——「独り、独り、独り……たった独り、独り、独り……独り、独り……」というのも、火山の噴火にそっくりのことが私の脳髄の中で起こるのだ。そして、星の燦《きら》めく真夜中——ああ、星が何と燦めいていたことだろう！——私は屋根に跪いて、涙に濡れた顔を空に向け、両腕を広げ、畏怖に打たれた心で、〃永遠〃を崇拝したりするのだ。かと思うと、次の夜は雄鶏のように気取って歩き、罪のごとく気まぐれで、街を焼きたい、汚物の中を転げまわりたい、あのバビロンの狂人のように、己を天に斉《ひと》しき者と呼びたいと思うのだった。

だが、こんなことを――こんなことを書きたいのではない！

宮殿の仕上げについては何も書かなかった……だが、私はなぜ知っていることを自分に認めるのをためらうのか、わからない。もしも〝かれら〟が話しかけて来るなら、〝かれら〟のことを書いても構うまい。私は〝かれら〟を恐れないし、〝かれら〟と同等の者なのだから。

この島についても、まだ何も書かなかった。その大きさや、気候、形、植生……ここには二種類の風が吹く。北風と南風だ。北風は涼しく、南風は暖かい。南風は冬場に吹くので、時によるとクリスマスの日がじつに暑いこともある。涼しい北風は五月から九月の間に吹くので、夏もほとんど蒸し暑くはなく、王者にふさわしい気候である。私は南の広間にあるマンガル・ストーブ（石炭を使うトルコ式のストーブ）を一度も点《つ》けたことがない。

島の長さはおよそ十九マイル。幅は十マイルかそこいらで、一番高い山々は二千フィート程の高さに達するが、まだ島中を踏査したことはない。たいていの場所には樹がこんもり茂っていて、今は明らかに退化した小麦や大麦がたくさん生えているところもあり、酸塊《すぐり》や無花果《いちじく》、バロニア樫、煙草、葡萄はふんだんにはびこっており、大理石の石切り場が二つある。宮殿は、十五本の巨きなヒマラヤ杉と七本の鈴懸の木が円い影を点《てん》綴《てつ》する、美しく傾斜した草地の日当たりの良い台地にあり、そこからはどちらを向いても森の端が見える。北側には光る湖面も見え、東側の窪地には、小さい橋の架かった小川と花咲く木立や花床が二つ三つ見える。またその他に――

もう書いてしまおう――

今日、私の中で〝声達〟が言い争うのを聞いた。

奴らは私と縁を切ったとばかり思っていた！　すべて、すべて、すべて終わったのだと。二十年もかれらの声を聞いていないのだ！

しかし、今日――はっきりと――激しく口論しながら、突如、私の意識に割り込んで来るのが……聞こえたのだ。

近頃のここでの無為と安逸が私の精神を徐々に蝕んでいた。この地球についての鈍《にぶ》い物思いが、この虚しい生活とはち切れそうな頭脳《あたま》が！　今日、昼食を食べ終えると、すぐに私は独りごちた。

「俺はこの宮殿に騙《だま》されていたんだ。心の平安が手に入ると思って、これを建てるために時間を無駄遣いしたが、平安などありやしない。だからもうここからとび出して、もう一つの、もっと快い仕事をしよう――建設ではなく破壊の――天国ではなく地獄の――克己《こっき》ではなく、血みどろの乱痴気騒ぎの仕事を。コンスタンチノープルよ――気をつけろ！」私は椅子をわきへ放り出し、トンと床を踏んで立ち上がった。そして立っている間――何度も、何度も――あの驚くほど唐突な口論、猛烈で下卑た怒りの突発と口達者な論争が聞こえて来た。しまいに私の意識は、耳から入る音を聞けなくなった。一つの声は「行け！　行け！」と促し、もう一つの声は「あそこはやめろ！……どこでも良いが…あそこだけは不可《いけ》ない！……おまえの命に関わる！」と言った。

私は行かなかった――行けなかった。それほど打ちのめされてしまったのだ。私は震えながら長椅子に倒れ込んだ。

これらの〝声〟ないし衝動は昔と同じようにはっきりと感じられて、今はかつてなかったほどあからさまに私の中で言い争った。近頃、科学的に物を考えるかねてからの習慣に影響されて、時折こう思うことがあった。私が二つの〝声〟と呼んでいたものは、実は、二つの強い本能的な活動であって、たいていの人間が、さほど強烈でないにしても感じて来たものなのではあるまいか？　しかし、今日、疑いは去った。疑いは去り、私がひどく狂わぬ限り、二度と疑うことは出来ない。

私は自分の生涯について考えている。私には理解できない何かがあるのだ。

時間《とき》のあの暗い後方と深淵の中で、かつて一人の男に出会った。その時、私はまだうんと若かったに違いない——イギリスの大学か学校にいた時で、彼の名前はもはや記憶の遠い彼方にあり、過ぎ去りし事どもの広大な忘却の淵に失われてしまった。だが、彼はある「黒」と「白」の〝力〟について、それらがこの世界を求めて闘うことについて年中話していた。彼は背が低く、鷲鼻で、太鼓腹になるのを心配していた。横顔を見ると、額の天辺が鼻先よりも突き出していて、髪の毛は真ん中で分け、男性の姿形は女性の姿形よりも美しいという説を奉じていた。彼の名は忘れてしまった——ぼんやりとした、明瞭であって、同時に曖昧な存在だ。彼の言葉が私に与えた影響は深甚《しんじん》だが、私はそれを軽蔑しようと努めていたように思う。この男は「黒」が最後に勝利を収めるだろうといつも言っていた。まさにそうだ。まさにそうだ。

だが、この「黒」と「白」の存在を認めるとして——そして、あの異常なスコットランド人の牧師が考えるように、私が北極点に到達したことと人類の滅亡に関係があるとすると——それなら、私をさまざまな障碍を乗り越えて北極点へ連れて行ったのは、「黒」の力だったに違いない。そこまでは理解できる。

だが、北極に到達したあと、〝白〟にしろ〝黒〟にしろ、私にそれ以上何の用があったというのだ？　氷の上を長いことかかって戻って来る間、私の命を守っていたのはどちらなのか？——〝白〟なのか〝黒〟なのか——そして何故？　「黒い奴」だったはずはない！　私が北極点に触れた瞬間から、それまで私を守って来た〝黒〟の唯一の望みは、他の人間と共に私を殺すことだったと容易に察せられる。従って、私を連れ戻し、しかも長いこと帰りを遅らせて、毒の雲の中に入らないようにし、それから私をヨーロッパに戻すため、あからさまに「北風号」を贈ってくれたのは、「白い奴」だったに違いない。しかし、その動機は？　そして、あのような沈黙のあとにふたたび口論を始めたことの意味は？　これはどうにも理解できない！

〝奴ら〟を呪え、〝奴ら〟を呪え、狂った喧嘩をする奴らを！　俺は〝奴ら〟のことなど気にかけぬ！　一体、この世界には〝白い白痴〟と〝黒い白痴〟が——そんなものがそもそもいるのだろうか？　それとも、私に聞こえるこれらの〝声〟は私自身の張りつめた神経の叫びに他ならず、私はすっかり狂っていて、病的で、病的で、狂って、狂っているのだろうか、わが善き神よ？

ここでの怠惰は私にとって良くないのだ！　こうして宮殿を歩きまわり、地球と天について、〝黒〟と〝白〟、〝白〟と〝黒〟について、星々の彼方にあるものについて長々と考えているのは！　私の脳は哀れな頭の壁を破って、とび出しそうだ。

だから、明日はコンスタンチノープルへ行くのだ。

船へ下りて行く時、東のプラットホームの階段をおよそ半ばまで来たところで、足が滑らかな黄金の上ですべった。不注意に歩いていたわけではないのに、誓っても良いが、まるで誰かに押されたような激しさで落ちたのだ。私は頭を打ち、転がり落ちてゆくうちに気を失った。気がつくと、葡萄酒の波に浅く洗われている最下段に横たわっていた。身体がもう一回転していれば、溺れ死んでいたはずである。私は驚きのあまりそこに一時間も茫然と坐っていたが、やがて側道を渡り、自動車で「スペランツァ号」のところまで下りると、船内をよく調べ、昼は作業をして過ごし、船上で眠り、今日もまた四時まで、船と時限起爆装置（起爆装置は七百しか残っていなかったが、ガラタ、トファナ、カシム・パシャ、スクタリなどは勘定に入れなくとも、イスタンブールだけで八千戸の家があるに違いない）の仕事をして、五時三十分に出航した。現在午後十一時で、船はマルモラ島北岸の沖二マイルのところに静止している。月光が満足げに水面をながめ、北から微風が吹いて、小さな青ざめた土地はおそろしく引き伸ばされ、壮厳に偉大に見える——あたかもそれが世界であって他には何もないかのように。その端にある小さな島も果てしなく広大に見え、「スペランツァ号」も巨きく見え、私だけがちっぽけなものに思われる。明日、午前十一時に、「スペランツァ号」を金角湾に停泊するつもりだ。場所は海軍弾薬庫とカプタン・パシャの宮殿がある丘の後ろ、奴隷の牢獄がある、あの低い湿った隈のところだ。

金角湾にごちゃごちゃと集まっているたくさんの船は、素晴らしく状態が良くて、ほとんど苔の生えていない船が多かった。思うに、これは金角湾に流れ込んで、疑いなく一定の海流となっている、小さなアリ・ベイ川とケザート・ハナ川のおかげに違いない。

ああ、あの場所を思い出す。ずっと昔、私はここに数ヵ月、いや、もしかすると数年間も住んでいた。そこは街々の中でもっとも美しく——もっとも偉大な都市だ。イギリスのロンドンの方が広いと思うが、いかなる都市もこれほど広く見えたことはまずあるまい。だが、この街は脆《もろ》く、火口《ほくち》のように燃えてしまう。家々は軽い材木で造られ、隙間《すきま》を土や煉瓦がふさいでいて、中にはすでに廃墟のように見える家もあって、萎《しお》れた花の色にも似た、緑や、黄金色や、赤や、青や、黄色の美しい褪《あ》せた色合いをまとっている。というのも、ここはペンキと樹々の街であり、うねりくねる小さい街路には、どこにも移り気なアーモンドの花と楓の花が、白に紫をまじえて咲いているのだ。スルタンの宮殿のうちでもっとも壮麗な建物でさえ、このように燃えやすく造られている。かれらは石造建築など厚かましいものと考えていたからだと思う——もっとも、ガラタで非常に重厚な石造りの家を見たことがあるが。この場所は——私は憶えている——夜毎の発火のために常に興奮状態で生活していた。すでに火事で荒廃した地域にいくつも出くわしたことがある。火事の際には大臣達が出向いたものだし、火が中々消えないと、火消しを励ますために、スルタンその人が現場へ出向かねばならなかった。今度はもっと良く燃えることだろう。

しかし、私はここにもう六週間もいて、まだ少しも街を焼いていない。この場所は実にうっとりするほど美しく、私に嘆願しているかのようで、私はなぜここに住まなかったのかわからない。そうしていれば、あの悪夢のような十六年間の骨折り仕事はせずに済んだものを。丸二週間、焼きたいという衝動は静まっていた。そのあと、耳元にささやいて私を苛立《いらだ》たせる者があり、その声はこう言った。「こんな風に街を焼くのは、本当はおまえのような偉大な王にふさわしくない。花火を見たがる愚かな子供か野蛮人のすることだ。どうしても焼かなければいけないなら、可哀想なコンスタンチノープルは焼くな。この街はじつに魅力的だし、たいそう古く、バルサムのような香りがするし、白と薄紫の花咲く樹々が、回廊のある、色を塗った家々の塀ごしに覗いている。それに、あの苔生した墓——地区と地区の間にあるあの花崗岩のメンヒルと、古代の大理石の墓のある地帯、奇妙な、神聖な碑銘のあるギリシア人の墓、ビザンチンの、ユダヤの、回教徒の墓——その上には糸杉や巨きな鈴懸の木が揺れている」数週間、私は何もせず、胸の内に二つの精神《こころ》を抱いて彷徨い歩いた。昼は南国の輝く空の下を、そして、空色のガラスを透して見る夜にも似たこの街の巨大な夢のような夜々を——しかも、一つ一つが一夜ではなく、魅惑と空想に満ちた長い混雑した一千一夜なのだ。私は陸軍省《セラスキエラト》の巨大な遊歩道や、その大階段から古いスタンブール全体を見渡すスルタン・メフメト・ファーティフのモスクの玄関の大きな灰色の石の上に坐って、何時間も月をながめた。月は澄空《すみぞら》や雲の中を、そんなにも情熱をこめて輝きながら、上って行ったのである。しまいに、私は自分が何なのかを疑いはじめた。私は彼女、いや地球なのか、私自身なのか、それとも別の物や人間なのか、わからなくなったからだ。あたりはどこもそれほど静まり返り、私自身を除いて、すべてがそれほど巨大だった。陸軍省《セラスキエラト》も、スレイマニエも、スタンブールも、マルモラ海も、地球も、月のあの銀《しろがね》の野も、私に較べればすべて大きく、物の尺度と空間は消え、私もそれらと共に消えていた。

この誇り高いトルコ人たちは、多くが無表情に死んだ。カシム・パシャの街路でも、ペラ地区の高台にある混雑したタクシム界隈でも、スルタン・セリム・モスクの長いムーア風拱廊《きょうろう》の下でも、露天の床屋の剃刀《かみそり》が彼の骨と共にあるのを、そのそばに鬚を剃りかけた信仰篤き者の頭蓋骨を、そして吸うのに二時間もかかる長い水煙器と焼いた煙草と大麻《ハシッシュ》の跡がまだ残っている鉢を見た。今はみな灰と乾いた黄色い骨にすぎないが、ファナル地区と騒がしい古いガラタの家々や、プリパチャのユダヤ人街では、ギリシア人の黒い靴と頭飾りが、今もヘブライ式の青い靴や頭飾りから見分けられた。ここでは深靴や帽子の色が一つの混淆《こんこう》した儀式を呈していた——回教徒は黄色、アルメニア人は赤い深靴と黒い頭巾《カルパック》、役人・学者は白いターバン、ギリシア人は黒いターバンといった具合に。タタール人の頭蓋骨は高い蠟燭形の頭巾《カルパック》の下に輝いていて、ニザイン・ジッドのしゃれこうべはメロン型の帽子の下に、イマームと托鉢僧《ダルウィーシュ》のしゃれこうべは灰色の円錐形のフェルト帽の下に輝いている。ここかしこにヨーロッパの襤褸をまとったフランク人がいる。スタンブールの大城壁のドームの中で、傭兵《バシ・バズーク》の聳え立つターバンと長い剣と神学生を見たし、乞食も見た。西瓜や、砂糖菓子、干葡萄、シャーベットの大きな盆を持った物売りや、熊の見世物、バーバリ・オルガン、長い提灯と、二丁のピストルと、短剣と、黒い木の槍を持って、年中「火の用心」と叫ぶ夜警も見た。ああした昔の生活が今になって鮮やかに思い出されるのは奇妙なことだ。ここへは最近五、六回来ているけれども、こんなことは初めてである。私は城壁の向こうの平野へ出た。そこからはいささか荒寥《こうりょう》たる山巓《さんてん》が見え、街はただ、黒い糸杉の梢から突き出している光塔《ミナレット》だけしか見えない。いくつかの塔の天辺で、荒々しい時報係《ムエッジン》が――あの荒っぽい男が――「モハメッドは神の預言者なり！」と正午の祈りを叫ぶ姿が見えるような気がした。そしてスクタリの墓地を横切る大きな糸杉の並木道から、壁に囲まれたスタンブールの街が、糸杉の森に囲まれたファナルとエユーブまで広がっていた。あの入り組んだ通りと古いビザンチン風の家々のバルコニーが張り出している暗い細道――そのバルコニーの下では、馬に乗る者は頭を下げなければならず、トルコ人さえも絵のような光景の迷路の中で迷うのだったが、そうしたものも今はすべて樹《こ》の間に隠されている。そして蔭になったボスポラス海岸では、フンドゥクリとその彼方まで、ヤーリ（ボスポラス海峡地域の海岸に造られる一種の豪邸）や、雪白の豪邸や、古いアルメニア人の粗末な小屋が覗いている。海辺には後宮が、町の中の町がある。南のマルモラ海は青と白で、広大で、生まれたばかりの海のように初々《ういうい》しく、その誕生と陽気な日光を喜び、活発で、素速く、遠くの影のような島々まで広がっている。この景色を見ているうちに、私は突然、乱暴な狂ったことを大声で言った。神よ、乱暴な、気狂いじみたことを、地獄が笑うであろう気狂いじみたことを金切り声で。何物かが私の舌でこう言ったのだ――「この街は死にきっていない」

私は三晩スタンブールの、地方長官《サンジャク・ベイ》か王族《エミール》の屋敷で眠った――というよりも、まどろんだ。睡い片方の眼を開けて、シンバッドやアリ・ババやハルーン老といった訪問者を見、かれらが如何にして眠り、まどろむかをながめていたのだ。それは長官がトルコ人達の無言の夜通し続く訪問に接した、豪奢な小部屋に於いてであった。香り高き物語《ロマンス》と、空想の陶酔と、幻想に耽る怠惰の長い薔薇色の時であり、夜明け頃には夢を見ぬ眠りの、さらに深い平和のうちに沈み込んでゆくのだ。そこには今も白い寝床《ヤタグ》があった。お客はその上に足を組んで坐って、醒めて見る夢を見、最後には気を失って倒れるのだった。銅の火鉢は今も薔薇油の香りがして、小蒲団、敷物、掛物、壁の怪物、大麻《ハシッシュ》のチブーク（トルコ風の一種のパイプ）、水煙管、麻薬入りの紙巻煙草、鳥や樹が描いてある扉の向こうの秘密《なぞ》めいた格子、そして私が焚いた香の燻《くゆ》る、眠気を誘う灰色の空気、私が吸った芳香《かおり》良い煙。そして私は麻薬に酔ってぶつぶつと呟き、私の左眼はそこにいるアリやシンバッドや、うとうとしているハルン老を疑って見ている。そして眠りから醒め、家表に張り出した格子造りのバルコニーに近い部屋へ顔を洗いに行くと、目の前、すなわち北側に、古いガラタの街が陽光を浴びていて、ペラへ登って行く急坂の広い街路があった。かつてその街路は、日が暮れるたびに歌い女《め》たちで一杯になり、厳かな托鉢僧がそこに坐って水煙管をふかしていたものだ。そこを通ろうにも隙間がなかった。長椅子《ディヴァン》や、寝椅子や、アーモンドの木、天にもとどく唸り声、木のチブーク、托鉢僧、そして無数の軽子《かるこ》や、トファナから来た馬方、カシムから来た兵器廠の労働者、ガラタから来た商人、トファナから来た砲兵隊の労働者などが、あたりを一杯にふさいでいたからだ。家の反対側、南側には、屋根のついた橋が街路をまたぎ——その街路は、主に二つの巨大なのっぺりした塀から成っている——その先は、草花が生い茂る広い曠野《あれの》だった。そこは後宮《ハーレム》の庭園で、私はここで何時間も過ごした。私はここに何日も、いや何週間もいたかもしれないが、ある朝、例の想像の仲間達とまどろんでいると、どこかで笑い声がしたようだった。そしてある物が言った。「だが、この街は死にきっていない！」その言葉が私を深い平和からハッと目醒ませた。私は思った。「死にきっていなくとも、もうすぐ死ぬだろうよ——それも突然にな！」翌朝、私は兵器廠にいた。

このように深く、骨の髄まで楽しんだのは久しぶりだ。私の命を護ってきたのは「白い奴」かもしれないが、私の魂を支配しているのは「黒い奴」に違いない。

古いスタンブール、ガラタ、トファナ、カシムは、城壁の外のファナルとエユーブまで盛大に燃え、輝いている。ガラタの小さな一区域を除いて、この場所全体が材木のようなものだったから、午後八時から午前一時までの五時間のうちに、すべては終わった。城壁の外にあるトルコ人の墓を囲む糸杉の巨大な林の梢が、カシムの墓地のそれが、エユーブの聖なるモスクのまわりのそれが、脆い髪の毛に火がついたように、たちまちしぼんで消えていった。ジェノヴァ人が建てたガラタの塔が、サー・ロジャー・デ・カヴァリーさながらに、上に向かって弧線を描きながら斜めに倒れ、乱暴な打上げ花火が爆発音と共に高く、高く上がるのを見た。二つずつ、三つずつ、四つずつ——十二か十四の大モスクの青い小丸天井が崩れて陥没し、あるいは空に舞い上がって雨と降り、大きなミナレットが首を縦に振って倒れるのを見た。また焔が伸びて、伸びて、エトメイダン広場（イェニ・チェリが集まった広場という）の空っぽな地面——三百ヤードある——を越えて、アフメト・モスクの六つのミナレットにとどき、中央にある赤いエジプト花崗岩の方尖塔《オベリスク》をつつみ込むのを。焔は後宮前の広場《セライ・メイダニ》を越えて、後宮の建物と至高の門に達し、家々と大城壁との間にある広大な不毛の地を越え、七十か八十の拱廊がある大バザールを包み込んで、その向こうへ達した。火の精気が私に迫った。金角湾そのものが焔の舌となっていたのだ。ガレー船の港の西は、爆発する戦艦や、トルコのフリゲート艦、コルベット艦、ブリッグ（帆船の一種）で混み合っていて——東には何万ものフェラッカ船や、カイークや、ゴンドラや商船が炎上していた。私の左手にはスクタリ全体が燃えていた。そして晩の六時から八時の間に、私は三十七艘の船を送り出した。いずれも馬力の小さい空気駆動の船で、午後十一時に発火するよう調整した導火線と起爆装置を積み込んであり、さまようその火でマルモラ海を照らそうと思ったのだ。真夜中頃、私は一つの大きな溶鉱炉と燃えさかる湾に取り囲まれ、海も空も燃え上がり、地上も焔につつまれていた。左手の私から遠くないところで、巨大なトファナの砲兵の兵舎と砲兵隊の工場が、長いこと持ちこたえた末、諸共に吹き飛ぶのを見た。三分後、下の水のほとりで、砲兵下士官の兵舎と兵学校が一緒に、壮大に、壮大に、舞い上がった。それから右手のカシムの谷で、兵器廠が。これらは煙を出す太陽のように空を覆い、海陸何マイルにもわたって、ギラつく陽の光を投げかけた。まわりよりも一際赤い火焔が二条《ふたすじ》走るのが見えたが、それは金角湾に架かる艀《はしけ》の橋と筏の橋が急いで燃えているところだった。巨大なるものは急いで、ますます早く燃え――白熱し――激怒し――諸共に恐水病にかかるのだった。その赤い咆哮《ほうこう》が無限の天空を襲い、光輝く中心の力は〝重力〟であり、〝存在〟、〝感覚〟であり、私がその従順な妻となった時――その時、私はうなずき、唇を歪めて、あたかも最後の嘆息のような嘆息をつき、力なく、酔い痴れて、うつ伏せに倒れた。

おお、途方もない神慮よ！　天の底知れぬ狂気よ！　こんなことを書く羽目になろうとは！　もう書くものか……

あのシュウシュウという音！　これはただの狂った夢だ！　髪の毛を根こそぎ引っこ抜いて、土星の荒れ狂う嵐の上にふり撒くようなものだ！　私の手は書くまい！

神の名に於いて――！　街を焼いたあと、私はある家で四晩、眠った――置いてある本などからフランス人、おそらく大使の家と見た。じつに広い庭があり、ペラの東の急な下り坂に位置していて、海の眺望《ながめ》が良かったからだ。それは私が火事を見物したミナレットのまわりに、安全のためわずかに残しておいた大きな家の一つだった。そのミナレットはタクシムの高台の上、ペラとフンドゥクリとの間にある古い回教徒居住区の天辺にある。下方にはフンドゥクリの波止場とトファナの波止場に、二重の用心として二艘のカイークを、雨風を避けられる場所に残しておいた。一つはスルタンの金塗りの小舟で、舳先に黄金の拍車がついている。もう一つは、金角湾を巡回した水上警察《ザプティア》のボートである。私はそのどちらかで「スペランツァ号」に乗り移るつもりだった。「スペランツァ号」はその時、ボスポラス沿岸の少し離れたところに安全に停泊していた。それで五日前の朝、トファナの埠頭に向かったのだが、前夜から小雨が降り出したため、焼跡から立ち上る蒸気に似た薄い灰色の煙が、何平方マイルもの真っ黒い焦土の上に、あたかも奈落の王《アバドン》の悪臭漂う国から洩れて来るかのごとく、また少しずつ立ち上った——しかし、焔はまったく見えなかったが。そのため、種々雑多な瓦礫《がれき》の上を大して先へ進まないうちに、目から涙が出、喉は詰まり、道は荒れていて通れないほどだった。そこで私は言った。「引き返して、ペラの後ろの墓と不毛な荒地の一帯を横切り、丘を下って、フンドゥクリの埠頭で水上警察《ザプティア》のボートに乗って、『スペランツァ号』に行こう」

そこで、煙の地帯から抜け出し、くすぶる廃墟と墓所の境《さかい》を越えて、やがて豊かな森林に入った。そこも最初のうちはいくらか焼け焦げていたが、すぐにジャングルのような緑の生い茂る森に変わった。それで心が落ち着き、慰められ、急いで船へ行くこともないので、やや北西の方向へだと思うが、そぞろに心魅かれて歩いて行った。どこかこのあたりに「甘い水」と呼ばれる場所があるのだと考えて、そこに行きあたらないかと漠然と思いながら、午後まで森で過ごすつもりで歩きつづけた。ここでは自然がたった二十年のうちに豊穣な原始状態に戻り、すべてが勢い良く繁茂していた。小さな谷は鬱蒼と暗く、繊細なミモザや、枝を垂らした大きいフクシャ、椰子、糸杉、桑、黄水仙、水仙、喇叭水仙、石楠花、アカシア、無花果の生える深い褐色の木蔭を小川が静かに流れていた。一度、金をかぶせた古い墓石の並ぶ墓地がすっかり草木に被われ、見分けもつかなくなっているのに出くわしたし、四目垣に囲まれた小さなヤーリが木立に埋まっているのを三度見かけた。私はゆっくり、だらだらとした歩みで進みながら、アーモンドやオリーヴをムシャムシャ食べた。以前、こんな北の土地にオリーヴは自生していなかったはずだが、今ではここに、原始的なものではあるが、かなりたくさん生えている。ということは、あらゆるものに、私には目的のうかがい知れない変化が間違いなく起こっているのだ。その日私が出くわした糸杉の中には、聞いたこともないほどの巨木が何本かあった。そして今でも憶えているが、私はこんなことを考えていた——もしも小枝や木の葉が鳥に変わったら、あるいは魚に翼が生えて目の前で飛んだら、その時どうすれば良いのだろう？　私はそう思って、木の枝を疑わしげに見やるのだった。大分時間が経ってから、ひどく暗い木立の中に入った。森の外は陽射しが明るく、暑くて、ひっそりと静かだった。ここの木の葉や花々もみなそよとも動かなかった。世界のうつろな沈黙が聞こえるような気がして、私の足は小枝を踏むたびにピストルを撃つような音を立てた。やがて藪の中の空地に出た。そこはさしわたし八ヤード程で、ライムとオレンジの香りがした。薄明かりで、いくつかの古い人骨と三つの頭蓋骨が見分けられた。花をつけた野生の麦の茂みからタムタムの先端が覗いており、ここかしこに金色の金厚朴《きんこうぼく》が、そして到る処に山茨《やまいばら》がたくさん咲いていた。私は立ちどまった——なぜかは思い出せない——たぶん、「甘き水」に辿り着けないなら、外へ出る道を真剣に探した方が良いと考えたのだろう。そうして、立ってまわりをながめているうちに、何か飛びまわる昆虫が耳のそばで寂しいぶんぶんという羽音を引いて行った。

突然、ああ、私はハッとしたのだ。

私は想像し——夢想した——苔と菫《すみれ》の床に、つい最近誰か人が寝た跡を見たと。そのあり得べからざるものをながめている間に、想像し——夢想した——何と気狂いじみたことだ！——笑い声が聞こえたと！……わが善き神よ、それは人間の笑い声だった。

いや、半ばは笑い声で、半ばは嗚咽《おえつ》のようだった。それは一瞬のうちに、私から離れ去った。笑い声や、嗚咽や、痴呆《たわけ》た幻聴なら、前に何度も聞いたことがあった——歩く足音、背後からつけてくる音も。

だが、この印象は短かったとはいえ、戦慄するほど生々しかったので、私の哀れな心臓は死ぬほどのショックを受け、私は苔の上に尻餅を突いて、右の掌で身体を支え、左の掌は激しく動悸を打つ胸にあてていた。そこで息をととのえようとして、じっと坐っている間、全精神が耳に集中していた。しかし、もう何も聞こえなかった——ただ宇宙の沈黙の茫漠とした低い唸りが聞こえる他は。

しかし、足跡がそこにあった。目と耳が共謀して私を騙そうとしたにしても、それだけは動かせないと思った。

私はじっと、じっとしていた。同じ姿勢で身じろぎもせず、気分が悪くなり、口は渇き、弱って、力が抜け、今にも死にそうな息をしながら、しかし、鋭く神経を尖らせ——悪意を持って。

俺は待っていよう、と思った。蛇のように狡猾になろう——悲しいほど気分が悪く、病人同然だが——音を立てるまい……

数分後、私は自分の目が横目で——横目で、ある方向をじっと見ているのに気がついた。たちまち、方向感覚があるという事実それ自体が、実際に何かを聞いたのだということを証明した！　私は必死になって——何とか——立ち上がり、かすかに体を揺らしながらそこに立っている間、死の恐怖が胸にあっただけではなく、君主の権威が私の額にあった。

私は動いた。その力を見つけたのだ。

一歩一歩ゆっくりと、いとも巧みに音を立てず、空地から藪の中へ続いている苔の帯の方へ近づき、そのうね曲がる道に沿って、音のした方向へ歩を進めた。私の耳はもう小川のさらさら流れる音を聞きつけていて、苔の道を辿って行くと、私の頭よりも二、三フィートだけ高いこんもりした茂みがあった。忍び足で歩く猫のように、この茂みの中を苦労して這い進むと、丈の高い草が生えているだけの地面に出た。三ヤード前方にアカシアの木と団扇仙人掌《うちわサボテン》と御柳《ぎょりゅう》の壁があり、その壁とその向こうの森との間に、流水の光がチラと見えた。

私は四つん這いになってアカシアの茂みへ向かって行き、その中に少しもぐり込むと、首を伸ばして前を覗いた。すると、そこに——すぐさま——右側へ十ヤード行ったところに——私は見た。

奇妙なことに、興奮は卒中を起こして死ぬほど高まるかわりに、今現実に見てしまうと、冷静と言って良いほどに収まった。私は悪意をおびた不機嫌な目で、斜めに立ち、そこから彼女をじっと見守っていた。

彼女は膝をつき、両方の掌を軽く地面に触れて、身体を支えていた。小川の縁に跪いて、はにかみ、かつ驚きながら、澄んだ茶色い水に映った自分の顔を見ていた。私は不機嫌に横目で、ものの十分間も彼女を見ていた。

彼女が一瞬笑い、嗚咽したのは——私はその声を聞いたのだが——自分の姿を見て驚いたためだと信ずる。そして彼女の表情からして、それを見たのは初めてだったと固く信ずる。

私は立って憂鬱な気持ちで見つめながら、こんなに美しい生き物はいまだかつて見たことがないと思った(といっても、今ゆっくり分析してみると、彼女の美貌にはどこといって特筆すべきものはなかったと容易に結論できる)。鳶色というよりもやや明るい色で、細かく縮れた髪は裸身を被う真の衣であり、彼女を尻の下まで隠して、髪の毛の幾条かは水の中にも垂れていた。紺色の眼はほとんど愚かな戸惑いの表情を浮かべて、大きく見開いていた。私がじっと見ているうちに、彼女はゆっくり立ち上がった。その身ごなしに、この世界に不慣れな様子が、どうすれば良いか途方に暮れているような様子があるのを、私はすぐに見て取った。彼女の瞳は光に慣れていないようで、その日初めて木や小川を見たのであることは断言してもよかった。

彼女の年齢は十八か二十に見えた。チェルケス人の血を引いているか、少なくとも、その系統と推量された。肌は白っぽい茶色、ないし象牙色だった。


彼女は困惑して、身動きせずに立っていた。巻毛を一房手に取ると、口にくわえ、唇の間でしごくようにした。今はっきりとわかったが、その眼には何か空腹を訴えるような色があった——森には食べ物がたくさんあったのだが。彼女は髪の毛を放すと、また弱々しい痴愚《ばか》のような様子をして、小首を傾げて立っていた。今にして思うと、見るからに哀れな姿だったろうが、その時の私には少しの同情も湧かなかった。明らかに、彼女はあたりの物の外見をどう受けとれば良いかわからないでいるのだ。しまいに苔の生えた川岸に坐り込み、手を伸ばして麝香薔薇を一輪取ると、掌にのせて、絶望したようにそれを見た。


彼女を最初に見てから一分後には、私の恐るべき動揺は鎮まって、さいぜんも述べた通り、落ち着きのようなものに変わった。この地球は古くからの権利によって、私のものだ。私はそれを感じていた。この生き物は、私が慌てず騒がず、意のままに出来る奴隷にすぎない。私はしばらくそこに立って、その意志は如何なるものであるべきかを冷静に考えていた。

私は帯に小さな短剣《カンギアル》をさしていた。銀の柄《つか》に珊瑚をちりばめたもので、湾曲した刃《やいば》は刃渡《はわた》りが六インチ、黄金のダマスク象眼が施され、剃刀のように鋭い。奈落の底の悪魔のうちでもっとも陰悪で卑劣な奴が、冷ややかに、そしてしつこく私の胸にささやいた——「殺せ、殺せ——そして喰ってしまえ」

なぜ彼女を殺さねばならなかったのかは、わからない。そのことは今も自問している。人間が孤独でいるのは「良くない」ことだというのは、正しいに違いない。〝過去〟に於いて、「社会主義者」と自称する宗教の教派があったが、これらの人々にとっては、人間はもっとも社会的である時にもっとも善良で高尚であり、孤立した時、最低最悪であるというのが真理だったに違いない。なぜなら、〝地球〟はあらゆる孤立を見つけて、それを引き寄せ、スルタンや貴族などのように狂暴で卑劣な物質主義者にしてしまうからだ。しかし、〝天国〟は二人か三人が集まる場所なのである。そうかもしれない。私にはわからないし、どうでも良い。だが、私は知っている――惑星の上で二十年も孤独に過ごすと、人間の魂は生活よりも孤独を愛するようになり、〝自己〟の秘密の領域に〝他者〟が無作法に侵入して来ることから、繊細な神経のように身を避けるのだ。おそらく、バラモンや古代ローマの貴族や、諸国の貴族階級のような孤立した階級が、ゆっくりと手に入れた特権の領域に侵入しようとするいかなる試みにも常に抵抗するのは、この故なのかもしれない。また、こうしたこともあり得る――孤独で自分勝手な生活を二十年も続けると、人間は、そんなことは思いもしないうちに――緩慢な諸段階に少しも気づかないで――正真正銘の獣《けだもの》に、おぞましい醜悪な獣になり、バビロンの彼《か》の王のように狂って、うろつきまわり、鳥の爪のような爪をし、髪の毛は鷲《わし》の羽根のようで、激した獰猛な本能を持ち、暗闇と犯罪をそれ自身のために喜ぶ、そうしたものになってしまうのかもしれない。私にはわからないし、どうでも良いことだ。だが、私は知っている――短剣《カンギアル》を抜いた時、あらゆる悪魔のうちでもっとも卑劣で狡猾な奴が、揶揄《からか》うように私にささやいていた。「殺せ、殺せ――そして浮かれ騒げ」

いとも苦しい緩慢さで、のろのろと進む氷河のように、私に触れる木の葉の葉脈のごとく敏感に、私はナイフを背にして、藪の中を、彼女の方へさりげなく動き、忍び寄った。ただ一度だけ、私を抑え、妨げるものがあった。私は引き止められるのを感じた。止まらねばならなかった。分かれた顎鬚の片方の先端《さき》が団扇仙人掌の枝に引っかかったからだ。

私は絡んだ鬚をほどきにかかった。それが上手く行った時だと思うが、小川の向こうに空の一部が見えて、空模様に初めて気がついたのだ。一分かそこら前にはかなり晴れていた空に、今は雲が走っていた。私が上を見やったのは、不吉な雷の轟きが聞こえたからだった。

坐っている女の姿にふたたび目をやると、彼女はポカンと空を見ていたが、その表情からは、あの雷の音を今まで聞いたこともないか、少なくとも、それが何の前触れであるかを知らないことが察せられた。私は彼女から目を離さずに一挙一動を見守りながら、一インチ一インチ、息を殺し、天秤の釣り合いをとるように注意深く這い寄った。そしていきなり藪の中からとび出し、彼女に迫った……

彼女は飛び跳ねた。二歩か三歩逃げて、それから——私から四ヤードと離れていないところで——ピタリと立ちどまり、鼻孔《はな》から荒い息を出して、問いかけるような顔をした。

私は一瞬のうちにすべてを見てとり、一瞬のうちにすべてが終わった。彼女が立ち止まっても、私は襲いかかる勢いを制しておらず、ナイフをかざし、今にも追いつこうとしていた。と、その時、突然途轍もない力に邪魔をされて、打ちのめされた。目も昏《くら》む閃光が、私の持っていた鋼鉄の刃に引き寄せられて、私の五体をヒリヒリさせて打ち貫き、同時に、人間の耳をいまだかつて驚かせたことのないほど強烈な雷鳴が私を地面に打ち倒した。短剣《カンギアル》は私の手からもぎ取られて、娘の足元近くに落ちた。

私は意識を完全には失わなかったが、間違いなく、〝力達〟はもはや私から自らを隠しておらず、かれらの間近な接触は、哀れな死すべき人間にとってあまりにも耐え難く、乱暴で激烈だった。私はおそらく三分か四分の間、脅しつけるあの怒りの叫びの下に愕然として横たわり、指一本動かせなかった。ついに起き上がった時、娘は私のそばに立ち、一種の微笑みを浮かべながら、篠突《しのつ》く雨の中で私に短剣《カンギアル》を差し出した。

私はそれを彼女の手から取ると、震える指で小川の中に放り込んだ。

雨はザアザアと降りしきり、この土地で降れるだけの雨が降った。長い間ではなかったが、降っている間は大雨で、おびただしい汗のように、ドロリとした液体となって森に滴った。私は来た道を見つけて逃げ帰ろうとしていたが、難渋し、ゆっくりとしか進めず、あとを尾《つ》けられている感覚があった。果たして、そうだった。やがてもっと開けた場所に出た。そこは西の城壁の向かい側に近く、しかし金角湾の北側で、カシムの谷間とチャルコイとの中間にある、どこか平らな草地だったが、そこへ出た時、私はあの天だか誰だかの被保護者が、私のうしろ十ヤードと離れていないところを、機械人形のようについて来るのを見て、ゾッとしたのだ。もう午後の三時近くで、私は雨でずぶ濡れになり、疲れて腹が減り、コンスタンチノープルの廃墟からは一条の煙も立ち上っていなかった。

私は物憂くトボトボと歩きつづけ、フンドゥクリの波止場と水上警察《ザプティア》のボートのあるところへ来たが、彼女はやはりついて来て、その髪の毛は水に浸かった細い一条の紐となって、背中にかかっていた。

彼女は私の知るいかなる言語も話せないだけでなく、まったくいかなる言語も話せない。一度もしゃべったことがないと私は固く信じている。

彼女は今までボートも、水も、世界も見たことがない——それは断言しても良い。彼女は私とボートに乗り、船尾に坐って、指の爪で船縁《ふなべり》に必死にしがみついていた。私は「スペランツァ号」までの八百ヤードを漕《こ》ぎ渡り、彼女は私について甲板《デッキ》に上がった。開《ひら》けた海を、ボートを、海岸のヤーリを、そして船を見た時、彼女の顔には驚愕が刻まれた。しかし、彼女は恐れを知らぬようだ。子供のように微笑み、船上であれこれの物に、あたかもそれが生き物であるかのように、触った。

彼女の象牙色の肌が露《あら》われているのは、ほんのところどころだった。それ以外は、長い間酒蔵に置いてあった古い壜のように、埃に被われていた。

「スペランツァ号」に着いた頃、雨は急にやんだ。私は着替えをするため船室に下り、彼女を締め出すため、目の前で扉を閉めなければならなかった。扉を開けると、彼女はそこにおり、錨のエンジンを始動させに行った時も、巻揚げ機のところまで随《つ》いて来た。私はたぶん、彼女をインブロス島へ連れて行くつもりだったのだろう。そこへ行けば、彼女は村の壊れた家のどれかに住むことができるだろうから。しかし、錨がまだ半分も上がらないうちに、私はエンジンを止め、鎖をふたたび走らせた。私は言ったのだ、「いや、俺は独りになるのだ。俺は子供じゃない」

彼女の目つきから空腹であることがわかったが、私は気にもしなかった。私も腹を空かしていた。私が気にするのはそれだけだった。

もう寸刻たりと女をそこにいさせたくなかった。ボートに下り、彼女が随いて来ると、フンドゥクリとトファナの波止場を過ぎ、金角湾に入るところ、聖ソフィア大聖堂のところまでボートを漕いで、彼女を連れ戻した。湾の河口のあたりには、黒焦げになった船の残骸が川の流れに運び出されて巨大な半円形をなしていた。私はガラタ側の階段を上って、艀の橋の手前まで来た。彼女が私について堤防に上がると、あの坂になった街路の一つを歩いて、上った。そこはもう瓦礫や灰にひどく塞がれていたが、それでも黒い壁の残骸がいくらか立っているので、街路と見分けられたのである。もうじき夜だったが、雨上がりの陽射しは明るく、西空は真っ赤に燃え上がって、空気は大きな紫のダイヤモンドのように澄み、洗われていた。

ギリシア人、トルコ人、ユダヤ人、アルバニア人、そして喧騒とコーヒー屋と酒飲みの入り混じったこの古い界隈を百ヤードばかりも上り、道の角を二つ曲がった時、私は急に上着の裾をたくし上げ、クルリとふり返って、一目散に波止場へ駆け戻った。彼女はついて来たが、不意をつかれたせいであろう、初めのうちは少し引き離された。しかし、私が大慌てでボートに乗り込んだ時にはすぐそばまで来ていて、危ういところで立ち止まり、水に落ちるのをかろうじて免れたのである。私はちょうどその時ボートで岸から離れた。それから、船に戻るべく漕ぎ出して、つぶやいた。「もし望むなら、おまえにトルコをやろう。世界のその他の部分は私のものだ」

私は沖へ向かってボートを漕ぎ、顔は彼女の方を向いていたが、けして見ないようにした。彼女がしていることを見たくなかったからだ。しかし、外海が大きな音を立てて荒々しく打ち寄せる波止場の先端をまわって、北へ行き、彼女から見えなくなろうとした時、泣きじゃくる声が聞こえて来た――彼女が発した最初の音だ。それで、私は見た。彼女はまだ私のすぐ近くにいた。この愚かな狂人は堤防を走って、追いかけて来たのだ。「馬鹿な小娘め！」私は水のこちらから大声を上げた。「おまえは今、何をしようというんだ？」そしておお、神よ、この地球上で他の人間に呼びかけた自分の声のあの奇妙さ、あの途方もない奇妙さを、私が忘れることはあるだろうか？

彼女はそこに立って、捨てられた犬のように私を見ながら、めそめそと泣いていた。私はボートを返し、漕ぎ、最寄りの石段に近づけると、陸に上がって、彼女の両頬を一度ずつ鋭く平手打ちした。

彼女が驚いた様子で立ちすくんでいる間に、その手を取ってボートへ連れ戻し、スタンブール側に上陸して、なおも彼女を導きながら、歩き出した。私の目的は何か近くにありそうな建物を、あまりひどく焼けていない建物を見つけて、そこに彼女を置いて行くことだった。ガラタには明らかにそんな家は一軒もなかったし、ペラは歩いて行くには遠すぎると思ったのだ。しかし、ペラへ行った方が良かったのだろう。私達は後宮の岬（トプカプ宮殿のある岬、サライブルヌのこと）から「七つの塔」まで、街の胸壁に沿ってたっぷり三マイルも歩かねばならなかったからだ。

彼女は裸足で、私について、焼け焦げた瓦礫のこの大沙漠を歩いて来た。もうすっかり日は暮れ、空には月がさまよい、廃墟の荒涼たる寂しさを十倍も寂しくしたため、私はその時、苦々しさと自責の念にかられて、紙には到底書けないような己の幻姿《まぼろし》を見たのである。だが、その晩もかなり遅くなって、やっと一軒の大きな邸が見えた。その家の家表《やおもて》は緑の格子作りで、外階段があり、平屋根があった。この邸はバザールの拱廊に隠されて見なかったが、そのバザールはスタンブールの真ん中あたりにある広大な広場で、バザールの中でももっとも大きいものの一つだと思う。邸はその中程に建っており、おそらくパシャか大臣の家だったのだろう。その場所では周囲と非常に異なる立派な様子をしていたからだ。建物の損傷はほとんどないようだったが、大きな広場を一杯に塞いでいたとおぼしい草木は焼け焦げて真っ黒な綿毛のようになっており、その中に何千という人や、馬や、駱駝の炭化した骨が転がっていた。明るいが、いとも哀愁の漂う寂しい月光の中に、すべてがはっきりと見て取れたのである。それは純粋な、星辰の神秘に他ならぬ東洋の月光で、ペルセポリスやバビロンや、古きアナク人《びと》の滅びた街々を照らすのである。

その家には、長椅子《ディヴァン》も、寝蒲団《ヤタグ》も、小蒲団も、食べ物も、葡萄酒も、シャーベットも、ヘンナも、サフランも、乳香も、ラークも、大麻《ハシッシュ》も、衣装も、そしてまだ使える百もの贅沢品があることがわかっていた。外壁があったが、それに覆いかかる木々は焼け焦げてなくなり、門も炭になっていたので、掌で一押しすると、開いた。娘は私のすぐ後ろについて来た。私は次に、家表の外階段の下にある小さな緑の格子戸を押し開けて、中に入った。そこは真っ暗で、彼女があとから中に入ると、私はすぐさま外に抜け出し、彼女の顔の前で扉をバタンと閉め、掛金の上の小さな鉤を掛けた。

私は中庭の先へ数ヤード歩いて行って立ちどまり、彼女が叫ぶかと思って耳を澄ました。だが、あたりはシンとしていた。五分——十分——と待ったが、何の音もしない。それから陰気な憂鬱な道を、空きっ腹で歩きつづけ、その夜のうちにインプロス島へ向かって出発しようと思っていた。

しかし、今度は二十歩と先へ進まぬうちに、弱々しい、くぐもった叫び声が背後の空中から聞こえて来たと思って、見ると、娘は入口のところに、黒い刈株の灰の中の小さい物体となって横たわっていた。格子作りの小窓から、うんと遠くへ向かって飛び下りたらしい。その小窓は小さな外階段の上の格子戸と同じ高さで、かつてはそこから輝く目が外を覗いたのだ。高さは三十フィートあった。

彼女は飛び下りるのが危険だと意識していたように思えない。生のあらゆる法則が彼女にとっては新しく、出口を探して見つけたから、私を追いかけようとする盲目な本能に駆られ、一番先に開かれた道を選んで来たにすぎないのかもしれない。私は引き返し、彼女の腕を引いたが、彼女は立てなかった。顔を無言の苦痛にしかめて——呻き声も上げなかった。左足から血が出ているのがわかった。私は彼女の怪我した踝《くるぶし》をつかんで、狭い中庭の灰の中を引き摺って行き、全身の力をふり絞って、彼女を子犬のように扉の中に放り込み、悪態をついた。

もう船までの遠い道を戻る気もなくなり、マッチを擦《す》って、ジランドール（二枝つきの飾り燭台）や、油壺や、枝つき蠟燭を灯してまわると、淡い色の数多くの柱の間に光が入り乱れた——薔薇色や空色に濃緑《こみどり》とオリーヴ色の混じった柱、そしてポルトロ大理石や蛇紋石の柱があった。邸は大きかった。私は刺繍をした金襴《きんらん》の掛物や、細い柱や、ブルサの絹の沙漠を横切って、ようやく、スミルナ式の仕切りカーテンのうしろに上り段のついた戸口が見えたので、そこを上り、しばらくの間、金色の柵のついた窓がある家の中を彷徨った。そこは家具がほとんどない宮殿のような空間で、いつの時代のものか見当もつかない巨大なフェイアンス焼きの陶器や紋章がところどころにぽっつりとあり、床にはペルシア絨毯が敷きつめられて、足音も立たなかった。私は屋根のある吊り桟敷を通った。そこには格子窓が一つだけあって、中庭が見下ろせた。ここからハーレムに入ったが、そこはもっと贅を尽くしており、骨董の類があって、さまざまな様式をふんだんに用いてあるので、ハーレムとわかったのである。ここで短い湾曲した階段を下りて行くと、仕切りカーテンのうしろの床に大理石を敷いた一種の食糧貯蔵庫があり、青い服を着た黒人の老女――髪の毛がまだついている――と砂糖菓子、フランスの保存食品、シャーベット、葡萄酒などがたくさんあった。私はいくつかの物を荷籠に入れて、また上に上がると、エメラルドの凹《へこ》みの中に、人を酔わせるあの結構な麻薬入り紙巻煙草と、宝石をちりばめた長さ二ヤードのチブーク（トルコ式の煙草のパイプ）、それに煙草を見つけた。そうした物を持って、またべつの階段を下り、中庭の隅にある、少し高くなった緑の大理石の四阿の段に置いた。それからまた上がって行って、まだ雪のように白い寝蒲団《ヤタグ》を、その上で眠るために持って来た。そしてそこで、四阿の段のそばで食事をし、何時間も倦怠く煙草を吸って夜を過ごした。中庭の中央には四角い大理石の井戸があり、生い茂った野生の葡萄や、花咲くアカシアや、雑草や、ジャスミン、薔薇といったものの向こうに白々と見えていた。それらの草木は井戸だけでなく、四阿と中庭全体にはびこって、広場を囲むムーア風の拱門からなる正方形の拱廊にさえ這い登っていた。私はその拱門の一つの下に、真紅の絹の長い提灯を置いた。ここにはあの火の息はまったくとどいていなかったからだ。午前二時頃眠りに落ち、憂愁《うれい》をおびた銀色の月光が長い間残っていたところを、今はもっと深い影の平和が支配した。

　午前八時頃、私は起きて家の正面へ向かった。その夜をこの廃墟と化した場所での最後の夜にするつもりだった。眠っていても醒めていても、夜通し、あの出来事が頭脳《あたま》を一杯にして、不信の深みからさらに深い淵へ生長し、その揚句、あれは酒に酔った夢にすぎないという一種の確信に到達したからである。だが、ふたたび目を開けると、あのあり得ざる出来事の深刻な認識が、雷に打たれた苦悶のように私の存在を打ちのめした。私は言った。「また遠い東洋へ行って、忘れよう」そして彼女が夜の間どうしたかを知らずに中庭から出て行ったが、やがて外の部屋に到ると、ギョッとした。彼女は戸口の、私に投げ出されたその場所に横臥して、腕を枕に眠っていたのだった。私はそうっと彼女を跨《また》いで外に出、注意深く小走りに走った。朝は祭たけなわで、いとも爽々《すがすが》しく、清澄で、呼吸《いき》をすることは若返ることであり、このような陽の光がかくも広大な廃墟さえも照らすのを見ると、心が朗らかになった。大きな壊れたバザールの門の一つまで二百ヤードほど走ったあと、ふり返って、あとを尾《つ》けられていないかどうかを確かめた。しかし、そこは寂しく無人だった。それから歩きつづけて拱門を通ったが、門には緑の長方形の額がかかっており、習慣通り、かつて金色の神聖文字で何かの文句が刻まれていたのが、今もそれと見分けられた。外に出ると、破壊の大パノラマが一望出来た。二つ三つ、巨大な壁が立っていて、うつろな東洋風の窓の向こうに深い空が覗いている。ここかしこに柱か、半分になったミナレットが立っており、古い後宮の壁の内側には、枝も葉もない木の幹が今も残っている。エユーブとファナルには木の葉のない森があり、北の地平線にはペラがあって、そこにはヤニ・チルチャ通りの急坂になった上半分がまだ残っており、高台にはヨーロッパ風の家々がある。そしてその間には、黒い地面と石と峡谷のなだらかに起伏する景色があって、北極の小山のような叢氷《そうひょう》に——仮に叢氷の雪がインクだったなら——似ていた。そして右手には真っ黒く平らになったスクタリがあり、そこには広大な墓地があって、森の切株がまばらに見え、朗らかな青い海には浮遊する瓦礫が次第に半円形に広がって、橋のなくなった金角湾の前に密集し、ところどころ茶色く汚らしい浮滓《うきかす》のように見える。というのも、私はスタンブールの中心のかなり高いところに立っていたのだ。そこはスレイマニエ・モスクかスルタン・セリムの霊廟がある区域のどこかだろうと思われ、途方もなく広い範囲が見渡されて、その先は漠とした遠方と蜃気楼だった。私にはそれはあまりにも空漠として寂しかったので、バザールの外へ二百ヤードほど進んだあと、踵《きびす》を返した。

あの娘はまだ家の戸口に眠っていたから、足で揺り動かして、起こした。彼女はハッと驚き、いともしなやかな敏捷さで跳び上がると、一瞬茫然と私を見つめたが、やがて夢と習慣から現実を切り離して、私が誰かを悟った。だが、どこかしら痛いと見えて、すぐまた床に沈み込んだ。私は彼女を引っ張り上げ、びっこを引きひき随いて来させた。いくつもの広間を通り抜けて、内庭と例の井戸のところへ来ると、草の生えた井戸の端に坐らせて、彼女の足を私の膝に乗せ、よく調べて、水を汲み、足を洗い、私のカフタンの縁から裂いて取った布切れで包帯をした。もう私に随いて来ないように、時々荒々しく話しかけた。そのあと四阿の段のそばで朝食をとり、食べ終わると、皿にトリュッフの入ったフォワグラの塊をのせて、茂みを抜けて井戸のところへ行き、それを彼女に与えた。彼女は受け取ったがポカンとして、食べなかった。私が人差し指でフォワグラを少し彼女の口に入れてやると、ガツガツ食べ始め、すっかり平らげてしまった。私はまた生姜パンと、一握りのボンボン、クリシュヌ葡萄酒、アニゼット（アニスの実で風味をつけたリキュール）を彼女にやった。

それから、そこにいろと荒っぽく言って、また出て行った。彼女は井戸端に腰かけたまま髪の毛を井戸の口に垂らし、藪ごしに私を見送っていた。しかし、尖塔迫持《せんとうせりもち》のついたバザールの門まで行かないうちに、不安になってうしろをふり返ると、彼女はびっこを引きひき私を追っていた。してみると、この娘は、木の実の殻が船の通った跡について来るように、私を追いまわすのだ。

私は彼女と家に引き返した。彼女から逃れるべつの方策を考えねばならないからだった。それが五日前のことで、今もここにとどまっている。この家と中庭は十分居心地が良く、本当の芸術品が並んでいる美術館も同様だからだ。しかし、明日はインプロス島へ帰ることに決めている。

彼女が服というものを知らず、着たことも見たこともないのはたしかなようだ。

私は彼女に服を着せた。初めに、ハーレムの浴室の銀の水槽にぬるい薔薇水を入れて、その中で海綿と石鹸で彼女を徹底的に洗った。この浴室は大理石を敷いた円形の部屋で、噴水と、こういう家独特の複雑な天井があり、フレスコ壁画があり、壁にコーランの文章が金文字で書いてあって、淡い薔薇色の絹の掛物がかかっていた。私は選んだ服を長椅子《ディヴァン》の上にたくさん積み上げ、タオルで身体を拭くやり方を彼女に教えると、黄色縞の入った白絹で出来ているシンティヤンというズボンに足を踏み込ませ、これを紐でもって、臀《しり》の上部のまわりに緩く結んだ。それから、下の方を膝まで引っぱり上げ、そこを紐でくくると、ゆったりとふくらんだ折目はまだ踝《くるぶし》までかかっていて、ちょっとスカートのように見えた。この上に、尻の少し下までとどく、青い縞の入ったシフォンのシュミーズないしカミーズを着せかけた。それから、緋色の繻子《しゅす》の短い上衣を着せたが、これには金糸や宝石がふんだんに縫いつけてあり、腰よりやや下にとどいて、身体にかなりぴったりしていた。そして彼女を寝椅子に寝かせると、小さい足に小さい黄色のバブーシュを履《は》かせ、それから足首飾りをつけて、指には指輪を、頸にはシークインの頸飾りをかけ、最後に爪を切って、ヘンナで染めた。頭髪《あたま》がまだ残っていたが、これだけは手を触れず、ただ私が持って来たターブーシュ（一種のトルコ帽）と四角いカーチフ、珊瑚と、壁に描かれた女性のフレスコ画を指差した。彼女がそれを好めば、その絵の女の真似をすることができるはずだ。最後に、ここで用いる銀の針で彼女の耳に穴を開けた。こうしたことを二時間ほどやった後に、彼女のもとを去った。

およそ一時間後、中庭のまわりの拱廊で彼女に会ったが、驚いたことに、彼女は背中に非のうちどころのないおさげを垂らし、頭と額に、緑の絹のフェレドジェすなわち頭巾を被っていて、絵の女とまったく同じだった。

ここに一つの問いがある。その答は私にとって興味深いものだろう。それはすなわち、二十年間——あるいは二十世紀間、二十の果てしなき永遠と言おうか——私はすっかりイカレて、手のつけようもない狂人だったのではあるまいか？　それが今突然正気に返り、正常な心で、ここに坐って書いているのではないだろうか——気分も口調もすっかり変わり、あるいは急速に変わりつつあって？　そして、そのような変化は、この世界にたった一人、私とはべつの人間がいるという、ただそれだけのことによるのだろうか？

この不思議な存在！　彼女がどこで——どうやって——生きていたのかは、とても答えられない問題だ。彼女は何と、服を見たことがなかった。私が彼女の身仕度を始めた時、彼女の困惑は果てしなかった。それに二十年間、彼女はアーモンドも、無花果も、木の実も、リキュールも、チョコレートも、砂糖漬けも、野菜も、砂糖も、油も、蜂蜜も、砂糖菓子も、オレンジ・シャーベットも、乳香も、塩も、ラークも、煙草も、その他の多くの物も見たことがなかった。こうした物すべてに困惑し、食べるのをためらったのだ。しかし、白葡萄酒は知っており、味わったこともあった。だから、ここに謎がある。

私はインブロス島へ行かず、ここに何日か余計に留まって、彼女を観察している。

食事の時、私が食べる場所から遠くない片隅に坐っていることを彼女に許し、食べ物を与えた。

彼女は素晴らしく利口だ！　信じられないほど短い時間で、さまざまのことに順応するのをずっと見ている。

今では生まれた時から服を着ているかのように、なまめかしく衣装を着こなしている。こちらを観察する様子は少しも見せないが――それどころか、非常に気まぐれな印象を与えるのだ――相当に正確な観察眼を以て私を見守っているに違いない。私が荒っぽく物を言う時、行けと言ったり、来いと言ったり、彼女にうんざりした時、彼女に寛容な時、叱る時、悪態をつく時、正確にそれがわかっている。彼女に業を煮やしていると、私の顔を見てすぐにそれと悟り、いなくなる。昨日、私は彼女がどこか変だと思い、身分の高い女のように、黒い墨《コール》で目蓋を染めていることをすぐに発見した。してみると、彼女は箱を見つけ、絵を見て、それを何に使うのか推測したに違いない。素晴らしく利口な娘だ！――鏡のように物真似をする。二日前の朝、私は古い真珠母の竪琴を見つけ、拱廊の下に坐って、弦に触り、簡単な曲を奏でた。彼女は向かい側の拱門の柱の蔭にいて、熱心そうに、そして、たぶん切ない息をしながら聞き入っていた。さて、午後にファナルの向こうまで散歩に行って帰って来ると、家の中から同じ曲が流れて来るのが聞こえた。彼女が耳で完璧に聞き憶えて、その曲を奏いていたのだ。

また、その前日の午前中、パシャの謁見の間で彼女といきなり出くわした――この家では足音が立たないから――彼女は何をしていたとお思いか？――そこのフレスコ画に描かれた踊子達の姿勢を真似ていたのだ！してみると、蝶のように屈託のない性格で、何物も恐れないらしい。

ついに私は知った。

食事を始める時、彼女はいつも何か考えているらしいことに、私は気づいていた。というのは、扉へ向かって行って、私がついて来るかどうかを確かめるようにためらっては、戻って来るのだ。昨日、ついに彼女は食べようとして坐ったあと、いきなり跳び上がり、初めて言葉を言って、私をこの上なく驚かせた。羽根が生えたばかりの雛が飛ぼうとするように、舌をいとも面白く実験的に動かす努力をして言ったのは、「来て」という言葉だった。

その朝、中庭で彼女と出会った私は、いくつかの言葉を私のあとに繰り返して言うように命じたが、彼女はまるで人生の長い沈黙を破りたくないかのように、やろうとしなかったのだ。私は今、彼女がその——何度も私から聞いたであろう——言葉を発するのを聞いて、一種の愚かな喜びをおぼえた。そして、急いで食事を済ますと、こう思いながら、彼女について行った——「自分が食べ慣れている食べ物を見せようとしているに違いない。きっと、それで彼女の出自がわかるだろう」

果たして、その通りだった、私はもう気づいていたが、彼女は私と会った時まで、母親の乳と、棗椰子と、コーランが許しているイズミットの白葡萄酒しか味わったことがなかった。

暗くなって来たので、私は大きな赤い絹の提灯《ランタン》を灯し、それを持って出かけた。彼女が先に立って案内し、恐ろしく速く歩いて、私が毒づくと足取りを緩めるのだが、また早足になった。彼女はある種気まぐれに、軽はずみに、そして何とも形容し難い自由になった興奮にかられて歩き、まるで空間はその中で浮かれ騒ぐための贅沢品であるかのようなのだ。如何なる本能的な智恵によって、あるいは生まれ持った記憶力の良さによって道を知ったのかわからないが、その夜、彼女は何マイルも先導して歩きに歩き、しまいに私は怒り狂った。闇はすぐに下り、空には雲をかぶった淡い月が出ているだけで、小糠雨は空気につきまとい、彼女は明かりもなしに、変わらぬすばしこさで瓦礫の山とまばらに残る石組の上をよじ登り、薄い上履きしか覆いていない足で注意深く進んだ。私は時々、スタンブールの街路につきものの小さな水溜まりに足を突っ込んで、ゾッとした。彼女にやや近づくと、彼女がペラの方を、あたかもそれが彼女の記憶にある目印であるかのように、じっと仰ぎ見ているのがわかった。耳につけた長い珊瑚の飾り玉がたえまなくポプラの葉のように揺れるのに気づき、その四肢の敏捷な動きを見て、呻きながら、ペラが目的地なのだろうかと思った。

目的地はペラよりももっと先だった。金角湾まで来た時、彼女は古い後宮の階段のそばにあった私のカイークを指差し、私達は水を渡って行った。彼女はもうすっかりくつろぎ、三日月形の船の真ん中で、顔を水の高さにして横たわっていた。まるで昔のやんごとない婦人が、騒がしいガラタの雑踏と金角湾の北側を通って、何か突飛な悪戯をする時のように、慣れた様子であった。

私達はガラタを通り過ぎ、私はすでにこの遠出を呪っていた。海岸線を伝ってペラの急傾斜な大通りを上ると、ついに、ほとんど郊外にある大城壁と、段々になった宏大な庭園の入口へ来た。その庭園は木も並木道も多くがまだ火災に遭わず、どこまで続くのか見果てがなかった。

私にはすぐにそれがどこかわかった。一番上の段にある大きな屋敷に特別な起爆装置を仕掛けたのだ。そこは王宮、ユルデュズ宮殿だった。

私達は庭を上へ、上へ登った。提灯が揺れて通り過ぎる時、ここかしこに、今もそれと見分けのつくボロボロの制服を着た、焼けていない古い死体が二、三見えた。空色の服を着た楽士、緋の服を着た歩兵と親衛隊の将校が、赤とオレンジ色の服を着た宮殿の使用人達と共に十字の形を作っていた。

宮殿そのものは周囲の兵舎や、モスクや、後宮と共に廃墟と化していた。敷地の天辺へ着くと、そこから見える光景は、ペルセポリスの廃墟で見た光景にそっくりだった。ここでは立っている柱も倒れた柱も無数で、いずれも多少黒くなっているところが違った。私達は扉なき扉を通り抜け、途方もなく幅が広くて短い階段を下りたり上がったりして、瓦礫が散らばった中庭を越え、屋根のない拱廊の今にも倒れそうな残骸のそばを通り、途切れた列柱の間の一面炭になった区域を通り、私は期待して随いて行き、彼女はもう夢中で先へ進んでいた。しまいに十二段か十四段の、いささか急で狭い、ひどく不揃いな階段を下りると、ある階に達した。そこは宮殿の地下室に違いないと思った。階段の下は大きな装飾のない漆喰の床で、そこに焔の印がついていたからだ。娘はこの床を二、三歩走ると、興奮した様子で床に空いた穴を認め、指差し、さらに先へ走って行って、穴の中に姿を消した。

あとについて行き、提灯を少し下げると、その陥没は約八フィートで、下に石の破片が積み重なっているため、深さは六フィート以下になっていた。その石が崩れて穴が空いたのだ。彼女はこの破片の山の上に立って、地上へよじ登って来たのだとすぐにわかった。

下へ跳び下りてみると、そこは天井が低く平らな地下室で、黒土の床は黴臭く湿っていたが、おそろしく広いため、たとえ昼間でも、その果ては見分けられなかったろうと思う。思うに、そこは宮殿全体とその周囲の下に拡がっている――巨大な空間だ。提灯の明かりではごく限られた部分しか見えなかった。彼女はなおも熱心に私を導いて先へ進み、やがて、平たい箱が一面に並んでいる場所へ来た。箱はそれぞれ約二フィート平方で高さ九インチ、ごく薄い木摺《きずり》で作られ、天井まで積み上がっている。彼女はそこから百五十フィート程離れたところを指差したが、そのあたりには壜が群なしていた。胴太の壜で、小枝細工の衣に被われ、この一帯の先は薄闇からまったくの闇に続いていた。箱の多くは破られて開《あ》いていた。柔らかい隙間を指で引っ張るだけで破れるようになっていたのだ。中には棗椰子が入っている。そして壜には――これも何千という壜が空《から》になっていたが――古いイズミットの葡萄酒が入っている。白黴に覆われた五、六十本の大樽、いくつかの古い家具、腐ってめくれた大きな羊皮紙などがあるのを見ると、この地下室は余分な蓄えや小物を一時置いておくため、多少自由に使われていたらしい。

そこはまた家内の牢獄としても、多少自由に使われていた。箱の区域と壜の区域の間の通路、前者に近いところの床の上に、一人の女の骸骨が横たわっていたのだ。衣裳の細部はまだ目に見えた。手首には細い真鍮の枷《かせ》がかけられていた。そして、彼女を良く調べ終わった時、私は傍らに黙って立っている娘の素性をすっかり知った。

彼女はスルタンの娘なのだ。私は骸骨が彼女の母親の骨であり、スルタンの妃の骸骨でもあると決論するなり、すぐにそう思った。

骸骨が彼女の母親だったことは明白である。なぜなら、あの雲が発生したのは今からちょうど二十一年前で、死んだ女はもちろん、その時気密状態だったに違いないこの牢獄に、娘と一緒にいたのだ。しかし、娘が二十歳《はたち》を大して過ぎていないのは確かで——もっと若く見える——当時はまだ生まれていなかったか、赤ん坊だったに違いないが、赤ん坊が母親以外の人間と牢に入れられることは、まずないだろう。あの娘は雲が来た時、まだ生まれておらず、この地下室で生まれたのだと私は考えたくなっている。

母親がスルタンの妃であることは、服の切れ端や、三日月型の耳輪、鷺の羽、腕輪に琺瑯で象眼された青い金厚朴《きんこうぼく》の花模様など、一つ一つの装身具の象徴的な性格から明らかである。この気の毒な女性は何か家庭内の罪を犯し、あるいはそう思われて、皇帝の逆鱗に触れ、こうした目に遭ったのかもしれない。その罪は、もしも彼女の主人と世界中の人間を死が突然襲っていなかったら、一日で赦されたかもしれないのだ。

地下室の真ん中辺に四段の急な階段があり、それを上ると、鍵のかかった鉄の落とし戸がある。この大きな穴へ入る入口はそれだけらしい。この落とし戸は気密性が高く、致死量に至るほどの毒が侵入するのを防いだに違いない。

だが、ここには何と稀《まれ》な——何と奇妙な——偶然の一致があることだろう。もし落とし戸が完全に空気を通さなかったならば、地下室の酸素の供給は、あの娘が二十年も生きるのに十分だったとは考えられないからだ。母親が死ぬ前に消費した分は惜《お》くとしても——というのも、あの女性は、少なくとも子供に棗椰子と葡萄酒を手に入れる方法を教えるまでは、地下牢に生きていたはずだと思うのである。してみると、落とし戸は毒を締め出すが、多少の酸素は通す程度に密閉されていたに違いない。あの場所は、雲が来た時は完全に気密状態だったが、毒が消散したあと、私には見えなかった罅《ひび》が入って、酸素が入るようになったのかもしれない。いずれにしても――ほとんど限りなく稀な偶然である！

私はこうしたことを考えながら登って外に出、私達はペラまで歩いて行った。そこで私は、五、六エーカーの庭に囲まれた大きな白い石の家で眠った。あの娘にはべつの家を指差して、そこで眠らせた。

この娘！　何という身の上だろう！　せいぜい三エーカー程の広さしかない、日光の射さぬ世界に二十年も暮らしたあと、ある日突然、自分の知っている唯一の空が、ある一点で崩れるのを見たのだ！　穴があいて、その向こうにはもう一つの世界があった！　ここへやって来てコンスタンチノープルを燃やし、彼女を解放したのは私であった。

ああ、いくらかわかって来た！　わかって来たぞ！　私はこのために護られていたのだ。私は一種の新ごしらえのアダムとなるはずで――このあどけない娘がイヴになるのだ！　そういうことだ！　〝白い奴〟は敗北を認めない。〝人類〟をもう一度やり直そうというのだ！　ぎりぎり最後の時になって――あれだけのことが起こったにもかかわらず――彼は敗北を勝利に変え、〝もう一人〟を出し抜こうというのだ。

しかし、もしそうだとすると――私にははっきりそう思われた――その場合、〝白〟の計画には奇妙な弱点がある。一つの点に於いて、明らかに、この入念な〝用心〟は成功しない。私には自由意志があるからだ――

そして私は拒否する、拒否する。

たしかに、この件では、私は〝黒い奴〟の側にいる。そして、この問題は完全に私次第だから、今回は〝黒〟の勝ちだ。

私のあと、地上にもう人間は要らないのだ。汝ら、諸力達よ！　汝らにとって、この問題は天の争論の最終結果に関する賭けの興奮にすぎないかもしれない。だが、不正や、異端審問や、法外な地代や、戦の惨敗や、口には言えぬ恐怖の数々に耐えねばならぬ哀れな人間にとって、それは冗談事ではなかったのだ！　おお、幸運にも拭い去られたあの不出来な蟻塚の惨めさ——深い、深い苦しみ——といったら！　神よ！　私の恋人クローダ……彼女は理想の存在ではなかった！　ユダという男がいて、キリスト教の優しい〝創始者〟を売り渡したし、ガルバという名のローマの王、恐るべき奴もいたし、フランスの悪魔ジル・ド・レーもいた。他も大方似たようなものだった。ああ、まったく、良い種族ではなかった——自らを〝人間〟と呼んだ、あの小さな歩兵隊は。そしてここに、神とサタンの前に跪いて書きながら、私は誓う。私を通じてあの種族がふたたび現われ、はびこることはけしてないと。

あの娘は現実の存在とは思えない！　少しも、少しも、まったく！　彼女が見えるところにおらず、声も聞こえなくなって十分もすると、あんな娘が本当にいたのだろうかと疑い始める。半日も姿を見せないと、あの確信に似た古い感覚が蘇って、自分はただ夢を見ていたのだと——この幻は客観的な事実であるはずがない。なぜなら不可能なことは不可能なのだから、と思う。

十七年の長い歳月、十七年の長い歳月の狂気……

明日、私はイムブロス島に向かって出発する。この娘が私について来ることを選ぶにせよ、あとに残るにせよ、向こうに着いたら、もう彼女の姿を見ることはないだろう。

彼女は非常に早起きに違いない。私は今、毎朝夜が明けると必ず宮殿の屋根に上るが、時々桟敷のテントの垂幕の間から、あるいは望遠鏡のある四阿の階段から、はるか下にいる彼女の姿を見かけることがある。可憐な、顕微鏡でしか見えないような小さな姿で、たいてい草地を駆けまわっているか、湖のほとりから不思議そうに宮殿をまじまじと見上げている。

彼女が私とイムブロス島へ来て、もう三月《みつき》になる。

最初の晩は、海岸に面した低い緑の窓が二つある薄黄色の家に彼女を残して行った。その家には、彼女に必要な物は何でもあった。しかし、そこにある家はどれもそうだが、雨漏りがひどいのを知っていたので、翌日、湾曲した階段まで下りて行き、宮殿の後ろ、村の南にあたる岩場を通って、岩をよじ登り、半マイルも行くと、先に海から見えたあの庭園と切妻のある家があった。その家はほとんど無傷で、小さいが、紫色がかった大理石で非常に堅固《けんご》に造られており、西洋の家に良く似てこけら板があり、三つの切妻があった。だから、あれは英国人のヤーリだったに違いないと思う。そこには英語の本がたくさんあったからだ。しかし、そこで見た唯一の死体は、アララトのクルド人のようで、ターバンに螺旋状の紐を巻き、踝まである黄色いズボンを穿き、赤い肩掛けを羽織っていた。鬱蒼《うっそう》と樹の茂る庭園にも、丘を上る低い岩の階段のまわりにも、到る処にマンドラゴラがたくさん生えていた。そして岩の階段から家までは狭く長いアカシアの並木道で、アカシアの根元は苔生《こけむ》し、梢が頭上に交差している。家は垂直に切り立った崖から四ヤード程のところに立っていて、そこからは静かな港にいる「スペランツァ号」の中檣《ちゅうしょう》と、壊れた後檣の先端《さき》が見える。私はその家を仔細に調べたあと、村と彼女の家へ戻ったが、彼女はいなかったので、素人が造った小径の雑草と窓のない陸屋根の家々（といっても、平屋根や、稀には小さい穴がある家もある）の間を二時間も歩きまわった。家々はかつては黄色や、緑や、青に塗られていたが、今は夕暮れの最後の光が消えて、物がみな焦げ茶色にくすんだ時のような色をしていた。

しまいに彼女が口を開いて走って来ると、私は彼女を連れて岩の階段を登り、あの家の中に入り、それ以来、彼女はそこに住んでいる。この家の海を見下ろす切妻の先端の一つが、そこから二マイル離れた宮殿の屋根の北東の隅から、小さく見えることに私は気づいた。

その夜も、彼女を置いて行こうとすると、彼女は随いて来ようとした。しかし、私はもうこんなことを終わらせようと覚悟を決めていたので、サッサフラスの枝を鞭にして、彼女を三度したたかに打ち据え、彼女は泣きながら逃げて行った。

それでは、これから私の運命はどうなるのだ？——昼も夜も、夜も昼も、年中たった一つの物のことだけを考えるのか——その物とは顕微鏡で見るべき対象で？——コソコソした穿鑿屋になって、一羽の小雀の馬鹿な振舞いをこっそり見張るのか？　昔の阿呆な、お節介焼きのおしゃべり屋のように覗き見を仕事とし、嗅ぎつけることが唯一の能力で、限りなくどうでも良い事柄を曝《あば》き立てることを楽しみとし、手柄とするのか？　それよりは、いっそあの娘を殺してしまおう！

彼女は家にじっとしておらず、始終島中をうろつきまわっているのがわかった。私自身歩きまわっている時に、三度も彼女と出くわしたからである。

一回目の時、彼女は顔を赤らめ、左手に持った小枝で（彼女は両方の手を上手く使うのである）蝶を打ち落とそうとしていた。午前九時頃、彼女の庭園の下の方でだった。そのあたりには草が丈高く茂り、密に生えた木の幹の間に羊歯類が繁茂し、木蔭があり、古い葬儀用の四阿の壊れた壁が、苔や、蔓植物や、野花の下に斜めになって埋もれていて、私はそのうしろに隠れ、露に濡れながら覗き見た。彼女は私が着せた服を手直しして、彼女自身蝶のようだった。シンティヤンの代わりに、腰までもとどかないサフラン色の繻子のズワーヴ(丈の短い婦人服)を着て、上衣は羽織らず、菫《すみれ》色の房のついた緋色のトルコ帽を被り、空色の絹のだぶだぶのズボンを穿《は》いていた。背中にかかった長い鳶色のおさげはきれいに編んでいたが、前髪はだらしなく伸ばし、トルコ帽をうしろに傾けて被っていた。スリッパの底が垂れて踵《かかと》がチラチラと持ち上がるのが見えた。彼女は中々利口だったが、十分に利口ではなかった。蝶は逃げてしまい、一瞬のうちに彼女は倦怠く悲しそうな様子に変わったのである。その変幻自在の顔はこの世の何よりも気まぐれで、太陽の輝く日に影がよぎる風景に似ていた。その朝、私の心臓は高鳴った——彼女を見ている時、私は見られなかったはずだが、見られてもおかしくなかったことを意識して。

三週間後、べつの日の午頃。宮殿の西へかなり行ったところで彼女と出会った。彼女は茂った古い格子垣の間の小径で、腕を枕にして眠っており、野放図に繁る野生の葡萄の木が彼女を暗がりの中に埋めていた。だが、藪の中を一分間と覗かないうちに、彼女はハッと目醒めて、しきりにあたりを見まわした。鋭い勘《かん》で人の気配を感じ取ったのだろう。しかし、私は何とか見られずに立ち去ることができたと思う。彼女は顔をひどく汚くしている。口のまわりに葡萄や、漿果《ベリー》など、さまざまな色のついた果汁の乾いた跡がこびりついていて、物をこぼしながら飲み食いする昔の浮浪児のようだった。また彼女の鼻や頬には小さなそばかすがあるのにも気づいた。

それから四日後、三度目に彼女と会い、この時は、世界を絵に表現しようという原始的な本能が彼女のうちに働いているのを発見した。それは村を東西に横切る三本の通りの一つの真ん中でのことだった。私は夕方そこへブラブラと歩いて行き、古壁と家の間から通りへ出ると、彼女がすぐそばにいたのだ。私はハッと立ちどまり——覗き見した。彼女は草叢にうつ伏せになって、黄色い板を前に置き、指にチョークの欠片《かけら》を握っていた。一心に絵を描いていて、舌の先を短い上唇の端から端へ、振子のように規則的に動かし、トルコ帽はずっと頭の後ろに傾け、左足の膝から下を立てて、ぶらぶらさせていた。板の上の方にヤーリを描いていて、今は――前を覗き込んでいる私にわかった限りでは――その下に宮殿を描いているところだった――記憶によって。なぜなら、彼女が寝そべっている場所から、宮殿は全く見えなかったからである。しかしそれは宮殿に違いなかった。階段や、二つの斜めになった柱や、外庭の斜めになった胸壁が波打つ線で描かれていたし、外玄関の前には、屋根より高いターバンを巻いて、顎髭の二つの房を膝より下に垂らした――この私がいたからである。

私は何かに突き動かされて、いきなり「やあ！」と声をかけずにいられなかった。すると、彼女は跳《と》び羚羊《かもしか》のように慌てて立ち上がった。私は絵を指差し、微笑んでいた。

この娘は唇をすぼめて、首を振りながら、鳩のように優しい笑い声をはっきりと出す癖がある。この時も、そうした。

「おまえは利口な小娘だ」と私は言い、彼女は大きく目を見開いて、ぼんやりと微笑いながら、私の言う意味を推し量ろうとしていた。「ああ、そうだ。利口な小娘だ」私はしわがれた声で語り続けた。「きっと蛇のように利口なのだ。なぜなら、最初の時に蛇を使ったのは〝黒い奴〟だったが、今度は〝白い奴〟の番だからだ。しかし、そんなことをしても無駄だぞ。おまえが私にとって何であるか知っているか？　おまえは私のイヴなのだ――小さい馬鹿娘、おまえのような小さい斑《まだら》の蛙が。だが、けしてそうはさせんぞ！　おまえを母親にし、私を父親にしたら、さぞかし御立派な一族が生まれるじゃないか――父親のように半分犯罪者で、母親のように半分白痴で！　つまりは、この前の種族と同じだ。実際、兄と妹が生んだ子供はつねに頭が弱いと言われたものだが、たしかに人間という種族はそうした婚姻から生まれたのだ。だから、あんな連中だったのも不思議はないし、ふたたびそんな連中が生まれるだろう。駄目だ――子供ができたら、生まれたとたんに喉を掻っ切るというなら良いが。おまえはそれを好まないだろう。わかっている。それに、結局、そんな風にしてみても駄目だろう。なぜなら、もし私がそうしようとしたら、〝白い奴〟は哀れな私を〝彼の〟稲妻で撃ち殺すだろうから。駄目だ。現代のアダムは、最初のアダムよりも八千年から二万年分ほど賢いのだ――わかるか？　それほど本能的でなく、もっと理性がある。最初のアダムは頼まれて《バイ・コミッション》神に逆らった。私は無為《オミッション》によって、逆らおう。ただ、アダムが逆らったのは罪だったが、私の場合は英雄的行為だ。私は今まで特に理想的な獣ではなかったようだが、私、アダム・ジェフソンに於いて――誓っても良い――人類はついに真の気高さ、自己抹殺の気高さに到達するだろう。私は良いところを見せてやる。趨勢《すうせい》よりも、世界霊よりも、神慮よりも、運命の流れよりも、白い力よりも、黒い力よりも、名前は何であれ、そいつよりも強いことを見せてやる。クローダも、ルクレツィア・ボルジアも、セミラミスも、ポンパドゥール夫人も、アイルランドの地主どもも、百年戦争も、もうなしだ――わかるか？」

彼女は馬鹿のように左の目を斜めに向けて、私が何を言っているのか考えているらしかった。

「それにクローダといえば」と私は語り続けた。「今後おまえをそう呼ぼう。忘れないためだ。だから、おまえの名は――イヴではなく――クローダなのだ。毒殺者の。いいか？　彼女は自分を信頼していた気の毒な男を毒殺した。それが今は、おまえの名前だ――イヴではなく、クローダが――私に思い出させるためだ。おまえ、常に危険な、小さいまだらの蝮《まむし》よ！　私がもうおまえの愚かな、小さい、可愛い顔を見ないでも済むように、今後、おまえは唇を隠す面紗《ヤシュマック》をつけることを申し渡す。おまえの唇は汚れているが、誘惑のためにつくられたことがわかるからだ。青い目と、小さい、色の白い、そばかすのある鼻はありきたりなものだから、おまえが望むなら隠さなくとも良い。ところで、宮殿をどうやって描けば良いか知りたいなら――見せてやろう」

私が手を伸ばす前に、彼女は板を差し出した――してみると、私の言おうとしたことをいくらかは察したのだ！　だが、私の話の何か厳しい口調が彼女を傷つけた。彼女はむっつりとして、下唇を少し斜めに突き出し、泣き出す前にいつもそうするような、何とも悲しげな様子で板を渡したからだ。

私は宮殿と柱の間の入口に立つ彼女自身の姿をサッと二筆三筆で描いた。すると、彼女は大満足だった。問い尋ねるように、素描された人物と自分自身とを指差し、私が「そう、そう」とうなずくと、唇を丸くすぼめて、優しい、つぶやくような笑い声をクックッと立てたからだ。打たれたのに、私を少しも怖がっていないことは明らかだった。

私が立ち去る前に雨粒がポツリポツリと落ちて来て、数秒のうちにどっと俄雨《にわかあめ》が降り出した。見ると、空が急に暗くなって来たので、私は一番近くにある小さい真四角の家に駆け込んだが、彼女は斜めに上を見上げて、どしゃ降りを無邪気に見守っていた。自然の働きにまだあまり馴染みがなく、あたかもそれが生き物で、自分と同じように善良な仲間であるかのように、一種人の好い、好奇心を持った真剣さで見ているようだった。やがて私のところへ来たが、その時も片手を伸ばして雨粒に触った。

雷が鳴り、風が起こり、雨が私のまわりにパラパラと落ちた。これらの家の窓は、おそらくアーモンド油をしみ込ませた紙でつくられていたので、とうの昔になくなり、雨は屋根とわずかな窓を通り抜けて、人の骨身に降り注ぐのである。私は上衣の裾をたぐり、雨宿りができるべつの場所へ走って行こうとしたが、彼女は私の前に立って、練習をしているような奇妙な声で「来て」というあの言葉を言った。

彼女は前を走り、私は一番上の衣を頭に被って、叩きつける雨を相手にたじろぎながら、ついて行った。彼女は石の馬洗い池の方の道を取り、窓も扉もない二つの壁に挟まれた左手の路地を抜けて、それから急な道づたいに森を抜け、岩の階段に出て、そして私達は彼女のヤーリまで駆け登った。そちらの方が宮殿よりも一マイルほど村に近かったのだ。しかし、乾いた屋根の下にとび込んだ時、私達はびしょ濡れだった。急に暗くなったが、彼女はすぐにマッチを探して一本点《つ》け、何か物を思うようにそれを見ながら、一本の蠟燭とテーブルにのっている青銅の西洋式ランプを灯した。ランプは、私が油のさし方と火のつけ方を教えておいたのだった。西洋風の暖炉のそばにトルコのマンガル・ストーブがあったが、コンスタンチノープルで私がそれに火を点けて、風呂の水を沸かすのを彼女は見ていた。私がそれを指さすと、彼女は台所へ走って行き、薪を少し持って来て、上手に火をつけた。その夜、私は数時間そこに坐って（もう何年かぶりに）本を読んでいた。詩人ミルトンの本で、暖炉の向こう側にあるガラスを嵌めた書棚で見つけたのだ。外では嵐が荒れ狂っているその夜、闘う天使達のことを歌ったあの荘重な詩句は、何と奇妙な、何と新奇なものに思われたことだろう。この男は果てしない苦労をしてこの本を書き、しかも鳴り響く見事な作品に仕上げたのだ。ミルトンがなぜそんな苦労をしたのかは想像もできなかった——ただ一つ考えられるのは、私が宮殿を建てたのと同じ理由だった。ある火花が人間を噛み、人間は——だが、それはすべて虚栄と妄想にすぎない。

　ところで、近年の嵐には、本当に際限のない激しさがある。以前この帳面に書いたかどうか憶えていないが、これほどの途轍もない大荒れは、かつてなら想像もつかなかっただろう。その夜、私は何時間も長煙管《チブーク》を吸いながら本を読み、あの魔物が憑いたような空気の殴打と悲嘆の声に耳を澄まして、身をすくめ、辺鄙な港の埠頭に泊めてある「スペランツァ号」や宮殿の柱は大丈夫だろうかと案じた。しかし、私を驚嘆させたのはあの娘だった。彼女は私の左側のオットマンにしばらく坐っていたあと、横向けに寝て、何も恐れるものなどないかのように眠り込んでしまったからである。このような混乱の中では苛立って当然だと私は思ったのだが。彼女がかくも唐突にやって来た世界をこうして気楽に信頼する気持ちは、一体どこから来るのかわからない。まるで誰かが彼女にこう言って、無頓着な気分を吹き込んだかのようだった。「朗らかであれ。何事も少しも心配するな。なぜなら神は神なのだから」

私は大海がしわがれた声を立てて、重い大砲のように下の断涯にぶつかるのを聞いた。この島の湾は二つの陸の鉤爪から形成されているが、断崖の下は、その南の鉤爪の外面にあたるのだ。そして、こんな考えが心に浮かんだ。「もしも今、彼女に話すことや読むことを教えたら、時々本を読んでもらえるだろうな」

風はこの家をつかまえて、夜の荒涼たる〝永遠〟の中に放り出すため、わざと吹き荒れているかのようだった。私には嘆息をつくことしかできなかった。「悲しいかな、我ら、人間族の二匹の哀れな宿無しにして漂流者、ここに、この〝諸時代〟の岸辺にほんの一時《いっとき》打ち上げられた小さな浮遊物にして海の藻屑《もくず》なる者は、おお、ふくれ上がった〝永遠〟よ、まもなく深淵の如き汝の喉に引き摺り戻されるのだ。そして彼女はいかなる浜に——誰に言えよう？——投げ出されるのであろう？　その時、私はおそらく果てしなく遠い星界の深淵によって、彼女から引き離されていよう」そして、世界には大いなる痛恨と心の煩悶があるように思われたので、その不吉な夜、私の目からは涙が落ちたのだった。

恐ろしい勢いの突風が吹いた時、彼女はハッと目醒めて目をこすり、乱れた髪で（あれは真夜中頃だったに違いない）、あの控えめな、剽軽な様子で興味を示し、一時《いっとき》耳を澄まして、それから私に向かって微笑んだ。それから立って部屋を出て行き、やがて皿に盛った石榴《ざくろ》とアーモンド、サモス島の水差しに入れた上等の古い甘口の葡萄酒、ザーフ（コーヒーカップを載せる一種の茶卓）に入れてある、内側に金を被《き》せた古い銀のカップを持って戻って来た。彼女はこうした物を私のそばのテーブルに置き、私はつぶやいた。「おもてなしだな」

彼女は左の目を細めて、私が食べながら読んでいる本を見、それが何に使う物なのかを推し測ろうとしているようだった。彼女はたいていのことをすぐに理解したが、これには面喰ったに違いない。人がじっと一つの物を見ているけれども、何のために見ているかわからないというのは、非常に不安に違いないから。

私は本を彼女の前にかざして、言った。「読み方を教えてやろうか？　そうしたら、どんなお返しをしてくれる？　クローダ」

彼女は理解しようとして、私を上目遣いに見た。ああ、その時、私はこの丸い地球に私と二人きりでいる哀れな物言わぬ浮浪児を可哀想に思った。隙間は全部ふさいであったが、風に動かされて、ゆっくりと絵を描く筆のように揺れる蠟燭の焔が、彼女の顔の上に揺らめいた。

「それなら」と私は言った。「教えてやろう。おまえはおまえの種族の哀れな見捨てられた子供なのだからな。毎日二時間ずつ、宮殿へ来るのを許してやろう。そして教えてやろう。だが、いいか、気をつけろ。もし危険があったら、おまえを殺す。必ず——間違いなく。では、今からレッスンを始めよう。私の言う通り、言ってみろ。『白い』」

私は彼女の手を取り、私の後について言わせたいのであることをわからせた。

「白い」と私は言った。

「し、白い」と彼女は言った。

「力の」と私は言った。

「ち・からの」と彼女は言った。

「白い力の」と私は言った。

「し、白いち・からの」と彼女は言った。

「いいように」と私は言った。

「えいいように」と彼女は言った。

「白い力のいいように」と私は言った。

「し、白いち・からのえいように」と彼女は言った。

「させない」と私は言った。

「しゃせない」と彼女は言った。

「させない」と私は言った。

「さ・しぇない」と彼女は言った。

「白い力のいいようにはさせない」と私は言った。

「し、白いち・からのえいように——しゃせない」と彼女は言った。

彼女がそう言った時に轟《とどろ》いた雷の音は、宇宙を笑って駆け抜けるかのように思われ、ちょっとの間、私はたじろぐ恐怖を強く感じて、彼女の顔を見ていた。やがてハッとして立ち上がると、彼女を荒々しく私の前から押しのけ、外へどっととび出して、宮殿と私の寝床に戻った。

それから四晩にわたって、彼女に言葉を教える最初の試みをしたが、相手は感謝する様子もなく、私の命を蝕むのだった。彼女が口を利けないのを憐れむ気持ちから、あるいは私自身の仲間を求める卑しい傾向から、この先も授業をするかどうかはまだわからない。たぶん、もうやらないと思う。約束はしたが、いかに厳粛に誓った約束でも、守られないことがあるのだから。

たしかに、たしかに、彼女がこの世界にいることは——私はそう思うのだ——私の気分に深い変化をもたらした。あの荒れ狂った時々はもうなくなってしまったようだからだ——その時、私は冒瀆の言葉を口走りながら、孔雀のように威張って歩き、我が王権を〝永遠の諸力〟の前にひけらかした。あるいは、涎を垂らして淫猥《みだら》な踊りをおどり、身を震わせた。あるいは、どこか大都市を焼きに行き、地獄の赤い焔と含み笑いを存分に楽しんだ。あるいは麻薬に酔い、転げまわったのだが。あれは単なる狂乱の沙汰だった——今にしてわかった――あれは「良くなかった」、「良くなかった」。そして、もうほとんど過ぎ去ったように思える。私は顎鬚と髪の毛を短くして、耳輪を取り、服装を変えようと思った。彼女があそこの湖の門のあたりへぶらぶらやって来るかどうかを見守っていよう。

彼女の進歩はまるで……

この帳面に「彼女の進歩はまるで……」と書いてから九ヵ月経っている。あれは一つの物語の始まりだったのだが、何者かが私の邪魔をし、それ以来、書きたい気が起こらなかった。

しかし、つい今し方、私の記憶の奇妙な癖と不確かさについて考えていると、ちょうどこの帳面が目に入ったから、ここに書き留めておこう。私は最近、妹の名前を思い出そうとしていた――まったく単純な名前なのはわかっている――それから、イギリスの故郷の名前を。ところが、それらは私の認識からすっかり消え失せてしまったのだ。一人きりの妹で、一緒に育ったのだが。全く簡単な名前なのだが、もう忘れてしまった。しかし、私の記憶力は悪いとは言えない。色々なことが――全く思いがけない些細なことが――かなりはっきりと心に蘇って来る。例えば、あの毒の雲が現われるずっと前、パリで（だと思う）小さいブラジル人の少年と出会ったのを思い出す。少年は薄いミルク・コーヒーのような肌の色をしていて、今では妹というと彼のことを思い出すのだ。彼は囚人のように髪を短くしていたから、その下の魚のように白い地肌が見えた。ピエロの白いふくらんだ服を着て、ホテルの階段で独り遊びをするのが好きだった。彼は非常に耳が大きかった印象がある。少年は蚤《のみ》のように利口で、五つか六つの言語を知っていたが、それは天性で、本人は非凡なことだと思ってもいなかった。彼女もあの少年と同じ、気楽で、意識しない、無頓着な利口さがあり、呑気な暮らし方をしている。言葉を教え始めて、まだ一年程にすぎないが、すでに英語を相当語彙《ごい》豊かに、完全な正確さで（ただし、rの字を発音することができないが）しゃべることができる。彼女はまたたくさんの本を読む、というよりも貪《むさぼ》っていて、字も書けるし、絵も描ける。竪琴も奏ける。しかも、すべて努力してではなく、むしろ鳥が飛ぶのをおぼえるような、気まぐれな自然さでそうするのだ。

私が読み方を教えた理由は、こういうことだった。今から十四カ月ばかり前のある日の午後、屋根の四阿から湖のほとりを見ると、彼女が手に本を持って、そこにいた。彼女は前に私がじっと本を見ているのを見たが、それと同じように、悲しげに小首を傾《かし》げ、本をじっと見ていた。私は思わず噴《ふ》き出した。望遠鏡で彼女の姿ははっきりと見えたが、世にも愚かな小娘なのか、またとない狡猾な蛇なのか、まだ確信が持てないからだ。彼女が私の名誉を傷つける意図を少しでも持っていると私がそう考えたなら、彼女にとって災いとなるであろう。

私は五月に二日間ガリポリへ行って、綺麗な小さいカイークを持ち帰った。それは非の打ち所のない、ほっそりした三日月形の船で、月の色をしていた。しかし、それを湖まで運ぶには、自動車を通すために、二日間働いて藪を切り開かねばならなかったが。彼女が船の中央に絹の小蒲団を敷いて、その中に寝そべっているのを見ながら船を漕ぎ、初めての単語や文章を教えるのは楽しい。最初は午後八時から十時まで教えていたが、読み方が始まると、午前十時から正午までとなった。その時、私達は宮殿の入口の階段に坐って、彼女はつねに面紗《ヤシュマック》で口をしっかりと被い、教科書は彼女のヤーリで見つけた活字の大きな古い聖書である。なぜ必ず面紗《ヤシュマック》をしなければいけないのか、彼女は一度も訊いたことがない。彼女がどれだけのことを見抜き、知り、あるいは目論《もくろ》んでいるのかは見当もつかず、この娘は無邪気そのものなのか、それとも狡猾そのものなのかを私は絶えず自問しつづけている。

私達の身体の組織に大きな違いがあることを彼女が意識しているのは確かである。私が長い顎鬚を生やし、彼女に鬚が全然ないことは、もっとも明白な事実の一つであるから。

私に関する限り、彼女が一緒にいる結果として、ある種の西洋人らしさ――次第に深まる現代的な傾向が――生じて来るのではないかと思っている。わからないが……

宮殿の天辺からは、北の森に湖の端の水光がかろうじて見えるが、そこには鯉や、テンチ、ローチなどの魚がたくさんいる。そこで私は五月にガリポリのファーティマ・バザールで釣具店を探し、十二フィートの棹《さお》を四本、釣糸とシルク・ライン、浮き、二、三ヤードのてぐす、それに七号と八号の釣針の箱と錘《おもり》に使うガン玉を手に入れた。島には糸蚯蚓や蛆は普通にいるので、私に必要な数よりもずっと多くの魚が釣れると確信した。必要な魚はほんのわずかなのだが、楽しみのために何度も釣りをした。ヒマラヤ杉の大木の蔭に丈高い草が生えている地面があり、そのあたりは岸が急傾斜で、水は深い。私はそこに長々と横たわって釣りをした。すると、ある日の昼下がり、彼女が突然そこへ来て、いても良いかと眼で尋ねるので、承知すると、そこに居残った。やがて私は底釣りを教えてやろうと言い、宮殿からもう一つの棹と釣道具を持って来させた。

その日は、彼女は何もしなかった。糸蚯蚓を針につけ、蛆を小さい針につけるやり方を教えたあと、彼女に糸蚯蚓を採りにやったからだ。その虫をぶつ切りにして、翌日《あくるひ》の午後のため、その場所に撒き餌をしておくのである。それが済んだ頃にはもう夕食の時間になっていたので、彼女を家に帰した。その頃には、読み方の授業は午前中にやっていたのだった。

翌日、彼女が岸辺に来たので、浮きを調整するために水深を測るやり方を教え、彼女は棹を持って、私から遠くないところに横たわった。そこで私は言った。

「どうだ。暗い地下室で二十年も暮らすより、この方が良いだろう。あそこじゃ何もすることがなくて、ただ歩きまわり、眠り、棗椰子とイズミットの葡萄酒を飲み食いするだけだったんだから」

「ええ！」と彼女は言う。

「二十年だぞ！」と私は言った。「どうやって辛抱したんだ？」

「私は不機嫌ではなかった」と彼女は言う。

「あの地下室の外に世界があるとは思わなかったのか？」と私は言った。

「一度も」と彼女は言う。「いえ、あることはあった。でも、この世界じゃなくて、彼が住んでいるべつの世界だと思っていた」

「彼とは誰だね？」

「私と話した人」

「それは誰だったんだ？」

「あっ！　食いついた！」彼女は嬉しげに叫んだ。

私は彼女の浮きがヒョッと沈むのを見て立ち上がり、走って行って、魚を針に引っかけ、遊ばせるやり方を教えた。しかし、釣り上げてみると、小さな鯉にすぎなかった。それでも彼女は夢中になって喜び、魚を掌にのせ、優しい鳩の声でつぶやいた。

彼女はまた針に餌をつけ、私達はまた横になった。私は言った。

「しかし、何という生活だ。出口はなく、光もなく、将来の見込みも、希望もなく——」

「希望はたくさんあった」と彼女は言う。

「何だって！　何の希望があったんだ？」

「地下室の上か、下か、まわりで何かが熟していて、ある決まった時にそれが起こって、私はそれを見て、感じて、それはすごく素敵だろうっていうことをよく知っていた」

「ああ、そうか。ともかく、君は待たなければならなかった。あの二十年は長いと思わなかったかい？」

「いいえ――時々思っただけ――しょっちゅうじゃない。いつも忙しかったから」

「何をするのに忙しかったんだ？」

「食べたり、飲んだり、走ったり、話したり」

「自分と話していたのかい？」

「自分じゃない」

「それなら、誰と？」

「私のお腹《なか》がすくと教えてくれて、飢えを鎮めるのに棗椰子をくれた人」

「なるほど。ねえ、そんな風に身体をくねらせるのはおやめ。でないと、魚は釣れないぞ。釣りの金言は、『静かにすることを学べ』だ――」

「ああ！　また引いた！」彼女は大声を上げ、今度は自分独りで、大きいブリームをいとも素早く釣り上げた。

「しかし、けして悲しくなかったというんじゃあるまい？」彼女がまた落ち着くと、私は言った。

「時々、坐って泣いた」と彼女は言う――「なぜかわからなかった。でも、あれがもし『悲しさ』だとしても、私は全然、全然惨めじゃなかった。それに泣いても長いことは続かなくて、すぐに眠り込んだ。彼が私を膝の上で揺すって、キスして、涙を拭いてくれたから」

「彼とは誰だね？」

「まあ、何を訊くの！　私のお腹がすくとそう言ってくれて、地下室の外で熟している、素敵なもののことを話してくれた人よ」

「わかった、わかった。でも、あの陰気な場所で、深い暗闇の中にいて、怖かったことはないのかね？」

「怖い？　私が？　何が怖いの？」

「未知のものが」

「あなたの言うことがわからない。どうして怖がることがあるの？　知っているものは恐ろしいとは正反対だったわ。ただの空腹と棗椰子、喉の渇きと葡萄酒、走りたい気持ちと走れる空間。それには何も恐ろしいものはなかったし、未知なものは知っているものほど恐ろしくなかった。それは地下室の外で熟している素敵なものだったから。あなたの言うこと――」

「ああ、その通り」と私は言った。「君は利口な子だが、そう年中ひらひら動きまわってたんじゃ、釣りには致命的だ。君は、少しもじっとしていられない性分なのか？　それから、地下室での君の習慣について――」

「またたわ！」彼女は嬉しそうに笑って、若いチャブを釣り上げた。その午後、彼女は魚を七匹釣り、私は全然釣れなかった。


べつの日、私はそれまでいつも投げ捨てていた魚を持って、彼女を釣場から村の台所の一つへ連れて行き、料理の仕方を教えた。宮殿にある調理道具はコーヒーとチョコレートを温めるためのアルコール・ランプだけだったからだ。私達は二人で用具を磨き、煮ることと揚げることを彼女に教えた。そして酢《す》と壜詰オリーブと「スペランツァ号」から持って来たアメリカ製のバターの缶詰とでソースを作ることや、米と小麦粉を混ぜて煮て、釣場の撒き餌にすることも教えた。彼女は初め驚いていたが、すぐに家事が達者になり、息もつけないほどお節介になり、私の見ていないうちに、自分の直感から、そこにあった干しアーモンドを細かく砕いて、テンチのフライにふりかけた。それから、私達は一緒に床に坐って食べた。たぶん、二十一年のうちに私が初めて味わった新しい食べ物だったと思うが、不味くはなかった。

翌日、彼女は本を読みながら宮殿へやって来たが、その本は英語で書いた料理書だった。そして一週間後、彼女は時間外に現われ、あざやかな色の食べ物を盛った黄色い陶器《やきもの》の皿を差し出した——それは煮魚で、赤唐辛子とサフラン、緑がかった色のソースとアーモンドをふりかけてあった。だが、私は彼女にも、彼女の料理にも用はないといって追い帰した。

宮殿の西へ一マイル程行ったところの深い森の中に、非常に古い廃墟がある。モスクだったのだろうと思うが、先端を切り取った内部の柱が三本蔦に被われているのと、草の生えた床、中庭と入口の階段が残っているだけだった。建物の前はヒマラヤ杉の長い並木道で、石段からゆるやかな下り坂になり、樹の間の道は長い草や、私の腹までとどく野生のライ麦で一杯になっていた。ある日、ここで古い真鍮《しんちゅう》の大きな円板を見つけた。それは真ん中に突起があり、盾か、古代のシンバルの一部分だったのかもしれない。その中心から周辺まで、同心の輪が刻まれていた。翌日、私は「スペランツァ号」から釘と金槌と鋸《のこぎり》とペンキの罐を持って来て、その輪をさまざまな色に塗り分け、細い科《しな》の木の幹を切り倒して、その天辺に薄い円板を釘で打ちつけ、石段の前にしっかりと立てた。標的《まと》を作って、ライフル銃と回転式拳銃の練習をしようと思ったのだ。翌晩、私は四百フィートの距離で練習し、常ならぬ音で島中を驚かしていた。すると、彼女が物問いたげな顔をして、近づいて来た。私はひどく腹を立てた。私の武器は長い間使わなかったため、的から遠く外《そ》れたところに弾を撃っていたからだ。しかし、恥ずかしいので何も言わず、彼女に見せてやった。彼女はすぐに理解し、私の弾が大きく外れるたびに笑うので、しまいに私はふり返って言った。「そんなに易しいと思うなら、試しにやってみてもいいぞ」

彼女はやってみたかったらしく、喜んで承知した。私は拳銃を開けて、その仕組や弾薬筒を見せ、撃ち方を教えると、スペランツァ・コルトの一つを彼女の手に渡した。彼女は下唇を噛んで左眼をつぶり、老練の撃ち手のように、鋭く見つめる右眼の高さまで回転式拳銃を持ち上げ、突起の幾何学的中心を弾丸で撃ち抜いた。

しかし、それはまぐれ当たりだった。私は黒い的に中《あた》った最初の一発を除いて、彼女が残る五発とも外《はず》すのを見て満足したからである。だが、それは三週間前のことだ。今では私の命中率は四十五パーセントで、彼女は九十六パーセント――驚くべき数字なのだ。だから、この娘が何者かの被保護者であり、この世界に依怙《えこ》贔屓《ひいき》が存在することは明白である。


彼女の一番好きな本は旧約聖書である。時々、正午か午後に、屋根か桟敷から遠くを見渡すと、鈴懸の木か黒い糸杉の蔭になった草地に坐っている遠い人影が見える。彼女がそこで見ている本は――年老った律法博士《ラビ》のように――いつも聖書である。彼女は物語が大好きで、この本にはそれがたくさんあるのだ。

三日前の晩、かなり夜更けて月が皎々《こうこう》と輝いていた時、彼女が湖のそばを家へ向かって歩いて行くのを見て、私は大声で呼びかけた。「おやすみ」といったのだが、彼女は呼ばれたと思って、やって来た。それで私達は一番上の階段に坐り、何時間も話をした。彼女は面紗《ヤシュマック》をつけていなかった。

話題が聖書のことになると、彼女は言う。「カインはアベルに何をしたの?」

「張っ倒した《ノックト・ヒム・オーヴァー》のさ」私はこたえた。教え、かつまごつかせる二重の目的で、時々そういう慣用句を使うのが好きだった。

「何の上を《オーヴァー・ホワット》」と彼女は言う。

「でんぐり返しにして《オーヴァー・ヒズ・ヒールズ》」と私は言った。

「私には理解できない！」

「それなら、殺したんだと言おう」

「それは知ってる。でも、殺された時、アベルはどんな風に感じたのかしら？ 殺されるってどういうこと？」

「うむ」と私は言った。「君はそこら中にある骨を見ただろう。お母さんの骨も。そして指の中に骨があるのを感じるだろう。死んだあと——君も必ず死ぬんだ——指がただの骨になるのを感じるだろう。君のまわりに見えるああした骨は、もちろん、私達がその話をする人間の骨だ。君が魚や蝶をつかまえて、それが動かなくなる時、魚や蝶に起こったのと同じことが、かれらにも起こったんだ」

「人間も蝶も死んだあと、同じように感じるの？」

「全く同じさ。かれらは深いうたた寝をして、無意味な夢を見るんだ」

「そんなの怖くないわ。もっとずっと怖いことかと思った。私は死んでもかまわないわ」

「ああ！……それは良い。なぜなら、君は思ってるよりもずっと早く死ななければならないかもしれんからな」

「かまわないわ。人はどうしてそんなに死ぬことを怖がるの？」

「みんな、とんでもなく臆病だからさ」

「まあ、みんなじゃないわ！ みんなじゃないわ！」

（この娘は、いかなる動機があってかは知らないが、今でははっきりと滅びた種族の弁護者として、私に逆らうようになっていた。機会があるたびに、そういう態度を取った。）

「ほとんどみんなが、だ」と私は言った。「怖がらなかった人間を、教えてくれ――」

「イサクがいた」と彼女は言う。「アブラハムが彼を薪の上にのせて殺そうとした時、彼は跳び上がりも逃げ隠れもしなかった」

「イサクは大いなる例外だ」と私は言った。「聖書やそういう本に書いてあるのは、わかるかね、もっとも優れた人々のことだけだ。しかし、世界には何百万人も何千万人も――ことに毒の雲が来た時は――もっとずっと低級な人間がいた――腐ったろくでなしどもが――貪欲で、嘘つきで、人殺しで、さもしい、手前勝手な、堕落した、厭らしい、病んだ連中が、地球を悪徳と罪のはびこる納骨堂そのものにした」

彼女はこれには数分間答えず、背を半ば私に向けて坐りながら、アーモンドを割り、長く伸ばした足の親指の付根で一つの段をたえず蹴っていた。プラットホームの澄み渡った黄金に彼女のトルコ帽と珊瑚の飾りが映って、赤く細長いしみになっているのが見えた。彼女はふり返り、私がボロブドールの神殿から持って来た、大きな黄金のジャワの杯から葡萄酒を飲み、その頭は酒杯にすっかり隠れてしまった。それから、口元にまつわる髪の毛を濡らしたまま、彼女は言った。

「悪徳と罪、罪と悪徳。いつも同じね。この罪と悪徳というのは何だったの？」

「百種類の略奪と千種類の人殺しだ――」

「でも、どうしてそんなことをしたの？」

「邪な性質――下劣な魂のせいだ」

「でも、あなたもその一人だし、私もそうよ。それでもあなたと私はここに一緒に暮らしていて、悪徳も罪も行わないわ」

彼女のびっくりするほどの賢さ！　彼女の単純な思考力は、物事の核心にまっすぐ切り込むようだ。

「うむ」と私は言った。「私達が悪徳や罪を行わないのは、動機がないからだ。私達が憎み合う危険はない。なぜなら、食べ物と飲み物、棗椰子や、葡萄酒や、何千という物がたっぷりあるからだ（我々の危険は、むしろ、その逆の方にある）。だが、かれらは憎み合い、計略《はかりごと》をした。なぜなら、かれらは非常に大勢いて、棗椰子と葡萄酒の問題が起こったからだ」

「それじゃ、みんなのために棗椰子と葡萄酒を植える土地がなかったの？」

「あったんだ――そう。たぶん、あり余るほどに。だが、ある者は土地をうんとこさ手に入れて、他の者は不足の苦しみを感じたので、当然、結構な状況が生じたのさ――その中に悪徳と罪も含まれる」

「ああ、でも、それなら」と彼女は言う。「悪徳と罪の原因は、悪い魂ではなくて、ただこの土地問題だったんだわ。もしもそういう問題がなかったら、悪徳と罪もなかったでしょう。なぜなら、あなたと私はかれらとそっくりなのに、ここで悪徳と罪を行わない。ここにはそんな問題がないから」

彼女の知性は澄んだ石灰光のようだ！　彼女は議論をしながら、坐っている場所で身をよじった。

「その事を論じるのはよそう」と私は言った。「棗椰子と葡萄酒の問題は、たしかにあったんだ。そして、地上に何百万という、それぞれ利口さの異なる人間が住んでいる限り、必ずその問題が起こるだろう」

「いいえ、必ずじゃないわ！」彼女は自信を持って叫ぶ。「そうじゃない。そうじゃない。なぜなら、みんなのために十分な以上の棗椰子と葡萄酒があるんですもの。もしも今、もっと大勢の人間が生まれて、過去のあらゆる智恵と科学と経験を持っているとします。そして自分達で取り決めをして、自分がそのために働くことができる以上の物を取ろうとした最初の人間は殺されて、無意味な夢を夢見ることにしたら、その問題は二度と起こるはずがない！」

「前にも起こったんだ――また起こるだろう」

「違うわ！　前にどうして起こったのか、私にははっきり推測できる。それは最初の人間達のまったくの良い加減さから起こったのよ。土地は初め、みんなのために十分な広さよりも、ずっとずっとたくさんあったから、人々は自分達の間で取り決めをする努力をしなかったの。そして、後になって、その無頓着な習慣が固まってしまい、ついには、最初の無頓着さが取り決めに見えるようになったに違いないわ。こうして、初めは少しだけ間違っていた流れが、しまいには大きく間違って、流れが源から遠ざかるにつれて、間違いはいっそう確固とした致命的なものになったのよ。私にははっきりわかる。わからないの？　でも、今は、もし人間がもっと生まれても、教えてあげれば——」

「ああ、しかし、人間はもう生まれないんだ——！」

「わからないわ。かれらはきっと生まれるに違いないし、生まれるべきだと時々感ずるの。樹々は花を咲かせるし、雷は鳴る、空気が私を走ったり、跳ねたりさせる、地面は豊かさに溢れている。そして、森の樹の間を歩く主なる神の声が聞こえる」

こう言った時、彼女の下唇は今にも泣き出しそうに突き出して震え、目が潤《うる》んで来たが、次の瞬間には私を真っ向から見て、微笑んだ。彼女の顔は、それほど表情がすぐ変わるのだ。そして彼女がこちらを見ている間に、私はふと気づいた——この娘は何と立派な額をしているのだろう。持ち上がった頂部はほとんど尖っていて、それが釣鐘形ゴシック式アーチのように、下へ行くほど広くなり、縮れた髪に飾られているが、やがて彼女は首を振って、その髪を後ろへ振り払う。

「クローダ」私はしばらくして言った——「君をなぜクローダと呼ぶか、知っているか？」

「知らない。教えて」

「昔、毒の雲が現われるずっと前、私にはクローダという恋人がいたからだ。彼女は……」

「でも、その前に教えて」と彼女は言う。「恋人とか妻とかを他のみんなからどうやって区別したの？」

「それは、顔で……」

「でも、たくさん顔があったはずだわ――みんな同じような――」

「同じじゃない。一つ一つが他とは違ったんだ」

「それでも、見分けるにはよほど賢くなければならなかったでしょう。私にはあなたと私の顔以外、想像もできない」

「ああ、君が鵞鳥《おばか》さんだからだよ」

「鵞鳥って、どんなものだったの？」

「蝶みたいなものだが、もっと大きくて、爪先をいつも広げて、その間の皮が伸びているんだ」

「本当？　何て変なものなんでしょう！　私はそれに似ているの？――でも、あなたの恋人のクローダは何だと言っていたんだっけ？」

「彼女は〝毒殺者〟だった」

「それなら、なぜ私をクローダと呼ぶの？　私は毒殺者じゃないのに」

「自分に思い出させるために、そう呼ぶんだ。君が――君が――私の――恋人にならないように」

「私はもうあなたの恋人よ。あなたを愛しているもの」

「何だって？」

「私はあなたを愛しているでしょう？　あなたは私の物だから」

「おいおい。気の触れたことを言わないでくれ」と私はつづけた。「クローダは毒殺者だったんだ……」

「なぜ毒殺したの？　棗椰子と葡萄酒が十分になかったから？」

「あったとも。しかし、彼女はもっと、もっと、もっと欲しがったんだ。馬鹿な女だ」

「それじゃ、悪徳と罪は物が不足している人だけに限られたものではなくて、他の人達もやったのね？」

「やったのは主として他の人達だ」

「それなら、どういうことだったのか、わかったわ」

「どういうことだったんだ？」

「他の人達は駄目にされたのよ。悪徳と罪は物が足りない人々と共に始まったに違いないわ。やがて、他の人々も、まわりの悪徳と罪をいつも見ているうちに、それをやり始めたのよ――ちょうど、壜の中に腐ったオリーヴが一個あると、すぐに全部が腐敗するように。でも、元々は腐っていなかった。ただ、そうなっただけよ。それも最初のちょっとした不注意のせいなんだわ。もしも今、新しい人間が生まれたら、きっと――」

「だが、言ったろう、人間はもう生まれないと。いいかい、クローダ、初め地球は長い手順を踏んで人間を生み出した。最初はごく下等な生物から始めて、次第にそれを発達させ、しまいに人間が立ち上がった。しかし、それはもう二度と起こり得ない。というのも、地球は年老《と》って、もう生み出す活力を失くしてしまったからだ。だから、人間が生まれることや、君には理解できないことを話すのは、もうやめるんだ。その代わり、中に入りなさい――待って。一つ秘密を教えよう。今日、私は森で麝香薔薇《じゃこうばら》を摘んで、花輪を編んだ。明日君が来たら、君の頭に飾ってもらうつもりで。それは左へ向かって二番目の部屋にある真珠の三脚テーブルの中に入っている。だから、行って、あれをつけて、竪琴を持って来て、私のために奏いておくれ」

彼女はきゃっと言って素早く駆け出し、戻って来ると、花輪を頭にかぶって腰を下ろした――黄金のプラットホームの頬赤らめる深みの中に紅の色に染まって。私も彼女を寂しいヤーリに返しはせず、しまいに、淡い衰えた月は夜通し美しく輝いたためにに疲れ、彼女が休むヘスペロスの領域に向かって、凝固するオパールの刺子の上掛をかけた柔らかい褥《しとね》に沈んだ。
だから、私達も時には語り合うのだ。彼女と私、彼女と私も。

まさかこんなことを書く羽目になろうとは！　私はインブロス島から追い出されてしまった！　私は昨日、森を西の方へ歩いていた――穏やかで雲の澄んだ晩の七時頃で、日は沈んだばかりだった。私はこれまでの文章を書いた帳面を手に持っていた。北西の方角にある古い風車小屋をスケッチして、彼女に見せようと思ったのである。それより二十分前、彼女は私と一緒にいた。たまたま出会ったのだ。彼女はやって来たが、始終前に駆け出して行って、葉蔭に覗いている果物を採り、アマランサスや、睡蓮や、赤い果実の生るアスフォデルを腕一杯に集めていた。しまいに私は自分の生活が厭になって、彼女に呼びかけた。「行け！　私に見えないところへ！」――彼女はいきなり下唇を突き出して、歩き去ったのだった。

さて、私が散歩を続けていると、地面が揺れているような感じがして、数を二十と数えないうちに、島はまるで自らを責め苛み、粉々にしようとしているかのようだった。最初に思ったのは彼女のことで、私は恐ろしくなって駆け出し、彼女が行った方角に呼びかけ、難航する船の甲板でよろめくように、転び、立ち上がり、また走った。あたりは騒然とし、陸が海のように波打っていた。私はどこへ向かっているかも知らずに突っ走っていると、右手の方で、三、四エーカーもある森が沈み、迎え入れるように開いた割れ目に呑み込まれるのが見えた。私は両腕を上げて、叫んだ。「神よ！　あの娘を守りたまえ！」そして一分後に走って出たところは、驚いたことに、丘の斜面の開けた場所だった。下の方の地面に宮殿が見え、その向こうに白い海が小さく見えたが、陸よりも高く盛り上がっているような恐ろしい様子をしていた。どこかへ逃げなければいけないという衝動に駆られて、よろめきながら丘の斜面を下りたが、ちょうど真ん中辺まで行くと、あられが音楽的に降って来るかのような、甲高いパラパラという音にふたたび驚かされた。と、次の瞬間、宮殿全体が、千の鐘が鳴るようなジャンジャンという音を立てて、波打つ湖に崩れ落ちるのが見えた。

たっぷり十分間続いた地震は、そのあと数秒すると次第におさまり、やがて止《や》んだ。一時間後、彼女が小さなヤーリの残骸の中に立っているのを見つけた。

全く、何ということだ！　おそらく島の建物はすべて破壊された。宮殿のプラットホームは全体に罅が入って傾き、巨大な箱舟が座礁したように、斜めになって湖に半分浸かっている。一方、宮殿本体は、南側の湖の上に黄金材の山が水面から現われている以外は、跡形もない。消えてしまった。消えてしまった——十六年間の虚栄と苦心が。だが、実際的な見地からいうと、一番の災難は、「スペランツァ号」が今は村の中に高々と打ち上げられていることである。この船は大津波によって埠頭から丸ごと持ち上げられ、船体の半分ほども幅がない通りに、船首を先にして押し込まれたのだ。今はそこに横たわり、この小さい村の中では途方もなく巨大に見え、永久に楔《くさび》で留められ、強い圧力を受けて脆《もろ》いマッチ箱のように大破し、何とも驚嘆すべき見物《みもの》である。船首《へさき》は通りよりも四十フィート上にあり、船尾では地面より十フィート上で、舵《かじ》が埠頭の内側の端に乗っており、前檣は前方に傾き、他の二つの檣《ほばしら》は無事だった。あれほど海を通ってきた船底は、あらゆる種類の緑や茶色の海藻に覆われていた——この古い「スペランツァ号」は。船の上り段がそこにあり、ちょっと跳ぶと、その下につかまることができて、手繰《たぐ》りながらよじ登るうちに、やっと足がかりが得られた。こうして船に上がったのは、海水はおおむね引いたが、何もかもまだ水浸しになっている、あの同じ夜の十時だった。彼女は私とそこにいて、あとからすぐ船に上がって来た。ほとんどの物はバラバラに砕けていたり、ねじれていたり、見分けがつかないほど変形したりしていた。強い圧力を受けて部屋の壁さえ元の位置から少しずれていたし、ヒマラヤ杉の軽舟《スキフ》の船首が厨房の船尾右舷の隅にぶつかり、真ん中まで食い込んでいた。だから、空気駆動の中型ボートが重い索類から外《はず》れておらず、羅針盤の一つが無事だという事実がなかったら、どうすれば良かったか、わからない。入江にあった古い四つの浸水したボートは全く姿を消していたからだ。

　私は彼女を寝台やあらゆる物が残骸となっている船室の床に眠らせ、自分は西側の森の高いところで眠った。今はその翌朝で、丈高い草の中に寝ながら、これを書いている。太陽は昇りつつあるが、私には見えない。今日の予定は、鋸で丸太を三、四本切り、船のそばの地面に敷いて、中型ボートをその上にのせ、徐々に水に浸けて、晩には、私をこんな風に追い出すインブロス島に永《なが》の別れを告げるつもりだ。それでも、一時間かけて〝本土〟へ行くのを楽しみにしている。その時、羅針盤によって舵《かじ》を取ることや、液体空気の操作を彼女に教えよう——服を着、話し、料理をし、書き、考え、生きることを教えたように。なぜなら、私の創造物だからだ、この娘は。実際、「我が脇腹より取りし肋骨」なのだ。

　だが、こうして私達を追放した意図は何なのだろう？　それに、彼女は昨夜それを「ハランからのこの新しい出発」と呼んだが、どういうことだったのだろう？　「ハラン」はアブラハムが神に「呼ばれた」時、そこから出て行った場所だと思うが（「創世記」第十二章参照）。

　インブロス島で感じたのは、地震の尻尾の先にすぎなかったようだ。地震はトルコ全体を荒廃させたのだから！　そして私達、二匹の哀れな力ない生き物は、ここに、こうした果てしない暴力の劇場に放り出されている。耐え難いことだ、耐え難いことだ。現在の自然の怒りは全く驚くばかりで、この先一体どうなるかわからない。月のさやかな夜、私達はマケドニア沿岸に来ると、海岸に沿って航行し、ダーダネルス海峡を北上して、村か、ヤーリか、泊まれるような人家がないかと探したが、何もかも壊滅しているようだ。キルドバもチャナク・

ラレも、ガリポリも、ラプサキも廃墟と化していた。ラプサキに上陸し、彼女をボートに残して少し歩いたが、悪い報せを持って帰った。完全な形で立っているバザールの拱門は一つもなく、たいていの場所では街路の線すら消滅していた。この場所は骰子《さいころ》で建てた家のようにつぶれ、それから揺り動かされ、掻き混ぜられたからだ。しまいに私達はガリポリの先の海峡の向こう側の森で眠った。わずかな食糧を食べ、場所によっては、乾いた森林へ着くまでに、深さ一フィートの沼地を渡らねばならなかった。

翌朝私はここに一人坐って——私達は少くとも半マイルは離れたところで眠ったから——どこへ行くべきかを考えた。私としてはこの地域に留まるか、東の方へ行きたかったが、私のいる地域には住む場所が見つからなかったし、東に向かって遠くまで行くには船が必要だった。船は夜の間には難破船しか見えなかったし、この緯度の地方のどこに行けば見つかるかもわからなかった。かくて私は彼女の「アブラハム」のように西へ追い立てられた。

西へ向かって行くために、まず少し東へ行って、ふたたび金角湾の中に入り、焼けた後宮の階段をふたたび登った。ここでは、人間の邪悪さが見逃したものを自然の邪悪さが破壊しており、私がペラの上の方に残しておいたわずかな家々も、他の家のように倒れていた。私達が最初の頃に住んだスレイマニエの近くの家も、わが家を訪ねるように行ってみると、柱一本立っていなかった。その夜、彼女はエユーブの焼け焦げた糸杉の森にある小さな葬儀用の四阿の半屋根の下で眠り、私は一マイル離れた森のはずれで眠った。その森は彼女と最初に出会ったところだった。

翌朝、約束した通り〝予言者のモスク〟の敷地で会うと、私達は一緒に沼地を通り、谷間とカシムの墓地を横切ってペラまで登ったが、風景はすべて、いささか歪んだ見慣れぬ相貌を呈していた。私達は午前中を費やして、ペラの地震による廃墟で食糧を探そうと決めていた。しばらくの間、食糧探しをしなくても良いほどの物を一日で集めるつもりだったので、この仕事にたっぷり時間をかけた。私はもっぱらカシムの町を見下ろす庭園にある大きな白い家――いつかそこで眠ったことがある――を探し、傾いた巨大な床や、屋根や、壁の残骸の中へもぐり込んだ。彼女は近くのタクシンの高台にあるジアンギルの、古い回教徒居住区へ行った。そこには店がたくさんあった。そこから丘の端をまわって、フンドゥクリと海を見下ろす大きなフランス大使館へ行った。二人共、大きなペルシャ絨毯地製の旅行鞄を持っており、あの荒廃した荒野の空気に、その朝は楓の花の甘く、強い、いつまでも残る香りが漂った。

私達は夕方落ち合った。彼女は大変な重荷を抱えて震えていたので、私は彼女にそれを持たせず、自分がその日苦労して集めた分を――それはもっと軽かった――捨てて、彼女の荷物を持った。それだけで十分だった。私達は西へ引き返し、その間ずっと、服をぐしょ濡れにするこの場所の夜露を避けられるところを探したが、見つからなかった。しまいに、夜遅くなって、エユーブの広大な墓地の並木道の入口にある彼女の壊れた葬儀用の四阿に帰り着いた。そこで、私は一言も言わず、彼女を粉々になった棺台の間に残して行った。疲れていたからだ。しかし、しばらく行くと、鞄の中からもう少し干葡萄を持って行こうと思い、引き返した。そして葡萄酒を取ると、彼女が屋根の蔭で石に坐っているところで、彼女の小さな手を握って、言った。

「おやすみ、クローダ」

彼女はすぐに答えず、その返事は驚いたことに、自分の名前への抗議だった。少し不機嫌な、だが優しい声が暗闇からこう言ったのである。

「私は〝毒殺者〟じゃないわ！」

「うむ」と私は言った。「良いだろう。何と呼べば良いか、好きな名前を言ってくれ。これからは、その名前で君を呼ぶことにしよう。」

「イヴと呼んで」と彼女は言う。

「駄目だ」と私は言った。「それ以外なら何でも良いが、イヴは駄目だ。私の名前はアダムだから、君をイヴと呼んだら、まるきり馬鹿げたことになってしまう。我々はお互いの目に滑稽に映ることを望まない。しかし、それ以外なら、君の好きな名前で呼ぼう」

「レダと呼んで」と彼女は言う。

「なぜレダなんだ？」と私は言った。

「レダはクローダと響きが似ているから」と彼女は言う。「それに、あなたはもう私をクローダと呼ぶ習慣がついてしまっているから。それに私はレダという名前を本で見て、気に入ったの。でも、クローダはすごく厭らしい。すごく、じつに厭らしいわ！」

「よし、それなら」と私は言った。「レダにしよう。忘れないよ。私もその名が好きだし、君にふさわしい。それに君は『L』で始まる名前を持たなきゃいけない。おやすみ、よく眠って、夢を見なさい」

「あなたにも、私の神様が平和と楽しみの夢を下さいますように」彼女はそう言って、私は去った。

私は木の葉の寝床に横たわり、カフタンを枕に、小川を子守り唄にして、満天の星々のうち、私に見えたただ二つの星を私の終夜灯にして、目を閉じ、眠ろうとした時だった。突然、一つの強烈な考えが脳裡を貫き、私を目醒めさせた。レダは双子を生んだギリシアの女の名前であることを思い出したのだ。実際、このレダというギリシア語が、語源学的にはヘブライ語のエヴァと同一の語であるとしても、驚かない。なぜなら、「v音」と「b音」と「d音」はこのように入れ替わると聞いたことがあるし、〝神〟あるいは〝光〟を意味する"Di"と〝生命〟を意味する"Bi"が、同じような意味の"love"と"Ihovah"と"God"がみな一つであるとしても、"widow"と"veuve"（フランス語で未亡人）が一つであるのと同じで、私を驚かせるものではない。そして「真に光 Light は善Good(tob,bon)である」と言う時、これは「真に"Di"は"Di"である」と言うようなものである。ともかく、私についてまわる宿命は、ごく些細《ちいさ》な事柄に於いてもかくの如しだ。というのも、この西洋のエヴァ、ないしギリシアのレダは双子を持ったのだから。

さて、翌朝私達は古いギリシア人街であるファナルの廃墟を通って、スタンブールの三重の城壁を越え——壁には蔦に深く覆われた門がまだ残っていた——そして時にはよじ登りながら、金角湾に沿って古い後宮の下まで行くと、やがて線路の跡が見つかった。その時からトルコ、ブルガリア、セルビア、ボスニア、クロアチアを横切ってトリエステに至る旅が始まった。昔日のように一日か二日ではなく四ヵ月もかかって、長引いた悪夢だったが、そう言って良ければ、豊かな幸福の悪夢だった。記憶に漠然と残っている印象は、恐ろしい峡谷やどこまでも続く深み、高さと偉大さ、月に憑かれた詩人の空想のように奇妙なジャングル、果てしない暗がりと見えざる大河や瀑布の音、そこに生える太藺《ふとい》はけして陽を見ることがない、流れの遅い細流の音、至る所にある気前の良い自然の恵み、秘密、豊富さ、想像できないもの、言葉に言い難いもの、いとも豪勢な、荒々しく、けばけばしい野蛮状態、そしてアルカディアの谷間、遠い峰、古い埋もれた財宝のように内気な湖、氷河、そして私達二人の人間がいかにも小さく、広大さの中に溺れて埋没し、しかし常にそこを突き抜けて動いている——というものだった。

最初の日、私達は線路を辿って、蒸気機関車のあるところへ行った。機関車はかなり状態が良く、動かすのに必要な物もすべて手近に揃っていたが、線路は地震のためにねじれたり、切れたり、持ち上がったり、埋もれたりして乱雑な状態だったので、数百ヤード走って調べたが、これはどうしようもないと悟った。それで、初めのうちは絶望に似た心境だった。どうすれば良いかわからなかったからだ。しかし、四日間、深く錆びた線路を伝って根気良く歩いて行くと——線路は東欧独特の広軌だった——正常な部分もかなりあることがわかって来たので、気を強くした。

陸の地図と羅針盤は持っていたが、高度を測るものは何もなかった。「スペランツァ号」の計器は、羅針盤一つを除いてすべて衝撃のために壊れてしまったからだ。しかし、出発して三十マイル程のところにあるシリウリの町に着くと、倒れかかったバザールの店の廃墟に真鍮の器具がたくさんあるのを見て、そこで状態の良い六分儀や、四部儀や、経緯儀をいくつか見つけた。二日後の朝、郊外で機関車に出くわした。石炭も積んであり、小川も近くにあった。私は鞄の中にアーモンド油を入れた山羊皮の袋を持っていたし、蠟燭を持ってマンホールからボイラーの様子を調べ、加熱機の高圧釜を取り除いて、一時間ほど入念に調べたところ、その機械はまだ使えることがわかった。何もかも真っ赤に錆びついており、特に接続桿の軸はひどく脆《もろ》そうに見えたから、しばらく非常に迷った。しかし、私は決心し、蒸気をヴァルヴ・チェストに送る短開管に少しの洩れがあった他は、すべて調子が良かった。三・五気圧をけして越えない圧力で百二十マイル近く旅をしたが、そのあと、真っ向から線路をふさぐ障碍物に止められて、機関車を捨てなければならなかった。それからまた七マイル歩き、私はインブロス島に置いて行かねばならなかった自動車のことを嘆き、小さな町へ出るたびに、正常な自動車が見つかることを望んだが、無駄だった。

村々や高原地がすでに植物に侵入されて、もはや純然たる自然の連続を破ることもなく、地球に還《かえ》ってゆくのを見るのは素晴らしかった。町も今では郊外と同じように田野であり、非〝人間〟的なものが一種の活力を持って、すべてとなりつつあった。鈍《のろ》い汽車は、バルカン山脈の南の山峡を、何マイルも続く昼顔の巻き髭を掻きむしって丸一日進んだ。一面に生えた昼顔は切れ目のないカーテンで、大きな花々が燃えるようだったが、夜に下りる影のように暗く、セイロンやフィリピンのジャングルにいささか似ていた。その日、彼女はうしろの車輛に横たわり——私はそこに、韃靼のバザルジクから持って来た小さな寝蒲団を彼女のために用意しておいた——たえまなく竪琴を奏いた。といっても、ほとんど弦には触れず、豊かなコントラルトの声で、低く低く口誦さむように果てしなく同じ曲を繰り返し、繰り返し、歌った——彼女自身が夢見てつくった物憂い歌を、ゆっくりと進む機関車の単調な音を通して、かすかに私に聞こえるように。しまいに私はいとも甘美な悲しみに酔った。神よ、命のごとく甘美な悲しみと、消憂薬《ネペンテス》のように痛みを和らげる悲しみと、接吻《くちづけ》のように慰める嘆きに。それはいとも甘く、森と暗がりの世界は私にとって位置関係も現実感もなくなり、彼女が嘆き、子守唄を歌う、憂愁に満ちた魔法の天国そのものとなった。その日、私の指の間からは滂沱《ぼうだ》の涙が流れ、嘆きながら私がしたのは、心臓が破れそうになるまで、「おお、レダ、おお、レダ、おお、レダ」とつぶやくことだけだった。

この機関車の給水ポンプの風変わりな軸は非常に貧弱で脆かったが、午後五時頃突然へこたれてしまった。私は慌てて機関車を止めなければならず、私の耳元で口誦さみ、私がどこへ行こうと随いて来た、あの甘美な見えない機械仕掛も止まった。彼女は跳び下りて、大声で言った。

「ねえ、何かが起こる予感がしたの。私、すごく嬉しいわ。飽きていたから!」

給水ポンプはもうどうにも手の施しようがないのを見て、私も機関車を下り、鞄を取った。そしてどこまでも続く昼顔の幕を掻き分けながら、岩の裂け目を左の方へ進み、苔生して真っ黒に見える大石の上を渡った。頭上に空はなく、鬱蒼たる葉叢《はむら》が何百フィートも茂っていて、小暗い羊歯類、大きな葉のミモザと混じったぼうぼうの蓬莱羊歯《ほうらいしだ》、野生の葡萄、白いブリオニアが露に濡れて到る処に繁茂していた。ヒマラヤ杉の匂い、黄昏を魅する絶え間ない流れの静かな水音。道は三百フィート程少し上り坂となって、やがて幾度か曲がり、整然としているが明らかに自然物である岩の大きな段を五つ登ると、山峡は開けて、丸い空地があらわれた。そこはさしわたし五十フィートで、遠くに七百フィートの高さの崖がこちらへ突き出し、そそり立っていた。そこに、上から垂れかかっている緑のカーテンのうしろに——その巻き髭は日本の簾《すだれ》のような輪郭で、まっすぐである——私達は食べ物を広げた。私は葡萄酒を開け、果物や野菜や肉をひろげ、彼女は黄金の皿を使ってそれを綺麗に並べ、アルコール・ランプと提灯の両方に火を点けた。そこは真っ暗だったからである。私達のそば、巻き髭のカーテンのうしろには岩に小さい緑の洞穴があり、入口のところに幅二ヤードの水溜まりがあった。それはゆるやかに渦を巻く黒い透明な水で、そこから細い流れが出ている。水の中に指ほどの長さの、梟の眼をした魚が三匹、ウロウロして、互いを刺激し合い、見つめていた。レダは口も手脚もじっとしていられない性分なので、食事中、赤ん坊のようなしゃべり方でぺちゃぺちゃとしゃべり、やがて煙草を一本吸うと、走って来ると言って出て行き、私を暗闇の中に残した。彼女こそ日であり、月であり、星の群れだったからだ。私はその夜、今まで書いて来たこの帳面の最後にある暦をつくって過ごした。私が大事にしていた暦を初め、多くの物が宮殿と共に失われたからだ——暦をつくり、頭の中で日を数えていた——しかし、彼女のことを考えながら数えていたのだ。

彼女はおやすみを言いに戻って来ると、列車へ眠りに行った。私は提灯を消し、洞穴の中にしゃがんで、小流れのそばに簡素な寝床をこしらえて、眠った。

しかし、眠りは浅く、すぐにまた目が醒め、長時間横になっていると、洞穴の一ヵ所で水がゆっくり滴っているのが次第に意識された。それは一分置きに、規則的に、いとも慎重に、暗闇で水を撥《は》ねていた。その音は次第に高く、悲しくなり、水の撥ねる音は初め「リーシャ」だったが、私の耳には「レダ」と聞こえ、泣き声で彼女の名を言い、私は自分を憐れんだ。それほど悲しかったのだ。その痙攣と咽《むせ》び泣きの憂悶にもう耐えられなくなった時、私は立ち上がって、こっそりと外へ出た——静まり返った暗い夜の、物音を響かせる沈黙《しじま》の中で、足音が彼女に聞こえるといけないからだ。私は近づくにつれて、いっそうゆっくりと静かに歩んだ。泣きそうで喉が詰まり、足が私を彼女の方へ導いて、ついに私は列車に触った。そして長い間、じっとりと濡れた額をその乗り物に凭せ、哀れな喉には泣き声が疼《うず》き、彼女は私の頭の中で静まり返った夜と混じり合い、沈黙をうつろな鼓膜にかくも音楽的に響かせる妖精の族《うから》と一つになり、洞穴に滴る水と一つになった。そっと扉の取っ手をまわすと、彼女の寝息が聞こえ、彼女の頭が私のそばにあった。私は彼女の髪に唇をつけ、耳元で言った——眠っているように息をするのが聞こえたから——「可愛いレダ、私は君のところへ来た。そうせずにいられなかったからだ。レダよ。そして、ああ、私の胸は君への愛で一杯になっている。君は私のもの、私は君のものだからだ。そして、死ぬまで君と暮らすことが、私達が死んだあとも君のそばにいて、レダよ、私の破れた心臓を君の心臓のそばに置くことが、可愛いレダよ——」

私は啜り泣いていたに違いないと思う。彼女の耳元で、恋する者の死ぬほど切ない眼をして話しているうちに、彼女の息が乱れたので、ぎょっとしたのだ。私は急いで用心深く扉を閉め、そそくさと洞穴に戻った。

翌朝会った時、私は思った——しかし、今は確信はない——彼女が妙な微笑み方をしたと、そう思った。ことによると、ことによると、聞いていたのかもしれない——だが、わからない。

森の樹が線路をふさいで、どうしても動かせないため、二度も機関車を捨てなければならなかった。これは巡礼行のもっとも苦しい二つの出来事だった。他の汽車が線路をふさいだ時は、少なくとも三十回、機関車を乗り換えた。地震の範囲について言うと、〝半島〟全域にわたっていたことは明らかで、多くの地点で極端な激しさを示していた。セルビアの領土に入るまでは、時折、線路の位置がひどく乱れて先へ行けない場所に出くわしたし、無傷の家や城は最初から一つも見たことがなかった。道の状態がそれを許す場所では、線路を離れて機関車に地面を走らせたことも四回あったが、べつの線路に出会うと、いつも首尾良くそれに乗せることができた。じつに悠長な旅だった。どこでも毎日方位の観測ができるわけではなかったし、管とボイラーが弱いのを心配して、つねに低圧で行かねばならず、トンネルをのろのろ進んで、真っ暗闇になれば止まるといった具合で、進行は遅かったし、それをあまり気にしてもういなかった。おまけに三日に一度か四日に一度、巨大なハリケーンに襲われ、そんな時は旅どころではなく、私達の唯一の懸念は、哀れな怯える肉体をなるべく深く隠すことだった。一度、私は二重に荒廃した——一度は我が手による非道な放火によって、もう一度は地震によって——街（アドリアノープル）を通り、大急ぎでそこを出た。

しまいに、地震の起きた日から三月と二十七日後、イギリスのマイルにしてたった九百マイル余りしか横断していなかったが、九月十日の早朝、大三角帆と石の錨を持つマルタ島の帆船《スペロナーラ》でヴェニスの潟《かた》に入った。この船はトリエステで見つけ、一部分掃除したのである。そこからゴンドラに乗って大運河《カナラッツォ》を上った。私はレダに言ったのだ。「私はヴェニスで大家長の天幕を張ろう」

だが、物事は必ずしも思いのままにゆかず、私はさらに西へ追いやられた。この街の澱《よど》んだ上流の運河は、今や疫病の瘴気《しょうき》にすぎなかったからだ。二日と経たぬうちに、私は聖マルコ寺院の僧達の屋敷で熱にのたうちまわり、彼女は青ざめ、驚いて枕元に立っていた。病気というのは、彼女にはまったく新奇なものであった。実際、私は二十歳《はたち》かそこいらの時、脳を使いすぎてコンスタンチノープルへの船旅に出たが、それ以来、重い病気にかかったことがなかった。数週間ベッドから出られなかったが、幸い意識は失わなかった。彼女は薬局からありとあらゆる薬を持って来て、その中から私の薬を選ばせた。私はこの病の原因を推測し——彼女にはその兆候《しるし》一つ寄りつかなかったが——震える膝で何とか立てるようになると、すぐにまた出発した——つねに西へ向かって——トルコでの苦労に較べると、今はいくらか旅の贅沢を楽しんでいた。ここには歪んだ線路はなく、もっと良い機関車がたくさんあり、街にはいくらでも状態の良いガソリン自動車があったし、自然は明らかにもっと穏やかだったからだ。

私は水が好きだったのに、ヴェロナやブレシア、またイタリアの湖に近い他の場所になぜ立ち寄らなかったのか、わからない。だが、私の頭には、以前住んだことのあるフランスのヴォークレールへ戻って、そこに住もうという考えがあったのだろう。彼女はあの年老った修道僧達を気に入るかもしれないと思ったからだ。ともかく、私達は途中どこにも長居はせずにトリノへ来て、そこで七日間過ごした。彼女は私の家の向かいの家に泊まった。そのあと、彼女自身の提案でさらに先へ進み、汽車でイゼール川の渓谷へ入り、それからローヌ川の西側の渓谷《けいこく》へ入り、しまいに雪をいただく大きな山々に囲まれた古いジュネーヴの町へ来た。この町は細長い湖の湖頭に位置している。湖は三日月形で、月のようにいとも美しく、さまざまな気分があり、呪文や魔法にかかった生き物を思わせる。しかし、ヴォークレールのことがまだ頭にあったので、自動車でジュネーヴを後にした。その車でジュネーヴへ来たのは五月十七日午後四時だったが、その夜八時頃、ブールという町へ行って、そこで眠り、翌朝汽車でリヨンへ、そうしてボルドー経由でヴォークレールへ行くつもりだった。ところが、(汽車が原因でないとすると)何かの偶然により、地図に乗っている道——その道はかなり平坦だったはずである——に入りそこねて、いつの間にか山道に入っていた。どのあたりにいるのかわからず、夕闇は下りるし、風はないが、あまりの降りように一種陰鬱な毒を孕《はら》んでいる夕立が私達をずぶ濡れにした。私は何度か止まって、城《シャトー》か家《シャレー》か村がないかと周囲を見まわしたが、鉄道線路に二回行きあたっただけで何も見つからなかった。真夜中になってようやく、湖岸のやや急傾斜な山道を下りて行ったが、その湖は、闇夜に茫漠と広がる様子からして、ジュネーヴ湖としか思えなかった——また戻って来てしまったのだ。左方二百ヤード程のところに、雨に煙る大きな塊が見えた。それは湖から直接聳え立っているようで、幽霊のような土色に見えた。というのは白い石で出来ていたからで、高くはないが、暗紅色の蠟燭消しが天辺に載った白い小塔が複雑に組み合わさった古い建物で、あちらこちらの隅といい、細い窓といい、輪郭といいゴシック式で、まさに空想的な絵のようだった。私達は濡鼠《ぬれねずみ》になり、レダは嘆息をつき、服が泥水に汚れていたが、こちらへまわって、低い地面が湖中に突き出している狭い岬を見つけると、そこで車を下り、鞄を持って歩き進んだ。小さな木の跳ね橋を渡ると、そこは岩だらけの島で、こんもりと葉の茂った木が城のまわりにたくさん生えていた。私達はすぐに小さな開いた門を見つけて、建物の中を歩きまわった。雨を凌《しの》げるのが嬉しく、鉄の突き出し燭台に入っていた蠟燭をやや風変わりな部屋部屋の到る処に点けた。この城は湖岸から遠く眺められるので、そこから見ている人がいたら、突如何かが取り憑いた幽霊屋敷のように見えただろう。私達はベッドを見つけて、眠った。翌朝判明したことだが、そこはシヨンの古城だった。私達はここで五ヵ月間、長く幸福な月日を過ごした――またも、またも運命が私達に襲いかかるまで。

ここへ来た次の朝、私達は二階の五角形の部屋で朝食をとった――一緒にとる最後の食事だった。その部屋には下の階から小さな階段を三段上がると行かれた。室内には重厚な樫のテーブルがあったが、虫食いの穴が沢山空いていた。それから、大きな背凭れの高い椅子が三脚、今も書類に被われている古い樫の机があり、壁にはアラス織りが掛かり、暗ずんだ油彩の宗教画と大時計が掛かっていた。この部屋は城の真ん中辺にあり、小さいが深い三面の出窓が二つついている。窓の面のそれぞれに、白い石の柱で仕切られた部分が四つあり、これらの窓は南に面していて、見渡せば、島の灌木と岩だらけの周縁、それから濃紺の湖、花々のジャングルの中に木が四本立っているもう一つの小さな島が目に入り、湖岸を見ると一個所、河に接していて、その河はローヌ川だった。斜面にある白い町はヴィルヌーヴで、ブヴェレとサン・ギンゴルフのうしろに大きな山々が控え、いずれもたった今生き返ったような驚きの表情をしている。その爽《さわ》やかな朝は万物が空色、群青色、藍色、雪白、エメラルド色に染め直され、そこは世界でも最善の、もっとも神聖な場所と呼ばざるを得なかった。これらの五つの古い部屋の壁と樫の床と二つの出窓は——本当は私達二人の共通の場だったのだが——特に私のものとなり、私はそこで多くの細かい仕事をするのだった。机の上の書類を見ると、そこは「大法官」、R・E・グードなる人物の執務室だったことがわかった。この家は疑いなく彼の居宅だったのだ。

　彼女はその朝、朝食をとりながら、ここに留まってくれと言い、私は「考えてみる」と答えたが、不安だった。そこで二人して家中をまわってみると、思いのほか広かったので、留まることを承知した。この建物の両端には続き部屋があり、おおむね小部屋だが、こよなく古趣に富んで居心地が良く、重厚なアンリ四世時代様式の家具とベッドの掛布が具《そな》えつけられていた。それぞれの部屋に個別の、実は秘密に使われた螺旋階段が出口としてついていた。そこで、湖全体とローヌ河とブヴェレとヴィルヌーヴが見える続き部屋を彼女が使うことに決めた。私が使う続き部屋からは、後ろの岬と小さな跳ね橋と湖岸の崖と、岸辺まで下りて来る楡の森が見渡されて、ある一点では小さなシヨンの村がチラリと見えた。それが決まると、私は彼女の手を取って、言った。「さあ、それじゃ二人で同じ屋根の下に住もう——初めてのことだ。レダ、理由は説明しないが、これは危険なのだ。ことによると私達のどちらかが死ななければならないほど、恐ろしく、恐ろしく危険なのだ。哀れな娘よ。君には理解できないが、事実なのだ。信じてくれ。私にはよくわかっているし、嘘はつかない。さあ、それでは、君にもわかると思うが、そういう事情だから、君はいかなることがあっても、この家の私の住む部分に近づいてはならないし、私も君の住む部分に近づいてはならない。このところ私達は随分一緒にいたが、その時は目的や用があって活動していた。ここでは、その種のことは何もないだろう。君にはまったく理解できまいが、事情はそうなのだ。だから、私達は完全に別々の生活をしなければならない。君は私にとって何物でもないし、本当に、私も君にとって何物でもなく、ただ同じ地球上に住んでいるだけで、それは何でもない——ただの偶然だ。君は食べ物も、服も、必要な物は何でも自分で手に入れるのだ。それは造作もない。湖岸には邸宅や城や、町や村がたくさんある。私も同じことをしよう。あそこにある自動車は君専用にする。私も一台必要になったら、手に入れよう。それから今日、君のためにボートと釣道具を探して、君のボートの船首《へさき》に十字の印を刻んでおく。君は自分のボートを見分けられるから、けして私のボートを使ってはいけない。こういうことはどうしても必要なのだ。どれほど必要か、君は夢にも知るまいが、私にはわかっている。もうよじ登ったり、自動車やボートに乗って危ないことをしてはいけないよ……可愛いレダ……」

私は彼女が下唇を突き出すのを見て、急いで背を向けた。彼女が泣こうと泣くまいと構わなかったからだ。あの長い航海の間に、また私がヴェネツィアで病んでいる時、彼女は私にとってあまりに近く、愛しいものになっていた。私の優しい恋人、私の愛しい可愛い魂よ。それで私は心の中で言った。「俺は立派な人間であろう。良いところを見せてやるぞ」

＊

この城の下には一種の地下牢がある。狭くはなく、ひどく暗くもない。そこには七本のどっしりした黒灰色の柱があり、八本目の柱は壁に半ば埋め込まれている。鉄の輪がついた一本の柱は、周辺の床と同様、かつてそこに繋がれていた囚人ないし囚人達にすっかり摺《す》り減らされている。その柱には「バイロン」という言葉が刻まれている。これを見て、私はそういう名前の詩人がこの場所について何か書いたのを思い出したが、その二日後、大法官の執務室に近い部屋で、この詩人の三巻本の詩集にゆくりなくも出くわした。その部屋には本がたくさんあり、多くは英語の書物だった。そのうちの一冊に、「シヨンの囚人」という詩が載っていた。それは実に感動的で、描写も良いと思ったが、ただ七つの輪はなかったし、「青白く、青黒い光」とある個所はむしろ「焦茶色の、茶色がかった薄闇」と言うべきだと思った。なぜなら、「光」という言葉は空想を混乱させるし、青白さも青色も、少しも見あたらないからである。しかし、私はこの詩に描かれた、人間の人間に対する残酷さにひどく打たれたので、彼女に見せてやることにした。本を持ってまっすぐ彼女の部屋へ上がり、留守だったので、彼女が何をしていたのか知るために、持物の中を探してみた。すると、みんな綺麗に片づいていたが、一室だけはべつで、そこには「ラ・モード」というたくさんの雑誌と、鋏で切った布切れや、雑多な物が散らかっていた。二時間後に彼女が入って来て、私が突然姿を見せると、「まあ！」という声を洩らし、それから優しい声で笑いはじめた。私は彼女を連れて、あらゆる種類のライフル銃と回転式拳銃、薬莢《やっきょう》、火薬、剣、銃剣が積んである広い部屋——明らかに公の、あるいは州の弾薬庫だった——を通り、それから、地下牢のすり減った石と輪と、壁に空いた狭く深い切れ目を彼女に見せて、あの残酷な物語を語って聞かせた。その間、外からは湖の水が岩に寄せて、不思議な、悲愴な音を立て、表情がすぐに変わる彼女の顔はただ一面の悲しみだった。

「何て残酷な人達だったんでしょう！」彼女は唇を震わせて叫び、その顔は憤りに赤くなった。

「奴らはただの獣じみた人非人だったんだ」と私は言った。「人非人が残酷でも、驚くにはあたらない」

しかし、私がそう言っている短い間に、彼女はまた微笑んで、こちらを見上げた。

「誰か他の人が来て、囚人を解放したんでしょう」と彼女は叫ぶ。

「そうだ」と私は言った。「そうしたが、しかし——」

「それは良いことだったわね」と彼女は言う。

「そうだ」と私は言った。「そこまでは結構だった」

「それは人間がすでに残酷になっていた時でしょう」と彼女は言う。「もしも他のみんなが残酷だった時に、彼を解放した人達がそんなに善良だったのなら、他のみんなが優しかった時には、どんな人達だったかしら？天使のようだったに違いないわ……！」

この場所では、彼女も私も釣りと長いブラブラ歩きが日課で、特に釣りの方だったが、ブヴェレ、サン・ギンゴルフ、イヴォワール、メスリー、ニヨン、ウシー、ヴヴァイ、モントルー、ジュネーヴ、あるいは湖岸に群れなす二ダースもの村や大小の町の一つを私が訪れない週はめったになかった。いずれも実に綺麗なところで、それぞれに魅力があり、私はたいがい徒歩で行った。鉄道は湖の周囲四十マイル余りをぐるりと通ってはいたのだが。ある日の正午《ひる》、ヴヴァイの大通りを歩いてキュイー街道へ行こうとしていたところ、恐ろしい衝撃を受けた。私の前方右側にある一軒の店から音が聞こえたからだ——間違いなく生き物がいるのを示す音で——揺れる金属が触れ合ってカチャカチャ鳴るような音だった。私は心臓がドキッとして、血の気が失せ、真っ青になるのを感じた。用心して、爪歩き《つまある》で開いた扉に忍び寄り——中を覗いた——すると、彼女が宝石店の売り台の前に立っていたのだった。こちらに背を向け、手に持った盆の上に屈んで、何かを探していた。私は「やあ！」と声をかけた。そうせずにいられなかったのだ。その日は一日、夕暮れまで、私達はたいそう仲良しだった。私は彼女から離れられず、私達は一緒に前アルプス《フォール・アルペン》を、森を、湖岸を通って、はるばるウシーまで言った。その日、彼女は生きる喜びに有頂天になった生き物のようで、草叢や危険な花咲く下り坂を転げまわり、傲慢な女王よろしく、私に挑戦するように足を踏み鳴らし、それから、つかまえてごらんと狂ったように走り出した。笑いながら、自由奔放に、からかいの言葉を歌いながら、丘を駆ける野生の驢馬の子の身軽さで、ゆるくほどけた髪の毛を葡萄の蔓と花にからめながら、キュイーを抜ける通り道で飲みすぎるほど葡萄酒を飲みながら。その日私を射貫き、驚かせた稲妻の燃える投矢と、私が抱いた内なる秘密の輝きと〝美〟の啓示、私の魂と肉体を苛《さいな》み、私の手に負えず、うんざりさせた白熱する蜂蜜――あの深い世界すべてを言い表わすことが誰にできよう？　ウシーで私は腕をうしろに振り、無言で彼女を遠ざけた。私は口が利けず、心弱り、そこに彼女を残して行ったのだ。その長い一夜、彼女の力は夜通し私をとらえていた。彼女は重力よりも強く――重力からは逃れることができる――あらゆる生の力を一緒にしたよりも強く、太陽も月も地球も彼女と較べれば何でもなかったからだ。そして彼女が去《い》ってしまうと、私は空に上がった魚か海に潜った鳥のようになった。彼女は私がその中で呼吸するために造られた、私の生きる領分であり、彼女なしでは溺れてしまうのだ。私はその夜、ウシーの町の外の墓場へ続く草の生えた丘に何時間も横たわって、深傷《ふかで》を負った人間のように草を噛んでいた。

私にとって事態をいっそう悪くしたのは、この場所へ来て以来、彼女が西欧の服装をするようになったことだ。彼女は例の器用さで、自分で何着か服を作ったのだと思う。ある日、彼女の部屋で、たくさんの彩色された新型服装図が、仕立てでもするように散らかっているのを見たからである。あるいは店から持って来た完成品を手直ししただけかもしれない。彼女の洋服は私が憶えている現代女性の格好にはあまり似ていなくて、いわば彼女自身のものであり、むしろギリシアや十八世紀の服装に似ているからだ。いずれにしても、気取った態度や優雅さは、彼女にとって、鸚鵡の羽根が自然なように自然なものであり、彼女は月のように変わる。二度と同じであることはなく、常に最後の相と啓示を超える。私は彼女のように味覚が嗅覚や視覚――ことに嗅覚に似て、――独立した、積極的な際立った能力である人間を想像することもできなかったろう。それは半ば〝理性〟、半ば〝想像力〟である能力で、彼女はそれによって、何と何が絶妙に合うかを正確に嗅ぎつけるのだ。

だから、彼女と会うたびに全く新しい、完璧に魅惑的な芸術品を見るような印象を受けた。芸術作品の特別な質は、他のいかなる物もこれほど良くはあり得ないという確信を一時《いっとき》生み出すことにあるのだから。

　時折、私は窓から跳ね橋の向こうの森にいる彼女を見かけた、彼女は緑の木蔭に涼しげな白い姿を見せ、たぶん聖書を手にしており、宮廷婦人のようにもすそを引き摺り、以前よりもずっと背が高く見えた。この新しい服装が私達の間にいっそうの距離をもたらしたのだと思う。特にヴヴァイとウシーの間で過ごしたあの日以降、私は非常に気をつけて彼女と出会わないようにした。彼女が宝石で身を飾り、おしろいをつけ、甘い香りの匂い袋のように香を使って、ギリシア風に結った髪を金色のリボンで結ぶのを見れば見るほど、私は彼女を避けた。私自身、なぜか今はふたたび洋服を着て——ああ、何ということだ、私はすっかり変わった。それまでの四年間、インブロス島の宮殿で威張って歩き、呻吟《しんぎん》していた、王者然とした肥大漢とはすっかり変わって、私の生活と考え方は、ふたたび現代的で西洋的と言っても良いものになった。

　それだけに私の責任感は恐ろしいもので、日に日につのってゆくようだった。言い争う一つの〝声〟は私の中で諫《いさ》めるのをけしてやめず、私に安心を与えず、いまだ生まれざる大勢の呪いが私を脅すようだった。覚悟を固めるために私はしばしば悪口《あっこう》をつぶやき、私自身を「囚人」と彼女を「テントウムシ」と呼んで、こきおろした。そんな大それたことをするとは、おまえはどういう男なのだと問いかけ、彼女に関しては、世界の〝母〟になろうとするとは何様《なにさま》だと——女の顔をした小器用な蝶々か、と問いかけた。今は荒れた気分の時、たえず自分の死か——彼女の死を考えていた。

　ああ、しかし蝶々は彼女の顔を忘れさせてくれなかった。ヴィルヌーヴの西南の森と川の間に、よく茂った竜胆《りんどう》の野原がある。ここへ来て二ヵ月余り経ったある日、三日間留守をしたあと、サン・ギンゴルフあたりから〝城《シャトー》〟へ帰って来る道すがら、山の下り坂で角を曲がると、野原の上に何か浮かんでいるのが見えた。

あれほどびっくりした——そして何よりも当惑したことはなかった。そこに大きな蝶のように浮いている物体のそばには、何にもそれを説明する物が見あたらなかったからだ。しかし、彼女が凧をふたたび発明した——凧を見たことがないのは、まず確実だから——という結論に達するまでにそう時間はかからなかった——やがて、彼女が野原の真ん中で糸を持っているのを見た。彼女の発明は昔、「燕の尾」と呼ばれた種類の凧に似ている。

だが、私が彼女と会うのはおおむね湖上でだった。私達は主としてそこに暮らしていたからで、時折疚《やま》しい接近や遭遇があった。彼女は彼女のボートに、私は私のボートに乗って——そのボートはどちらも軽い鎧張りのモントルー製の遊覧船で、私は数日かけてそれらを修理し、ニスを塗ったのだ。私のボートには船首三角帆《ジブ》と前後の大帆とスパンカーがついており、彼女のボートはやや小型で、帆柱は一本、扱いやすいラグスルがついていた。私はジュネーヴまでボートに乗って行って、帰って来ることも珍しくなかった。それは七日間の船旅で、私の魂は湖とそのさまざまな気分に満たされ、慰められて帰って来るのだ。その気分は明るかったり、暗かったり、落ち着いていたり、物憂かったり、嘆きに満ち、また絶望し、悲劇的であったりする。朝に、昼に、日没に、真夜中に、一瞬の休みもなく変幻を繰り広げるパノラマであり、私は時々山を山羊飼いの住むあたりまで登って行き、一度はそこに眠ったこともあった。またある時は二週間恐ろしい思いをして、ひどく具合が悪くなった。彼女が小舟に乗って姿を消し、私は城にいて、彼女は帰って来なかったのだ。いない間に嵐が起こり、湖は怒れる太洋《おおうみ》と化したが、ああ、神よ、彼女は戻って来なかった。惨めで虚ろな日々が一日また一日経って、彼女は帰らず、半狂乱になった私はついに目途《あて》もなく探しに出た——希望《のぞみ》のない事のうちでもっとも希望のないことだ。世界は広いのだから——探し求めたが、彼女は見つからなかった。三日後、果てしない世界を探索するのは狂気の沙汰だと気づいて引き返し、城のそばへ戻って来ると、彼女が島の端からハンカチを振っていた。私が自分を探しに行ったのを察して、帰りを待っていたのである。私が彼女の手を取ると、彼女は、聖書読みの馬鹿娘は何と言ったか？――「まあ、あなたは〝信仰〟がないのね」と言うのだ。そして自分の冒険を舌足らずに、すべての「r音」を「ℓ音」にして物語り、私はその日、また一日中、彼女と一緒にいた。

月に一回ほど、彼女は私の部屋の一番外の扉を――私は家にいる時、たいていそこに鍵をかけておく――叩いた。贅沢に料理し、香辛料をきかせた紅鱒か川姫鱒《かわひめます》を持って来るのだ。私はそれを拒わる勇気がなかったし、彼女はこうした魚を、熱々《あつあつ》で香辛料の利いた、実に見事な料理にするのだ。調理には服装に用いるあの趣味を応用すると見える。それに並外れて釣り運が良いので、いつも最高の魚が釣れた。もっとも、古い魚の孵化場や魚梯《ぎょてい》があるこの湖は、その点しみったれではなく、今は極上の湖の鱒《ます》や、川鱒や、紅鱒や鮭が群をなして泳ぎまわっている。私はおよそ三十五ポンドから四十ポンドの網で鮭を一尾とったことがある。湖底は二つの島の先から急に深くなり、八百フィートから九百フィートの水深に達するので、私達はいつまでも底釣りばかりやっておらず、次第にあらゆる釣り方に進んだ。川鮖《かわかます》の幼魚と鱒を狙って、錨針《いかりばり》やリップ・フックで友釣りにしたり、鮭を狙って船で流し釣りをしたり、川鱒を狙って浮きをつけて生き餌で釣ったり、金縄を水面に浮き沈みさせて釣ったり、毛針をつけて釣糸を投げ込んだり――そして、彼女がどの方法で一番楽々と達人になったかは、言うことが出来ない。いずれも彼女には生まれた時からおぼえた仕事のように、手慣れた自然なものに思われたから。

十月二十一日、私はすこぶる健康で四十六回目の誕生日を迎えた。ああ、しかし、その日は私にとって流血と悲劇に終わったのだ。どういう状況だったかはもう忘れたが、私はそれよりずっと前に、たしかヴェニスで、この誕生日のことを口にした。まさか彼女がその日を数えて待つとは夢にも思わなかったし、自分の暦が一日間違っていないかどうかにも自信がなかった。しかし、私が二十一日と呼んだ日の朝十時に、フランネルのシャツを着て、鱒と鮭の幼魚の餌と釣道具を持ち、私専用の螺旋階段を下りて行くと——何と、彼女が上がって来たのだ——そこにいる権利などないのに。彼女はあの優しいつぶやくような笑い声を出して、しかし、青ざめ、たいそう悪いことをしているといった表情で、私に野の花の大きな花束をくれた。

私はたちまち激しい興奮状態に陥った。彼女は少しけばけばしい絹モスリンをまとっていた。その服は全体にクリーム色のレースに飾られ、袖は短くて広く、襟ぐりが深いためあらわになった頸に大きなダイヤモンドを飾り、そこの象牙色がかった茶色の肌と、おしろいを塗った顔の青みがかった白さとが対照をなしていた。けれども、そばかすはおしろいで隠しきれていなかった。足には小さいピンクの繻子《しゅす》の上履きを覆き、靴下はつけず——上履きは素晴らしく淡いピンクだった。そして髪の後ろの方に、模様のない薄い黄金の頭飾りをつけていた。そして彼女は、ああ、天国のような香りがした。私は何も言えなかった。彼女はぎこちない沈黙を破り、青ざめ、微かな声で言った。「その日でしょう！」

「私は——たぶん——」私は何かそのようなことをしどろもどろに言った。

私の態度によって、彼女が奮い起した一抹の情熱が消え去るのが見てとれた。

「私、また悪いことをした？」彼女はうつ向き、また沈黙を破って言った。

「いや、いや、そんなことはないよ」と私は慌てて言った。「また悪いことをしたわけじゃない。ただ、君が日を数えているとは思いも寄らなかったんだ。君は……思いやりがある。たぶん——しかし——」

「レダに言って」

「たぶん……私が言おうとしたのは……一緒に釣りに来てもいいぞ……」

「嬉しい！」彼女は静かに言った。

私は己の卑怯さ、信じ難い弱さを身にしみて感じたが、どうしようもなかった。

私は花を受けとり、私のボートが置いてある島の南側へ行った。私は生簀《いけす》から魚を少し取り出し、釣り道具をととのえ、彼女のために船尾に小蒲団を敷き、帆を揚げて出発した。彼女は舵《かじ》を操り、私は船首にいてできるだけ離れていたが、彼女の方から時折、竜涎香か、フランジパーヌか、あるいは何か混合した香水の馨しい香気が流れて来た。その朝は陽が輝いて暑く、水上にはほとんど微風も吹かなかった。水は無色の水に藍色の塗料を中途半端に混ぜたようにまだらに見え、ボートはほとんど進まなかった。それで、しばらくすると私は、錨針につける鮭の幼魚をとろうとして、彼女に近づいた。鮭か大型のあめ鱒を狙って、流し釣りをしようと思ったのである。その間ずっと、私達は一言もしゃべらなかった。

あとになって、私は言った。

「誕生日に花を贈ると——あるいは、誕生日が大事なものだと誰に教わったんだ？」

「誕生ほど大事なことは起こり得ないと思うわ」と彼女は言う。「それに、香水は誕生にふさわしいに違いないわ。賢者達は幼な子イエスのところへ香料を持って来たんだから」

この素朴さこそ、私がすぐに立ち直った原因だった。笑うことは救われることだからである。私は笑い出して、言った。

「でも、君は聖書を読みすぎる！　君の考えはみんな聖書的だ。現代の本を読んだ方がいい」

「読もうとしたの」と彼女は言う。「でも、長い間読んでいられないし、何度も読めないの。世界中がすごく腐ってしまったみたいに思える。ぞっとするわ」

「ああ、それなら、君もようやく私と意見が一致したね」と私は言った。

「そうよ。でも違う」と彼女は言う。「かれらはすごく駄目にされた、それだけよ。みんながすっかり愚鈍になってしまったようだわ――じつに明白な真実がわからなかったんですもの。自分が富んで、他の人間をもっと貧しくするための努力に役立つ能力は大いに研ぎ澄まされたけれども、他の能力は萎縮してしまったに違いないことが、想像できるわ。片目の人間は一方の目で物を倍見るけれども、もう片方は全然見えないことを想像できるように」

「ああ」と私は言った。「連中はもう片方の目で見たいと望みさえしなかったんだと思う。かれらの中には、わずかながら、まずまず善良で明敏な者もいた。この人達はみな一致して、月の中の男みたいなトチ狂った古い取り決めを一つか二つ変えれば、自分達を大いに向上できると指摘した。だが、連中には馬耳東風だった。努力らしい努力を何かしたという話は知らない。連中は多かれ少なかれ自分達の惨めさを感じなくなってしまった。それほど惨めだったからだ。バイロンの『シヨンの囚人《めしうど》』に出て来る男みたいなものだ。この男は人々が彼を解放しに来た時、まったく無関心だった。彼は言うのだ――

『つまるところ、私には同じであった。

足枷をかけられていても、いなくても。

私は〝絶望〟を愛することを学んだ。』

「まあ、ひどい」彼女はちょっと顔を蔽って、言った。「何て恐ろしいことでしょう！　でも、本当なのね。本当のような気がするわ。かれらは〝絶望〟を愛することを学んだ。〝絶望〟を誇りに思うことさえも。でも、その一方で、私が読んだ物や感じたことから、私は確信しています――個々の人間は、物を見て正しく生きたいと頑張っていたけれども、眠っている時の脚のように、力がなかったのよ。そこが可愛らしいところだわ！かれらは善意を持っていた――誰でも。でも、悩みや悲しみが大きすぎて、あまりにもひどい重荷を負っていた。かれらには全然チャンスがなかった。あの世界のことを読むと、じつに奇妙な、不自然な感じがするわ。私には説明できない。かれらの動機はすべてそんなに汚れていて、生活はそんなに歪《いびつ》になっている。本当に、頭がクラクラして、元気がなくなってくる」

「まったくだ」と私は言った。「それに、これは新しいことでもなかったのに注意したまえ。あの〝本〟の一番最初に書いてある――地上で人間の邪悪が甚だしく、彼の心のあらゆる想像が邪であることを神が知ったと…」

「ええ」と彼女が遮った。「たしかに、そう。でも、何か理由があったはずよ。それが生まれつきのものでなかったことは、確信できる。なぜなら、あなたと私は人間で、私達の心は邪悪でないから」

彼女はこの大きな論拠をいつも持ち出すのだった。私が大抵それに答えられなかったからだ。しかし、今回は言った。「私達の心が邪悪でない？　君の心はと言いたまえ。君は私のことを何も知らないんだ、レダ」

彼女の眼の下には、その朝も、ついさっきまで酒盛りをしていた人のような、湿った、重い、考えに沈むような、倦怠《けだる》い何かがあって、じつに可愛らしく優しかった。彼女はそんな眼で私を静かに見ながら答えた。

「私は自分の心を知っているけれども、それは邪悪じゃない。全然そうじゃない。ちっともそんなところはない。それに、あなたの心も知っている」

「私の心をだと！」私は驚いて、笑いまじりに叫んだ。

「よく知ってる」と彼女は言う。

私はこの冷静な自信に心を乱されたので、一言も言わず、彼女に近寄り、餌をつけた針と、スウィヴェル・トレースと釣糸を渡した。彼女はそれを繰り出し、それから私はほとんど船首《へさき》まで戻った。

十分後、私はまた口を開いた。「そいつは初耳だ。君は私の心について何でも知っている。それじゃ、そこに何があるか言ってくれ」

彼女は無言で流し釣りに忙しいふりをしていたが、やがて顔を低くうつ向け、かろうじて聞こえる声で言った。

「そこに何があるか教えてあげる。そこには叛逆があって、あなたはそれを善いことだと思っているけれども、そうじゃない。もし川がただ流れて、上に登ろうともせず、氾濫《はんらん》もせず、導かれるままに慎ましく定められたところを流れていれば、最後には海へ着く——大いなる太洋へ——そして、豊かさのうちに我を失う」

「ああ」と私は言った。「しかし、その忠告は新しいものじゃない。かつて哲学者達が『運命に従う』とか『自然に従う』とか言っていたことだ。そして運命と自然は、請け合ってもいいが、しばしば人類を全く間違った方へ導いたんだ——」

「あるいは、そう見えたのかもしれない」と彼女は言う——「一時的に。川が少し北へ流れて、海は南にある時のように。川はそれでもつねに海へ向かっていて、また曲がるわ。運命を判断することはけしてできなかったし、今もできない。なぜなら、まだ成就していないから。私達の種族はそれがどちらを示そうと、盲目的に随いてゆくべきなのよ。たくさん曲がった末に、世界を私達の神のもとへ導くと信じて」

「なるほど、私達の神か！」私はひどく興奮して叫んだ。「小娘め！　おまえの言うことはもっともらしいが、間違っている！　一体どこから、こういう考えがおまえの頭に入って来たんだ？　小娘め！　『私達の種族』と言ったな！　だが、この世には私達二人しか残っていないじゃないか？　私を嘲って言っているのか、レダ？

私は運命に従っているじゃないか？」

「あなたが？」彼女はうつ向いて、嘆息をついた。「ああ、哀れな私！」

「もし運命に従うならば、私は何をするべきなんだ？」私は狂った好奇心にかられて、言った。

彼女の顔は苦しんで、さらにうつ向き、さらに青ざめた。そして言った。

「あなたは今……ここへ来て、私のそばに坐るでしょう。あなたのいるところにはいないでしょう。あなたはいつも、いつまでも、私のそばにいるでしょう……」

我が善き神よ！　私は顔が赤くなるのを感じた。「ああ、君にはとても話せやしない……！」と私は叫んだ。

「君のする話は恐ろしい禍《わざわい》を招く……！　君は無責任だ……！　けして、けして……！」

彼女の顔は今左手で蔽われており、右手は舵柄《だへい》にかかっていた。彼女は一抹の毒を含めて、辛辣に言った。

「私はあなたをこっちへ来させることができるわ——今だって、その気になれば。でも、やらない。私は私の神に仕える……」

「来させるだと！」と私は叫んだ。「レダ！　どうやって私を来させる？」

「あなたの前で泣けばいい。私は何度も何度も……こっそり……子供が欲しくて泣く。そのように……」

「君はこっそり泣いているのか？　これは初耳だ——」

「そうよ、泣くのよ。この世界の重荷は私にとっても重いでしょう？　そして私のしなければならない仕事はすごく、すごく、すごく大変でしょう？　だから、私はしょっちゅうそのことを考えて、こっそり泣くの。今でも、その気になれば泣けるわ。なぜなら、あなたはあなたの女の子をたいそう愛しているから、一分間だって私に抵抗できないでしょう……」

彼女の哀れな小さい下唇が突き出し、歪み、震えているのが見えた。もうじき泣き出すしるしだ。とたんに、私の胸の中に、抑えきれぬ焔がカッと燃え上がった。私は「ああ、おまえ」と叫んで、揺れるボートの中を突進し、彼女を抱き寄せようとしていた。

だが、途中で救われた。稲妻のように強烈なささやき声が、私を引きとめたのだ。「前に逃げ道はない。うしろにもない。だが、横には道があるかもしれぬ！」私は不意の衝動に駆られ、無我夢中で水の中を泳いでいた。

小さい方の島は二百ヤード先にあり、私はそこまで泳いで、数分間休み、それから城へ向かった。一度もうしろをふり返って見なかった。

さて、私は午前十一時から午後五時まで、濡れたフランネルのシャツを着たまま、ベッドの傍の隅にあるソファーにうつ伏せに寝て、このことを考え抜いた。そこは破れたアラス織の蔭になっていて、暗かった。その日、私がいかなることに耐え、いかなる深海《ふかうみ》を探り、いかなる祈りを祈ったかは神のみぞ知る。恐るべき問題を果てしなく複雑にしていたのは、私の頭にあったこの考えだった――彼女を殺すことは、自殺して彼女をたった独り残すよりも、彼女にとってはるかに慈悲深いやり方だろう。実際、私が考えていたのはただ彼女のためだけで、自分のことは少しも気にしなかった。彼女を殺す方が良いが、私自身の手で殺すのは――私のような哀れな男にそれを期待するのは、あまりにも酷《こく》である。私は所詮、平凡なアダムの息子にすぎず、史上二、三の人間がそうだったような、崇高な自己犠牲を払う人間ではないのだから。私は何時間も苦悶に眉をヒクつかせながら、そこに横たわり、ただ「彼女を殺す！　彼女を殺す！」と呻いていた。時には、こう考えることもあった――自分にも慈悲をかけて死んでしまい、彼女は生かして、気にするのはやめよう。死ねば彼女の苦しみを見ることはない。死者は何も知らないのだから。私に自分の手で彼女を殺せというのは、あんまりだ。しかし、私達のどちらかが死ななければならないのは、おそらく確かである。私はもう少しで誓いを破るところだったし、この問題が明白な危機的段階に達しているのはわかっている。それでも、別れる決心がつけば……地球の端と端に離れて。そんな考えが浮かび、混乱した頭の中で、一つの可能性のように思われた。しまいに午後五時頃、決心をした。まず跳び上がって、階下《した》へ下り、家の中を横切って武器庫へ行くと、小さな回転式拳銃を一丁取り、弾を籠《こ》め、二階へ持って行き、ランプの油をさして、階下へおり、外へ出て跳ね橋を渡り、村の向こうへ二マイル歩いて行くと、拳銃で木を撃ってみて、正常に動くのがわかると、急いで引き返した。城のところに来ると、島の向こうの端まで歩いて行って、上を向いた。そこには彼女が自分でかけたきれいなクリーム色のバランシエンヌ・レースのカーテンが、開いた出窓で軽やかな湖の風をうけ、内側にそよいでいた。私には彼女が城にいるのがわかった。感じたからだ。いつも、いつも、彼女が城の中にいる時はそれがわかった。一緒にいるのを感じたからだ。いつも、彼女が遠くにいる時はそれがわかり、それを感じた。空気の中に恐ろしい乾きと不毛さがあったからだ。私はしばらく上を見上げて、彼女が窓辺に来るかどうか様子を見ていたが、やがて声をかけ、彼女が現われた。私は言った。「ここへ下りて来い」

　ちょうどここに、南へ向かって行く岩場の小径があって、灌木のような小さな木々がチラホラと生えている岩の間を三ヤード程下り、水際に続いている。小径、あるいは小路《レイン》（英語のレインは、家や垣根などに挟まれた道をいう）と言って良いかもしれない。低い方の端では、岩と木々が、背の高い人間の頭の上あたりまでとどいているからである。彼女はそこのほっそりしたリンデンの木の幹に、私のボートを繋いでおいた。今、私の目には、その見慣れたボートがゲッセマネよりも悲しく見えた。自分がもうそれに乗らないことをよく知っていたからである。私はその小径を行きつ戻りつして、彼女を待った。回転式拳銃が入っている上着のポケットからスウェーデン製のマッチ箱を出し、そこからマッチを二本取って、一本のマッチの硫黄がついていない方の端を少し折り取った。その二本を左手の親指と人差し指の付根の間に挟み、硫黄のついている端が揃って見え、もう一方の端は見えないようにした。そうしてせかせかと歩きながら、彼女を待った。私の顔は死の天使《アズラエル》やラダマンテュス（ギリシア神話に登場する冥府の裁判官）のように厳しかった。

彼女は可哀想にひどく青ざめ、動揺して、荒い息遣いをしながらやって来た。「レダ」と私は細道の真ん中で彼女を迎えると、単刀直入に言った。「わかっているだろうが、私達は別れなければならない――わかっているだろうが、永久に――君の顔を見れば、察しがついているのは良くわかる。私もじつに悲しいんだ、可愛い子よ、そして私の胸は重い。君を…ただ一人…この世界に…残してゆくのは――私にとっては死ぬほどの辛さだ。しかし、そうしなければ、ああ、そうしなければならないのだ」

彼女の顔は突然、死人のように青黒くなった――すでに経帷子を着せられて、棺桶がベッドのそばに持ち込まれ、一つ余分な家具となった死人のようだった。だが、その事実を記録するにあたって、もう一つの事実も記録しておこう。この死人のような青黒さは彼女の哀れなそばかすを痛々しく目立たせていたが、これには揺るぎない、少し抑えた微笑が伴っていたことである。揺るぎない、少しばかり軽蔑的な――〝自信〟の微笑が。

彼女は何も言わなかったので、私は語り続けた。

「私は長いこと考えて、一つの計画を立てた――その計画は君の了解と協力がなければ、効を奏さない。計画とは、こうだ。私達はこの場所から一緒に――今夜だ――どこか知らないところへ行く。たとえば、ここから百マイル離れた町へ――汽車で。そこで私は自動車を二台見つけて、一台に私が、もう一台に君が乗り、別々の道を行く。こうすれば、どんなに望んでも、私達はこの広い世界でお互いをまた見つけ出すことは、けしてできないだろう。それが私の計画だ」

彼女はあの微笑みを微笑みながら、まっすぐに私を見た。答が返って来るのに時間はかからなかった。

「私はあなたと汽車に乗って行く。」彼女はゆっくり、そしてきっぱりと言う。「でも、あなたが私を置いて行ったところに、私は死ぬまでいる。そうして私の神様があなたを改心させて、あなたを私のところへ連れ戻してくれるのを待つ」

「私の言う通りにするのを断るというのか？」

「ええ」彼女はそう言って、いつもの威厳を持ってうなずいた。

「うむ。君の話し方は子供のようじゃないな、レダ」と私は言った。「もう一人前の女のようだ。でも、ちょっと考えてくれ……ああ、考えてくれ！　もしも君が、私が君を置いて行った場所に留まったら、私は君のところに戻るだろう。それも、すぐにだ。そうなることはわかっている。それでは言ってくれ——よく考えてから言ってくれ——私と別れることをきっぱりと断るのか？」

答はかなり速やかで、冷静で、力強かった。

「ええ、断る」

そこで、私は彼女を残して小径を歩いて行き、やがて戻って来た。

「それでは」と私は言った。「私はここに二本のマッチを握っている。一つ引いてくれないかね」

これは、彼女の胸にこたえた。彼女の眼は恐怖に見開かれて、どんよりと曇った。聖書で籤引きのことを読んでいたから、それが私か自分の死を意味することを知っていたのだ。

しかし、彼女は一言も言わずに従った。

一度ハッと身を引いたあと、親指と人さし指が少しの間ためらって、私の差し出した手の上をさまよった。

私は心に決めていた。もし彼女が短い方のマッチを引いたら、その時は彼女が死ぬ。長い方だったら、私が死ぬのだと。

彼女は短い方を引いた……

これは予想すべきことにすぎなかった。神が彼女を愛し、私を憎んでいることは知っていたのだから。

しかし、自分が彼女の死刑執行人にならねばならぬという非道さの最初の衝撃を受けると同時に、私は決心した。彼女が撃たれて倒れた次の瞬間、自分も撃たれて倒れ、私の身体が半ばは彼女の上に、半ばは彼女のそばに倒れ、私達がいつまでもそばにいられるようにするのだ。つまるところ、それも悪くあるまい。

私はいきなりポケットから回転式拳銃を取り出した。彼女は身動きしなかったが、ただ白い唇だけはこうささやいたように思う。

「今はまだ……」

私は人差し指を引金にかけ、腕を垂れて、彼女を見ながら立っていた。彼女は一度武器をチラリと見て、それから視線を上に向け、私の顔をじっと見据えた。消えてしまったあの同じ微笑が今はまた彼女の唇にあり、自信を示し、軽蔑を示していた。

私は彼女が口を開いて何か言うのを――あの微笑を止めるのを待った――彼女をすぐさま撃てるように。彼女は、微笑っている間は殺せないのを知っているので、微笑うのをやめようとしない。すると突然、彼女への憐憫と愛は奇妙な憤慨と怒りに変わった。彼女は私が彼女のためにしていることを、わざと私にとって辛くしていたのだから。「おまえは私にとって何でもない。死にたいなら、自分で死ぬがいい。私も自分で死のう」私は彼女に一言も言わず、大股に立ち去って、そこに彼女を置いて行った。

今はわかるが、この籤引きは茶番にすぎなかった。微笑んでいようといまいと、彼女を殺すことなどけしてできるはずはなかった。物にも人にもそれぞれ一定の力が与えられており、物はどれだけ頑張っても、その力以上に強くなることはできない。その強さはそこまでで、それ以上ではなく、それで事は終わりなのだ。

私は大法官の執務室に上がった。この部屋は地面より二十五フィート程上にある。もう大分暗くなっていたが、目を凝《こ》らせば大時計の文字盤が見えた。私はずっと前にこれを修理し、いつも螺子を巻いておいた。時計は部屋の北側、出窓の向かいの書き物机の上にあった。その時六時半を指しており、私は苦しい致命的な行動に出る時間をはっきり決めるために言った――「七時に」それから、三つの小さい段に通じている机のそばの扉と階段の扉に鍵を掛け、部屋の中をウロウロ歩きまわった。ここにはそよとの微風《かぜ》もなく、身体が火照《ほて》っていた。息が詰まるような気がしてシャツの胸元を大きく開け、片方の出窓の中央の縦仕切りで仕切られた部分の下半分を開けた。数分後、七時二十五分前に机上の二本の蠟燭を灯し、腰かけて彼女への手紙を書こうとした。拳銃は右手のそばにあった。しかし、書き始めるや否や、三段の階段につづく扉のところで音がしたように思った。そこは私の左側で、ほんの四フィートしか離れていない。私は扉に忍び寄り、しゃがんで耳を澄ましたが、もう何も聞こえなかった。それから机に戻り、手紙を書き始め、彼女が生きるための最後の指示を与え、私が死んだ理由を記した。君を自分の魂よりもずっと愛している、いつまでも私を愛し、私を喜ばすために生き続けてくれ、しかし、もしどうしても死にたいなら、きっと私のそばで死んでくれと。涙が顔を流れ落ちたが、その時、ふとふり返ると、私の背後二フィートと離れていないところに、彼女が怯えた姿勢で立っていた。知らないうちに、こっそりとそこまで来たのは奇蹟のようだった。開いた出窓に梯子の天辺がかかっているのが見えたけれども、その梯子は階下《した》の部屋で何度も見たから、良く知っていた。長さはたっぷり三十フィートあり、重さもちっとやそっとではあるまい。だが、それが窓にぶつかる音は少しもしなかったのだ。それでも、ともかく彼女はそこに幽霊のように青ざめて立っていた。

私の意識が彼女を認めたとたん、手は本能的に武器を取ろうとして伸びていた。だが、彼女はそれに飛びつき、一瞬、私より早かった。私も彼女のあとからとびかかって、それをもぎ取ろうとしたが、彼女も飛んで逃げた。そして私がつかまえる前に、銃を梯子の二つの格《こ》の間から窓の外に投げ出していた。私は窓辺に駆け寄り、急いで目を凝らして見ると、下方の岩の下にあるのが見えたと思った。階段の扉に飛んで行くと、力まかせに錠を開け、三段一っ跳びに階段を駆け下りて、取りに行った。彼女が追いかけて来ないのに少し驚いたのを憶えている——梯子のことをすっかり忘れていたのだ。

　しかし、下へ着いたとたん、家から出る前に、恐ろしい衝撃を受けて、それを思い出した。銃声が聞こえて——神よ！　あのパンという音だ——私は大声で叫んだのだ。「ああ主よ！　それなら、彼女が代わりに死んだのだ！」私はよろよろと前へ進み、彼女が傾いた梯子の下に血まみれになって横たわっている上へ倒れかかった。

　あの夜！　何という夜だったろう！　慌てて指はブルブル震え、無茶苦茶に探しまわり、調べ、呻き、哀れに神に訴えた。城には私の知る限り、外科の道具も、リントも、麻酔剤も、消毒液もなかったからだ。モントルーにそうした物がある家を一軒だけ知っていたが、距離は無限に遠く、彼女を放っておかねばならぬ時間は永劫のようで、そのうちに彼女は出血で死んでしまう。しかも、恐ろしいことに自動車にはガソリンがほとんど残っておらず、ふだん家に置いておく貯えもなくなっているのを思い出した。しかし、私はやった——彼女をベッドに意識不明のまま残して。だが、どうやってやったのか、そのあと、どうして正気を保っていられたのかは、また別の問題である。

　私が医者でなかったら、彼女は死んでいたに違いない。弾丸は左の第五番目の助骨を折り、外《そ》れて、腹壁の上部に埋まっていた。私は彼女の枕元から離れなかった。うつらうつらし、よろめいたが、眠らなかった。彼女以外のことはどうでも良かったからだ。彼女は恐ろしく長い間、昏睡状態だった。その状態にあるうちに、私はヴィルヌーヴの先の三マイル離れた山腹にある山小屋へ彼女を連れて行った。そこは前から知っていた、質素だがまことに健康に良い場所で、まわりは到る処緑だった。私は彼女が長いこと衰弱状態にあるのに絶望して、高い場所の空気に望みをかけたのである。そこでさらに三日経つと、彼女は目を開き、私に微笑んだ。

私はその時、自分に言い聞かせた。「これは神が天地の間につくった生き物の中で、もっとも気高く、賢く、またもっとも愛すべき存在だ。彼女は私の命を勝ち取ったから、私は生きよう……だが、少なくとも私自身を救うため、彼女と私の間に、この世界で一番広い大洋を置こう。私は人類の名誉のために立派な存在であり、最後の人間として、良いところを見せたいからだ……神ぞ知る、あの娘を愛してはいるが……」

かくて、山小屋には五十五日いただけで、さらに〝西へ〟行かねばならなくなった。

私は彼女をシヨンに残し、自分はアメリカへ行きたかった。そこからなら、突然彼女のところへ戻りたい衝動に駆られても、実行するのは難しいだろうから。しかし、彼女は拒み、一緒にフランスの海岸まで来ると言った。私は厭と言えなかった。

海岸に着いたのは十三日後で、新年の三日前だった。私達は蒸気、空気、ガソリンの牽引力でフランスを横断した。

私達はルアーヴルまで来た――私の意志はじつに弱かった。心の奥底には、意識の上層から隠されている秘密が――彼女がルアーヴルに、私がポースマツにいれば、まだ二人で話ができるという考えがあったのだ。

十二月二十九日の晩十時頃、私達は四座席の自動車をとばして、暗いルアーヴルの街へ入った。底冷えのする寒い夜で、彼女は可哀想に、寒さがひどく辛そうだった。私はこの場所を多少憶えていた。以前来たことがあったのだ。埠頭へ行って、その近くの大きな市長の家に車を停めた。ここは海を見下ろす豪邸で、彼女はそこで眠り、私は近くの別の家で眠った。

翌朝は早起きして、市庁舎で町の地図を探し、事業案内書も見つけた。それで電話交換局の所在がわかった。彼女の住家に決めた市長の家には、ルイ十五世時代風の実に豪華な広間の隣の小室に、電話機が設置してあった。こういう小さな乾電池は二十年やそこらでは切れないことは知っていたが、何か不十分だといけないので、箱を開けて、街路を二つ行ったところにある売店から持って来た新しい電池に取り換え、同時に電話器の局番を書き留めた。それが済むと、波止場の船のあるところへ行って、最初に目に留まった、まずまず損傷のなさそうな古い緑の空気駆動《プロペラ・ボート》の船を使うことにし、近所の店を開けて油を調達し、三時頃には私の船を試験し、準備を整えた。どんより曇った鬱陶しい日で、小糠雨が降り、肌寒かった。それから市庁舎へ戻り、初めて彼女に会った。彼女はその日心が重かった。それでも、毎日、一日中私と話ができると教えると、最初はびっくりして信じられないようだったが、それから、一時《いっとき》天に眼を向けて、子山羊のように跳ねまわった。私達は貴重な三時間を一緒に過ごし、町の中を調べ、彼女が必要としそうな物をどっさり持ち帰ったが、そのうち暗くなって来たので、船へ行った。

長い間止まっていたスクリューが目醒めて動き出し、私を外泊渠の方へ運んで行った時、彼女は胸の張り裂けるような暗闇と霧雨の中で、埠頭に暗く寂しい姿で立っていた。そして、おお、我が神よ、あの赤く泣き腫《は》らした眼の物憂げな眼差し、あの小さな唇を突き出した哀れな様子、急いで顔を覆う仕草！　私の心臓は破れた。彼女に小さな最後のキスをしていなかったし、彼女はじつに温柔《おとな》しく、善き妻のように言うことを聞いて、船内で無理に私と一緒にいようともしなかったからだ。そして私は彼女をあそこに、ヨーロッパ大陸に寡婦のごとくただ一人残して、私を見送らせ、寒々しく寂しい海原へ出て行った。

翌朝ポーツマスに着くと、最初に見つけた電話機のある家を私の住居にした。そこは港栈橋《ハーバー・ピアー》に面した広々とした住宅だった。それから、急いで電話交換局へまわった。そこは船渠《ドック》のそばの揚げ場にあり、壁の化粧にコーンウォールの月長石があしらってある大きな煉瓦造りの建物で、一階に銀行が入っており、二階に電話交換局があった。ここで彼女の番号を私の番号に接続し、家に駆け戻って、電話をした――すると、何とも有難いことに、彼女の話す声が聞こえた。（しかし、この機械は満足なものではなかった。私は箱を壊してべつの電池を入れたが、それでも声はくぐもっていた。しまいに、電話交換局の中央の部屋に車つきベッドを据えつけ、備品と二、三の物を持って来て、ここに落ち着いた。）

彼女は電話器の下で生活し、眠っていると信ずる。私がここで、その下で生活し、眠り、眠り、生活しているように。私の電話器は港に面した窓のすぐそばにあるので、彼女の声を聞きながら、広々とした海を越えて彼女のいる方を見つめることはできるが、彼女の姿は見えない。そして彼女も、海を越えて私の方を見ているが、虚空の空色の深みから来る声を聞くことはできても、私を見ることはできない。

今朝早く、こんな話をした――

「お早う！　そこにいるのかい？」

「お早う！　いいえ。いるわ」と彼女は言う。

「私が訊いたのはそのことだ――『そこにいるのかい？』」

「でも、私はここにはいない。そこにいる」と彼女は言う。

「君が『ここに』いないのはよく知っている」と私は言った。「なぜなら、君の姿が見えないからだ。しかし、私は君がそこにいるかと尋ねて、君は『いいえ』と言い、それから『ええ』と言う」

「それは心の逆説よ」と彼女は言う。

「何だって？」

「逆説よ」と彼女は言う。

「それでも、まだ理解できない。そこにいて、しかも、そこにいないということがどうしてあり得るんだ？」

「もし私の耳がここにあって、私が別の場所にいたら？」と彼女は言う。

「手術かい？」

「そうよ！」と彼女は言う。

「どんな医者だ？」

「専門医よ！」と彼女は言う。

「耳の専門医？」

「心臓の！」と彼女は言う。

「君は心臓の専門医に耳の手術をさせるのかい？」

「彼は私を手術して、耳は置いていった」と彼女は言う。

「ふむ。手術後の調子はどうだい？」

「結構いい。あなたは？」と彼女は言う。

「至極いい。よく眠れるかい？」

「あなたが真夜中に電話をかけて来た時以外は。私はすごい夢を見ていたのに……」

「どんな夢？」

「同い年《どし》の二人の小さい男の子の夢を見たの——ただ、あの子達の顔は見えなかった。けして誰の顔も見えない。ただあなたの顔と私の顔、いつも私の顔とあなたの顔——同い年で——森で遊んでいる……」

「ああ、その一人がカインという名前でなければ良いがね、可哀想な娘よ」

「そんなこと、ないわ！　どちらも違う！　もし私が物語を語って、一人はガイウス、もう一人はティベリウスという名前だったり、一人はヨハネで、もう一人はイエスだったりしたら？」

「ああ。でも、その夢を語ってくれ……」

「今はまだ、あなたには聞く資格がない」

「ところで、今日は何をする？」

「私？　今日は良い天気だわ……イギリスでは良い天気の日はある？」

「あるとも」

「そう、私は十一時から十二時の間に外に出て、公園で春の花を集めて、大広間を深く、深く埋《うず》めるわ。ここに来たくない？」

「ないね」

「来たいでしょう！」

「どうして、私が？　私はイギリスの方が好きだ」

「でも、フランスも素敵よ。それにフランスはイギリスと仲良くしたくて、待っている。ええ、待っているの、イギリスがこちらへ来て、お友達になるのを。何か歩み寄りの交渉ができないかしら？」

「さよなら。こうしてしゃべっていると、朝の煙草が呑めなくなる……」

私達はこうして海を越えて話し合っているのだ、神よ。

四月八日の朝――彼女から離れて十三週間が経っていた――私は内港にあるいくつかの船に乗り、心の内に狂気を抱えて、非常に速そうな船を選んだ。それは「シュテッティン」という名前の、小型の大西洋汽船で、油を補給するなどして海へ出るのに一番手間がかからないように見えたのだ。イギリスへ乗って来た船は正常だが、のろのろ船にすぎず、彼女のもとへ飛んで行って安らぐために、鳩の翼が欲しくてならなかったのである。

その日は興奮に震える手でせっせと働き、昏まで灰色になっていたと思う。二時半には仕事が終わり、三時には、サウサンプトン水道を下って、ネトリー軍病院とハンブル河の河口のあたりを通っていた。電話では何も言わず、私自身の罪深い心にさえ一言も言っていなかったが、私という存在の沈黙せる深処《ふかみ》で、このことを感じていた――この船は速力三十五ノットに違いなく、重たい海藻の衣を引き摺っているが、目一杯動かせば三十ノットは出るだろう。ルアーヴルまでの距離は百二十マイルだから、午後七時に埠頭に到着するだろう。

沖へ出て、微風の渡る輝く海へ出ると、大声で彼女に呼びかけた。「今、行くぞ！」そして彼女に私の声が聞こえたこと、彼女の心臓が私を迎えてドキリとしたことを知った。私の心臓もとび跳ね、彼女がこたえるのを感じたからである。

日が落ち、沈んだ。私は昼の働きに疲れ、高く据えつけられた舵輪の前に立つことに疲れていたが、フランスの海岸はまだ見えなかった。すると一つの考えに撃たれ、それから十分経つと、船首を後ろに向けた。神ぞ知る、私の顔は苦痛に歪んでいた――親指を親指締めで締めつけられ、拷問台の上で身体を細長くなるまで引き伸ばされ、やっとこで肉を虐《いた》めつけられている人間のように。私は苦悶にねじ曲げられて、船橋の床に倒れた。彼女のもとへ行けなかったからだ。だが、しばらくすると発作は収まり、むっつりと憤《いきどお》ろしく立ち上がって、舵輪の前に戻り、イギリスに向かって船を操縦した。私の胸には堅い決意があり、私は言ったのだ。「ああ、もう、もうよそう。もし俺に耐えられるなら、耐えよう、耐えよう……だが、不可能なことだったら、どうして耐えられよう？　明日の夜、日が沈んだら——必ず——だから、神よ、助け給え——俺は自決しよう」

それで、この件は片づいた、我が善き神よ。

翌日九日の早朝——私は前夜十一時頃、ポーツマスに戻って来た——電話で彼女に「お早う」と言った時、彼女は「お早う」と言って、それっきり一言も言わなかった。私は言った。

「昨夜、水煙管の火皿を壊してしまったから、今日はそれを直してみるつもりだ」

答はない。

「そこにいるのか？」と私は言った。

「ええ」と彼女は言う。

「それなら、なぜ返事をしない？」と私は言った。

「昨日一日、どこにいたの？」と彼女は言う。

「湾の中をちょっと巡航していたんだ」と私は言った。

三分間の沈黙。それから、彼女は言う。

「どうしたの？」

「どうしたって？」と私は言った。「どうもしないさ！」

「話して！」と彼女は言う——私をゾッとさせるほどの激しさと怒りをこめて。

「話すことなんか何もないよ、レダ！」

「ああ、でも、どうして私に対して、そんなに残酷になれるの？」と彼女は叫ぶ。ああ、その声には苦悶《くるしみ》があった！「何か言うことがあるはずよ——あるはずよ！　あなたの声でそれがわからないと思うの？」

ああ、その時、私は思った——明日、彼女は電話をするが、返事はない。また電話をするが、返事はない。彼女は一日中電話をかける。そして永久に電話し続けるだろう。白髪をふり乱して、狂気を浮かべた眼は宙を睨み、神の門口に非難を叩きつけ、宇宙は彼女のわめき声と支離滅裂な譫言《うわごと》に、沈黙というたった一つの永遠の答を返すだろう。それを思った時——不憫で、不憫で、神よ——声を立てて啜り泣かずにいられなかった。

「神がおまえを憐れみ給うように、女よ！」

彼女にそれが聞こえたかどうか、知らない。聞こえたに違いないと思うが、返事はなかった。私はシーツを被った死者のように震えながらそこに立って、彼女の次の言葉を待っていた。彼女の声を長いこと待ち、恐れ、望みながら、もし彼女が口を利いて一度でも啜り泣いたら、私はその場にバッタリ倒れて死ぬか、舌を噛み切るか、狂乱の甲高い笑い声を上げるだろうと思った。しかし、たっぷり三十分か四十分して、とうとう彼女がしゃべった時、その声はまったくしっかりして、落ち着いていた。彼女は言った。

「そこにいるの？」

「うん」私は言った。「いるよ、レダ」

「どんな色だったの」と彼女は言う。「世界を滅ぼした毒の雲は？」

「紫だよ、レダ」と私は言った。

「それはアーモンドか桃の花みたいな匂いがしなかった？」と彼女は言う。

「そうだ」と私は言った。「そうだ」

「それなら」と彼女は言う。「また爆発が起こったのよ。時々、そういう変な香りがぷんとして来るようなの……それに〝東〟に紫の霞がかかっていて、だんだん大きくなる……あなたにも見えるかどうか、たしかめてみて……」

私は部屋を横切り、東の窓へとんで行くと、煤《すす》で汚れた窓枠を勢い良く上げて、見た。しかし、視界は高い倉庫ののっぺりした煉瓦の壁に遮られていた。私は大急ぎで電話口に戻り、彼女に待っていろと喘《あえ》ぎ声で言って、階段を二つ駆け下り、外の揚げ場に出た。しばらく夢中でそこいらを駆けまわって、東の方が良く見える場所を探したが、しまいに造船所の敷地を駆け上り、倉庫裏からセマフォア塔に登って、死ぬほど息を切らしながら、頂上に着いた。私は遠くを見渡した。朝空には、北西に重なり合った雲がある以外雲はなく、澄んだ薄青い領域に太陽が燃え立つように輝いていた。私はまた飛んで帰った。

「見えない……」と私は叫んだ。

「それじゃ、まだそれほど北西に行っていないんだわ」彼女はきっぱりと言った。

「妻よ！」と私は叫んだ。「君はもう私の妻だ！」

「そうなの？」と彼女は言う。「やっと？　あなたは嬉しい？……でも、私はもうすぐ死ぬんでしょう？」

「いや！　逃げられる！　私の家《うち》へ！　私の心よ！　たとえ一時間か二時間で死ぬとしても――考えてごらん、一緒に――同じ寝床で、永久に胸と胸を合わせて――何て素敵なことだ！」

「ええ！　何て素敵な！　でも、どうやって逃げるの？」

「この前、雲の動きは遅かった。急げ――いいか？――波止場にある小型の船に乗るんだ――起重機の真下に一つ船がある。そいつは空気駆動の船だ――私が空気を駆動させるのを見たことがあるだろう？――ダイヤルの下の段を下りて行くと、右側にあるハンドルだ――まず初めに、波止場通りの時計台の隣の店からバケツ一杯の油を持って行って、何でも錆びている物があったら、その上にかけるんだ。ただ、ぐずぐずするな――

私のために、私の天国よ！　君は舵柄《だへい》と羅針盤で舵を取ることができるだろう。うむ、舵輪もまったく同じだ。ただ、方向が逆なだけだ。まず艫綱《ともづな》を解いて、それからハンドル、それから舵輪だ。進路は直接北寄りの北西だ。私が海の上へ迎えに行く――さあ行け――」

私は嬉しさに踊り上がらんばかりだった。彼女をこの腕に抱き、小さなそばかすを私の顔に押しつけ、彼女の短い、肉づきのしっかりした上唇を味わい、彼女に向かって呻き、鼻を鳴らし、つぶやき、「私の妻よ」と言うことを考えた。彼女が電話口から離れたのがわかっても、なおそこに立って、しゃがれ声で呼びかけていた。「わが妻よ！　わが妻よ！」

私は前日乗った汽船がもやってあるところへ飛んで行った。その船の速力とレダの船の速力を合わせると、四十ノットになるだろう。三時間後には出会うに違いない。会う前に彼女が死んでしまうことは少しも心配していなかった。最初の時の雲が悠然と動いていたことは別として、私は恋人を前もって味わい、信頼していたからだ。彼女はきっと来る、間違いないと――臨終《いまわ》の聖者が〝永遠の命〟を前もって味わい、信頼していたように。

「シュテッティン号」に乗るや否や、この船のエンジンを無理強いに等しい形で精一杯駆動していた。前日だったら、乗っている間に深く錆びついた鋼鉄のタンクが爆発して、雲まで吹き飛ばされても、驚かなかっただろう。だが、この日は、そんな恐れは心を一度も掠《かす》めなかった。彼女と会うまで、私は不死身であることを良く知っていたからである。

海は全く波がないだけでなく、前日同様穏やかだった。ただ、前日よりもずっと穏やかで、陽もずっと明るく輝いているようだった。逃げてゆく暗い斑点となって海に襞飾りをつける微風には、くすぐられて身を震わすように浮き浮きする感じがあった。今朝は本当に婚礼日和の朝だと思い、安息日であることを思い出した。私達の婚礼は桃とアーモンドの甘い芳香にも事欠かないだろう――とはいえ、東の方《かた》を見ても紫の雲は影もなく、ただ太陽の下に絹モスリンに似た小片がいくつも浮かんでいるだけだったが。そして、これは永遠の婚礼となるだろう。私達の目に一日は千年に等しく、私達の千年の至福はただ一日のようだろうから。そして、その永遠の晩には死が訪れて、私達の倦怠い目蓋に優しく指を置き、私達は至福に飽いて死ぬだろう。あらゆる種類の踊りと歌――ファンダンゴと軽快なガイヤルド、クーラントと厳かなガボット――が、その幸福な一日、私の胸の中で調子を合わせていた。海図室から舵輪のところへ走って行く時、私はテーブルの下にいくつもの古い旗が巻きついて大きな塊になっているのを見、やがてそれらの旗は大檣から、長くにぎにぎしい湾曲をなして翻《ひるがえ》っていた。海は私のうしろに、流れる乳の長い条《すじ》を引いて皺《しわ》を寄せ、私は恋人と会うために家路を急いだ。

南へ向かって二時間疾走したが、紫の雲は見えなかった。しかし、暑い正午、風上側正横で望遠鏡を覗いていると、水の向こうに何か別のものが動いているのを見た。それは私の方へ来る君、おお、レダ、わが霊《たましい》の息吹だった！

私は手を振って彼女に向かって行き、やがて彼女が老水夫のように、しかし、風にひらめく白いモスリンをまとい、船橋で舵輪の前に立っている姿が見えた――それは船首が非常に高い、昔、ルアーヴル＝アントワープ間を行き来した小船だった――彼女は小さな白い物を振っていた。近づいて彼女の顔が、微笑が見えて来ると、私は止まれと叫び、こちらの船も止めて、上手に舵を取り、速度を落としながら前進して、彼女の船の横腹に軽くぶつけると、格子細工を施したステップを下り、彼女を上に連れて来た。甲板で、一言も言わず、私は彼女の前に跪いて、恭しく額を床につけ、そこで彼女を〝天〟として崇拝した。

そして私達は結婚した。彼女も、朗らかな青空の下で私と共に額《ぬか》づいたのだ。彼女の眼の下には、夢見るような、物思わしげな疲労の小さな湿った隈《くま》が――何とも愛しく妻らしいものがあった。そして神はそこにましまし、彼女が跪くのを見た。〝彼〟はこの娘を愛し給うからである。

私は二艘の船を離し、船は数ヤード離れて一日中そこにいた。私達は主甲板の船室にいて、私はそこに鍵を掛けた――恋人と私のいるところへ誰も入って来ないように。

私は彼女に言った。「西へ逃げて、サマーセットシャーの炭鉱か、コーンウォールの錫《すず》鉱山へ行こう。あの雲に備えてバリケードを張って、六ヵ月分の食糧を用意しよう――そのくらいは出来るし、時間はたっぷりある。それにバリケードを破る群衆もいない――そうして、あの深い地中で楽しく一緒に暮らそう。危険が過ぎるまで」

すると彼女は微笑み、私の顔を撫でて、言った。

「いいえ、いいえ。私の神様を信用しないの？〝彼〟が本当に私を死なせると思うの？」

彼女は〝全能の神〟を独り占めして、〝彼〟を「私の神様」と呼んでいるのだ――そのおこがましさ。しかし、彼女はたいてい自分の言っていることがわかっている。それなのに、雲から逃げないというのだ。

それから三週間後の今、私はシャトー・レ・ローズという小さな屋敷でこれを書いているが、毒の雲も、毒の雲が来そうな兆候も現われていない。これは理解できない。

彼女は私が自殺しようとしているのを察したのかもしれない……ことによると……だが、よそう。私には理解できないし、けして彼女に訊きもすまい。だが、このことは理解している。ここでは〝白い奴〟が〝主人〟なのだ。彼は間一髪で勝利するが、それでも勝つ、勝つのだ。そして彼が勝つからには、踊れ、踊れ、わが心よ。私は〝母親〟に似た種族を待ち望んでいる——智恵がまわり、心軽く、敬虔な——彼女のような。まったく人間的で、両手利きで、眼が二つある——彼女のような。そして、もし彼女のようにすべての「r」を「ℓ」にして英語をしゃべっても、構わない。現在ある肉を全部食べてしまったら、かれらは菜食になるだろう。しかし、肉が人間にとって良いものかどうかさだかではないし、もし本当に良いものであるなら、かれらは肉を発明するだろう。彼女の息子達なのだから。そして彼女は、女の心が軌道に乗って回ることを許されているもっとも遠い周期まで、誓って言うが、全面的に賢いのだ。

かつて一人の説教師がいた——スコットランド人で、名はマッキントッシュとか何とかいった——〝人間〟の最後は良いだろう、まことに良いだろうと言った。彼女も同じことを言う。そして、この二人の意見の一致は〝真実〟を生む。だから、私は今、それに対して言うのだ——アーメン、アーメンと。

なぜなら、私アダム・ジェフソン、世界の第二の〝親〟は先々までのためにここに定め、規定し、布告する。今はそれをはっきりと理解しているからだ。すなわち、人間個々人にも、天地間の他の種族と異なる〝人間〟という〝種族〟全体にも、本質的にふさわしいただ一つの金言であり、標語であるものは常にこうだったし、今なおこの言葉なのだと——「〝彼〟我を殺すとも、我は〝彼〟により依頼《たの》まん」

解説

南條竹則

本書の作者マシュー・ピップス・シール(一八六五―一九四七)の名は、怪奇小説党の皆様ならたいてい御存知だろう。カリブ海のモントセラット島に生まれたこの異能の小説家には、ポーやヴィリエ・ド・リラダンを思わせる怪奇作家、探偵プリンス・ザレスキーを生んだ風変わりな推理作家、またH・G・ウエルズと同時代にスケールの大きい空想科学小説を世に問うたSF作家としての側面がある。「紫の雲」はこのうち、SF作家としてのシールの代表作というべきもので、かねてから翻訳が待ち望まれていた作品である。

シールがこの小説を執筆したのは一八九九年のことだった。

それまでの彼の経歴を少し辿ってみると、故郷の西インド諸島からイギリスへやって来たシールは、学校の教師をしたり、国際会議の通訳をやったり、編集の仕事をしたりとデビュー前の作家が味わう生活の苦労に追われながら、物を書き続けた。

「The Doctor's Bee」という小説が始めて雑誌に載ったのは一八八九年のこと。作家活動が本格的に始まるのは一八九五年頃で、この年には『プリンス・ザレスキー』がジョン・レイン社の「キイノーツ叢書」の一冊として出た。この叢書は新興の版元だったレインが若手の作品を意欲的に刊行したシリーズで、シールの生涯の友人アーサー・マッケンの『パンの大神』も同じシリーズから出ている。

シールはその後、きわめて世紀末的色彩の濃い短篇集『焔の中の姿 Shapes in the Fire』(1896)を初め、『Yellow Danger』(1898)、『Contraband of War』(1899)といった長篇を次々と上梓する。

「紫の雲」(当初「アダムの再来」と呼んでいた)は『Contraband of War』の版元グラント・リチャーズ社に持ち

込んだが採用されず、チャット・アンド・ウィンダス社から出版した。

序章にも書いてあるように、最初、作者はこれを三部作として構想していた。すなわち、第一部が「紫の雲」、第二部が「海の主Lord of the Sea」、第三部は「最後の奇蹟The Last Miracle」である。しかし、この案が受け入れられなかったため、「紫の雲」単独で一九〇一年九月に出版した(残りの二つの小説も、後に刊行された)。ただし、単行本が出る前に、同年一月から六回にわたって、月刊誌「ロイヤル・マガジン」に連載している。この連載は内容を大幅に割愛した上、編集者の手らしきものも加わっていて、作者にはさだめし不本意な形だったろうが、J・J・キャメロンがつけた挿画は中々立派である。


読者の中には、本書をまだ読まないうちから、不思議な紫の雲が原因で、人類が危機に瀕する話だということくらいは知っておられる方が多いのではなかろうか。

だが、実際に読んでみると、唖然として開いた口がふさがらない怪作である。なにしろ、主人公が北極点に到達してから、彼の花嫁となるレダが登場するまで――この訳書でいえば六〇ページから二二三ページまで――出て来る人間は、主人公を除くとただ死体のみ――死骸、亡骸、ムクロにシカバネ、しゃれこうべのオンパレードだ。しかも、それを詳細に描写しているのだから、翻訳していて、良い加減嘆息が出た。

従って、作品はその間ずっとモノローグが続くわけだけれども、舞台にいる役者は主人公一人ではない。そこには「地球」がいる。「白いやつ」と「黒いやつ」がいる。「神」がいる。ちっぽけな人間どもが一掃された結果、大いなる「諸力」が顕然《けんぜん》と姿をあらわし、その世界は旧約聖書の「ヨブ記」の世界に近づく。

そして、ついに最後の主役「女」が登場する。

ああ、何だ。結局はありきたりなアダムとイヴのお話か――とここで誰しも思うだろうが、けしてそうでない。この小説のアダムは頑にイヴを拒むのである。毒殺者だった恋人に幻滅し、我も我もと逃げまどったあさましい人間どもの最期を見て、人類に愛想をつかした彼は、けして子孫をつくるまいと心に誓う。彼はシールの作品にしばしば登場する「鉄の意志を持った男」である。さて、この男を第二のイヴ＝レダは籠絡することが出来るかどうか――

評論『文学に於ける超自然の恐怖』に本作を取り上げたH・P・ラヴクラフトは、作品を全体として高く評価しながら、この部分を買っていない。ラヴクラフトは言う――

小説『紫の雲』ではシール氏は圧倒的な迫力に満ちた筆致で、北極から立ちのぼり人類を滅亡させようとする呪いの紫雲を描いている。紫の雲のお蔭で地上にはどうやらたった一人の人間しか生き残っていないようなのだが、自らの置かれた情況に気づき、死体が散乱し貴重品が散らばっている今や絶対君主のような存在となった世界で、町をさまよい歩くこの孤独な生存者の心情が、実に風格さえ備わっている芸術性の高い技巧によって描き出されている。ただ惜しむらくは、この小説の後半に、陳腐な浪漫的要素が入りこんできて、著しく作品を損なっている。（植松靖夫訳）

しかし、わたしなどはレダの出て来る場面を「陳腐な浪漫的要素」とは思わない。

レダは前半に登場する悪女クローダがそうだったように、一種のファム・ファタルであるし、「蛇」である。しかし、この蛇はサタンの僕《しもべ》でなく、神の寵児であり、知恵の光である。

思えば、エリアにしろサムエルにしろ、旧約聖書の「神の人」は男と相場が決まっていたが、シールの描く新しい地球では、その役割が女にまわってきたのだ。このあたり、「紫の雲」は一種のフェミニズム小説と言えるかもしれないし、レダの子供たちが築くであろう未来には社会主義的ユートピアの趣もある。

この小説には三つの異なる版があることを言い添えておこう。

その一つはもちろん、一九〇一年に出た最初の単行本である。もう一つは先に述べた「ロイヤル・マガジン」誌に掲載されたもの。三番目は、一九二九年にヴィクター・ゴランツ社から復刊された単行本である。

この一九二九年版を出すにあたって、シールは全篇に手を加えた。

彼はもともと改稿魔で、有名な短篇「ゼリューシャ」などを見ても、『焔の中の姿』に収められたものと後の版とでは、文章が大分異なっている。「紫の雲」も大筋は変わらないが、細かい直しがたくさんあり、全体として分量はやや減っている。今回の翻訳には、初版を復刻したペンギン・ブックス版（2012）を用いた。これには編者ジョン・サザーランドの懇切な解説と語註がついていて、訳者も多大な恩恵を蒙った。ゴランツ版より初版の方が活きが良いというのがサザーランドの感想だが、両者を較べて御覧になるのも一興だろう。ゴランツ社は一九二九年版を「Rare Works of Imaginative Fiction」という復刻本シリーズの一冊として一九六三年に出しており、訳者が初めて「紫の雲」という作品に接したのも、この版によってだった（同シリーズにはリチャード・ミドルトンの「幽霊船」やシールの「海の主」が入っている）。近年では二〇〇〇年にネブラスカ・プレスから、「Bison Frontiers of Science Fiction」というシリーズの一冊として、一九二九年版が出ている。

最後に、非力ながらこの素晴らしい、しかし翻訳者泣かせの作品の翻訳をまかされた訳者は、企画を立てた牧原勝志氏に感謝するべきか、呪詛するべきかわからない。たぶんあとの方だと思う。

二〇一八年　晩秋　訳者記す

追記

作中に言及があるように、原作では、レダはすべての「r」を「ℓ」にしてしゃべっている。原文ではそれなりの効果を上げている（すなわち、レダに幼女的な可愛らしさを与えている）が、訳文に表現することは非常に困難なので、あきらめた。読者の御寛恕を乞う。

M・P・シール（Matthew Phipps Shiell）
1865年、西インド諸島モントセラットに生まれる。20歳で渡英し、教師、通訳などの職業のかたわら小説を書く。1895年、短篇小説「ユグナンの妻」で小説家としてデビュー。以降、数々の怪奇幻想小説や冒険小説、『紫の雲』（本書）をはじめとするSFの先駆的作品を手掛ける。邦訳に推理小説『プリンス・ザレスキーの事件簿』（東京創元社）がある。1947年歿。

南條 竹則（なんじょう たけのり）
1958年、東京に生まれる。東京大学大学院英語英文学修士課程修了。小説家、英米文学翻訳家。1993年、『酒仙』で第5回日本ファンタジーノベル大賞優秀賞を受賞。幻想文学系統の訳書に、マッケン『白魔』、ブラックウッド『人間和声』（共に光文社）、ジェイムズ『ねじの回転』（東京創元社）など多数、編訳書に『イギリス恐怖小説傑作選』（筑摩書房）、『英国怪談珠玉集』（国書刊行会）などがある。

ナイトランド叢書 3-4

紫の雲

著　者　M・P・シール

訳　者　南條 竹則

発行日　2018年12月19日

発行人　鈴木孝

発　行　有限会社アトリエサード
東京都新宿区高田馬場1-21-24-301 〒169-0075
TEL.03-5272-5037 FAX.03-5272-5038
http://www.a-third.com/　th@a-third.com
振替口座／00160-8-728019

発　売　株式会社書苑新社

印　刷　モリモト印刷株式会社

定　価　本体2400円＋税

ISBN978-4-88375-336-9 C0097 ¥2400E

　Printed in JAPAN